Noa C. Walker
Du, ich und die Farben des Lebens

AF196708

Das Buch

Janica hat früh im Leben gelernt, jeden Tag als ein Geschenk anzusehen, ihn zu feiern und zu genießen. Mit ihrer besonderen und lebensbejahenden Art zieht sie Thomas in ihren Bann und eröffnet dem verschlossenen jungen Mann einen ganz neuen Blick auf die Schönheiten und die verschiedenen Farben des Lebens. Thomas verliebt sich bis über beide Ohren in die starke junge Frau, wird ein Teil ihres quirlig-verrückten Freundeskreises und ihrer liebevollen Familie. Doch schon bald trifft die beiden das Schicksal mit voller Wucht.

Eine bewegende, hoffnungsfrohe Geschichte über die Kraft der Liebe und ein vom Glück erfülltes Leben.

Die Autorin

Noa C. Walker ist ein Kind der späten 1960er-Jahre. Sie liebt die Bergwelt ebenso wie das Meer, deshalb ist sie mit ihrem Computer öfter in der Nähe der bayerischen Alpen oder an der Nordsee zu finden. Sie schaut gern Menschen in Cafés, auf belebten Straßen oder Plätzen zu und gelegentlich finden sich diese Beobachtungen in ihrer Romanwelt wieder.

Sie finden Noa C. Walker auch auf facebook:
https://www.facebook.com/noacwalker
Homepage: www.noawalker.info

Noa C. Walker

DU, ICH UND DIE FARBEN DES LEBENS

Roman

Deutsche Erstveröffentlichung bei
Tinte & Feder, Amazon Media E.U. Sàrl
5 Rue Plaetis, L-2338, Luxembourg
Dezember 2015
Copyright © 2015
By Noa C. Walker

Umschlaggestaltung: semper smile. München, www.sempersmile.de
Umschlagmotiv: ©Angie Makes/Shutterstock
Lektorat: Sandra Schmidt, www.text-theke.com
Korrektorat und Satz: Petra Schmidt, www.lektorat-ps.com
Printed in Germany
By Amazon Distribution GmbH
Amazonstraße 1
04347 Leipzig, Germany

ISBN: 978-1-503-93352-1

www.amazon.de/tinteundfeder

JANICA

Im Alter von drei Jahren liebte ich alles, was rosa oder pink war. Es ergab sich einfach so. Meine Familie hatte das nicht gefördert, selbst meine Mutter mied diese Farben, bevorzugte vielmehr grau, blau und grün. Mit vier hieß mein Berufswunsch Prinzessin, selbstverständlich in rosa Tüll. Ein Jahr darauf faszinierte mich ein rosa gefärbter Pudel, den ich auf der Straße sah, und natürlich wollte ich ab diesem Zeitpunkt Hundefrisör werden. Wie bezeichnend, dass meine Klassenlehrerin an meinem ersten Schultag ein pinkfarbenes Kleid trug, das perfekt zu meiner Schultüte passte, die meine Mutter mit leichtem Widerwillen in dieser Farbe gestaltet hatte. Mit zwölf wandelte sich mein Berufsziel zur Hochzeitsplanerin, dann zur Mode-Designerin, speziell für Hochzeitskleider. Damit schien meine Zukunft vorbestimmt zu sein, zumal sich der Wunsch in mir manifestierte, später einmal eine extravagante und romantische Hochzeit in einem Traum aus Weiß zu feiern. Ja, weiß, nicht rosa!

Mittlerweile bin ich vierundzwanzig und habe erfolgreich meine Gesellenprüfung bestanden. Ich bin Schornsteinfegerin und trage deshalb hauptsächlich schwarz.

KAPITEL 1

27. APRIL

Der dunkelgraue Irische Wolfshund mit seiner sagenhaften Schulterhöhe von 99 Zentimetern trabte neben dem Mountain-Bike her, dessen Lichtstrahl der Radlampe wie Blitze über die nächtlichen Schatten sprangen. Mit seinen gespitzten Ohren, das raue Fell durch den kräftigen Wind zerzaust, wirkte er hocherfreut über den ausgiebigen Auslauf.

Janica trat fest in die Pedale, erklomm den leichten Anstieg zur Flussbrücke und hörte dort auf zu treten. Die breiten Profilräder surrten über den Asphalt, zerteilten die Wasserlachen des letzten Regengusses, in denen sich ein verzerrtes Bild des hoch am nachtschwarzen Himmel prangenden, halben Mondes spiegelte. Der Fluss reflektierte das Himmelslicht durch Millionen hüpfende, silberfunkelnde Sterne. Feuchtigkeit lag in der warmen Nachtluft, eine Kirchturmuhr schlug erst viermal, bevor elf tiefe, weit in die Stadt hinein hallende Schläge folgten. Ein einsames Auto näherte sich von der gegenüberliegenden Uferseite, schwenkte ein und kam auf die Radfahrerin zu. Janica kniff zum Schutz vor den grellweißen Scheinwerfern die Augen zusammen. Dennoch glaubte sie, vor sich eine schattengleiche Bewegung auf einem Brückengeländer gesehen zu haben. Erschrocken bremste sie ab.

Balou, der darauf nicht gefasst war, zerrte sie noch einige Meter mit sich, ehe er stillstand und wie fragend den Kopf nach ihr umwandte. Das Fahrzeug verließ die Brücke und verschwand zwischen den Häuserzeilen, wobei das Motorengeräusch erstarb. Janica blickte interessiert an dem nächststehenden Brückenpfeiler vorbei und schreckte zurück. Auf der metallisch schimmernden Brüstung stand, einen Arm um den Pfeiler gelegt, eine große, breite Gestalt. Mittlerweile hatte auch der Wolfshund die Anwesenheit eines Menschen gewittert. Er wedelte mit dem Schwanz und gebärdete sich wie ein Welpe, dem man ein Spielzeug vor die Nase hielt.

»Platz!«, befahl Janica mit ruhiger Stimme und ignorierte den bettelnden Blick ihres haarigen Beschützers, der sich schließlich folgsam hinlegte.

Ohne den schwarzen Schattenriss vor dem Sternenhimmel aus den Augen zu verlieren, legte sie ihr Rad auf den gepflasterten Gehweg. Zögernd trat sie näher an die Brüstung. Gedankenfetzen jagten wie Fledermäuse durch ihren Kopf, kamen von irgendwo aus dem nächtlichen Nichts und verschwanden wieder. Ob der Mann sie bemerkt hatte? Vermutlich war es von Vorteil, zu vermeiden, dass er über ihre Anwesenheit erschrak. Weshalb stand er auf dem Geländer? Wollte er springen? Oder bewunderte er die Skyline entlang des Flusses von einem etwas ungewöhnlichen Standort aus? Vielleicht war er ein Fotograf oder Filmemacher und suchte nach einem attraktiven Bildausschnitt.

»Entschuldigen Sie bitte«, wagte sie es, ihn leise anzusprechen.

Der Mann zuckte zusammen. Janica, die befürchtete, er könne vor Schreck fallen, sprang an die schmiedeeiserne Brüstung, doch der Mann drehte nur langsam, robotergleich den Kopf. Ihr war, als schaue er mit seinen erschreckend leeren dunklen Augen durch sie hindurch. Aber womöglich täuschten sie die unruhigen Lichtreflexionen der Wasseroberfläche.

»Gehen Sie!«, lautete seine kühle Antwort, bevor er sich wieder abwandte und scheinbar fasziniert auf die schwarzen Wellen mit ihren silbernen Kronen blickte.

Janica schluckte schwer. Es war unschwer zu erkennen, dass es diesem Mann nicht gut ging. Ob er tatsächlich springen wollte? Prüfend warf sie einen Blick in die Tiefe. Dieser Flussabschnitt führte wenig Wasser, die knapp unter der Oberfläche liegenden Felsbrocken waren definitiv tödlich, fiel man aus dieser Höhe auf sie.

Ihr zweiter Blick huschte die Brücke entlang. Verwaist lag das Bauwerk aus kaltem Stein und blau schimmerndem Stahl im fahlen Mondlicht. Niemand hielt sich in der Nähe auf, der ihr in dieser brisanten Situation beizustehen vermochte.

»Ich gehe nicht, ehe Sie nicht von der Brüstung geklettert sind«, erwiderte sie schließlich mit unsicherer Stimme und zitternden Knien.

»Bitte lassen Sie mich allein.«

Janica verzog das Gesicht. Ob sie die freundliche Wortwahl und das vorangehende ›Bitte‹ als ein gutes Zeichen werten durfte?

Aus dem Augenwinkel bemerkte Janica, dass Balou sich auf dem Bauch rutschend näherte, doch sie konnte dem Tier jetzt keine Beachtung schenken. Ihr Herz klopfte ihr bis zum Hals. War es sinnvoll, der Aufforderung nachzukommen, um dann schnell die Polizei zu verständigen? Oder sollte sie besser bei dem Mann bleiben und ihm damit das Gefühl vermitteln, dass er nicht auf sich allein gestellt war?

»Ich wohne gleich dort vorn am Ufer. Haben Sie Lust auf etwas Kaltes zu trinken? Auf dem Balkon ist es um diese Zeit richtig schön.«

Janica verdrehte über ihre eigene Wortwahl die Augen. Keinesfalls wollte sie falsche Signale aussenden und ein spätabendlicher Besucher, den sie nicht einmal kannte, war vermutlich auch nicht die beste Idee. Aber eine Stimme in ihrem Kopf sagte ihr, dass die Aussicht darauf, dass der Mann auf ihr Angebot einging, ohnehin verschwindend gering war.

»Sie sollten keine Wildfremden zu sich in die Wohnung einladen!«, rügte er verwirrend besorgt und mit vorwurfsvollem Blick in ihre Richtung.

Janica unterdrückte ein erleichtertes Lächeln. Wer noch in der Lage war, sich um die Sicherheit einer unbekannten Frau zu sorgen, würde wohl nicht springen, oder?

»Ich habe einen ausgezeichneten Bewacher«, versuchte sie, das Gespräch am Laufen zu halten.

Dabei deutete sie auf Balou, der dies zum Anlass nahm, aufzuspringen und mit weit heraushängender Zunge, schief gelegtem Kopf und wildem Schwanzwedeln den Fremden anzuschmachten.

»Sie meinen diesen Teddybär?«

Täuschte sie sich oder schwang Belustigung in seiner Stimme mit? Was nur ging hier gerade vor sich? Janica fühlte sich, als stünde sie zum ersten Mal mit Schlittschuhen auf gefährlich glattem Untergrund. Jederzeit konnte eine unbedachte Äußerung von ihr oder eine winzige Bewegung ihres Gesprächspartners sie von den Beinen holen – oder vielmehr ihn.

Balou hingegen wuchtete vertrauensvoll seine Vorderpfoten über die oberste Brüstungsstange und stieß mit seiner feuchten Schnauze die Hosenbeine des vermeintlich neuen Spielkameraden an.

Der blinzelte mehrmals, öffnete dann die zur Faust geballte Hand und kraulte den Hund unter dem Maul.

Janica wog in Sekundenschnelle ab, ob sie den abgelenkten Mann packen und gewaltsam vom Geländer zerren sollte. Allerdings ließ seine durchtrainierte Statur sie daran zweifeln, ob ihr das gelingen mochte. Ohnehin könnte sie damit genau das Gegenteil von dem erreichen, was sie bezwecken wollte!

»Er heißt Balou«, sagte sie stattdessen und sah erleichtert, wie das kantige bartlose Gesicht ihres Gesprächspartners weicher wurde.

»Ich habe einen Mischling«, erzählte der Fremde mit rauer Stimme. »Eine Mischung aus allem und nichts.«

Er zögerte und Janica schnürte es den Magen zusammen, als sie mitansehen musste, wie die Verzweiflung in ihn zurückkehrte. Seine Augen verloren ihren Glanz, tiefe Falten bildeten sich auf seiner Stirn und die Mundwinkel wanderten nach unten.

»Ich hatte ihn ...«, flüsterte er, wandte sich ab und starrte wieder auf das schwarze breite Band, das die Stadt in zwei Hälften zerteilte.

»Was ist mit ihm?«, hakte Janica unverzüglich nach.

Keinesfalls durfte sie das Gespräch abreißen lassen ...

»Meine Frau ... Exfrau hat ihn behalten. Wegen unserer Tochter. Sie hängt an dem Tier.«

»Es ist schön für Kinder, wenn sie mit einem tierischen Begleiter aufwachsen dürfen«, pflichtete Janica bei und dachte dabei vorrangig an ihr Islandpferd, das ihr Trost und Ablenkung, Freund und treuer Gefährte gewesen war.

Sie schätzte das Alter des Mannes auf etwa dreißig Jahre und fragte sich, weshalb er in so jungen Jahren bereits geschieden war. In seiner Beziehung war wohl etwas gewaltig schiefgelaufen. Stand er deshalb auf dem Geländer und spielte mit dem Gedanken, seinem Leben ein Ende zu setzen?

Janica stellte diese Frage laut und erntete ein Kopfschütteln, dem ein Schulterzucken folgte.

»Der Unfalltod meiner Eltern, die Scheidung, der Tod des Kindes ...«

»Sie haben Ihr Kind verloren?«

Janica schloss mitfühlend die Augen. Gab es Schlimmeres, als das eigene Kind beerdigen zu müssen? Ein zartes, kleines

Wesen, das das Leben noch vor sich hatte, dem die Welt offenstand, das normalerweise seine Eltern überleben sollte ...

»Nicht meines, aber ...«

Der Mann schüttelte den Kopf und ballte erneut seine freie Hand. Balou gefiel das wohl ebenso wenig wie Janica. Er rutschte, noch immer auf den Hinterbeinen stehend, näher zu ihm und begann, die Faust abzulecken.

Auf der Uferstraße näherten sich die bläulichen Lichtkegel eines Autos. Das dröhnende Motorengeräusch wies auf einen schweren Wagen hin, doch er bog in die andere Richtung ab. Janica wusste nicht, ob sie erleichtert oder enttäuscht sein sollte. Aus einiger Entfernung drang der Verkehrslärm der Hauptstraße zu ihnen, ohne das Zirpen der Grillen im Ufergrün und das leise Brausen der Birken, Weiden und Buchen im Nachtwind übertönen zu können. Vereinzelt leuchtete hinter den Fenstern der nächststehenden Häuser ein gedämpftes Licht, weitere waren durch das bläuliche Flackern eines Fernsehers erleuchtet.

»Ich habe es getötet.«

Aus Janicas Kehle löste sich ein eigenartig erstickter Laut. Ob sie nicht besser zusah, dass sie hier wegkam? Seine Warnung, dass sie keinen Fremden in ihre Wohnung einladen solle, klang plötzlich erschreckend deutlich in ihren Ohren nach.

KAPITEL 2

Ein kühler Windstoß entlockte Janicas weißem T-Shirt ein Rascheln und ließ sie erschaudern. Sie bemühte sich darum, sich nichts anmerken zu lassen, lehnte den Hinterkopf an die Eisenstangen der Brüstung und streckte die Beine aus. Während des Radfahrens hatte sie geschwitzt, jetzt war sie froh, sich für eine lange Jeans entschieden zu haben, da das Pflaster der Brücke nicht unbedingt sauber war und sie in Shorts vermutlich noch mehr frieren würde.

»Umgangssprachlich nennt man uns ein Sondereinsatzkommando, da der Begriff allerdings zu sehr an Eichmanns Sondereinsatzkommandos der SS erinnert, heißen wir offiziell Spezialeinsatzkommando. Vor einer Woche rief man uns zu einer Geiselnahme in einem Privathaus. Ein entfernter Bekannter der Familie hatte die Ehefrau und alle drei Kinder in seiner Gewalt. Die Geschichte war verworren, zumal es zu keinem Kontakt zwischen dem Geiselnehmer und dem Ehemann oder mit unseren eigens dafür geschulten Verhandlern kam. Wir wussten nicht, warum der Mann die Familie in ihrem Haus gefangen hielt. Die Stunden vergingen ... und plötzlich fielen im Haus Schüsse.«

Steffen stockte und schaute in den sternengeschmückten Nachthimmel hinauf. Er wirkte ruhig, nahezu gelassen, dennoch lag ein bitterer Zug um seinen Mund. Die fahrigen Bewegungen, mit denen er Balou streichelte, der vertrauensvoll seinen Kopf auf den muskulösen Oberschenkel des Erzählers gelegt hatte, verrieten allerdings seinen aufgewühlten Gemütszustand. Der Hund ließ ein beunruhigtes Fiepen hören.

»Die Situation drohte zu eskalieren, zumal der Ehemann und Vater am Durchdrehen war.«

»Was verständlich ist«, flüsterte Janica.

»Ja, durchaus. Ich habe ... selbst Familie ...« Steffen fuhr sich mit gespreizten Fingern durch das kurze blonde Haar. »Wenn jemand meiner Marie etwas antun würde ...«

Wieder brach er ab und vergrub das Gesicht in seinen Händen. Seine breiten Schultern bebten vor unterdrückter Verzweiflung. Janica atmete bewusst langsam, ahnte sie doch inzwischen, was geschehen war und den Mann innerlich auffraß.

»Willst du das wirklich hören?«, fragte Steffen plötzlich und sah sie prüfend an, was ihr ein Lächeln entlockte.

Dieser Mann gehörte einer Art Eliteeinheit der deutschen Polizei an, trug einen dermaßen zerstörerischen Schmerz in sich, dass er zuvor noch von der Brücke hatte springen wollen, und nun sorgte er sich um ihren Gemütszustand?

»Ich halte das aus, keine Angst«, erwiderte sie.

Wenn Steffen wüsste ... Sie vertrieb ihre Gedanken an ihre eigene Vergangenheit und schenkte ihrem Gesprächspartner ihre ungeteilte Aufmerksamkeit.

»Wir lösen Konflikte wie diesen äußerst selten mit Waffengewalt. Finale Schüsse gibt es vielleicht alle acht bis zehn Jahre einmal. Doch hier befanden wir uns in einer unüberschaubaren Situation, fürchteten um die Geiseln und mussten endlich reagieren. Ich bekam freie Sicht auf den Mann, als er an einem Fenster vorüberging, und zielte auf seinen Oberschenkel. In dem Augenblick, als ich abdrückte, stürmten meine Kollegen das Haus.«

Steffen brach ab, um tief Luft zu holen. Beinahe so, als habe eine unsichtbare Kraft ihn in die Tiefen eines Sees gezogen, aus dem er erst nach qualvollen Minuten wieder an die Oberfläche gelangen konnte.

»Und dann war da plötzlich dieses Kind ...«

Steffen versagte die Stimme. Er schob Balou weg, zog die langen Beine an und umklammerte sie mit seinen Armen, um den Kopf zwischen die Knie zu klemmen.

Undeutlich klangen seine Worte zu Janica vor:

»Der kleine Bursche kämpfte tagelang um sein Leben, vorhin kam der Anruf ...«

Janica presste die Lippen zusammen. Tränen stiegen in ihre Augen. Wie gern wollte sie ihre Hand tröstend auf Steffens Schulter legen, unterließ die Berührung jedoch. Sein Körper bebte, verdeutlichte die Schuldgefühle und die damit einhergehende Verzweiflung, die in ihm wütete. Umso mehr erschrak sie, als er sich plötzlich ruckartig aufrichtete.

»Hätte ich bloß nicht versucht, diesen Kerl am Leben zu lassen!«, schrie er wütend auf sich selbst und wohl auf die ganze Welt in die stille Nacht hinein.

Für einige Sekunden schienen der Wind, die Blätter der Bäume, die Wellen und sogar der ferne Verkehrslärm zu verstummen, als halte die Welt unter so viel Qual den Atem an. Balou jaulte leise auf.

»Hätte ich weiter oben gezielt, dann wäre die Familie noch beisammen. Ich habe sie zerstört. Ich habe ein unschuldiges junges Leben ausgelöscht!«

»Steffen ...«

»Ich habe auch meine Familie zerstört!«, fuhr er sie an. »Meine ständige Abwesenheit, meine Starrköpfigkeit, die aufgezwungene Verschwiegenheit, die mich immer mehr von meiner Frau trennte. Sie hat mich so viele Male gebeten, in eine andere Abteilung zu wechseln, aber ich wollte das nicht. Die

Anforderungen für das SEK sind hart, ich wollte die Ausbildung nicht umsonst durchlaufen haben. Ich sah Sinn in meinem Tun!« Steffen atmete tief durch und fügte beherrschter, jedoch keineswegs mit weniger Selbstvorwürfen hinzu: »Vermutlich habe ich auch Maries Leben zerstört. Kinder sollten bei Mutter *und* Vater aufwachsen!«

Janica schwieg. Es war ihr nahezu unmöglich einzuschätzen, was sie sagen und was lieber verschweigen sollte. Der Tod eines Kindes war stets schmerzlich, unnötig und ungerecht. Dass er den Tod dieses Jungen nicht absichtlich herbeigeführt hatte, wusste Steffen selbst. Allerdings bedeutete das für ihn keinen Trost; dieses Wissen half nicht, sein gequältes Herz und seine gemarterte Seele zu beruhigen.

Maßlos überfordert knetete Janica ihre Finger. Noch nie zuvor hatte sie es mit einem Mann zu tun gehabt, der sein Leben beenden wollte, der mitten in der Nacht neben ihr auf dem Gehweg einer Brücke saß und ihr seinen Kummer offenbarte.

Ob sie ihn bitten konnte, ihren Vater aufzusuchen? Aber der wohnte außerhalb der Stadt. Jedenfalls benötigte Steffen dringend einen Gesprächspartner, möglichst einen, der – im Gegensatz zu ihr – für solche Fälle geschult war.

Ein anhaltendes Schweigen senkte sich über die beiden und den Hund, der zwischen Janica und Steffen lag und döste. Erneut trat der entfernte Verkehrslärm in den Vordergrund, mischte sich in das Wispern der Blätter im Wind. Der Innenstadtnähe zum Trotz drang der tiefe, klagende Ruf eines Kauzes zu ihnen.

»Es ist spät. Ich habe dich lange aufgehalten«, sagte Steffen plötzlich nüchtern.

»Das macht nichts. Ich habe morgen frei.«

»Ich weiß nicht einmal, was du so machst.«

»Das ist nicht so wichtig.«

»Menschen retten, die auf Brückengeländer klettern?«, meinte er freudlos, obwohl versteckter Humor in der Frage mitschwang.

»Nicht täglich.«

»Du und dein Hund, ihr seid ein eingespieltes Team.«

Janica lächelte und erhob sich. Mit beiden Händen klopfte sie sich den Straßenstaub von der Jeans. Balou stand ebenfalls auf und streckte sich gähnend.

»Wo wohnst du? Ich würde dich gern nach Hause begleiten.«

Steffen, inzwischen auch auf den Beinen, schaute nachdenklich auf sie hinab. Er schwieg geraume Zeit, bevor er eigentümlich langsam, nahezu zögernd erwiderte:

»Das brauchst du nicht.«

»Ich möchte es aber.«

»Keine Angst, heute …«

Steffen beendete den Satz nicht. Vielleicht nahm er an, dass Janica ohne großartige Ausführung verstand, was er sagen wollte. Allerdings wirkte er plötzlich sonderbar kraftlos und erschöpft. Ob ihm die Energie für eine längere Erklärung fehlte?

Janica beobachtete die Veränderung in seinem Gesicht und seiner Körperhaltung mit einem erneuten Anflug von Misstrauen.

»Bitte, Steffen. Ich fühle mich verantwortlich.«

Wieder traf sie sein grübelnder Blick. Er kniff sein linkes Auge halb zu, während er sie musterte. Janica rechnete mit einem Kommentar in der Art, dass er alt genug sei, um für sich selbst Verantwortung zu übernehmen, doch zu ihrer Verwunderung nickte er nur und bückte sich nach der Hundeleine. Für einen Augenblick erhaschte Janica einen Blick auf seine linke Halsseite. Vernarbtes Gewebe wies auf eine großflächige Verbrennung hin, die er wohl schon Jahre zuvor erlitten haben musste.

Offenbar hatte er ihren Blick bemerkt, denn er richtete sich auf, zog den Ausschnitt seines dunklen T-Shirts nach unten und offenbarte die vernarbte Haut.

»Ich habe vergeblich versucht, meine Eltern aus einem brennenden Autowrack zu retten«, erklärte er leise, ließ den Halsausschnitt des T-Shirts los und deutete mit einer Kopfbewegung auf ihr Mountain-Bike.

Janica hob es eher zögernd auf, wirbelten ihre Gedanken doch wie in einem Sturm durcheinander. Der Mann hatte allerhand durchgemacht. Den Feuertod der eigenen Eltern mitzuerleben ... Nun hatte der Tod des Jungen das Fass zum Überlaufen gebracht. Traurig schüttelte sie den Kopf. Steffen wirkte äußerlich überaus robust und durchtrainiert, aber seine Seele litt wohl seit Langem, seine Lebensfreude war auf ein winziges Samenkorn zusammengeschrumpft. Doch Janica wusste, dass aus einem verschwindend kleinen Saatkorn, welches man hegte und pflegte und mit Aufmerksamkeit und Liebe umgibt, ein starker Baum wachsen konnte.

KAPITEL 3

Thomas, nur mit einer Pyjamahose bekleidet, das braune Haar vom Schlaf zerzaust, öffnete die Tür. Stirnrunzelnd sah er Steffen an, dessen Augen eigentümlich zuckten und der leer an ihm vorbeistarrte. Wortlos taumelte Steffen durch den dunklen Flur und verschwand im Gästezimmer. Auf Thomas wirkte sein älterer Bruder, als habe er irgendwelche Drogen konsumiert. Außerdem hatte er ihn in seinem Zimmer vermutet. Im Grunde hätte Thomas es besser wissen müssen. Steffen war seit dem Unglück mit dem Kind jede Nacht stundenlang durch die Wohnung getigert, hatte sich im knarrenden Gästebett von einer Seite auf die andere geworfen und halblaut vor sich hin geredet. Heute hingegen war es völlig still geblieben, was Thomas jedoch auf die maßlose Erschöpfung seines Bruders geschoben hatte. Irgendwann musste der ja auch mal schlafen. Und er ebenfalls! Zumal sein Schlafmangel bereits eigenartige Früchte hervorbrachte. Erst an diesem Tag hatte er – wie jeden Freitag – die Pausenaufsicht gemacht, sich dabei aber nicht einmal darüber gewundert, dass die zweite Aufsicht von einem anderen Lehrer als sonst gehalten wurde. Nach der Pause war er – wie eben an jedem Freitag – im Lehrerzimmer gewesen, um in seiner Freistunde einen Kaffee zu genießen, als etwa eine halbe Stunde später ein Schüler geklopft und auf sein Öffnen gefragt hatte, warum er denn nicht käme. Auf Thomas' verdutzte Rückfrage, ob er bei ihnen eine Vertretungsstunde habe, hatte der Oberstufenschüler nur schief gegrinst und erwidert: »Nein, Mathe. Wie immer an einem Donnerstag um diese Uhrzeit!«

Thomas wurde in seinen müde dahinfließenden Überlegungen gestört, als eine weibliche Stimme ihm eine gute Nacht wünschte. Irritiert hob er den Kopf und erblickte eine große, athletisch gebaute junge Frau, deren wildgelocktes rotes Haar zu einem sportiven Pferdeschwanz zurückgebunden war, aber durch das Licht der Straßenlaterne deutlich hervorgehoben wurde. Die türkisblaue Jeans, die ab den Knien in einem wilden Farbverlauf von kräftigem Grün in sanftes Gelb überging, nahm er als ebenso übertrieben wahr wie die neongrünen Schuhbändel der Joggingschuhe.

Erstaunt darüber, dass Steffen eine Frau mitgebracht hatte, und verärgert, weil er sie wie ein Möbelstück vor der Tür stehen ließ, trat er beiseite.

»Entschuldigen Sie bitte, ich habe Sie gar nicht gesehen.«

»Wie denn auch? Sie schlafen ja noch«, erwiderte sie keck und ihr leises glucksendes Lachen verleitete ihn zu einem Grinsen.

»Bitte kommen Sie rein«, hörte er sich selbst sagen, obwohl er eigentlich keine Lust hatte, zu dieser späten Stunde Damenbesuch in seine Wohnung einzulassen.

Die Rothaarige zog die Augenbrauen hoch. Offenbar hatte sie nicht damit gerechnet, dass derjenige, der sie abschleppte, mit einem anderen Mann zusammenlebte. Wenigstens sah sie nicht wie eine Professionelle aus, vielmehr wie eine Sportlerin, zumal sie Radhandschuhe trug.

»Danke, aber ich fahre lieber nach Hause. Ich war nur der Geleitschutz.«

»Geleitschutz?«

Jetzt war Thomas hellwach. Er hatte doch nicht etwa eine dieser geheimnisvollen weiblichen SEK-Angehörigen vor sich, über deren Anzahl man keine Angaben machte?

»Na ja«, druckste sie herum und wandte sich halb ab, als wolle sie die Flucht antreten.

Im Augenblick wirkte sie wie eine seiner Schülerinnen, die die verlangte Physikausarbeitung zu Hause hatte liegen lassen. Sehr viel älter als der Abi-Jahrgang konnte sie ohnehin nicht sein.

»Du kannst es ihm erzählen, Janica. Ich hau mich ins Bett«, rief Steffen, bevor er die Tür zum Gästezimmer zuschlug, das er seit rund einem Jahr bewohnte.

Thomas wollte ebenfalls wieder ins Bett, zumal am nächsten Tag nicht wie erhofft Samstag, sondern *noch mal* Freitag war. Leicht genervt verschränkte er die Arme vor seinem unbekleideten Oberkörper und lehnte sich seitlich an den Türrahmen. Er war erleichtert, dass die neugierige Nachbarin von gegenüber schlief, sodass er sich nur vor *einer* Frau in Pyjamahosen zeigte.

»Als ich Steffen traf, stand er auf der Brüstung einer Brücke ...«, begann sie und zog hilflos die Schultern hoch.

Thomas verstand sofort. Das vergangene Jahr war für Steffens vormals belastbares Gemüt katastrophal abgelaufen. Seine Frau hatte ihn endgültig vor die Tür gesetzt, weshalb er seine Tochter kaum noch sah. Einer seiner besten Freunde, der einzige außerhalb des SEKs, war beim Klettern abgestürzt, lange vermisst und letztlich tot gefunden worden. Letzte Woche nun dieses Drama bei der Geiselnahme und dem verhängnisvollen Schuss, den sein Bruder abgegeben hatte. Das getötete Kind war gleich alt wie Marie. Steffen wurde, wie das wohl üblich war, von seinem Vorgesetzten gezwungen, einen Psychologen aufzusuchen. Dieser entpuppte sich allerdings als eine taffe Frau, mit der ein Beschützertyp wie Steffen überhaupt nicht zurechtkam. Zu guter Letzt war für morgen die erste Anhörung wegen des schrecklichen Vorfalls angesetzt. *Heute*, korrigierte sich Thomas mit einem Seitenblick auf die Kirchturmuhr.

»Wir haben uns einige Zeit unterhalten. Über die Scheidung, das SEK, dieses Kind, aber Sie wissen sicher besser über alles Bescheid?«

Thomas nickte, wandte sich um und starrte in die dunkle Wohnung hinein. Steffen hatte einer wildfremden Person über seine Tätigkeit beim SEK erzählt? So leichtsinnig war er doch sonst nicht! Immerhin bedeutete die Anonymität der SEK-Mitglieder Schutz für sie und ihre Familien. Er musste wirklich völlig von der Rolle gewesen sein. Bereit, seinem Leben ein Ende zu setzen? Dann brauchte natürlich auch niemand mehr geschützt zu werden ...

Die Frau, *Janica*, erinnerte sich Thomas, räusperte sich.

»Ihr Freund benötigt dringend Hilfe«, sagte sie leise, als fürchte sie, sich zu stark in Angelegenheiten einzumischen, die sie nichts angingen.

»Er ist mein Bruder«, stellte Thomas zuerst einmal richtig, drehte sich wieder zu der Lebensretterin um und reichte ihr seine Hand. »Ich heiße Thomas, und es tut mir leid, dass Sie da hineingezogen ...«

»Mir nicht!«, widersprach sie schnell und fügte hinzu: »Gut, ich weiß natürlich nicht, ob Ihr Bruder wirklich gesprungen wäre, trotzdem bin ich froh, dass ich gerade zu dem Zeitpunkt auf dieser Brücke war.«

»Ich ebenfalls. Und ich danke Ihnen für das, was Sie getan haben. Ja, Steffen braucht dringend Hilfe. Er ist zwar über den Dienstweg an eine Psychologin verwiesen worden, aber ...«

Thomas brach ab und nun war es an ihm, die Schultern hochzuziehen. Was veranlasste ihn, mit dieser Fremden so vertrauensvoll zu sprechen? War es Steffen ebenso ergangen? Hatte auch er sich von ihrer Aufmerksamkeit und Fürsorge so angenehm angezogen gefühlt?

»Vielleicht wäre es sinnvoll, wenn er jemanden außerhalb dieses Polizeiapparates aufsucht?«, schlug Janica vor.

Thomas lehnte sich wieder an den Türpfosten. Diese junge Frau war wirklich ungewöhnlich engagiert. Im Grunde hätte sie Steffen abliefern und gehen können. Sie hätte ihn nicht einmal begleiten müssen – und auf der Brücke hätte sie ihn auch schlichtweg *übersehen* können.

»Das ist nicht so einfach«, brummte Thomas und senkte den Blick, da er die Fremde nicht noch mehr anstarren wollte. »In seinem Job ist er viel unterwegs. Die Geheimhaltung und die Trainingseinheiten kommen ebenfalls hinzu. Er hat kaum Freunde oder sonstige soziale Kontakte. Dazu kommt, dass seine Vorgesetzten ihn vermutlich sofort aussortieren, falls sie Bedenken an seiner Stabilität und damit an seiner Einsatzfähigkeit hegen. Man muss sich dort hundertprozentig auf ihn verlassen können!«

Janica rieb sich den Nacken, wobei sie an ihm vorbei in den dunklen Flur schaute. Sie schien nachzudenken.

»Ich kenne da jemanden ...«

Sie brach ab und lächelte ihn plötzlich erstaunlich schüchtern an. Er nickte ihr auffordernd zu. Jede Hilfe, die Steffen bekommen konnte, war wichtig und zumindest eine Überlegung wert. Bei dem erneuten Gedanken daran, dass Steffen womöglich versucht hatte, sich das Leben zu nehmen, knoteten sich seine Eingeweide zusammen. Ein reißender Schmerz, ein unangenehmer alter Bekannter von ihm, gepaart mit ebenfalls altvertrauten Verlustängsten ließ ihn frösteln. Längst vergessen geglaubte Schreckgespenster schienen schlagartig aus der Versenkung aufzutauchen. Es brauchte einen gewaltigen Kraftakt, sich weiterhin auf die außergewöhnliche Erscheinung vor seiner Tür zu konzentrieren.

»Er hat Psychologie und Theologie studiert und viel Erfahrung im Umgang mit Menschen in Extremsituationen. Allerdings wohnt er auf einem ehemaligen Bauernhof, gut fünfzig Kilometer von hier.«

Wieder brach sie ab und neigte fragend den Kopf.

Thomas, dem allmählich die kalte Nachtluft in die Glieder kroch, verlagerte mehrmals das Gewicht von einem Fuß auf den anderen.

»Momentan ist Steffen ohnehin beurlaubt. Es sind einige Anhörungen angesetzt. Die muss er wahrnehmen. Wer ist der Mann, von dem Sie sprechen?«

»Mein Vater.«

Thomas fuhr sich mit der Hand über das Gesicht, während er das Für und Wider abwog.

Womöglich dauerte ihr seine Entscheidungsfindung zu lang oder sie wollte endlich heimgehen, denn sie unterbreitete ihm folgenden Vorschlag:

»Vielleicht schreiben Sie mir Ihre und Steffens Telefonnummer auf. Ich rufe Sie morgen früh an, nachdem ich mit meinen Eltern telefoniert habe.«

Thomas nickte und verschwand im Haus. Zögernd griff er nach einem Notizblock. *Ob Janica ihrem Vater nur einen neuen zahlenden Patienten vermitteln wollte?*, schoss es ihm durch den Kopf, doch er verdrängte diesen unsinnigen Gedanken. Niemand schlug sich mit einem potenziellen Selbstmörder die halbe Nacht um die Ohren, beteiligte sich an Lösungsvorschlägen und verfiel auf so eine Geschäftsidee. Er kritzelte seine Festnetznummer und seine Mobilnummer auf den rosafarbenen Notizzettel, warf den Kuli auf die Ablage und trat zurück in die Tür.

Janica zog ihm mit einem Lächeln das quadratische kleine Papier aus der Hand.

»Johannisbeer-Marmeladekochen-Rosa.«

Nach dieser eigentümlichen Benennung der Zettelfarbe schob sie diesen in die Gesäßtasche ihrer schrillen Jeans. Aber er musste ihr recht geben. Die Farbe erinnerte tatsächlich an den Schaum gekochter Johannisbeeren – und somit an seine Mutter ...

»Ich fahr dann mal besser heim.«

»Danke für Ihre Hilfe.«

»Ich war sehr erschrocken, als ich Steffen da oben stehen sah. Nun bin ich froh, dass er nicht allein wohnt.«

Sie zögerte, hob schließlich grüßend die Hand und eilte über die Steinplatten bis zur Buchsbaumhecke und verschwand dahinter.

Thomas hörte ein metallisches Knirschen, als sie ihr Rad vom Bürgersteig aufhob, und einen leisen Befehl, der klang, als gelte er einem Hund. Sie fuhr in Richtung Fluss davon, sodass sie nicht am Gartentor vorbei musste. Somit konnte er keinen letzten Blick auf sie werfen. Wieder lehnte er sich seitlich an den Türrahmen. Eigentlich hätte er anbieten müssen, sie heimzufahren. Aber vermutlich hätte sie das Angebot ohnehin abgelehnt. Keine halbwegs vernünftige Frau stieg in das Auto eines ihr unbekannten Mannes. Zudem wollte sie sicher nicht, dass er in dieser Nacht Steffen aus den Augen ließ.

Beim Anblick des sternenübersäten Himmels seufzte Thomas auf. Nun, da die Frau fort war, brach die Wahrheit über das Geschehene mit Macht über ihn herein. Steffen hatte versucht, sich das Leben zu nehmen. Wäre diese Janica nicht zufällig zur späten Stunde mit ihrem Rad unterwegs gewesen, würde sein Bruder jetzt wohl leblos in den Fluten treiben. Thomas kniff die Augen zusammen. Außer Steffen war ihm niemand aus der Familie geblieben. War diesem denn nicht klar, wie sehr er ihn brauchte? Der starke, sportliche große Bruder war zeitlebens sein Vorbild gewesen; immer für ihn da, gespickt mit abenteuerlichen Ideen und einem wunderbaren Humor. Er, Thomas, war doch der ernste Typ. Der, der das Leben strikt nach Farben sortierte, während Steffen sie einfach wild durcheinander warf.

Thomas liebte seine Schwägerin und seine Nichte. Die beiden bedeuteten Familie und Heimat für ihn, aber auch dieser Hort zerfiel wie ein nicht gepflegtes altes Gebäude. Übermannt von Kummer drehte Thomas sich mit dem Rücken zum Türpfosten, rutschte an diesem hinunter und setzte sich auf die breite Türschwelle. Den Hinterkopf an das Holz gelehnt starrte er in die Unendlichkeit des schwarzen Himmels hinauf. Grillen zirpten, das entfernte gleichmäßige Brummen von Verkehrslärm war mehr zu erahnen als zu hören.

Steffens unnachahmlicher Humor und sein starker Lebenswille, den er vor allem nach dem Tod ihrer Eltern und während seines langen Krankenhausaufenthalts gezeigt hatte, waren in den vergangenen Monaten einer leisen schwermütigen Stille gewichen. Das hatte Thomas sehr wohl bemerkt, dies jedoch für eine nachvollziehbare Reaktion auf die vielen und aufreibenden Schicksalsschläge gehalten, die seinen Bruder getroffen hatten. Aber offenbar war diese Wesensveränderung mehr als ein normaler Vorgang, ein Sich-abfinden-Müssen, ein Neuorientieren. Ein Schmerz hatte sich in die Seele seines Bruders gefressen. Trieb der ihn dazu, sich selbst zu zerstören? Hätte Thomas das erkennen müssen? Darauf reagieren müssen?

Ein Seufzen, tief in seinem Inneren geboren, brach sich Bahn. Es war zumindest noch nicht zu spät. Dank einer jungen Frau, die sie nicht einmal kannten. Im Augenblick hätte es ihn nicht verwundert, wäre Janica statt in dieser auffälligen Jeans und einem weißen T-Shirt in ein weißes Kleid gehüllt gewesen. Sie war zur rechten Zeit mit ihrem Rad über die Brücke gefahren. Zu einer außergewöhnlichen Zeit! Und sie hatte wohl auch die richtigen Worte für Steffen gefunden; eine Fremde! Sie kam ihm vor wie ein Schutzengel. Steffens Engel.

Kapitel 4

28. April

Janica wuchtete das schwarze Mountain-Bike die Metallaußentreppe hinauf, die an den beiden anderen Eingangstüren vorbei zu ihrer Dachwohnung führte, stellte es auf dem unter ihren Schritten leicht dröhnenden Metallsteg ab und pfiff nach Balou. Der Hund mochte weder die steile Treppe noch die Metallroste, weshalb er den Zugang zur Wohnung immer sehr vorsichtig anging. Seit Janica mit dem Rad in den Armen einmal über ihn gestolpert war, musste das Tier unten warten, bis sie es rief.

Sie öffnete die in kirschrot gestrichene Tür, ließ sie offenstehen und entledigte sich erst ihrer Radhandschuhe, warf dann die Schlüssel in den Hängekorb und hörte, wie Balou die Eingangstür ins Schloss schob. Mechanisch füllte sie ihm den Trinknapf auf, bereitete seine Mahlzeit zu, über die er sich heißhungrig hermachte, da es weitaus später war als üblich, während sie in ihr blau gekacheltes Bad verschwand, um zu duschen.

Mit nassem Haar setzte Janica sich an den alten, verschrammten Eichenholztisch, der die gesamte Länge des Küchen- und Wohnbereichs einnahm und deshalb an der Wand stand, griff nach ihrem großen Trinkglas und schenkte sich aus der bereits geöffneten Wasserflasche ein. Gierig trank sie das erste Glas leer, goss nach und beobachtete grübelnd die winzigen milchig weißen Lichtpunkte, die entstanden, da sie die klare Flüssigkeit hin und her schwappen ließ.

»Das war knapp«, murmelte sie.

Balou schaute sie mit schief gelegtem Kopf an, ehe er diesen wieder auf die Vorderfüße bettete.

Zum wiederholten Male rekapitulierte sie das Geschehen der vergangenen zwei Stunden. Sie erzitterte bei dem Gedanken daran, dass ein Leben, für das sicher noch mehr vorgesehen war, als ein Regenbogen an Farbspektren darbot, beinahe ein Ende gefunden hatte. Erschöpft lehnte sie sich zurück und betrachtete weiterhin das Spiel von Licht und Wasser, während sie sich überlegte, wie sie ihre Eltern überreden konnte, einen ganz speziellen Gast aufzunehmen. Sie zweifelte keine Sekunde an ihrer grundsätzlichen Bereitschaft hierfür, doch die beiden wogen sehr genau ab, wie viel sie sich selbst zumuten durften. Immerhin hatte ihr Vater ein kräfteraubendes Burn-out hinter sich.

Von vielerlei Überlegungen umgetrieben, drifteten ihre Gedanken erneut zu Steffen ab. Hoffentlich versuchte er nicht noch einmal, das zu vollenden, wobei sie ihn gestört hatte. War sein Bewusstsein einzig darauf fokussiert? Trieben seine inneren Nöte ihn wieder hinaus – gleich heute Nacht? Schließlich fand morgen eine Anhörung zu dem von ihm so unglücklich abgegebenen Schuss statt, der einem kleinen Kind das Leben gekostet hatte. Fürchtete er, dass es zu einer Anklage kam, einer Gerichtsverhandlung, einem Schuldspruch? Oder machte ihm die ihn schuldigsprechende Stimme in seinem Kopf so sehr zu schaffen, dass er sein Leben nicht mehr als lebenswert erachtete? Wollte er mit seinem Tod gar den des Jungen abgelten?

Natürlich hatte er nichts anderes im Sinn gehabt, als der bedrohten Familie zu helfen. Dennoch gab es eine Untersuchung des Vorfalls. Vermutlich war das so üblich. Aber wie schwer musste es für Steffen sein, zu erklären, was nicht hätte passieren dürfen; was nicht geplant und nicht gewollt gewesen und innerhalb eines einzigen Augenblicks doch geschehen war? Das damit einhergehende Leid der Eltern und der Geschwister war auch das seine. Erfassten diejenigen, die die Anhörung abhielten, diese Selbstverständlichkeit ebenfalls? Ahnten die Angehörigen des getöteten Jungen, wie sehr der Schütze unter dem Tod ihres Sohnes litt? Oder planten sie womöglich, Anzeige gegen ihn zu erstatten?

Alles Grübeln brachte nichts ein, hielt sie vielmehr vom Schlaf ab. Müde erhob sie sich, ließ das halb volle Glas auf dem Tisch zurück und begab sich in ihr winziges, in warmen Pastelltönen gehaltenes Schlafzimmer. Sie sank auf das Kissen und lag doch noch lange wach, gefangen in ihren Überlegungen. Sie muteten nicht weniger grau und schwarz an, wie die Farben der Nacht. Dabei machte sie sich bewusst, dass sie nicht zufällig zu dieser späten Stunde über genau diese Brücke geradelt war. Sie hatte mit Steffen zusammentreffen müssen! Ihre Wege hatten sich nicht grundlos gekreuzt, darüber war sie sich ebenso sicher wie über die Tatsache, dass in nur ein, zwei Stunden ein neuer Tag anbrach.

KAPITEL 5

Die goldfarbenen Lichtpunkte auf den Wellen blendeten mit der Sonne um die Wette, als diese hinter einer weißen Wolke hervorspickte. Janica zog die Sonnenbrille, die sie aufs Haar hinaufgeschoben hatte, wieder heraus und setzte sie auf. Ein Windstoß trieb ihr einige der wie Korkenzieher aufgerollten Strähnen ins Gesicht, also griff sie in ihr Haar und flocht geschwind einen dicken Zopf. Der weinrote Stoff des Sonnenschirms über ihr blähte sich auf und ließ ein protestierendes Knattern hören. Balou stand wie so oft mit den Hinterpfoten auf dem Holzbrett, das ihn vor einem Verweilen auf den Eisenstäben bewahrte, und hatte die Vorderpfoten über das Geländer gelegt. In dieser Haltung beobachtete er seit gut einer Stunde die Radfahrer und Fußgänger auf dem Weg zwischen dem Haus und dem steilen Ufersaum. Irgendwann hatte er genug gesehen und verschwand in der deutlich kühleren Wohnung.

Wenig später kündigten dröhnende Schritte auf der Metalltreppe das Nahen einer Person an. Janica, die ihren Roman aufgeschlagen auf dem Bauch liegen hatte, die Füße auf eine halbhohe Verstrebung des Geländers gestützt, verfolgte den Weg des Ankömmlings. Die Schritte verharrten kurz vor der Tür zur Wohnung im ersten Stock, bevor sie den unteren Steg entlang dröhnten und auf der nächsten Treppe erklangen. Vor der zweiten Tür hielten sie ebenfalls für einen Moment inne, ihr erneutes Einsetzen verdeutlichte Janica, dass jemand zu ihr wollte. Sie schob die Sonnenbrille zurück aufs Haar und wartete, bis sie einen dunklen Haarschopf und schließlich einen breiten Rücken sah. Doch erst als ihr Besucher auf dem obersten Steg ankam, erkannte sie in ihm Thomas. Sein Gesicht spiegelte denselben Ernst wider, den sie auch in der Nacht bei ihm gesehen hatte. Zudem wirkte er zutiefst bedrückt. Er strebte an ihrer offenstehenden Wohnungstür vorüber und trat vor sie.

»Hallo Janica – äh?«

»Ist schon in Ordnung. Ich steh nicht so auf Förmlichkeiten.«

»Gut«, erwiderte der junge Mann und lehnte sich, wie in der Nacht zuvor, seitlich an die Hauswand.

Abwartend blickte Janica zu ihrem Besucher auf. Sie hatte ihn am frühen Morgen angerufen und ihm die Telefonnummer ihrer Eltern durchgegeben, da ihr Vater sich bereiterklärt hatte, Steffen kennenzulernen.

»Steffen hatte sich dazu entschieden, deinen Vater zu treffen«, erklärte Thomas, klang dabei aber keinesfalls erfreut oder gar erleichtert. Irgendetwas musste vorgefallen sein. »Ich habe ihn daraufhin zur Anhörung gefahren und später wieder abgeholt. Jetzt hat er sich in seinem Zimmer eingeschlossen und spricht nicht mit mir.«

Janica sprang erschrocken auf. Mit einem dumpfen Aufklatschen fiel das Buch auf den Metallsteg.

»Er ...?«

»Ich denke nicht, dass er sich etwas antut. Bevor ich losgefahren bin, hat er mich angebrüllt, dass ich ihn endlich in Ruhe lassen soll. Es tut mir leid, dass ich dich hier einfach so überfalle, doch ich weiß nicht, was ich tun soll. Seine Psychologin will ich nicht anrufen. Ich werde das Gefühl ohnehin nicht los, dass die beiden nichts zuwege bringen.«

Thomas schob hilflos die Hände in die Taschen seiner Jeans und zuckte mit den Schultern.

»Ich bin aber niemand, der sich damit auskennt«, murmelte Janica, während sie sich bückte und das Buch aufhob.

Sie legte es auf den Liegestuhl und schloss den Sonnenschirm.

»Trotzdem habe ich den Eindruck, ... dass du das gestern ziemlich gut gemeistert hast«, widersprach Thomas.

Sein Unbehagen, sie hier zu stören und mit seiner noch nicht ausgesprochenen, dennoch klar in der Luft hängenden Bitte zu belästigen, war ihm deutlich anzumerken.

»Aus der Not heraus«, erklärte Janica mit einem halbherzigen Lächeln.

»Ich weiß, dass es viel verlangt ist, immerhin kennst du uns nicht: Aber könntest du dir vorstellen, mich zu begleiten und mit ihm zu sprechen? Vielleicht hilft es. Er ist ein absoluter Beschützertyp und würde einer Frau gegenüber niemals ausfällig werden oder in ihrer Gegenwart etwas tun, das sie in Not bringen könnte.«

»Dir ist aber bewusst, dass ich nicht ständig um ihn sein kann?«

»Natürlich! Du hast schon so viel für ihn getan«, erwiderte Thomas sichtlich beschämt und trat dabei unbehaglich von einem Fuß auf den anderen.

Janica fand die formelle Korrektheit und seinen Widerwillen, sie um Hilfe zu bitten, vielmehr beängstigend als nervig. Müsste sie Thomas auf einer Farbskala beurteilen, käme er wohl kaum über ein langweiliges Grau oder ein biederes Braun hinaus.

»Ich ... Ich möchte dich nur noch darum bitten, uns zu deinem Vater zu begleiten. Danach wirst du uns sicher nicht mehr wiedersehen.«

Janica klappte den Liegestuhl mit dem inliegenden Buch zusammen und lehnte ihn an die grau-weiß verputzte Wand.

»Bist du mit dem Auto da?«

»Es steht unten auf der Wendeplatte im Parkverbot.«

»Ich komme sofort. Ist es ein Problem für dich, wenn ich meinen Hund mit in dein Auto nehme?«

»Nein, gar nicht.«

Seine Antwort klang zögernd. Aber offensichtlich war er bereit, über mehr als einen Schatten zu springen, solange nur seinem Bruder geholfen wurde.

»Wir treffen uns dann auf der Wendeplatte.«

Thomas verpackte sein weiterhin anhaltendes Unbehagen in ein dankbares Nicken und drehte sich um. Seine hastigen Schritte auf dem Steg brachten das Metallkonstrukt zum Schwingen. Janica stülpte eine Schutzhülle über den Stoff des Sonnenschirms und huschte eilig in ihre Wohnung. Sie schlüpfte in ein Sommerkleid, das sie angesichts der Minzfarbe und der dunkelbraunen, fast schwarzen Paspelierung als After-Eight-Kleid bezeichnete, dazu in ihre schwarzen Leinenschuhe und griff nach ihrer Handtasche.

Balou, der es sich unerlaubterweise in ihrem Schlafzimmer bequem gemacht hatte – was erklärte, weshalb er sich nicht auf den Besucher gestürzt hatte –, folgte ihr, voll Vorfreude auf einen Ausflug.

Zögernd verharrte sie in der Eingangstür, während Balou die ungeliebte Treppe in Angriff nahm. Wieder einmal holten sie erst verspätet, nachdem sie bereits eine Entscheidung getroffen hatte, zweifelnde Überlegungen ein. Ob es wirklich richtig war, was sie da vorhatte? Immerhin kannte sie weder Steffen noch Thomas gut genug, um sich mit ihnen in ein Auto zu setzen. Gut, sie hatte Balou dabei, der zwar wie ein verspielter Welpe agierte, aber durchaus über sie wachte. Dennoch blieb ein flaues Gefühl in ihrem Magen. Also kramte sie ihr Mobiltelefon aus der Handtasche, sagte ihren Eltern, mit wem sie unterwegs zu ihnen sei, und schob das Gerät, was sie sonst nicht tat, in die aufgenähte Tasche des Kleides.

Geschwind eilte sie über die Stege und Treppen und legte dem wartenden Balou eine Hand auf den struppigen Kopf, woraufhin dieser sich erhob und ihr bis zur Wendeplatte auf der Vorderseite des gewaltigen Gebäudekomplexes folgte. Ein älteres Opelmodell in dunklem, mattem Blau parkte dort im Halteverbot. Bevor ein spürbar nervöser Thomas sie bemerken und aussteigen konnte, öffnete Janica die hintere Tür und ließ Balou hineinspringen. Schwanzwedelnd, was das Fahrzeug zum Schaukeln brachte, stürzte er sich auf den erschreckt zusammenzuckenden Fahrer. Janica hörte noch seinen erstickten Ausruf, bevor sie die Tür schloss und die Beifahrertür aufriss.

»Du hattest von einem Hund, nicht von einem Bär gesprochen.«

Die Klangfarbe in Thomas' Stimme klang mühevoll beherrscht, dennoch deutlich vorwurfsvoll.

»Entschuldige. Ich vergesse immer wieder, wie groß er auf andere wirken muss.«

Thomas drehte vorsichtig den Kopf, und Janica gelang es mit einem warnenden Schnalzlaut gerade noch rechtzeitig, Balou davon abzuhalten, ihm das Gesicht zu waschen.

»Platz!«, befahl sie leise, aber streng und bemerkte aus dem Augenwinkel die Erleichterung im Gesicht von Thomas, als der Wolfshund sofort reagierte.

Sie konnte nur mühsam ein belustigtes Auflachen unterdrücken. Von diesem jungen Mann ging bestimmt keine Gefahr für sie aus, und Steffen war sicher viel zu sehr mit sich selbst beschäftigt.

*

Thomas, der sich gefragt hatte, wo um alles in der Welt sein Bruder noch Platz im Auto finden konnte, hörte sich die kurze Diskussion zwischen Steffen und Janica darüber an, wer vorn und wer hinten sitzen musste. Sein Bruder war ein wohlmeinender Beschützertyp und offenbar hatte er das so im Blut, dass dieses Gen auch jetzt noch funktionierte, obwohl in seinem Inneren ein gewaltiges Durcheinander herrschte. Letztlich quetschte sich Steffen zu dem Hund auf die Rückbank. Der Bär bettete vertrauensvoll seinen Kopf auf den Schoß des Mannes, und Janica stieg wieder vorn ein. Trotz der halbherzigen Proteste von Steffen stellte Janica den Sitz weit nach vorn und die Lehne etwas aufrechter. Als Thomas den Wagen anließ, drehte sie sich um und meinte:

»Bevor dir die Beine abfallen, tauschen wir aber doch.«

»Alles bestens«, lautete die Antwort und mit einem Blick in den Rückspiegel sah Thomas, wie dieser Bär von einem Hund genießerisch die Augen schloss und die intensiven Streicheleinheiten genoss, die ihm zuteilwurden.

Ob das ein gegenseitiges Geben und Nehmen war?

Während Thomas den Wagen in Richtung Ausfallstraße lenkte, wurde ihm bewusst, dass Steffen schon immer ein Faible für Hunde besessen hatte, er selbst brachte den Vierbeinern eher Misstrauen und einen gehörigen Respekt entgegen. Im Alter von sechs Jahren hatte es einen denkbar schlechten Start zwischen ihm und dem angeblich besten Freund des Menschen gegeben. Ein Schäferhund war an Thomas hochgesprungen, was ihn, überrascht und von dem nicht zu verachtenden Gewicht des Tieres, aus dem Gleichgewicht gebracht hatte. Noch heute erinnerte er sich an seine damals empfundene Angst und an den Sturz rücklings in den See. An den vergleichsweise winzigen Hund, den Steffen und seine Frau sich vor drei Jahren angeschafft hatten, hatte er sich nur langsam gewöhnt. Meist hatte er das Tier unbeachtet links liegen gelassen. Thomas tippte, völlig in Gedanken und Erinnerungen versunken, mit dem Zeigefinger seiner rechten Hand auf den unteren Lenkradrand. Vermutlich fehlte Steffen nicht nur seine

Frau und Marie, sondern auch dieses kleine Wollknäuel. Das Leben seines zielstrebigen, erfolgreichen und beliebten Bruders war in den vergangenen Monaten gehörig aus den Fugen geraten. Dramatische Ereignisse und schmerzhafte Vorkommnisse schienen ihn wie das sprichwörtliche Pech zu verfolgen und an seinen Füßen zu kleben. Klebrig, schwarz und stinkend – und offenbar wusste Steffen nicht, wie er es loswerden konnte, wie er mit diesem Ballast umgehen sollte. Nun drohte ihn dieser, in einen dunklen bodenlosen Strudel zu ziehen. Obwohl Thomas Janicas Vater nicht kannte, konzentrierte er im Augenblick all seine Hoffnung auf diesen Mann. Falls er dieselbe Lebendigkeit wie seine Tochter versprühte ..., dasselbe Gespür besaß, mit Steffen umzugehen ... Erneut warf er einen Blick in den Rückspiegel. Janica war es irgendwie gelungen, Steffen aus seiner Höhle zu locken und ihn ins Auto zu bugsieren. Oder verdankten sie diesen Erfolg vielmehr ihrem tierischen Begleiter, der passenderweise den Namen des leichtlebigen Dschungelbuch-Bären trug? Jedenfalls ging Thomas davon aus, dass Balou ein Nachkomme eines Wolfs und eines Braunbären war. Er fragte sich, ob es an Steffens Charme und Rücksichtnahme lag, dass er sich nach hinten gequetscht hatte, oder daran, dass er sich gern zu Balou gesellte. Zu dem Tier, das keine drängenden, schwer zu beantwortenden Fragen an ihn stellte, keine Forderungen an ihn herantrug und das ihn wohl nie enttäuschen würde, wie Menschen es gelegentlich taten.

»Fährst du lieber über die Autobahn oder über die Landstraße?«

Thomas blinzelte, als Janica ihn ansprach. Er war tief in Gedanken versunken gewesen und hatte sich deshalb unhöflich in Schweigen gehüllt. Allerdings schien das die junge Frau nicht weiter gestört zu haben.

»Autobahn«, erwiderte er knapp und fragte sich, wie jemand freiwillig die deutlich langsamere und kurvenreiche Landstraße der um diese Uhrzeit nicht gerade überfüllten Autobahn vorziehen könnte.

Janica nickte, dennoch glaubte er, einen Hauch von Enttäuschung wahrzunehmen. Sie drehte sich auf dem Sitz erneut halb um und lächelte, als sie das friedliche Einvernehmen auf der Rückbank betrachtete.

»Wie war die Anhörung? Oder willst du nicht darüber reden?«

Thomas zog eine Grimasse. Er hatte nicht nachgefragt, zumal Steffen mit hochrotem Gesicht aus dem Gebäude gestürmt gekommen war und sich, kaum dass sie zuhause waren, in seinem Zimmer verbarrikadiert hatte. Das Verhör musste zutiefst aufreibend und verstörend verlaufen sein. Das würde sich doch auch Janica denken können, nachdem, was er erzählt hatte und wie sie Steffen in seinem Zimmer angetroffen hatte?!

»Eigentlich nicht«, lautete Steffens abweisende, aber nicht unhöfliche Antwort.

Er hatte sich Janica gegenüber gewohnt gut im Griff.

»Vielleicht später, wenn du das Gespräch ein bisschen verdauen konntest«, erwiderte Janica unkompliziert und drehte sich wieder nach vorn.

Steffen brummte zustimmend. Erneut kehrte Schweigen ein, einzig unterbrochen vom Motorengeräusch und dem gelegentlichen Klackern des Blinkers. Schließlich lenkte Thomas auf die Zufahrt zur Autobahn und drückte das Gaspedal ordentlich durch. Er wollte diese Fahrt so rasch wie möglich hinter sich bringen. Zwar rechnete er es Janica hoch an, dass sie ihm geholfen hatte, Steffen aus seiner Einsiedelei zu befreien, aber immerhin kutschierte er sie nun zu ihren Eltern. Außerdem war er nicht der Typ, der vorschnell Freundschaften einging oder sich auf irgendwelche Abenteuer einließ. Er hatte sein Leben gern geordnet und organisiert im Griff. Sein Bruder war der Draufgänger von ihnen, und diese Janica konnte ihre Pläne offenbar von einer Sekunde auf die andere über den Haufen werfen, war kontaktfreudig und zugänglich. Eigentlich bewunderns-, wenn nicht sogar beneidenswert, fand Thomas. Allerdings barg ihre Vertraulichkeit die Gefahr, dass sie ihm womöglich bald lästig sein würde. Wer wusste schon, wie anhänglich oder gar aufdringlich sie war? Ganz offensichtlich neigte sie zu Extremen, was allein die Größe ihres Hundes und die auffällige Farbwahl ihrer Kleidung bewies.

Eine weitere halbe Stunde verstrich schweigend, in der sie alle drei ihren eigenen Gedanken nachhingen, die sich wie eine Wolke unter dem Autodach zu sammeln schienen. Thomas hätte gern gewusst, wie dieses Wirrwarr aus Empfindungen aussah, das sie aussandten. Trübe und leer vonseiten Steffens, sorgenvoll und hilflos von ihm, und Janica fügte der Gefühls- und Gedankenwelt ihre eigentümliche Unbedarftheit und Leichtigkeit hinzu? Was für ein bizarres, womöglich gar explosives Gemisch! Er schrak auf, beinahe beschämt über derlei Unsinnigkeiten, denen er sich hingab, als Janica ihn auf die nächste Ausfahrt hinwies. Da er auf das Navigationssystem verzichtet hatte, folgte er ihrer Anweisung. Sie fuhren gut eine Viertelstunde durch hügeliges ländliches Gebiet, ließen eine Handvoll unbedeutend winzige Ortschaften hinter sich, die reichlich verschlafen in der Sommersonne lagen, kamen an mehreren Seen vorüber und bogen schließlich von der Landstraße in einen dichten Mischwald ab. Die schmale Straße schraubte sich in Serpentinen in die Höhe, bis sich der Wald, in dem majestätische dunkle Fichten die Vorherrschaft übernahmen, plötzlich lichtete. Als seien sie versehentlich in ein Gemälde von Caspar David Friedrich geraten, umgaben sie grüne, von der Sonne in Licht und Schatten getauchte Wiesenhänge, einige verstreut liegende Bauernhäuser und in Braun- und Gelbtönen verfärbte Felder. Janica bat ihn, in einen noch kleineren verschmutzten Weg abzubiegen, und er befolgte die Anweisung, wenn auch mit gerunzelter Stirn. Vermutlich erreichten sie gleich den Bretterzaun, der das Ende der Welt markierte.

Nach rund zweihundert Metern endete der holprige, von dunklen Bäumen eingefasste Pfad vor einem weitläufigen Gebäudekomplex. Unverkennbar war dies einmal ein Bauernhaus mit Stallungen, Scheunen und weiteren Schuppen gewesen. Die Fensterläden des Fachwerkhauses waren in fröhlichem Rot gestrichen, ebenso das gewaltige Scheunentor unmittelbar neben der ebenfalls roten Haustür. Weiße und graue Gänse liefen frei umher, zwischen dem ehemaligen Heuschober und einem durch einen Torbogen verbundenen niedrigen Stallgebäude entdeckte Thomas aufgeregt pickende Hühner. Er stieg wie in Trance aus und verschränkte die Arme auf dem Autodach. Dem Haus gegenüber, gleich jenseits des Platzes, auf dem er gehalten hatte, fiel eine durch unzählige Wildblumen geschmückte Wiese steil ab. Ein leise murmelnder Bachlauf schlängelte sich wie eine Trennlinie durch die Hügel. Der nächste Anstieg war mit einem Rundholzzaun bestückt, hinter dem sich einige Pferde tummelten. Mit seinem einrahmenden Waldbestand, dem hellen Birkenhain und den sich im Wind wiegenden Trauerweiden entlang des Baches mutete die Landschaft wie ein unberührtes Paradies an.

Janica musste hier draußen eine behütete und doch sehr freie Kindheit erlebt haben, schoss es Thomas beim Anblick der teils gezähmten, aber auch ursprünglichen Natur durch den Kopf. Gierig, beinahe wie ein Süchtiger, sog er die warme Luft in seine Lungen, die herrlich nach Erde und Wald duftete und eine tiefe, nahezu schmerzliche Sehnsucht nach Freiheit und erfülltem Leben in ihm weckte. Dies war ein perfekter Ort für einen seelisch angeschlagenen Mann wie Steffen, befand er. Das Gefühl der Dankbarkeit für Janica wuchs um ein Vielfaches an.

Plötzlich begann der Wolfshund frenetisch zu bellen und jagte ungestüm an ihm vorbei, sodass er sich ebenfalls dem schmucken, gepflegten Haus zudrehte. Ein Flügel des oben abgerundeten riesigen roten Scheunentors stand mittlerweile offen. Ein älterer Herr mit grauem Haar und einem etwas struppigen Vollbart, der überaus gut mit der Fellfarbe des Hundes harmonierte, trat heraus und wurde von dem überschwänglichen Balou an den zweiten Torflügel gedrückt. Oder war dem Mann, in dem Thomas Janicas Vater vermutete, diese stürmische Begrüßung so vertraut, dass er sich gar nicht weit vom Halt gebenden Holz in seinem Rücken entfernt hatte? Die Tatsache, dass Janica das Tier nicht zurückpfiff, wie sie es zuvor getan hatte, als es über ihn herfallen wollte, verriet die fehlende Abneigung des neuen Opfers dem Tun des Hundes gegenüber. Das verlangte Thomas eine gehörige Portion Respekt ab, schließlich war der Hund, stand er auf den Hinterbeinen, größer als der nicht eben klein gewachsene Hausherr.

Eine mollige Frau, mit ihren roten Locken unverkennbar Janicas Mutter, trat durch den Torbogen, was die Hühner veranlasste, ihr protestierend gackernd auszuweichen. Sie eilte so schnell auf ihre Tochter zu, dass ihr geblümter Sommerrock wie eine vom Wind zerzauste Blumenwiese um ihre Beine wirbelte. Die Frau zog Janica fest in die Arme.

Ein zwar winziger, aber spürbarer Stich machte sich in Thomas' Herzen bemerkbar und ärgerte ihn. Immerhin war er ein erwachsener Mann, der auf die dreißig zuging. Dennoch fehlte ihm die Umarmung seiner Mutter. Die von ihm beobachtete Begrüßung mutete ihm besonders innig an, obwohl die beiden Frauen sich bestimmt häufiger sahen. Janicas Mutter schien unendlich froh zu sein, ihre Tochter wohlbehalten vor sich zu haben. Fast so, als sei sie drei Jahre irgendwo in einem afrikanischen Krisengebiet unterwegs gewesen und soeben nach Hause zurückgekehrt.

Balou und Janica tauschten wie ein eingespieltes Team die Plätze. Der Mann zog seine Tochter ebenso fest in seine Arme, wie seine Frau es zuvor getan hatte, allerdings benahm sich Balou völlig anders. Er tapste schwanzwedelnd auf die Frau zu, drückte sich an ihre Beine und hielt still, solange er – ähnlich kräftig wie ein Teppich – abgeklopft wurde. Offenbar wusste das Tier, dass Janicas Mutter von ihm weder umarmt oder umgeworfen noch an die Mauer gequetscht werden wollte.

Steffen löste sich vom Auto, wo die Brüder abwartend und beobachtend verharrt hatten, und ging zielstrebig auf Janicas Vater zu. Thomas beobachtete leicht irritiert sein gewohnt selbstbewusstes Agieren und fühlte Bewunderung in sich aufkeimen. Sein Bruder hatte sich gut im Griff. Allerdings ließ Janicas Vater sich nicht täuschen. Anscheinend prallte Steffens aufgesetzte Normalität unbeeindruckt von ihm ab.

»Sie sind Steffen Hejduk? Es freut mich, dass Sie den Weg hierher auf sich genommen haben.«

Steffens Antwort entging Thomas, da er in diesem Moment von Janicas Mutter vereinnahmt wurde. Sie schenkte ihm ein offenes, herzliches Lächeln und lud ihn ein, zum Kaffee in den Stall zu gehen. Verwundert folgte er den beiden Frauen durch das rote Tor und blieb im Türrahmen stehen. Die ehemalige Stallung war liebevoll zu einer Art Caféteria umgebaut worden, wobei man die hölzernen Stütz- und Querbalken als rustikales Schmuckwerk erhalten hatte. An einer Seite des Gebäudes zog sich eine Theke entlang, auf der in einem geschlossenen und offenbar gekühlten Glasregal drei verschiedene Kuchen standen. Neben diesem gab es einen modernen Kaffeevollautomaten, dazu einen mit Frischhaltefolie abgedeckten Korb mit Salzgebäck. Zwei lange Tische, rechts und links eingerahmt durch gepolsterte Holzbänke, boten eine Sitzgelegenheit. Dort war bereits für fünf Personen gedeckt.

»Du hast Käsekuchen für mich gebacken?«, jubelte Janica, lief zum Tisch, schnappte sich den ersten Teller und bediente sich an der Theke mit einem großen Stück. »Ohne schrumpelbraune, schwarzschattige Trauben!«, stellte sie fest und diese Tatsache schien sie wie ein kleines Kind zu freuen.

Thomas grinste in sich hinein. Janica war wohl sehr leicht zufriedenzustellen. Eine Fahrt über die Landstraße statt über die wenig ansehnliche Autobahn oder beim Backen die Rosinen vergessen, und schon strahlte sie, als hätte sie soeben den Jackpott der Lotterie geknackt.

Thomas setzte sich zu Steffen, der sich ebenso fasziniert umsah wie er selbst.

»Bewirten Sie hier Wanderer?«, erkundigte sein Bruder sich.

»Das und unsere Pensionsgäste.«

Janicas Vater deutete auf eine zum ehemaligen Heulager hinaufführende steile Holztreppe. Ein Geländer fasste eine Art Galerie ein, dahinter gingen vier rustikale Holztüren ab, die fünfte Tür enthielt den mit roter Farbe aufgemalten Hinweis auf einen Waschraum und eine Toilette.

»Dadurch, dass dieser Anbau in einen Hügel gebaut ist, gibt es hinten sogar einen rollstuhlgeeigneten Eingang zu einem der Zimmer«, erläuterte der Mann, und der Stolz auf diese Herberge ließ sich weder in seiner Stimme noch in seinen blitzenden Augen verbergen.

Während Janicas Mutter sie wie selbstverständlich bediente, was Thomas unangenehm war, immerhin fühlte er sich wie ein Eindringling oder Bittsteller, erklärte ihr Vater mit seiner kräftigen, angenehm tiefen Stimme, der man gern zuhörte:

»Wir legen hier nicht viel Wert auf Förmlichkeiten. Wenn es Sie also nicht stört, duzen wir uns doch einfach. Meine Frau heißt Heidi, ich bin Peter und nein, wir sind nicht Johanna Spyris Nachfahren und wir halten auch keine Ziegen.«

KAPITEL 6

Hoch oben am tiefblauen frühabendlichen Himmel zog ein Roter Milan seine Kreise, gelegentlich war sein heiserer Schrei zu hören. Balou rannte den ausgetretenen Fußpfad zum Bach hinunter und warf sich übermütig ins Wasser, Janica und Thomas folgten ihm deutlich langsamer. Das Glucksen des fließenden Gewässers überlagerte das leise Rascheln von Gras und das Flüstern der im Wind bewegten Blütenköpfe. Grillen zirpten, Vögel zwitscherten und das Schnauben der Pferde, die kopfschüttelnd versuchten, die ersten Pferdebremsen in diesem warmen Frühjahr loszuwerden, mischte sich in die von Janica so geliebte Melodie um Frieden, Leben und Heimat. Das Kennenlernen zwischen den Hejduk-Brüdern und ihren Eltern war erwartungsgemäß gut verlaufen, schließlich gaben ihre Eltern ein eingespieltes Team ab. Sie berichteten bei Tisch einfach von ihrem Alltag auf dem Bauernhof, auf dem Heidi aufgewachsen war, ehe sie Peter, einen Pfarrer geheiratet hatte und mit ihm in eine Großstadt gezogen war. Gäste fühlten sich bei ihnen stets sofort willkommen, und Janica hatte beobachtet, wie erst Steffen, dann auch Thomas entspannten.

»Deine Eltern sind toll«, sagte Thomas in ihr Schweigen hinein, während er ihr über die erhöhten Steine im Bachbett auf die andere Uferseite folgte.

Nebeneinander gesellten sie sich an den Holzzaun, Janica legte die Arme auf die von der Sonne angewärmte oberste Stange und stützte das Kinn auf diese. Die Pferde ließen sich von den Besuchern nicht beim Grasen stören.

»Sie haben ein feines Gespür für ihre Mitmenschen«, pflichtete Janica bei, »obwohl oder gerade weil sie viel Schweres durchgemacht haben. Zuletzt war mein Vater in einer großen Kirchengemeinde als Pfarrer tätig, die ihm nicht mehr als Unverständnis und Undankbarkeit entgegengebracht hat. Er ist irgendwann unter der vielen Arbeit und diesem Druck von außen zusammengebrochen. Wochenlang haben wir ihn nicht ein Mal lachen gehört und dabei ist er eigentlich ein sehr fröhlicher, zugänglicher Mensch.«

»Wie Steffen.«

Janica schwieg, nickte aber. Sie konnte sich Steffen gut als offenen, geselligen Mann vorstellen. Und sie wusste: Irgendwo tief in ihm steckte dieser Wesenszug noch immer, wenngleich er von Schichten schwerer Lasten niedergedrückt und begraben war. Um ihn zu befreien, musste Steffen allerdings die Schutzmauer Schicht um Schicht wieder abtragen, die er selbst aufgebaut hatte, weil er die Welt nicht mehr verstand und sich alles gegen ihn verschworen zu haben schien. Dafür benötigte er Hilfe; wie auch ihr Vater irgendwann Hilfe außerhalb der Familie angenommen hatte.

»Mein Vater ist nicht nur als theologischer und psychologischer Seelsorger geschult, er weiß aus eigener Erfahrung, von was er spricht. Viel von dem, was er im Studium erlernt hat, hat er mittlerweile über den Haufen geworfen, weil es nicht mehr als pure Theorie ist. Diese Lösungsansätze sind zwar auf einen bestimmten Prozentsatz der Bevölkerung anwendbar, nicht aber auf jedes Individuum. Seine Stärke liegt darin, dass er sich viel Zeit nimmt und sich in die Menschen hineinversetzen kann.«

»Das hört sich gut an. Ich möchte meinen Bruder so zurück, wie er zuvor war.«

Janica lachte auf.

»Das ist unmöglich!«

»Was? Was willst du damit sagen? Dass er nie wieder der Alte sein wird?«

»Genau das wird der Fall sein. Derartig tief greifende Geschehnisse machen etwas mit einem Menschen. Sie verändern ihn. Das sind Erfahrungen, die nicht spurlos an einer Seele vorübergehen. Personen, die sehr sensibel sind und die Verletzungen erfahren haben, die ihre Seele in ein dunkles Loch zu ziehen versuchen, werden niemals wieder wie zuvor – aber sie haben die Chance, positiv verändert aus dem Schlund herauszuklettern.«

»Wie dein Vater?«

»Wie mein Vater. Er hat sein Leben total auf den Kopf gestellt. Schau dich um.« Janica vollführte mit ihrem Arm eine weit ausholende Geste. »Sieht dir das nach Großstadtleben und nach Karriere aus? Mein Vater ist in einer Großstadt aufgewachsen, hat immer in einer gelebt. Er hat hart studiert, hart gearbeitet. Jetzt ist er hier. Er hat eine fünfzigprozentige Anstellung in einer Kirchengemeinde, arbeitet im Bezirk als Notfallseelsorger und kümmert sich nebenbei um die Menschen, die es in die Pension meiner Mutter spült. Er hat seinen Alltag verlangsamt und vereinfacht.«

»Für Steffen wird das nicht infrage kommen.«

»Vermutlich nicht.« Wieder lachte Janica. »Es ist wichtig, dass er erkennt, wie lebenswert sein Leben ist. Probleme, Schmerz und Leid gehören zum menschlichen Dasein dazu. Nicht nur, damit wir überhaupt Freude und Glück erfahren können, sondern weil es die Menschen formt, sie verändert, sie sehr vieles lehrt.«

»Das sind aber mutige Theorien.«

»Findest du?«

Janica schaute Thomas von der Seite an. Er wich ihrem Blick aus und sah zu den Pferden, legte die Stirn in tiefe Falten und schwieg nun. Janica konnte sich gut vorstellen, was momentan in ihm vorging. Vermutlich fragte er sich, wie solch ein junger Hüpfer wie sie so etwas Wagemutiges behaupten durfte. Was hatte sie schon groß erlebt oder erleiden müssen, außer dem einschneidenden Burn-out ihres Vaters? Er sah keinen Sinn hinter dem seelischen Leiden seines älteren Bruders, den er, so vermutete Janica, sehr bewunderte. Wie zuvor von ihm thematisiert, wünschte er sich einfach nur seinen starken, mutigen Bruder zurück. Einfach. Das war doch das Problem der heutigen Zeit. Der Grund, weshalb Krankheiten, gleichgültig ob psychischer oder physischer Art, so ein immenses Gefühl der Hilflosigkeit in den Menschen hervorriefen. Vieles ging heute so einfach; musste einfach gehen. Kinderkrankheiten waren dank verschiedener Impfungen nahezu ausgerottet – welch ein Segen! Es gab Schmerzmittel, die Fortschritte in der Medizin waren begrüßenswert. Aber wie fast alles im Leben gab es auch hier die sprichwörtlichen zwei Seiten einer Medaille. Die Menschen nahmen Schmerzen nicht mehr ernst, sondern verdrängten sie mithilfe von Pharmazeutika. Ein Segen – und ein Fluch, denn manchmal waren Schmerzen oder Unwohlsein die Symptome einer zu großen körperlichen oder seelischen Anstrengung. Was geschah, wenn sie sich eines Tages nicht mehr einfach unterdrücken ließen?

Und wehe, jemand erkrankte schwer oder längerfristig. Wie schnell büßte er das soziale Gefüge ein, das ihn eigentlich auffangen sollte. Immerhin war er dann nicht mehr in das vorige, von der Gesellschaft vorgegebene Muster zu pressen. Da versagte die moderne Gesellschaft kläglich, der man vorgaukelte, dass alle immer nur fit, schön und rundum gesund sein mussten. Hier krankten die Menschen am Herzen.

Janica wollte ihre Gedanken gerade vorsichtig und etwas sortierter in Worte fassen, als Balou genug vom Spiel im Nass hatte.

Er sprang ans Ufer, gesellte sich zu ihnen und schüttelte sich das Wasser aus dem Fell. Tropfenfontänen, von der Sonne in allen Regenbogenfarben beschienen, wirbelten durch die Luft, trafen sowohl Janica als auch Thomas. Während der junge Mann einen entrüsteten Ruf ausstieß, begann Janica herzhaft zu lachen und fing sich deshalb einen aufgebrachten Blick ein. Sie ignorierte ihn mit einem leichten Augenverdrehen und klatschte auffordernd in die Hände. Balou schien daraufhin förmlich zu explodieren. Er zwängte sich zwischen zwei Holzstangen hindurch auf die Koppel und forderte Janica bellend auf, ihre Zeit nun ja endlich ihm zu widmen. Sie folgte ihm durch den Zaun und jagte den Hund, der ihr voraussprang, dann aber so ruckartig kehrtmachte, dass seine mächtigen Pfoten die Grasnabe aufwühlten und Erde und Gras aufspritzte. Die Pferde, eine bunte Mischung aus Haflingern, Isländern und Fjordpferden, hoben die Köpfe und begannen, sich unruhig zu bewegen. Atemlos kam Janica wieder an den Zaun. Enttäuscht, weil die Jagd schon vorbei war, sprang Balou mit den Vorderbeinen auf das Gatter, direkt vor Thomas, um ihn zum Mitspielen aufzufordern. Der schreckte allerdings nur zurück und runzelte erneut missbilligend die Stirn.

Janica sah es mit Bedauern. Offenbar war Steffen derjenige, der tief in die Krise gerutscht war, was bei dem, was er soeben durchmachte, nicht weiter verwunderte. Doch sein jüngerer Bruder war nicht gerade das, was man einen lebensfrohen Menschen nannte. Er wirkte ernst und überaus korrekt, irgendwie langweilig sortiert und aufgeräumt. Bestimmt hatte er sein Leben perfekt im Griff – mehr aber auch nicht.

»Lass das, Balou. Thomas ist ein Gast, nicht dein Bediensteter.«

Sie lachte und fühlte, wie die auf sie herunterscheinende Sonne auch in ihrem Herzen zu strahlen begann. Sie fand es berauschend, wieder hier zu sein. Es war wunderbar, frei herauslachen zu können …

»Lauf, Balou! Lauf! Jag die faulen dicken Ponys!«, feuerte sie den Hund an.

Der ließ sich das nicht zweimal sagen. Bellend jagte er auf die aus sieben Tieren bestehende Herde zu, die das Spiel kannten und übermütig buckelnd und ausschlagend die Flucht antraten. Das Donnern der Hufe erfüllte die Luft und brachte den weichen Wiesenboden zum Erbeben, als sie nahe am Gatter vorbeijagten. Ihre Mähnen und Schweife flatterten wie Fahnen im Wind, die Leiber glänzten in der Sonne.

»Sind sie nicht ein majestätischer Anblick?«, rief Janica lachend, ohne die Pferde aus den Augen zu lassen.

»Ja«, meinte Thomas wenig überzeugt. Auf ihren fragenden Seitenblick hin fügte er hinzu: »Sind die Mähnen dieser hellbraunen Pferde nicht üblicherweise kurz? Sodass man innen den dunklen Streifen sieht?«

»Die der Fjordies? Wir mögen es lieber, wenn sie ungeschnitten sind. Aber du hast recht. Viele dieser Ponys tragen den gleichen Bürstenhaarschnitt wie Steffen.«

Dieses Mal erntete sie zumindest ein knappes Schmunzeln, was ihren Verdacht bestätigte, dass irgendwo tief in Thomas derselbe Humor steckte, der Steffen wohl gewöhnlich zu eigen war. Wann hatte Thomas den seinen zu Grabe getragen? Bei der Beerdigung seiner Eltern?

Thomas' Aufmerksamkeit wurde von zwei Spaziergängern abgelenkt. Sie schlenderten links von ihnen über eine einfache Holzbrücke und entfernten sich dann in Richtung Wald. Er beschattete die Augen mit der Hand und fragte:

»Sind das Steffen und dein Vater? Sprechen sie jetzt endlich miteinander?«

»Womöglich singen sie auch.«

Thomas stützte sich mit den Unterarmen wieder auf den obersten Rundbalken des Koppelzauns und sah sie, die noch immer auf der anderen Seite des Zauns stand, durchdringend an.

»Ich dachte, dir sei der Ernst der Lage bewusst. Aber gut, er ist mein Bruder, nicht deiner. Dich muss das Ganze nicht berühren.«

Janica atmete tief durch, spürte und hörte, wie die Pferde auf sie zugaloppierten, kurz vor ihr auswichen und an der Einfriedung entlang in hoher Geschwindigkeit weiter galoppierten. Ebenso schnell verflüchtigte sich der aufkommende Protest in ihrem Inneren. Deshalb lächelte sie nachsichtig, erkletterte den Zaun und setzte sich neben die Arme ihres Gesprächspartners, den Blick weiterhin auf die Pferde und den Hund gerichtet.

»Nur zu deiner Information: Mein Vater singt gern und viel. Und das vorhin war ein Scherz. Ja, ich weiß, dir ist nicht sehr zum Scherzen zumute. Du machst dir große Sorgen um deinen Bruder und das zu Recht. Aber es bringt dir und ihm nichts, wenn du darüber ebenfalls in ein Loch fällst. Was mein Vater damals brauchte, war eine Familie, die für ihn da war, die den normalen Alltag weiterlaufen ließ, die es auch mal wagte, zu witzeln und zu lachen. Ich bin weder eine Psychologin noch eine geschulte Seelsorgerin, doch ich weiß, dass Lachen Medizin ist. Es weitet das Herz, es lenkt den Blick auf die guten Seiten des Daseins. Und die gibt es zwischen all dem Schweren und Dunklen, obwohl sie im Augenblick für Steffen kaum zu finden sind. Wir machen ihm die Suche nach diesen Glücksmomenten nicht leichter, wenn wir sie ganz aus seinem Leben verbannen. Das zumindest nehme ich an. Aber wie ich schon sagte: Ich bin dahingehend nicht geschult. Mein Vater allerdings schon.«

Janica drehte sich seitwärts, darum bemüht, das Gleichgewicht nicht zu verlieren.

»Was ich damit sagen will: Es kann sein, dass Steffen meinem Vater bereits von seinem Kummer erzählt. Es ist genauso möglich, dass die beiden sich über die Schönheiten dieser Gegend unterhalten, über die aktuelle Bundesligatabelle oder über den vergangenen Urlaub. Du hast mir gesagt, dass Steffen mit dieser von seiner Behörde beauftragten Psychologin nicht gut zurechtkommt und du diese Treffen für wenig erfolgversprechend hältst. Das liegt nicht unbedingt an den Qualitäten dieser Frau, sondern vielmehr an den Umständen, die sie zusammengeführt haben. Sie kennen sich nicht, wissen nichts voneinander, es besteht keine Beziehung zwischen ihnen. Wie auch? Mein Vater wird wohl nie den Fehler begehen, einen Patienten mit Ratschlägen zu überhäufen, ohne dass er ihn zuvor wenigstens ein bisschen kennengelernt hat. Aber er ist nicht dem Zeitdruck ausgesetzt, den diese Psychologin hat, obwohl es ihr vermutlich anders lieber wäre. Es würde mich übrigens nicht wundern, wenn mein Vater Steffen einlädt, ein paar Tage hier zu bleiben.«

»Ich verstehe«, murmelte Thomas und fuhr sich verlegen mit der Hand durch das Haar. Diese Bewegung glich nahezu vollständig der seines älteren Bruders. »Entschuldige bitte. Ich wollte nicht unhöflich sein.«

»Du warst nicht unhöflich. Du bist beunruhigt, ungeduldig und hast dich über mich geärgert. Alles völlig normal.«

Sie zwinkerte ihm zu, sprang mit einem Satz von der Koppel und pfiff nach Balou. Der Hund reagierte zwar sofort, drehte sich jedoch mehrmals nach den Ponys um, ehe er bei ihr ankam. Es war ihm anzusehen, wie gern er die fröhliche Hatz noch weiter getrieben hätte. Schließlich zwängte er sich durch den Zaun und lief in den Bach, um ausgiebig zu saufen. Thomas sah dem Tier zu, und als Balou aus dem Wasser stieg, entfernte er sich eilig, sodass dieses Mal nur Janica die erfrischende Dusche abbekam.

KAPITEL 7

29. APRIL

Die Straßenlampen der kleinen Ortschaften waren längst erloschen, hüllten Schmerz und Freude, Hoffnung und scheinbar Unüberbrückbares der in ihnen lebenden Menschen in eine gnädige Dunkelheit.

Schwarze Nacht hatte sich über die Hügellandschaft mit ihren Wiesen, Wäldern und Feldern gesenkt. So schwarz, wie es in Steffens Leben aussah? Thomas' Seufzen klang erschreckend laut in dem stillen Fahrzeug, als wolle er den Kummer der ganzen Welt ausdrücken. Dabei war der seines Bruders doch schon zu schwer für ihn. Vor einem Tag war Thomas' Welt noch in Ordnung gewesen. Gut, er hatte sich Sorgen um Steffen gemacht, der seit einer Woche kaum schlief, sich innerlich wegen des toten Kindes aufrieb, von seiner Einheit getrennt war und sich maßlos über eine Psychologin ärgerte, die er gezwungen war aufzusuchen. Und dann war, wie ein Blitz aus einem wolkenlosen Himmel, plötzlich diese rothaarige Frau vor ihrer Tür gestanden und hatte Thomas das eigentlich Unmögliche erzählt: Steffen hatte versucht, sich das Leben zu nehmen. Steffen, sein großer Bruder! Der humorvolle Charmeur, der Sportnarr, der starke Mann, der Musterpolizist in einem Spezialeinsatzkommando, der überall beliebte Sunnyboy war über sich selbst und die Grausamkeit des Lebens gestolpert und wollte nicht mehr aufstehen? Wenn jemand Not, Schmerz und Verzweiflung kannte, dann Steffen. Er war es gewesen, der versucht hatte, ihre Mutter aus dem brennenden Wrack zu ziehen. Er war derjenige, der bei Geiselnahmen, bei Banküberfällen ... einen kühlen Kopf bewahrte, Trost zusprach, souverän handelte.

Thomas beugte sich vor und schaltete das Autoradio ein. Laute Musik, untermalt von harten Rhythmen dröhnte ihm entgegen, doch es gelang ihr nicht, die Stimmen in seinem Kopf zu übertönen. Diese fragten fortwährend, was er falsch gemacht hatte, forderten ihn auf, etwas für seinen Bruder zu tun. Aber was? Was sollte er tun?

Seine Gedanken wanderten zurück zu Janica. Er war froh, dass sie und ihre Familie Steffen in ihrer kleinen Pension aufgenommen hatten. Vielleicht konnte er dort draußen in dem friedlichen, stillen Paradies endlich einmal wieder eine Nacht durchschlafen? Es war niemand da, der ihn in seiner Ruhe störte, es gab nichts, das ihn an sein vorheriges Leben und die Tiefschläge erinnerte, die er hatte einstecken müssen. Der Hügel, auf dem der Hof lag, wirkte auf Thomas irgendwie der Welt entrückt; als schwebe er auf einer Wolke, weit oberhalb von Tod, Leid, Trauer und Angst.

Auch Thomas war in dieser Nacht der Aufgabe enthoben, darauf zu lauschen, ob Steffen in seinem Bett blieb. Er musste nicht auf dem Sprung sein, falls sein Bruder seinen Suizid zu wiederholen versuchte ...

Das Abendessen im gemütlichen Esszimmer der Familie Meier war angenehm verlaufen. Sogar Steffen hatte sich an den Gesprächen beteiligt, gelegentlich den ihm eigenen Schalk durchblitzen lassen. Und niemand hatte sich daran gestört. Nur Thomas. Wie konnte Steffen auf einer Brückenbrüstung stehen, in der Absicht, seinem Leben ein Ende zu setzen, und kaum vierundzwanzig Stunden später augenscheinlich gelöst einer Unterhaltung beiwohnen? Wie ernst war es ihm gewesen, von dieser Brücke zu springen? Hatte Janica die Situation falsch interpretiert? War Steffen womöglich gar nicht willens, diese Fehleinschätzung von ihr aufzuklären? Aber weshalb? Weil Janica ihn vom ersten Augenblick an fasziniert hatte? Steffen hatte schon immer ein Händchen für Frauen gehabt.

Dennoch passte das alles nicht zusammen, denn er hatte Steffen nach der Anhörung gesehen. Sein Gesicht war düster, alle Muskeln seines trainierten Körpers angespannt gewesen. Zwischen seinen Augen hatte eine steile Falte der Missbilligung und des Ärgers gestanden. Diese aufgestaute innere Wut hatte sich, sobald er zu ihm ins Auto gestiegen war, in eine erschreckende Kraftlosigkeit gewandelt. Steffen hatte gezittert, als herrschten Minusgrade im zweistelligen Bereich. Er hatte kaum einen zusammenhängenden Satz herausgebracht und war fluchtartig in sein Zimmer verschwunden, hatte dort die Rollläden heruntergelassen und sich auf sein Bett geworfen. Auf Thomas' Bitten, ihn einzulassen, hatte er lange Zeit nicht, irgendwann dann mit einer Verwünschung reagiert.

Daraufhin hatte Thomas keinen anderen Ausweg gesehen, als zu Janica zu fahren. Er schüttelte über sich selbst den Kopf. Was erwartete er von dieser Frau? Sie hatte ihm gegenüber zugegeben, dass sie keinerlei Erfahrung mit Menschen hatte, die sich das Leben nehmen wollten. Sie kannte wohl weder Depressionen, Angstzustände noch völlige Verzweiflung, nahm er an. Und dennoch hatte sie spontan und instinktiv richtig gehandelt. Und sie war mit ihm gekommen, samt diesem unmöglichen Bär, an dem Steffen offensichtlich einen Narren gefressen hatte.

Thomas, inzwischen auf der nahezu leeren Autobahn angelangt, stellte irritiert fest, dass er mit nicht einmal hundert Stundenkilometern über diese schlich. Er gab Gas, bis die weißen Straßenpfosten wie Geister an ihm vorbeijagten. Geister schrecklicher Erinnerungen, Geister unerfüllter Wünsche,

Geister der Angst ... Thomas überlegte, wie es wohl wäre, würde er das Auto auf den Pfeiler der vor ihm auftauchenden Brücke lenken. War es schnell vorbei? Schmerzlos? Und was dann?

Er donnerte unter der Brücke hindurch. So etwas konnte er nicht. Zudem sah er keine Veranlassung dazu. Er mochte seinen Job, trotz der hohen Anforderungen, der manchmal zickigen Kolleginnen und der gelegentlich überdrehten Ansprüche von Regierungspräsidium und Eltern. Er hatte ein, zwei Freunde und war überzeugt, früher oder später eine Frau zu finden, die er lieben und die ihn wiederlieben würde. Sein Leben verlief nicht berauschend originell, aber auch keineswegs schlecht, analysierte er. Und *er* hatte kein kleines Kind erschossen!

Thomas war schwerlich in der Lage nachzuspüren, welch unbarmherzig wühlender Schmerz, einem verheerenden Wirbelsturm gleich, in Steffen wütete. Doch er verstand sehr gut, weshalb dieser ihn niederdrückte, all sein Denken und Tun beeinflusste. Hinzu kamen Steffens Selbstvorwürfe, die ›Was-wäre-wenn‹-Überlegungen und der unaussprechlich große dennoch unerfüllbare Wunsch, das Ganze ungeschehen machen zu können. Von all dem, was Steffens Leben bisher ausgemacht, was er geliebt, wofür er sich eingesetzt und gelebt hatte, war nicht mehr als ein unüberschaubar schreckliches und zerstörtes Durcheinander übrig. Steffens Ansinnen, dieses Chaos hinter sich zu lassen und vergessen zu können, war nur zu verständlich. Doch niemand bekam eine tiefe Verletzung wieder los. Sie konnte zwar zuheilen, würde aber dennoch für immer eine unschöne Narbe zurücklassen. Dies gelang weder auf der Haut, wie die Brandnarben an Steffens Hals, auf seiner Schulter und dem Rücken bewiesen, noch in einem Herzen.

War das einzig Gute und Schöne, was Steffen momentan sah, erlebte und fühlte, diese Janica?

Thomas bremste, bog auf den Garagenplatz ein und stoppte vor dem geschlossenen Metalltor. Er schaltete den Motor aus, lehnte sich an die Sitzlehne und spürte die vollkommene Stille dieser Nacht wie eine schwere Last auf seinem Gemüt. In seinem Inneren keimte ein Sehnen auf, das einer von einem Windstoß aus einem Glutnest entfachten Flamme ähnelte. Es drängte ihn danach zurückzufahren. Zu Steffen, dem er beistehen sollte. Zu Janica, die wie ein Sonnenstrahl war, der durch dunkle bedrohliche Gewitterwolken brach. Zu ihren Eltern, die ihn und Steffen, obwohl sie sie doch gar nicht kannten, nahezu wie Familienangehörige begrüßt und aufgenommen hatten. Es zog ihn zurück auf diesen wie verwunschenen, abseits gelegenen Hof, der ihm wie ein Abbild des Paradieses erschienen war.

»Du bist verrückt!«, brummte Thomas und löste energisch den Gurt.

Er hatte zwar die nächsten beiden Tage frei und nur einen Stapel Matheklausuren zu korrigieren, was er durchaus auch auf dem Bauernhof tun könnte, aber es war absolut gesponnen, überhaupt daran zu denken, einfach mitten in der Nacht dorthin zurückzukehren. Morgen. Morgen war noch früh genug! Er musste lediglich diese starke und verwirrende Sehnsucht in seinem Herzen niederringen.

Thomas verließ den Wagen und öffnete die Eingangstür seines Reihenhauses. Die Stille und Leere in seiner Wohnung erschlug ihn fast. Ja, er hatte sich gelegentlich über einige Eigenheiten seines Bruders aufgeregt, seit dieser bei ihm eingezogen war. Für zwei, drei Wochen – wie es anfangs geheißen hatte. Aber ohne ihn war sein Heim irgendwie ... tot.

Thomas schalt sich einen Idioten. Immerhin hatte Steffen sich im vergangenen Jahr ja nicht ununterbrochen innerhalb dieser vier Wände aufgehalten. Er hatte mehrere Übungen und Einsätze absolviert, war drei Wochen lang durch Italien getingelt und abends oft genug mit ein paar Kollegen unterwegs gewesen. Meist war Steffen eine angenehme Gesellschaft. Offen und vergnügt, es sei denn, er kam von einem Treffen mit Marie zurück – und bis letzten Freitagmorgen. An diesem verhängnisvollen Tag war er mit Sonnenaufgang in die Wohnung getorkelt, als hätte er reichlich Alkohol konsumiert. Auf dem Weg zwischen Flur und Gästezimmer war er regelrecht zusammengebrochen und hatte dabei einen wilden, nahezu animalischen Schrei ausgestoßen.

Dieser Schrei, der noch immer in Thomas' Gedächtnis widerhallte, hatte die Veränderung in Steffens Verhalten eingeläutet. Steffen hatte kämpferisch wie eh und je seine coole beherrschte Fassade aufrechterhalten, bis er bei ihm, seinem Bruder, eingetroffen war. Dann erst war etwas in ihm zerbrochen und leider, außer dem Schrei, nicht alles aus ihm herausgebrochen. Das, was tief in ihm feststeckte, zerfraß nun offenbar seine Freude, seine Offenheit, seinen Kampfeswillen, seine Stärke – und seine Seele.

Thomas ließ sich in einen seiner hellbraunen Ledersessel fallen. Er fühlte sich kalt an, als wolle er ihn gar nicht beherbergen, als fordere er ihn auf, sofort aufzustehen und zu gehen. Doch wohin? Zu Janica, ihren Eltern und zu Steffen?

Wütend über die ihn bedrängenden und wirren Überlegungen ballte er die Hände zu Fäusten und schloss die Augen. Angst bemächtigte sich seiner. Steffen war momentan der einzige Gast in dem ehemaligen Stallgebäude, die Familie Meier schlief im Haupthaus. Niemand würde hören, wenn Steffen aufstand, wenn er sich an einem der Dachbalken erhängte oder wenn er in die Wälder lief und sich von einem hohen Felsen warf, wenn er ...

Rat- und rastlos biss Thomas sich auf die Unterlippe. Er hatte zum letzten Mal vor etwas mehr als zehn Jahren gebetet, nachdem Steffen ihn aus dem Autowrack gezogen hatte und er mitansehen musste, wie sein Bruder zu dem brennenden Wagen zurücklief und dabei verzweifelt nach ihrer Mutter rief. Nicht nach dem Vater, denn der konnte nicht mehr am Leben sein.

Die Fahrgastzelle an der Fahrerseite bestand nur noch aus einer wirren Masse vollständig eingedrückten, verbogenen Metalls. Er hatte gebetet, dass wenigstens seine Mutter am Leben blieb, dass Steffen nichts passierte ..., doch Gott schien an diesem Tag taub gewesen zu sein. Oder zu sehr mit den Nöten anderer Menschen beschäftigt, oder ...?

»Bitte«, war alles, was er über die Lippen brachte.

KAPITEL 8

Der dunkle Islandwallach mit der wallenden, nahezu weißen Mähne wechselte auf Janicas Schenkelhilfe hin vom Tölt in den Galopp und jagte mit ihr den Waldweg entlang und hinaus auf die sonnenbeschienenen Hügel. Das lichte Blau des Himmels, das satte Grün des Waldes und die bunten Tupfen auf den Wiesen schienen an diesem Morgen in ihrer Farbintensität förmlich zu bersten. Pferd und Reiterin schreckten eine kleine Rotwildherde auf, die sich am Waldrand zum Äsen eingefunden hatte. Die eleganten Tiere traten mit großen Sprüngen die Flucht in den Schatten der Bäume an, und Janica pfiff Balou zurück, da sein Jagdinstinkt erwacht war. Leuchtende Zitronenfalter wirbelten in ungezähmtem Tanz über dem niedrig stehenden Roggen. Roter Klatschmohn und violettblaue Kornblumen, die in diesem Jahr sehr früh blühten, säumten die Felder, an denen das Duo vorbeijagte, bevor sie den nächsten Anstieg wieder langsamer in Angriff nahmen.

Janica zügelte auf der Hügelkuppe das Pferd, das spielerisch nach dem bellenden und wie aufgezogenen Hund schnappte. Vor ihr breiteten sich die Pferdeweiden aus und schmiegte sich das Zuhause ihrer Eltern in die begrünten Berge. Sie beschattete die Augen mit dem Arm und entdeckte Steffen und ihren Vater. Sie saßen bei den Nebengebäuden auf der alten Gartenbank, bewunderten den Ausblick und waren augenscheinlich in ein intensives Gespräch vertieft. Janica lächelte bei ihrem friedlichen Anblick. Ihr Vater tat Steffen gut, und Steffen ihrem Vater. Es war immer ein Geben und Nehmen. Sicher, Peter hatte bewusst den Schritt heraus aus der Hektik des Lebens unternommen, doch das hieß nicht, dass er seine Fähigkeiten und seine Liebe zu den Menschen verloren und seinen Herzenswunsch, ihnen beizustehen, aufgegeben hatte. Er brauchte die Anregung, die Aufgabe, die Bestätigung, die die Menschen ihm boten, die es, abgesehen von den normalen Wanderern, in Heidis Pension zog. Einige von ihnen buchten regelmäßig ein Zimmer in dieser Abgeschiedenheit. Sie saugten die wunderbare und erhabene Natur, die fröhliche Gemeinschaft mit ihren Eltern und vor allem die fürsorglichen und weisen Gespräche mit Peter in sich auf, wie jemand, der zu lange unter Wasser geblieben war, die Atemluft. Hier lagen seine Begabungen. Die Not der Menschen zu sehen. Sie so anzunehmen, wie sie zu ihm kamen, sie so sehr zu lieben, dass er Zeit und Energie in sie investierte. Allerdings wurde diese großartige Befähigung heute kaum mehr anerkannt. Man musste Leistung bringen, etwas vorzeigen, große Veranstaltungen organisieren und in der Presse präsent sein; Zahlen und Fakten schaffen. Die in ein Menschenleben investierte Zeit und die Beziehungsarbeit waren keine messbaren Ergebnisse, wiesen keine zählbaren Erfolge auf und blieben geschützt im Verborgenen. Aber genau sie bildeten die Grundlage gegenseitigen Vertrauens und inhaltsstarker Gespräche, die den Menschen wirklich guttaten. Häufig war ihrem Vater »Nichtstun« vorgeworfen worden. Und dabei verschenkte er so viel Zeit und Kraft, Aufmerksamkeit und Liebe – genau das, was diejenigen suchten, die Hilfe brauchten. Und dafür – das stand für Peter fest – war er als Geistlicher doch in der Hauptsache da.

Janica stellte sich in die Steigbügel, als Balou zu bellen begann und Cäsar den Kopf in Richtung der schmalen Zufahrtsstraße drehte. Scheinbar zögernd bog ein blauer Opel auf sie ein. Janica hob die Augenbrauen. Thomas war erstaunlich früh zurück. Eigentlich hatte sie nicht vor dem späten Nachmittag mit seinem Auftauchen gerechnet, um Steffen einige persönliche Dinge vorbeizubringen. Thomas hatte nicht den Eindruck erweckt, als fühle er sich bei ihnen wohl. Erst beim gemeinsamen Abendessen war er etwas lockerer geworden. Ihn plagte Schlafmangel, weshalb ihre Mutter versucht hatte, auch ihn zum Bleiben zu überreden. Doch Thomas hatte diese Einladung entschieden abgelehnt und war noch spät in der Nacht aufgebrochen. Ob er überhaupt geschlafen hatte? Seine Sorge um den Bruder war groß, womöglich hatte sie ihm eine weitere Nacht um den Schlaf gebracht.

Janica trieb das Islandpony an und sie sausten im Tölt den Feldweg hinab. Kurz nach Thomas trafen sie auf dem Vorplatz ein und der Mann presste sich erschrocken an seinen Wagen. Mit klappernden Hufen, fliegender Mähne und Schweif, Janica mit unter dem Reithelm hervorwallendem rotem Haar hielten sie bei ihm an. Balou stürzte sich auf den Gast und Janica tat, als sei sie mit Absitzen und dem Hochziehen und Befestigen der Steigbügel so beschäftigt, dass ihr die überschwängliche Begrüßung ihres Vierbeiners bei Thomas entging.

»Janica!«

Sein halb entrüsteter, halb um Hilfe bittender Ruf brachte sie zum Kichern, ehe sie sich aufrichtete und über den Sattel hinweg zum Auto blickte.

Balou hatte seine Pfoten links und rechts von Thomas auf die Dachreling gestützt und hielt den Mann damit an seinem Auto gefangen. Vom eiligen Lauf heftig hechelnd hing Balous riesige Zunge weit heraus und atmete seinem armen Opfer ins Gesicht.

»Er mag dich«, lachte Janica und fing sich dafür einen wütenden Blick ein.

»Bitte, Janica!«

»Balou, schäm dich!«

Balou ließ sich auf alle viere hinab und versteckte dann seine Schnauze hinter der rechten Tatze.

»Sehr witzig«, brummte Thomas und entfernte sich von dem Hund, nur, um von Cäsar einen neugierigen Stupser in die Seite zu bekommen.

»Hast du deine Tiere darauf abgerichtet?«

»Nein, das muss dein Charme sein.«

»Wenn ich gestern nicht erlebt hätte, dass der Hund tadellos auf dich hört, hätte ich vor Schreck sterben können!«

»Du hast Angst vor Hunden?«

»Nein, nicht direkt Angst. Aber eine gute Portion Respekt.«

Thomas zeigte ein schiefes Grinsen, zuckte mit den Achseln und wich einen Schritt zurück, als der Isländer erneut den Kopf nach ihm umwandte.

»Dann entschuldige bitte.«

Janica sah, dass Thomas verwundert aufschaute und sie lange Zeit musterte. Sie tat, als bemerke sie es nicht, löste den Sattelgurt und zog den Sattel samt Satteldecke vom Rücken des Reittieres.

So beladen stapfte sie in den Pferdestall, räumte den Sattel auf, hängte den Reithelm an seinen Platz und blieb im Türrahmen stehen. Balou war verschwunden, vermutlich suchte er Peter und Steffen. Thomas stand verloren zwischen seinem Wagen und dem an einer Holzstange festgemachten Pferd und wagte es schließlich, einen Schritt auf das Tier zuzugehen. Er streckte die Hand aus und legte sie auf den Hals des Isländers. Der gutmütige Wallach zuckte lediglich mit den Ohren. Er war das perfekte Kinderpferd und womöglich erkannte er in Thomas einen Neuling im Umgang mit ihm und seinen Artgenossen.

Janica löste sich von ihrem Beobachtungsposten und näherte sich den beiden. Schnell zog Thomas die Hand zurück, als fühle er sich bei etwas Verbotenem ertappt, was Janica den Kopf senken ließ, damit er ihr Schmunzeln nicht sah. Zügig band sie die Zügel los, dirigierte das Tier neben die Stange und kletterte von dort auf den ungesattelten Rücken.

»Ich bringe Cäsar auf die Koppel. Willst du mit?«

Einladend streckte sie ihrem Gast die Hand hin.

»Auf dem Pferd? Diesen steilen Hügel runter?«

Entgeistert starrte Thomas sie an.

»Nein, ich nehme den Feldweg und die Holzbrücke. Cäsar springt nicht gern. Weder über den Bach noch über den Zaun.«

Janica gestattete dem jungen Mann keine weiterführenden Überlegungen, sondern beugte sich hinab und griff nach seiner Hand, sodass ihm gar nichts anderes übrig blieb, als ein Bein gegen die Holzstange zu stemmen und sich von ihr auf das Pferd ziehen zu lassen. Als das Tier den ersten Schritt vorwärts machte, schlang er von hinten die Arme um ihre Taille.

»Sind wir nicht zu schwer?«, fragte er leise und fügte schnell hinzu: »Ich meine, du bist ja sehr schlank, aber ...«

»Cäsar ist groß und kräftig. Im Schritt trägt er uns ohne Probleme bis zur Koppel.«

Janica überließ dem Pferd das Tempo, das ungewöhnlich langsam und vorsichtig den Weg zu seinen Freunden anging. Das Tier spürte den unsicheren Neuling auf seinem Rücken. Seine Hufe klackerten über die Holzbrücke, und Thomas, der sich ein wenig entspannt hatte, versteifte wieder und umgriff Janicas Hüfte umso fester. Am Gatter angekommen bat sie ihn, einfach über den Po des Pferdes hinabzurutschen, was er folgsam tat, um sich dann schnell aus der Reichweite der Hinterhufe zu entfernen. Janica schwang ein Bein über den Hals des Tieres und landete geschickt im hochgewachsenen Gras. Blütenstaub hüllte sie wie eine Wolke ein. Sie betrachtete den feinen Nebel intensiv und sagte dabei halblaut:

»Vanillemilchshakegelb.«

Wiehernd galoppierten die anderen Pferde herbei, um Cäsar zu begrüßen. Janica nahm ihm die Zügel mit dem Gebiss ab, öffnete den obersten Querbalken und sah zu, wie der Wallach über den unteren Balken sprang, einmal vor Freude buckelte und davonstürmte.

»Du hast gesagt, er springt nicht gern«, murmelte Thomas.

»Das stimmt prinzipiell. Allerdings macht er zwei Ausnahmen: rein in die Koppel zu seiner Familie und dem Gras und raus aus der Koppel, wenn es abends in Richtung Stall geht.«

»Ah, so ist das.«

Janica schob den halb herausgezogenen Holzbalken zurück in die Metallhalterung und marschierte zwischen Bach und Koppelzaun entlang. Für den Rückweg wollte sie die Abkürzung über den Hügel nehmen. Das Gebiss hatte sie zuvor im Wasser kurz abgewaschen, nun hing ihr das Zaumzeug locker über der Schulter und tropfte auf ihr graues T-Shirt mit den grellroten Punkten und die dunkelblaue Reithose.

Thomas holte sie mit einigen großen Schritten ein und folgte ihr auf dem Trampelpfad, der von hohem Gras, Büschen und gelbem Hahnenfuß umgeben war.

»Ich hatte dich gar nicht so schnell zurückerwartet. Konntest du nicht schlafen?«, fragte Janica.

»Ich bin in einem Sessel eingenickt und früh von Schmerzen im Nacken aufgewacht. Danach konnte ich nicht wieder einschlafen.«

»Hattest du ein Frühstück?«

»Kaffee vom Mac.«

»Ich habe auch noch nichts gegessen. Mom wird sich freuen, wenn sie nachher gleich zwei Leute verköstigen darf. Sie macht das richtig gern!«

»Deine Eltern sind sehr selbstlose Menschen.«

»Ja, das sind sie.« Janica blieb stehen und drehte sich zu ihrem Gesprächspartner um. »Warum hast du gestern ihre Einladung nicht angenommen?«

»Das hat nichts mit dir oder deinen Eltern zu tun.«

»Du wolltest uns nicht zur Last fallen?«

»Na ja, dein Vater musste schon Steffen einen Pyjama leihen und deine Mutter eine neue Zahnbürste aus ihrem Vorrat opfern und ...«

Janica winkte ab.

»Das ist alles kein Problem.«

»Ich kenne das so nicht«, gab Thomas mit einem verletzlich wirkenden Grinsen zu.

»Du kennst es nicht, dass Menschen einander helfen?«

»Doch. Steffen hat mir geholfen, nachdem unsere Eltern ...«

Er brach ab und zwängte sich an ihr vorbei. Janica folgte ihm mit schnellen Schritten.

»Was hältst du davon, wenigstens bis morgen zu bleiben? Am Montag wirst du wohl arbeiten müssen. Ich übrigens auch.«

»Du brauchst eine Mitfahrgelegenheit?«

Janica atmete kopfschüttelnd aus und überholte ihn. Nein, sie benötigte keinen Chauffeur oder einen fahrbaren Untersatz. Die Zugverbindungen waren recht gut und ihre Eltern fuhren sie gern mal. Aber Thomas sah so aus, als könne er ein wenig Gesellschaft, Aufmunterung, frische Luft und dann hoffentlich einmal eine ordentliche Portion Schlaf gebrauchen.

Sie sagte laut, was ihr durch den Kopf gegangen war, und erntete ein lang anhaltendes Schweigen. Als sie den Bach überquert hatten und sie auf dem Trampelpfad den Hügel hinauf nebeneinander her stapften, meinte Thomas schließlich:

»Gibt es eigentlich jemanden, um den du dich nicht kümmern würdest?«

»Keine Ahnung. Ich suche mir meine *Opfer* ja nicht. Sie laufen mir einfach über den Weg.«

Thomas ergriff sie am Oberarm, sodass ihr nichts anderes übrig blieb, als stehen zu bleiben. Er wirkte beunruhigt, als treibe ihn ein Gedanke um, den auszusprechen er peinlich oder unangemessen fand.

Janica vertrieb eine Fliege vor ihrem Gesicht und trat einen Schritt zurück, was eine Grille zum Verstummen brachte und Thomas nötigte, sie loszulassen. Leise, ohne sie anzusehen, fragte er:

»Du bist aber schon real, oder?«

Janica stutzte, zog die Augenbrauen hoch und brach dann in schallendes Gelächter aus. Sie lachte so sehr, dass ihr Bauch zu schmerzen begann und sie sich in das hohe Gras fallen ließ. Wieder stäubte der Blütenstaub auf und wehte mit dem leichten Wind davon. Tränen kullerten Janica aus den Augenwinkeln, über die Sommersprossen hinweg, und sie machte sich nicht einmal die Mühe, sie wegzuwischen. Sie sah das belustigte Schmunzeln auf Thomas' Gesicht, beobachtete, wie mühsam er ein Lachen unterdrücken musste, und freute sich darüber.

Als sie sich endlich etwas beruhigt hatte, fragte sie japsend:

»Wie kommst du denn auf die Idee?«

»Na, dein Auftauchen auf dieser Brücke zu einer unmöglichen Zeit. Deine Überredungskünste bei Steffen, dieses paradiesische Zuhause und die Tatsache, dass ich heute viermal an der Zufahrt vorbeigefahren bin und da einfach keine war. Es war wie verwünscht. Ich glaubte schon, dass ich ohne deine Gegenwart nicht mehr hierher zurückkehren könnte. Dann habe ich ein weiteres Mal gewendet und plötzlich war die Einfahrt genau da, wo sie am Vortag auch war.«

Janica spürte erneut die Heiterkeit wie Funken sprühende Wunderkerzen in ihrem Inneren und sie lachte wieder los. Irgendwann ließ sich Thomas neben sie fallen, riss einige Grashalme aus, verknotete diese miteinander und wartete geduldig. Schließlich setzte sie sich auf, lehnte sich für einen kurzen Moment mit der Schulter an ihn, um ihn sanft anzurempeln, und erklärte:

»Es gibt zwei nahezu identisch aussehende Kurven in diesem Waldstück. Hinter einer von ihnen ist die Abzweigung, hinter der anderen gibt es keine. Das ist des Rätsels Lösung.«

»Ich überlege mir noch, ob ich dir das glauben soll, ja?«

»Mach das!«, kicherte Janica, die sich über das verschwörerische Zwinkern in seinen Augen freute.

Offenbar war Thomas doch nicht lebendig tot, wie sie bisher angenommen hatte. Bei ihm könnte vielleicht ein bisschen Dankbarkeit, die zu Freude führte, und eine Aufgabe, die Sinn und Ziel in sein Leben brachte, Wunder bewirken.

KAPITEL 9

Heidi stellte die letzten Schalen in die Spülmaschine, füllte das Pulver ein, schloss die Klappe, dann die Tür und drückte, ohne hinzusehen, auf den Startknopf. Ihr Blick war auf Janica gerichtet, die schräg auf der Eckbank saß und zum offenen Fenster hinausschaute. Nachdenklich holte Heidi sich eine zweite Tasse Kaffee und setzte sich neben ihre Tochter.

»Was siehst du?«

»Zwei Brüder, die unterschiedlicher kaum sein könnten.«

»Und was noch?«

»Einen Mann mit einem mächtig ausgeprägten Verantwortungsgefühl und dem Herz eines Kämpfers, das seiner Seele gerade hinterher stolpert, und einen, der das Leben erschreckend ängstlich angeht.«

»Ängstlich?«

»Vorsichtig, gebremst, vielleicht auch traurig? Er hat erlebt, wie zerbrechlich das Leben ist.«

»Wir sind nun einmal alle ganz unterschiedlich veranlagt. Nicht jeder trägt ein Kämpferherz in sich, nicht jeder lacht dem Schmerz dieser Welt ins Gesicht.«

»Ich weiß, Mama«, flüsterte Janica und schenkte ihr ein Lächeln.

»Dein Papa kümmert sich um den starken Mann mit dem großen Verantwortungsgefühl. Die beiden verstehen sich gut.

Er hat herausgefunden, dass Steffen am Donnerstag das erste Mal die ihm verschriebenen Tabletten eingenommen hatte. Vielleicht stimmte etwas mit der Dosierung nicht. Womöglich gab es eine Überreaktion seines Körpers. Dazu passt auch, dass du erzählt hast, er wäre dir nach einiger Zeit furchtbar erschöpft, wie neben sich stehend erschienen. Steffens Herz ist gebrochen; er leidet. Aber wohl doch nicht so sehr, dass er bereit wäre, alles wegzuwerfen. Er hat eine Tochter und Thomas ...«

»Und wer kümmert sich um Thomas?«

»Muss man sich um ihn kümmern? Er führt ein eigenständiges und wie ich finde geordnetes Leben.«

Janica zuckte mit der Schulter, was ein Schmunzeln auf Heidis Gesicht zauberte. Ihre Tochter fand ein geordnetes Leben gleichbedeutend mit langweilig, eigenständig setzte sie vermutlich mit einsam gleich. So war sie nun einmal: Ihr genügte das Einfache nicht, es musste immer das Doppelte sein. Für sie hatte ein Hahnenfuß keine gelbe Farbe, sondern eine ›sonnengelbe an einem leicht dunstigen Tag‹. Ein Birkenblatt war vielmehr ›Grünspangrün wie auf Opas Münzsammlung‹, ein Schmetterling nicht bunt, sondern ein ›Kosmos aus schillernden Farben‹. Aber wer konnte ihr ihren Überschwang verübeln – bei ihrer Vergangenheit?

Heidi trank den letzten Schluck des Kaffees, beugte sich vor und küsste ihre Tochter auf die Wange. Diese unterbrach ihre neugierige Beobachtung des Brüderpaars nicht und verhielt sich dabei ungewohnt ruhig. Irgendwann erhob Heidi sich von der Bank und begab sich zu ihren Hühnern und Gänsen. Aus dem Pferdestall klang Lachen und Balous tiefes Bellen. Die Mädchen aus dem Dorf, die die Erlaubnis hatten, die Pferde zu reiten, waren eingetroffen und Balou hatte seinen Spaß mit ihnen. Das Tier war ein bisschen wie Janica, weshalb es niemanden, der die junge Frau näher kannte, verwundert hatte, dass sie ausgerechnet mit diesem zerzausten Irischen Wolfshund aus dem

Tierheim zurückgekommen war. Beide waren sie unentwegt auf Achse, weil sie ja keine Lebenssekunde vertrödeln wollten. Sie waren Frohnaturen pur, verschenkten Zuneigung ohne Wenn und Aber und fanden doch immer wieder die nötige Ruhe, um ihre Seelen baumeln zu lassen.

Heidi griff nach dem Eimer und füllte ihn mit den Körnern für das Geflügel. Während das Getreide leise aus dem Sack in den Metalleimer rieselte und der Staub im Licht der Sonnenstrahlen einen sanften Tanz aufführte, trat Peter zu ihr und unterbrach sie in ihren Gedanken zu ihrer älteren Tochter.

»Willst du deine Hühner heute mästen?« Er deutete auf den bereits überlaufenden Eimer und fragte: »Über was grübelst du nach?«

»Über vieles, unter anderem über unsere beiden Töchter. Jenni ist so ganz anders als Janica, nicht? Wunderschön und in ihrem Beruf erfolgreich. Umschwärmt von den Männern und mit einem gewaltigen Bekannten- und Freundeskreis, wobei ich ehrlich gesagt nur schwer einschätzen kann, wer von diesen vielen Menschen tatsächlich da sein würde, falls Jenni jemals ihren Glanz und Ruhm einbüßen sollte.«

Peter hob die Augenbrauen und signalisierte seiner Frau damit, dass er ihr aufmerksam zuhörte.

»Dagegen waren Steffens Kontakte durch seine ungewöhnliche berufliche Tätigkeit automatisch auf einen kleinen Personenkreis beschränkt. Ihm fehlte vor allem nach der Trennung von seiner Frau und dem Tod des besten Freundes das soziale Netz, das ihn hätte auffangen können. Ich überlege, wie das bei unserer Jenni ist«, sagte sie, fuhr aber, ohne auf eine Entgegnung zu warten, fort: »Einerseits hoffe ich, dass unsere Älteste niemals in die Lage kommen wird, dieses Netz wirklich zu brauchen, andererseits wäre es von Vorteil, schon im Vorfeld zu wissen, auf wen man sich verlassen könnte. Immerhin werden du und ich nicht ewig da sein. Und Janica ...?«

Peter nahm seiner Frau den Futtereimer ab und zog sie in seine Arme.

»Das sind Sorgen und Ängste um Notsituationen, die nicht aktuell sind, die vielleicht nie eintreffen. Unsere Aufgabe aber ist es doch, das Jetzt und Hier zu bestreiten. Und da gibt es einen zutiefst verwundeten, sich mit Selbstvorwürfen zerfleischenden Mann und seinen immer ein bisschen melancholisch wirkenden Bruder.«

»Melancholisch?« Heidi lächelte zu Peter auf. »Janica legt das natürlich als traurig und unglücklich aus!«

»Natürlich.«

Peter lachte und Heidi lehnte sich an ihn. Sie genoss seine Nähe, während sie in Gedanken bei Janica blieb, die das Leben liebte und die bereits in jungen Jahren gelernt hatte, die Tage auszukosten.

KAPITEL 10

1. MAI

Thomas unterbrach sich mitten im Satz, drehte sich von der Tafel weg und musterte seine Schüler. Das Einräumen der Stifte und heimliche Zuschlagen des Physikbuchs machten auch ohne einen Blick auf die Uhr deutlich, dass das Unterrichtsende unmittelbar bevorstand. Er seufzte leise. In diesem Kurs gab es ein gewaltiges Potenzial an wirklich intelligenten Schülern, nur leider versteckte sich dieses hinter Bequemlichkeit.

»Räumt nur weiter alles weg. Umso mehr Spaß habe ich dann, wenn ich euch nachher noch eure Aufgaben diktiere. Natürlich jedem eine andere, denn es gibt eine individuelle Hausaufgabe.«

Ein kollektives Stöhnen folgte, es wurde noch unruhiger als zuvor.

»Sie sind eine richtige Spaßbremse«, brummte der Klassenkasper laut genug, damit Thomas es hören konnte.

»Selbst schuld. Was wählt ihr auch ausgerechnet Physik als Abi-Fach?«

»Konnte ja keiner ahnen, dass Sie praktisch in der Schule leben!«, feixte der junge Mann. »Ich jedenfalls habe da draußen ein Mädchen, das auf mich wartet, und mein Magen knurrt.«

»Daher stammen also diese drohenden Geräusche. Und ich weiß aus sicherer Lehrerzimmerquelle, dass dein *Mädchen* heute zum Hofputzdienst verdonnert wurde.«

Die Mitschüler kicherten und konnten plötzlich erstaunlich aufmerksam sein und stillsitzen.

Die Pausenglocke erklang und löste erneut ein unruhiges Scharren und Herumrutschen aus. Thomas, der sich notieren wollte, welches Thema er welchem der Schüler aufgab, versuchte durch hektisches Kritzeln in seinem Notizbuch, seinen Kugelschreiber zum Leben zu erwecken, doch der streikte.

»Verschwindet!«, sagte Thomas grinsend und schlug sein Buch geräuschvoll zu.

Innerhalb von Sekunden hatte die Meute den Raum verlassen. Thomas packte seine Unterlagen ein, holte aus dem Lehrerzimmer seine Jacke und fuhr mit dem Auto in Richtung seines Zuhauses. Vor einem Schreibwarenladen stoppte er und stieg aus.

Ein helles Glockenspiel erklang beim Öffnen der Tür und riss Thomas aus seinen Überlegungen über den unruhigen Physikkurs. Er stockte, drehte sich um und betrachtete die verschieden großen, bronzefarbenen Glöckchen, die sich sanft bewegten, aber mittlerweile verstummt waren. Wie lange hing das Klangspiel schon dort oben? Womöglich schon immer? Er kaufte in diesem Laden ein, der neben Büchern und Schulmaterialien auch Bastelartikel und Schmuck anbot, seit er ein Erstklässler gewesen war. Prüfend sah er sich um, und da er sich unbeobachtet glaubte, griff er nach der Klinke und öffnete die Tür erneut. Wieder tönte das Glockenspiel durch den Eingangsbereich, ein zweites Mal, als er die Tür schloss.

»Das alte Ding fällt kaum noch jemandem auf«, sagte die sonore Stimme des greisen Geschäftsinhabers hinter ihm und Thomas zuckte erschrocken zusammen.

Peinlich berührt darüber, bei seinem eigenartigen Tun beobachtet worden zu sein, lächelte er hilflos den übergewichtigen, ihm nur bis zur Brust reichenden Herrn mit der spiegelnden Glatze an.

»Ich überhöre es auch schon lange. Eigentlich ...« Der Alte räusperte sich. »Es ist eine Melodie, an die ich mich im Laufe der Jahre so gewöhnt habe, dass ich sie inzwischen ignoriere. Schade darum. Meine Frau fand sie damals hübsch. Ich hatte ihr das Klangspiel zu unserem zwanzigsten Hochzeitstag über die Tür ihres heiß geliebten Ladens gehängt. Jetzt ist sie seit über zehn Jahren tot, und ich höre nicht einmal mehr hin, wenn die kleine Melodie ertönt.«

Kopfschüttelnd drehte der Alte sich um und schlurfte davon.

Thomas sah ihm mit gerunzelter Stirn und einem eigentümlichen Gefühl in seiner Brust nach. Heute war die Melodie dem Geschäftsinhaber aufgefallen – ebenso wie ihm! Grübelnd betrachtete er seine Hände. Sie waren noch immer von schmerzhaften Schwielen überzogen, die ihn an den Tag bei den Meiers erinnerte. Janica hatte ihn dazu angestiftet, mit ihr die Pferdeboxen auszumisten. In den Gummistiefeln ihres Vaters hatte er ihr über eine Stunde geholfen, das dampfende verunreinigte Stroh in einer Schubkarre auf den Misthaufen zu karren und dabei erfahren, dass sie den süßlich-strengen Geruch nicht als unangenehm, sondern als tröstlich und heimelig empfand. Sie hatte ihn, aufgeregt wie ein Kind, das zum ersten Mal einen Drachen fliegen sah, auf eine ungewöhnliche Anordnung von Astlöchern in der Stallwand hingewiesen, durch die die Sonne helle Strahlen sandte und Muster auf den Boden malte. Thomas hatte sich über ihre nahezu kindliche Begeisterung amüsiert, gleichzeitig aber auch einen Hauch von Wehmut verspürt. Wann war ihm die den Kindern so zueigene Fröhlichkeit verloren gegangen? Das Glänzen in den Augen, die Freude über die einfachen Dinge des Lebens? Und weshalb hatte Janica sie bewahren dürfen?

Nahezu misstrauisch blickte er zu den winzigen Glöckchen hinauf. Diese kleine Melodie gefiel Janica vermutlich ebenfalls und wahrscheinlich würde sie diese auch noch nach dreißig Jahren wahrnehmen.

Ruckartig drehte er sich um und strebte zu den Kugelschreibern und Ersatzminen. Gedankenversunken griff er nach einem Drahtkorb und legte zwei Klebestifte und einen dicken Ordner hinein. Er betrachtete die in Kästchen einsortierten Minen und ärgerte sich, dass irgendjemand sie schon wieder durcheinander geworfen hatte. Bereits zweimal hatte er in das Fach gegriffen, in dem die Minen lagen, die er brauchte, um erst zu Hause festzustellen, dass es die falschen waren. Konzentriert sortierte er die knisternden Verpackungen in die dafür vorgesehenen Ablagen ein. Dabei wanderten seine Gedanken, die sich ungefragt verselbstständigten, erneut auf den Hof zurück. Dass Janica die Lebensfreude pur war, war nicht zu übersehen. Als er jedoch erfahren hatte, dass sie als Schornsteinfegerin arbeitete, war ihm seine Verwunderung wohl deutlich anzusehen gewesen. Angefangen von dem Beruf einer liebevollen Erzieherin bis hin zu einer etwas extravaganten Künstlerin, die mit Farben nur so um sich warf, hätte er sich bei ihr alles vorstellen können. Aber Schornsteinfegerin? Auf sein verdutztes Gesicht hin hatte Heidi, unter ständigem, wenn auch lachendem Protest ihrer Tochter und dem breiten Grinsen von Peter von der rosaroten Phase ihrer Tochter erzählt. Sie hatte ihm von so hochtrabenden Ideen berichtet, wie die, in Deutschland eine Hochzeitsagentur aufzuziehen, und von Janicas großem Wunsch, einmal eine rauschende Hochzeit in einem prinzessinnenhaften weißen Kleid zu feiern. Irritierenderweise fand er ihre Berufswahl ab diesem Zeitpunkt als äußerst passend.

Weshalb bekam er nur diesen Hof und die darin lebenden Menschen nicht mehr aus dem Kopf? Weil ihre Art, das Leben anzupacken, ihn faszinierte? Weil sie offenbar einen Weg gefunden hatten, ein erfülltes, ein glückliches Leben zu führen. Genau das, nach was die gesamte Menschheit strebte?

»Kann ich Ihnen helfen?«

Thomas zuckte zusammen, als eine weibliche Stimme ihn aus seinen grüblerischen Gedanken riss. Die junge Frau von der Kasse hatte sich zu ihm gesellt. Sie blickte interessiert zu ihm auf, schenkte ihm ein strahlendes Lächeln und offenbarte dabei auffällig weiße Zähne.

»Danke, ich kaufe fast täglich hier ein. Ich finde mich zurecht.«

»Ich weiß, wie oft Sie hier sind«, erklärte sie und wich nicht von seiner Seite.

Das kräftige Aufsetzen einer der Metallkörbe an der Kasse signalisierte der Angestellten, dass sie dort gebraucht wurde. Thomas atmete erleichtert auf, als sie sich mit einem letzten, enttäuschten Blick von ihm abwandte. Steffen hätte vermutlich lässig und witzig auf diese plumpe Annäherung reagiert, ihn schreckte ein derartiges Verhalten ab.

Eine ihm bekannte Stimme ließ ihn die Stirn runzeln. Er stellte sich auf Zehenspitzen, damit er über die Regale hinweg sehen konnte, und schüttelte irritiert den Kopf. An der Kasse stand Janica.

Sie trug eine schwarze Hose, einen kurz geschnittenen, schwarzen Kittel und hatte, als deutlich akzentuierten Farbtupfer, ein weißes Halstuch mit darauf applizierten roten, orangefarbenen und violetten Pferden umgebunden. Vermutlich kam sie von der Arbeit. Aber was tat sie in dieser Ecke der Stadt? Konnte es Zufall sein, dass sie sich schon wieder über den Weg liefen?

Thomas war zu weit entfernt, um zu verstehen, was die Verkäuferin zu Janica sagte, doch ihr heiteres Lachen füllte den Laden. Ob sie wohl auch mal schlechte Tage erlebte? Tage, an denen es ihr nicht zum Lachen zumute war? Kannte sie Traurigkeit, Sorge, Angst und Unwohlsein oder lachte sie einfach über alles hinweg? Er verdrehte über seine eigenen Überlegungen die Augen und dann sofort noch einmal, als er sah, was die

Verkäuferin für Janica in Geschenkpapier packte. Es handelte sich um Perlen verschiedenster Größen und Formen, und die Farbauswahl ließ in ihm den Verdacht aufkeimen, dass Janica – anders als ihre Mutter vermutete – ihre rosarote Phase längst noch nicht überwunden hatte. Unter die verschiedenen Farbnuancen zwischen violett und schweinchenrosa mischten sich glitzernde Perlen, goldene und silberne.

»Viel Spaß!«, rief die Verkäuferin ihr nach.

Gleich darauf ertönte das Glockenspiel.

Thomas tat etwas, was er noch nie getan hatte: Er ließ den Einkaufskorb einfach bei den Regalen stehen und hastete ebenfalls auf die belebte Straße. Janica stieg bereits in einen Linienbus, also kletterte er eilig hinter das Steuer seines Wagens. Er fädelte sich in den Verkehr ein und folgte dem Bus von einer Haltestelle zur nächsten, bis zu einem am Waldrand gelegenen zweigeschossigen Gebäude in einem Stadtteil, den er noch nie zuvor betreten hatte. Dieses Mal gehörte Janica zu den wenigen Menschen, die hier ausstiegen, sodass er sich auf die Suche nach einem Parkplatz begab. Der Bus nutzte die Wendeplatte und fuhr in die gleiche Straße zurück, was den Verdacht in Thomas erhärtete, dass sie an der Endstation der Linie angekommen waren.

Er parkte rückwärts in einer extrem kleinen Lücke ein, richtete den Wagen ein zweites Mal aus, sodass auch das Vorderrad mit einem unangenehm schabenden Geräusch von der Bordsteinkante rutschte, und stieg aus. Graue und gefleckte Tauben stoben davon, als er die Gasse überquerte und in die lang gezogene Seitenstraße einbog, die ihn wieder zu der Wendeplatte bei der Bushaltestelle und in die unmittelbare Nähe des Gebäudes brachte, in das er Janica hatte verschwinden sehen.

Zweifelnd drehte er sich um. Was tat er hier eigentlich? Wenn er mit ihr sprechen wollte, könnte er sie anrufen oder sie zu Hause besuchen. Es war schlichtweg idiotisch, eine junge Frau durch die halbe Stadt zu verfolgen, nur weil sie ein paar schrecklich kitschige Perlen gekauft hatte?! Womöglich gehörte dieses Haus, das einem Kindergarten oder einer kleinen Privatschule ähnelte, zu ihrer Tour als Schornsteinfegerin, und die Perlen waren als Geburtstagsgeschenk für die Tochter einer Freundin gedacht.

Thomas fuhr sich durch die Haare. Es ging nicht um die Perlen und auch nicht darum, dass er plötzlich Dinge hörte und sah, die noch vor vier, fünf Tagen seiner Aufmerksamkeit entgangen waren. Es ging um Janica. Sie faszinierte ihn. Er wollte mehr über sie in Erfahrung bringen und – dieser Gedanke versetzte ihn selbst in Erstaunen – gern zu ihrem Bekanntenkreis gehören. Allerdings nicht als der jüngere Bruder des Mannes, den sie gerettet und bei ihren Eltern untergebracht hatte. Irgendetwas tief in seinem Inneren sagte ihm, es könne von Vorteil für ihn sein, wenn er Janicas Nähe suchte. Sie tat ihm auf wundersame Weise gut. In ihrer Gegenwart war das Leben leichter, fröhlicher und bunter.

Wieder fuhr er sich durchs Haar. Hieß das im Umkehrschluss nicht, dass sein Leben schwer, traurig und farblos war? Womöglich. Einen festen Freundeskreis hatte er nicht, er unternahm bis auf die perfekt durchgeplanten Reisen in den Sommerferien wenig und hatte weder ein besonderes Hobby noch eine Mitgliedschaft in einem Verein vorzuweisen. Aber führte er deshalb ein unglückliches Leben? Entschieden schüttelte er den Kopf. Er war sich sehr sicher, dass er sich glücklich schätzen konnte und dass es ihm gut ging.

»Kann ich Ihnen helfen?«

Die Frage durchbrach nicht allein seine Gedanken, sondern irritierte ihn nachhaltig. Und das nicht nur, weil sie ihm an diesem Tag bereits ein zweites Mal gestellt wurde. Sah er denn so verloren aus? Benötigte er Hilfe – und wenn ja, bei was?

»Ich ...«

Hilflos zog er die Schultern hoch.

Die ältere Frau mit dem grauen Kurzhaarschnitt und einer bemerkenswert schlanken Figur lächelte ihn abwartend an. Täuschte er sich oder blitzten ihre kleinen braunen Augen hinter den Brillengläsern belustigt, nahezu so, als würde sie an dieser Stelle jeden Tag einen Mann antreffen, der nicht so recht wusste, weshalb er eigentlich hier war? Gab es noch mehr Menschen, die an diesem Platz wie ein Delfin strandeten, sich Fragen über ihr Leben stellten und keine Antworten auf sie fanden?

Thomas beschloss, sich nicht länger wie ein Schüler zu verhalten, den er beim SMS-Schreiben während des Unterrichts erwischt hatte.

»Entschuldigen Sie bitte. Ich habe eine Bekannte gesehen, aber sie ist zu schnell in diesem Gebäude verschwunden.«

Die Dame blickte auf ihre schmale goldene Armbanduhr und nickte.

»Gerade müsste der Bus gekommen sein. Janica kommt meist um diese Zeit.«

»Richtig, Janica Meier«, bestätigte Thomas und begrub den Verdacht, sie könne aus beruflichen Gründen hier herausgefahren sein.

»Kommen Sie, ich bringe Sie zu ihr.«

»Das ..., nein. Ich möchte nicht stören.«

Thomas winkte erschrocken ab und fühlte Hitze in sich aufsteigen. Die Situation begann peinlich zu werden. Wie würde Janica auf sein unerwartetes Auftauchen reagieren? Schließlich konnte er von ihrer Anwesenheit nur wissen, wenn er ihr gefolgt war; was der Wahrheit ja blöderweise ziemlich nahe kam.

»Sie stören keineswegs. Janica bringt ab und zu Freunde mit, in der Hoffnung, dass sie sie ein bisschen unterstützen. Aber die meisten kommen kein zweites Mal.«

Die Frau hängte sich so vertrauensvoll, doch gleichzeitig auch unnachgiebig bei ihm ein, als sei sie seine Tante, die ihn auf den richtigen Weg führen müsse. Energisch eilte sie mit kleinen Schritten die geteerte Auffahrt hinab, über einen gewundenen Weg zu einer Tür und öffnete sie schwungvoll. Ohne ein Zögern seinerseits zuzulassen, zog sie ihn hinter sich her, und er fragte sich, ob es vielleicht an der Zeit wäre, sich gegen ihre Dominanz zur Wehr zu setzen. Auf was ließ er sich, getrieben von seiner Neugier, da ein?

Eine verwaiste Rezeption auf der linken Seite, Garderobenhaken auf der rechten säumten ihren Weg durch einen breiten Flur zu einer automatisch aufschwingenden Glasschiebetür. Vor ihm lag ein runder Raum, dessen Dach aus spitz zulaufendem Glas bestand und der Sonne Zugang gewährte, wobei auf der Sonnenseite leichte Jalousien dafür sorgten, dass die Strahlen nicht ungebremst hereinfielen. Zwei Mädchen von etwa zwölf Jahren, beide in modernen Rollstühlen, saßen an einem Tisch und spielten *Die Siedler von Catan*. Inmitten des Raums stand eine Art Liegerollstuhl, in dem ein etwa gleichaltriger Junge mit schlaffer Muskulatur und verkrümmter Haltung, aber seligem Ausdruck im blassen Gesicht lag. Neben ihm, in einem gemütlich aussehenden Sessel hatte es sich eine junge Frau, wohl seine Mutter, bequem gemacht und las halblaut aus einem Jugendbuch vor. Durch eine Tür, Thomas gegenüber, trat ein Mann mittleren Alters und schob einen Infusionsständer in einen zweiten abzweigenden Flur. Leicht krakelig aufgetragene Buchstaben auf seinem neongelben T-Shirt wiesen ihn als Werner aus.

Dann entdeckte Thomas Janica. Sie saß mit dem Rücken zu ihm an einem Tisch und beschäftigte sich mit einem kleinen Mädchen in einem hübschen gelben Kleid. Dem Kind fehlten sämtliche Haare, zudem klebte ein übergroßes Pflaster auf dem kahlen Schädel. Ihre dunklen Augen nahmen Thomas sofort gefangen, ließen ihn schwer schlucken. Es lag so viel Schmerz und Wissen in ihnen. Das Mädchen schien trotz seiner jungen Jahre bereits ein ganzes Leben hinter sich zu haben. Neben den beiden, in einem weiteren dieser verteilt im Raum stehenden

Sessel, die in fröhlichen, niemals die gleiche Farbe aufweisenden Stoffen bezogen waren, saß eine in einen schwarzen Jilbab gekleidete Frau, die soeben ihren weißen, gekonnt geknoteten Khimar über ihrem Haar zurechtzupfte. Die Mutter, vermutlich jünger als Janica, wirkte ausgezehrt und verbraucht. Als Janica sie ansprach, huschte ein Lächeln über ihr Gesicht, das sie in eine exotische Schönheit verwandelte und das Leid in ihren Zügen für einen Moment fortwischte.

Thomas verspürte Erleichterung, als die Frau neben ihm ihre warme Hand auf seinen Arm legte. Weshalb ihn diese Empfindung überkam? Vielleicht weil er die traurige, zutiefst bedrückende Szenerie nicht allein in sich aufnehmen musste?

»Wir sind ein Kinder- und Jugendhospiz«, erklärte die Frau, da sie offenbar spürte, wie sehr sich Thomas mit der Situation überfordert fühlte. »Zu uns kommen Kinder und ihre Angehörigen, die nicht wissen, wie lange es noch ein gemeinsames Morgen gibt. Sie finden hier Ruhe und tanken Kraft und kehren dann wieder in den Alltag zurück. Die einen sind Krebspatienten, andere Kinder haben genetische Veränderungen, die ihr Leben stark einschränken und zeitlich begrenzen. Diese Erkrankungen sind so breit gefächert, wie die Charaktere der Kinder unterschiedlich sind. Einige befinden sich hier, weil sie zu Hause nicht mehr ausreichend versorgt werden können, sie ihren letzten Weg aber nicht in dem häufig unruhigen Betrieb eines Kinderkrankenhauses gehen möchten. Wir begleiten alle diese Kinder und ihre Angehörigen. Manchmal ist es eine kurze Wegstrecke, manchmal gehen wir einen langen Weg mit ihnen. Janica ist eine unserer Ehrenamtlichen. Sie kam eines Tages wie ein Wirbelwind hereingeweht. Für uns völlig unvorbereitet, für die Kinder und die Familien zum Segen. Sie hat die Gabe, den Kindern Hoffnung zu vermitteln, sogar da, wo es aus menschlicher Sicht keine mehr gibt.«

»Wir nennen sie unseren Engel«, sagte eine männliche Stimme hinter ihnen.

Thomas zuckte zusammen. Entweder war der Mann in seinem früheren Leben ein Indianer oder Thomas so fasziniert und erschrocken zugleich gewesen, dass er außer der Erklärung der Frau und dem, was sich seinen Augen zum Betrachten anbot, alles ausgeklammert hatte.

Eines der Mädchen am Tisch drehte den Kopf, stieß einen begeisterten Schrei hervor und sprang auf. Langsam, obwohl ihr anzusehen war, dass sie sich so schnell wie möglich in die Arme ihres Vaters stürzen wollte, vollführte sie einen Schritt nach dem anderen, ehe sie sich erschöpft, aber glücklich von ihm auffangen ließ.

»Hallo, kleine Ratte. Schummelst du wieder?«, fragte der Mann, hob das erschreckend dünne Kind hoch und trug es zurück zu ihrer Spielkameradin.

Er bückte sich, hauchte dem zweiten Kind einen Kuss auf den Scheitel und setzte sich, seine Tochter auf dem Schoß behaltend, auf einen Stuhl.

»Diejenigen, die es möchten, wachsen im Laufe der Zeit fast zu einer Familie zusammen. Zwischen Krankenhausaufenthalten und den Monaten zu Hause treffen sich manche der Kinder und ihre Angehörigen immer wieder hier. Sie brauchen den Halt und die Gespräche mit denjenigen, die Gleiches durchmachen. Natürlich gibt es auch andere, die die Stille und die Anonymität vorziehen. Wir respektieren beides und bieten die entsprechenden Räumlichkeiten und Möglichkeiten.«

Thomas nickte. Er fühlte sich plötzlich sehr leer, nahezu ausgelaugt, als sauge das Leid dieser Kinder ihm jede Energie aus dem Körper. Um überhaupt etwas zu sagen, fragte er:

»Weshalb nennt der Mann seine Tochter Ratte? Ich finde, das ist ein komischer Kosename.«

Ein Kichern folgte, dann die für ihn nur in Ansätzen verständliche Erklärung:

»Ratte mag Schmetterlinge. Als Janica sie vor einigen Jahren einmal eine Raupe genannt hat, die sich irgendwann zu einem Schmetterling entfalten werde, hat Rattes älterer Bruder die beiden ausgelacht und gemeint, dass seine kleine Schwester mit ihrem spitzen Gesicht und vor allem wegen ihrer ständigen Schummeleien beim Spiel vielmehr eine Ratte sei. Der Name ist ihr geblieben.«

Thomas nickte mit gerunzelter Stirn und überlegte, ob er wohl fragen durfte, an welcher Krankheit Ratte leide – und ob sie eine Chance auf Heilung habe. Die Furcht, man könne ihn für einen Voyeur halten, ließ ihn schweigen.

Die Tür zu dem Flur, aus dem zuvor dieser Werner mit dem Infusionsständer getreten war, flog auf. Ein Mädchen mit kurzen, schwarzen Haaren, die aussahen, als habe sie sich diese selbst geschnitten und dabei nicht einmal einen Spiegel zu Hilfe genommen, stürmte in das Rondell. Drei bunte Perlenketten klimperten um ihren Hals, ähnlich wie das Klangspiel in dem Schreibwarenladen. Sie sah sich suchend um, entdeckte Janica und stieß einen wilden Schrei hervor, den der Junge im Liegerollstuhl begeistert nachahmte. Seine Mutter lachte auf und klappte das Buch zu.

»Janni! Janni!«, jubelte das Kind und lief quer durch den Raum.

Janica sprang schnell auf die Füße, fing das Mädchen auf und drehte sich mit ihr im Kreis.

Die Mutter des Jungen drehte den Liegerollstuhl so, dass er das Geschehen beobachten konnte, und auch der Mann mit Ratte auf dem Schoß und die beiden Teenager wandten sich nach dem Tumult um. Dieses Mädchen, das wie ein aus dem Nest gefallenes zerzaustes Küken aussah, hatte es fertiggebracht, innerhalb von Sekunden aus einem zuvor beschaulichen, gemütlichen Zusammensein ein quirliges Durcheinander zu schaffen.

»Schau!«, sagte das Kind, kaum dass Janica es abgesetzt hatte, und drehte sich im Kreis um sich selbst.

Ihr weiter Rock aus schimmerndem Violett mit einem hellrosa Tüll darüber breitete sich wie eine Glocke um ihre Beine aus. Das Mädchen taumelte, doch Janica reagierte schnell und fing es auf.

»Uh, jetzt dreht sich alles«, meinte die Kleine, wartete einen Augenblick und lachte dann vergnügt auf.

»Herzlichen Glückwunsch zu deinem fünften Geburtstag, Annabelle.«

»Du sagst es schon wieder falsch! Du machst das absichtlich! Ich bin sechs!«, jauchzte das Mädchen und boxte der jungen Frau spielerisch vor die Brust.

»Ach, entschuldige. Du bist ja jetzt schon ein ganz großes Mädchen!«

»Ja, dieses Jahr komme ich zur Schule!«

»Dann ist der Spaß vorbei! Jetzt kommt der Ernst des Lebens.«

»Das sagt Papa auch immer. Aber er will mich nur ärgern, sagt Mama.«

»Deine Mama ist eine sehr schlaue Mama.«

»Und wunderschön! Und sie hat mir zum Geburtstag diesen Rock gekauft. Ist er nicht zauberhaft?«

»Ziemlich zauberhaft! Wie geschaffen für eine Prinzessin!«

»Da schließt sich wohl der Kreis«, murmelte Thomas.

Er fing sich von der grauhaarigen Frau an seiner Seite einen fragenden Blick ein, was ihm bewies, dass es Dinge im Leben von Janica gab, die er wusste, aber vermutlich niemand in diesem Hospiz, obwohl dieses offenbar zu einem wesentlichen Bestandteil des Lebens dieser erstaunlichen Frau gehörte.

Als ob seine leisen Worte Janica auf ihn aufmerksam gemacht hätten, drehte sie sich um. Ein spitzbübisches Grinsen breitete sich auf ihrem sommersprossigen Gesicht aus.

»Da hat wohl jemand die Geburtstagstorte gerochen.«

Verlegen versteckte Thomas die Hände tief in die Taschen seiner Jeans. Am liebsten hätte er sich irgendwohin verkrochen.

Unangenehm berührt nahm er wahr, dass sich alle Blicke auf ihn richteten. Er wünschte sich, dass er den Augenblick, in dem er hätte gehen sollen, nicht versäumt hätte. Doch wann war dieser Moment verstrichen? Als er erkennen musste, dass er schwerstkranke Kinder vor sich hatte? Oder als dieses muslimische Mädchen ihn mit ihren dunklen Augen gefangen gehalten hatte, in denen der Schmerz und die Erkenntnis einer ganzen Welt zu liegen schienen? Als eine perlenbehangene Frohnatur ihn in seinen Bann gezogen hatte, weil sie trotz ihrer Erkrankung mehr Frohsinn und Freude ausstrahlte als er, der gesunde Mann?

»Wer ist das? Ist das dein Freund, Janni?«, schlussfolgerte Annabelle und sprang im Wechselschritt auf Thomas zu.

Mit großen blauen Augen, die ihn an die Farbe des Karibischen Meers vor Costa Rica erinnerte, taxierte sie ihn ohne Scheu und streckte ihm ihre zartgliedrige Rechte entgegen.

»Hallo, mein Name ist Annabelle. Ich feiere heute meinen sechsten Geburtstag. Das ist ein wichtiger Tag, denn jetzt bin ich kein Kleinkind mehr und darf bald zur Schule. Du siehst toll aus. Fast so wie ein Schauspieler aus Hollywood. Aber natürlich nicht ganz so gut wie mein Vater. Er ist Belgier und kommt nur am Wochenende her. Meine Mutter ist Deutsche. Und sie ist wunder-wunder-wunderschön. Ich werde auch einmal so schön sein, sagt mein Papa. Und wie heißt du? Wo wohnst du? Wo hast du Janni kennengelernt?«

Thomas, der sich zuvor unwohl und fehl am Platz gefühlt hatte und beinahe in Panik ausgebrochen wäre, als sich plötzlich die gesamte Aufmerksamkeit auf ihn gerichtet hatte, stand ein breites Grinsen auf dem Gesicht. Allerdings wusste er nicht, wie es dorthin gekommen war. Er ging in die Hocke, nahm die kleine Hand in seine große und erwiderte:

»Herzlichen Glückwunsch zu deinem ganz besonderen Tag, Annabelle. Und ich denke, deine Eltern haben recht. Du wirst einmal eine wunderschöne Frau sein. Ich heiße Thomas, wohne hier in der Stadt und habe Janni erst vor wenigen Tagen vor meiner Haustür kennengelernt.«

»Endlich mal jemand, der sich alle meine Fragen merken kann«, verkündete Annabelle und löste damit Gelächter aus.

»Das waren doch nur drei.«

»Papa sagt, ich rede und frage zu viel.«

»Wer nicht fragt, lernt nichts.«

»Das werde ich ihm sagen.«

Thomas zog eine Grimasse, was im Hintergrund verhaltenes Kichern auslöste.

»Dann sag ihm vielleicht auch, dass ich Lehrer bin.«

»Boah!«

Thomas sah in ein bewunderndes Gesicht und wünschte sich, seine Schüler in der Oberstufe könnten dieses gelegentlich ebenfalls an den Tag legen.

»Ich möchte später auch Lehrerin sein«, erklärte Annabelle.

Er nickte begeistert, kam aber nicht um den Verdacht umher, dass diese Idee soeben erst entstanden war und das aufgeweckte Mädchen eine ganze Menge sein, werden und tun wollte, wenn sie erst einmal erwachsen war. Mit einem Blick in die Runde, und wenngleich alle lächelten oder ihm freundlich zunickten, wurde ihm plötzlich wieder bewusst, wo er sich befand. Ein Schmerz, als treibe ihm eine unsichtbare Hand einen Stachel ins Herz, durchzuckte ihn. Als er Hilfe suchend zu Janica blickte, zwinkerte sie ihm zu und deutete mit dem Kopf in Richtung einer offenstehenden Tür. Dort standen Tische und Stühle, und er konnte im Hintergrund eine gewaltige rosafarbene Torte entdecken, die wohl eher zu einer Hochzeit als zu einem Kindergeburtstag passte.

Dankbar lächelte er Janica an und wandte sich der Kleinen zu, vor der er noch immer hockte und deren warme Hand er hielt.

»Und wo ist jetzt deine Geburtstagstorte? Ich habe sie mitten in der Stadt gerochen und sie hat mich hierher gelockt.«

Annabelle prustete, beugte sich vor und flüsterte:

»Das ist eine ziemlich blöde Ausrede, Thomas. Und glaube mir: Janni ist nicht dumm. Sie vermutet bestimmt, dass du ihretwegen da bist. Aber ich spiele das Spiel natürlich mit.«

Altklug, schoss es Thomas durch den Kopf. Doch dann blickte er erneut in die Augen des muslimischen Mädchens. Sie vereinnahmten ihn genauso wie zuvor und er revidierte seinen Eindruck in *lebenserfahren*.

KAPITEL 11

Janica fühlte wohlige Wärme in sich aufsteigen, als sie die grenzenlose Begeisterung Annabelles sah, während sie ein Perlenkästchen in die Hände nahm, den Inhalt bestaunte, im Schein der Kerzen glitzern ließ und sich dann dem nächsten zuwandte. Petra, ihre Mutter, tupfte sich eine Träne aus dem Augenwinkel, lächelte dabei aber Janica an. Tränen waren an diesem Ort etwas Alltägliches – genauso wie das Lachen, und niemand versteckte das eine oder das andere.

Derja, das türkische Mädchen, hatte sich halb von ihrem Stuhl erhoben, lag mit dem Oberkörper mehr auf dem Tisch, als dass sie stand, und beobachtete jeden Handgriff, jedes Aufblitzen der geschliffenen Plastikperlen.

»Janni?«

Annabelles Tonfall klang vorwurfsvoll.

Janica wandte sich dem Geburtstagskind zu, das zwischen Jessika und Sven saß, die sich beide das erste Mal in diesem Haus aufhielten.

»Du hast zweimal diese goldfarbenen Perlen mit dem Glitter darin eingekauft!«

»Ach, wirklich?«

Janica hob die Augenbrauen, obwohl sie wusste, dass sie eine schlechte Schauspielerin war.

»Ich finde ...«, begann Annabelle, blickte Janica grübelnd an und wandte sich dann an Derja: »Magst du die haben?«

Die schwarzen Augen des Mädchens leuchteten auf wie ein Stern in der Nacht. Schüchtern und fragend zugleich sah sie ihre Mutter an. Selina zuckte kurz mit der linken Schulter und suchte Janicas Blick. In stummem Einvernehmen lächelten sie sich an und Selina nickte ihrer Tochter zu.

»Ja, bitte«, flüsterte Derja und schaute dennoch ungläubig, als Annabelle die durchsichtige Plastikdose quer über den Tisch zu ihr hinüberrutschen ließ.

Sie wäre vom Tisch gefallen, hätte Selina sie nicht aufgefangen und mit einem Lächeln Derja in die zitternde Hand gedrückt.

»Vielen Dank«, sagte Derja, nun etwas lauter und gewohnt wohlerzogen.

Hingerissen hob sie die Dose hoch und betrachtete das Funkeln und Glitzern, während Annabelle das nächste Geschenk an sich nahm.

»Das ist von Papa«, erläuterte Petra und strich Annabelle einige der längeren Haarsträhnen aus dem Gesicht.

»Aber er hat doch schon die Torte geschickt«, lachte Annabelle.

»Er möchte dir eben noch mehr schenken«, erwiderte ihre Mutter.

Janica entging der traurige Zug um ihren Mund nicht. Auch Petra hatte sich gewünscht, dass ihr Mann an diesem besonderen Tag hier und nicht bei der Arbeit in Belgien war.

Hastig entfernte Annabelle das in verschiedenen Blaufarben gemusterte Geschenkpapier mit den aufgedruckten pinkfarbenen Blumen und entnahm diesem einen Stoffelefant. Das Geburtstagskind betrachtete ihn von allen Seiten, ehe sie ihn zu den Perlenkästchen, den neuen Schuhen und dem noch nicht aufgepumpten Hüpfball legte, dessen Rosarot Janica an einen Hubba-Bubba-Kaugummi erinnerte. Wie alle Stofftiere, mit denen der Vater Annabelle überhäufte, trug auch dieser hübsche Elefant den *Steiff*-Knopf im Ohr und war teuer gewesen. Annabelle entschied jeden Abend, welches der Tiere sie mit ins Bett begleiten durfte, die sich – wie bei ihren vorangegangenen Aufenthalten – schon wieder in ihrem Zimmer anhäuften. Sie schlief mit diesem im Arm ein, doch Janica ahnte, dass sie auf alle diese kleinen und großen Gesellen verzichten würde, wenn sie dafür nur öfter in den Armen ihres Vaters liegen könnte.

Pierre war ein sportbegeisterter Mittdreißiger, extrem ehrgeizig und erfolgreich in seinem Beruf, der aber mit der Leukämie seines einzigen Kindes, einem absoluten Wunschkind nach mehreren Fehlgeburten, überhaupt nicht zurechtkam. Die schreckliche Diagnose hatte ihn aus der Bahn geworfen, und obwohl er seine Frau und Annabelle liebte, verbrachte er zunehmend mehr Zeit in seinem Büro in Belgien. Janica konnte es ihm nicht verübeln. Der Schmerz, die Tochter leiden zu sehen, überstieg häufig die Belastbarkeit der Eltern. Doch Petra und Annabelle würden gerade jetzt seine Aufmerksamkeit und Nähe mehr brauchen können als jemals zuvor. Aber wem stand es zu, darüber zu urteilen, ob Pierre richtig oder falsch handelte? Wer vermochte schon zu sagen, wie er selbst in dieser Ausnahmesituation reagieren würde? Womöglich war es für Annabelle besser, ihren Vater weniger zu sehen, als mit ansehen zu müssen, wie ihre Erkrankung ihn unaufhaltsam zu einem Wrack machte? Janica hoffte nur, dass Annabelle den Kampf gegen die heimtückische Krankheit gewann – und momentan sah es wirklich gut für sie aus –, damit der Mann sich nicht irgendwann mit den Vorwürfen aufreiben musste, die Zeit, die ihnen als Familie geblieben war, nicht genutzt zu haben. Obwohl Annabelle die Farbe Rosa und alles was glitzerte liebte, ihr Leben verlief keineswegs rosarot, glitzernd und glänzend.

Janicas Blick wanderte zu dem neuen Gast an diesem Nachmittag. Thomas war genauso überraschend hereingeschneit, wie es den Mitarbeitern des Hospizes mit ihr ergangen sein musste. Er hatte verloren gewirkt und es war ihm anzusehen gewesen, dass er am liebsten die Flucht angetreten hätte. Doch Sven, neben Florian, dem Jungen mit der Duchenne'schen Muskeldystrophie in seinem Liegestuhl, momentan der einzige Junge im Haus, hatte ihn nicht gehen lassen. Svens Eltern arbeiteten beide hart, um die achtköpfige Familie durchzubekommen, weshalb er an manchen Tagen gar keinen Besuch erhielt. In der Kinderonkologie war es ihm trotz der Animationen, der Psychologen, Erzieher und des aufopferungsbereiten Personals nicht gut gegangen. Seit er, dank eines großzügigen Spendenpaten, hier einen Platz gefunden hatte, taute er auf wie ein Schneeglöckchen nach dem Winter. Zwei Wochen blieb er noch, bevor er nach Hause zurückkehren würde.

Sven und Thomas unterhielten sich über Modelleisenbahnen, und dem dreizehnjährigen Blondschopf sprang das Glück, jemanden neben sich sitzen zu haben, der sich damit auskannte, förmlich aus allen Knopflöchern.

»Jetzt schneide ich die Torte an!«

Annabelle, der Wirbelwind, unterbrach die angeregten Gespräche. Entschlossen setzte sie ihre Ankündigung unverzüglich in die Tat um. Sie stand auf, ergriff ein für ihre kleinen Hände riesiges Messer und ging mit diesem zu der prächtigen dreistöckigen Torte. Eine rosafarbene Schicht aus Marzipan umkleidete diese, auf den Oberseiten gaben sich Marzipan-Prinzessinnen, Pferde und Hunde und sogar eine Kutsche ein Stelldichein.

Annabelle war ein großzügiges Mädchen, das gelernt hatte, sich an der Freude ihrer Mitmenschen mitzufreuen. Entsprechend groß fielen die aus dem untersten Rund geschnittenen Tortenstücke aus.

Janica beobachtete mit zusammengepressten Zähnen, um das Lachen zu unterdrücken, wie sich Thomas, höflich und darauf bedacht, nicht aufzufallen, von Annabelle ein Stück auf den Teller legen ließ. Die anderen Erwachsenen teilten sich die Stücke zu dritt oder viert und griffen später nach einem abseitsstehenden Marmorkuchen. Irgendwann tat ihr Thomas so leid, dass sie sich erhob, hinter den besetzten Stuhlreihen entlang ging und ihm eine Hand auf die Schulter legte. Fragend drehte er sich nach ihr um. Aus der Nähe wirkte er noch gequälter als er von der gegenüberliegenden Tischseite ausgesehen hatte. Zudem klebte ihm etwas von der furchtbar süßen Crememasse im Mundwinkel.

»Annabelle ist ein Kind, wenn auch ein sehr aufgewecktes. Sie merkt es nicht, wenn du diese rosarote Scheußlichkeit nicht aufisst. Und falls doch – was glaubst du, wie oft sie in ihrem Leben bereits Reste auf ihrem Teller zurückgelassen hat?«

»Rette mich bitte, Janica. Mir ist schlecht«, raunte er zurück und ließ sich von ihr nur zu bereitwillig den Teller klauen.

Sie stellte ihn auf den Servierwagen und ergriff eine der in eine Serviette eingeschlagenen Laugenbrezeln – ohne Butter –, denn davon hatte Thomas für zwanzig Brezeln genug zu sich genommen.

Wieder beugte sie sich von hinten an ihm vorbei und flüsterte, während sie ihm die Brezel neben die Kaffeetasse legte:

»Trink deinen Kaffee, vielleicht hast du Glück und läufst nicht rosa an!«

Sven, der das Manöver aufmerksam verfolgt hatte, die süße Masse allerdings mit Genuss vertilgte, lachte fröhlich auf. Janica hockte sich nieder und zupfte am leicht verschlissenen Hemd des Jungen, in dem vermutlich schon einige seiner älteren Brüdern vor ihm gesteckt hatten.

»Pass ein bisschen auf Thomas auf, Sven. Für ihn ist das hier völliges Neuland.«

»Für mich doch auch.«

»Du hast aber bestimmt schon bemerkt, wie kompliziert Erwachsene manchmal sind, oder?«

»Oh ja!«, stimmte Sven aus vollstem Herzen zu.

»Gelegentlich brauchen wir euch jungen Leute, die uns bei der Hand nehmen und zeigen, wie man das Leben *einfach* meistert.«

»In Ordnung, ich kümmere mich um ihn.«

»Euch ist hoffentlich bewusst, dass ich euch höre?«, brummte Thomas von links.

Wieder brach Sven in ein offenherziges Lachen aus und Janica erhob sich, allerdings nicht, ohne Thomas zuvor zuzuflüstern, dieses Mal aber so leise, dass Sven sie nicht verstehen konnte:

»Der Junge ist einsam. Er kann einen Freund gebrauchen.«

Sie wartete auf keine Reaktion, vielmehr schlenderte sie in Richtung der Gästetoiletten davon, machte dort jedoch nicht Halt, sondern verließ das Gebäude und stieg in den nächsten Bus. Thomas hatte irgendwie hierher gefunden, er würde auch allein wieder wegkommen. Doch sie hoffte, dass dies nicht – wie bei vielen ihrer Bekannten – sein letzter Besuch im Hospiz gewesen war.

JANICA

Es war dieser eine Augenblick, als ich Thomas im Hospiz entdeckte. Ein winziger Moment, nicht mehr als der Flügelschlag eines Sperlings. In diesem stand mir deutlich vor Augen, dass ich nicht Steffen gefunden hatte, sondern Thomas. Er war es, der mich benötigte. Steffen war die Aufgabe meiner Eltern, die ihn aufnahmen wie den Sohn, den sie nie bekommen hatten.

Annabelle und Derja, Sven und Florian, Jessika und Ratte ging es erstaunlich gut. Einzig Merle, die Dreijährige, die nie eine Chance gehabt hatte, lag umsorgt von der Ärztin, dem Pflegepersonal und ihrer allein erziehenden Mutter in ihrem hübschen Zimmer und dämmerte ihrem Ende entgegen. Dem Ende auf dieser Welt, in die sie einen schlechten genfehlerhaften Start gehabt hatte. Aber das war nichts, was mich aus der Spur warf. Ein Leben ging zu Ende. Eines von vielen. Was folgte, konnte nur besser sein!

Thomas hatte seit seinem ersten überraschenden Besuch vor zwei Wochen fünfmal das Hospiz aufgesucht. Natürlich hatte ich ihn nicht gefragt, weshalb er damals dort aufgetaucht war, schließlich wollte ich ihn nicht in Verlegenheit bringen.

Gleich am zweiten Tag hatte er in einer ausgebleichten schrecklich nach feuchtem Keller riechenden Holzkiste einen Teil seiner Modelleisenbahn angeschleppt und diese ratterte nun an den runden Außenwänden des Gemeinschaftsraums entlang, transportierte

Tabletten und Spritzen, Schokolade und Nachrichten. Für die Rollstühle, Liegebetten und Pflegewagen hatten die beiden Tüftler stabile und leicht auf- und abbaubare Brücken gebastelt.

Er und Sven gingen eine ungewöhnliche Freundschaft ein, und Thomas hatte dem Jungen versprochen, ihn auch zu Hause zu besuchen, da Sven inzwischen seinen Abschied im Hospiz hinter sich gebracht hatte. Vermutlich nicht den letzten Abschied von dort, aber immerhin! Dagegen hatte Thomas seinen Einstand gefeiert, obwohl er davon gar nichts wusste. Für ihn begann an diesem Tag, an dem er mir – von wo aus auch immer – in dieses wunderschöne extravagant gebaute Haus gefolgt war, das Leben.

Und dann, von einer Stunde auf die nächste, war die berauschende Zufriedenheit in meinem Inneren dahin. Davongeflogen wie ein Schwarm grauer Wildgänse im Herbst.

KAPITEL 12

14. MAI

Janica war dabei, das Essen vom Vortag aufzuwärmen, als ihre Mutter anrief, aufgelöst wie selten einmal. Sie konnten Steffen nicht finden. Er sei fort, und Janica solle unbedingt mit Thomas kommen, um bei der Suche zu helfen. Unterwegs sollten sie Radio hören. Aufgescheucht schaltete sie den Herd aus und zog den Topf mit den blassgelben Nudeln und der tomatenroten Soße auf eine kalte Platte.

Sie erreichte Thomas auf dem Mobiltelefon zwischen zwei Physikstunden im Lehrerzimmer. Wenig später hörte sie die Bremsen seines Autos auf der Wendefläche quietschen. Balou lief los, Janica, die auf der dritten Metallstufe von unten gewartet hatte, folgte ihm deutlich langsamer. Ihr war nicht klar, wie sie reagieren, was sie tun oder sagen sollte. Sie kannte sich in der Welt schwer kranker oder vom Tode gezeichneter Kinder aus, jedoch nicht in der gesunder junger Männer, die ihrem Leben ein vorzeitiges Ende setzen wollten. Das stand in einem unwirklichen Gegensatz zu den von ihr betreuten Kleinen. Sie griffen mit beiden Händen nach dem Leben und viel zu oft verfehlten sie es oder brachten nicht genug Kraft auf, sich daran festzuklammern!

»Hast du es schon gehört? Hast du es gehört? Wie konnte das passieren? Diese Idioten!«

Janica ließ Balou auf die Rückbank. Erschrocken über Thomas' Ausbruch sah der Hund davon ab, ihn zu begrüßen, sondern legte sich verwirrt hin und schaute, wie es schien, mit gerunzelter Stirn auf den aufgebrachten Fahrer.

Kaum dass die junge Frau die Tür geschlossen hatte, jagte der Opel los.

»He, die Dreißigerschilder haben durchaus ihren Sinn. Willst du ein Kind oder einen Rentner überfahren?«, fuhr Janica Thomas an.

Dieser nahm sofort den Fuß vom Gas und murmelte eine Entschuldigung.

Zügig schnallte sie sich an und richtete dann ihre ungeteilte Aufmerksamkeit auf Thomas, der mit verbissenen Gesichtszügen den dichten Verkehr im Auge behielt. Dunkle Haarsträhnen fielen ihm in die Stirn, ließen ihn nahezu verwegen aussehen. Während er mit harten, eckigen Bewegungen die Gänge wechselte, zuckten in seinem Gesicht einige Muskeln, Zeugen seines enormen inneren Aufruhrs.

»Was ist passiert?«

»Das SEK ist wesentlich häufiger im Einsatz, als die breite Öffentlichkeit das wahrnimmt, weil diese Vorgänge meist nicht den Weg in die Presse finden. Das dient nicht nur dem Schutz der Betroffenen, sondern auch dem der Mitglieder dieser Einheiten.«

Janica nickte. Offenbar hatte Thomas sich wieder so weit im Griff, dass er, wenn auch mit gepresster Stimme, imstande war, geordnete Informationen weiterzugeben.

»Irgendwie muss das Drama von vor drei Wochen an die Presse durchgesickert sein.« Thomas spie das Wort Presse aus, als sei es eine heiße Tomate, die ihm den Mund verbrannte. »Jetzt wird die Sache aufgebauscht. Jeder noch so kleine Radiosender nimmt das Thema auf. Das Fernsehen wird folgen, genauso wie die Revolverblätter!«

»Was ist los?«, hakte Janica nach. »Ist Steffens wahre Identität herausgekommen?«

»Nein, Gott bewahre!«

Thomas drehte sich halb um, was Janica nach dem Lenkrad greifen ließ. Doch ihr Fahrer hatte das Auto im Griff, obwohl er aus dem Fußraum hinter ihr ein Notebook angelte, das er ihr auf den Schoß legte.

»Besitzt du ein Facebook-Profil?«

»Ja.«

»Viele Freunde?«

»Um die fünfhundert.«

»Dann schau dir das mal an!«

Janica verstand noch immer nicht ganz, auf was Thomas hinauswollte, öffnete aber das Gerät, wartete, bis es aus dem Standbymodus erwacht war, und loggte sich ein.

»Und jetzt?«

»Scroll durch. Ich nehme an, du wirst auch ein paar Postings zu diesem Vorfall finden.«

Janica las sich durch die Textbeiträge und entdeckte tatsächlich recht schnell einen Eintrag zu dem ›Todesschützen‹: *Warum müssen die immer gleich schießen? Geht das nicht anders? Die armen Eltern!*

Janica erinnerte sich gut an das, was Steffen ihr auf der Brücke über die Häufigkeit eines Schusswaffengebrauchs des SEKs gesagt hatte. Wie sie, hatten wohl auch andere in der Bevölkerung wenig Ahnung von der Arbeit dieser speziell ausgebildeten Polizisten.

Sie scrollte weiter, fand unter den »Gefällt mir«-Klicks eines Bekannten folgenden Vermerk: *Erst denken, dann schießen! Funktioniert beim Reden ja auch besser. Aber vielleicht fehlt diesen Mucki-Typen unter ihren Vermummungen ja das Hirn?*

Janica schnappte nach Luft. Die Kommentare unter diesem Eintrag hatten einen ähnlichen Grundtenor: *Den sollte man auch gleich an die Mauer stellen. – Adrenalingesteuert? – Das ist schon einige Tage her? Wurde das mal wieder unter den Teppich gekehrt? Die rücken bestimmt auch keinen Namen raus!*

So ging es weiter. Einzig ein älterer Mann, zumindest dem Profilbild nach, schrieb: *Wenn er aber keine andere Möglichkeit sah? Da waren doch noch mehr Kinder im Haus, hört man. Und er hat vermutlich nicht absichtlich auf das Kind gezielt.*

Janica klappte das Notebook zu und legte es zu ihren Füßen. Schweigend blickte sie aus dem Fenster, beobachtete die vorbeihuschenden Bäume und die Markierungspfosten, bemerkte, wie rasend schnell Thomas über die unangenehm volle Autobahn schoss.

»Die Bürger dieses Landes wollen sichere Straßen. Sie möchten in eine Bank gehen, ohne dass ihnen Räuber ihre automatischen Waffen unter die Nase halten. Sie wollen des Nachts unterwegs sein, ohne dass sie befürchten müssen, niedergeschlagen, vergewaltigt oder ausgeraubt zu werden. Sie wollen ..., ach verdammt!« Thomas schlug mit einer Hand auf das Lenkrad. »Aber wehe, ein Polizist tritt ihnen in den Weg und will ihren Ausweis sehen. Wehe, einer zieht sie wegen zu schnellen Fahrens aus dem Verkehr. Wehe, sie demonstrieren und werden von Polizisten flankiert, die Gebäude, Gegenprotestanten oder sonst was zu schützen haben. Ist den Hohlköpfen nicht klar, dass es das eine ohne das andere nicht gibt? Dass sie Steine auf Polizisten werfen, die nur ihren Job tun, ihnen Sicherheit bieten sollen, bei Demonstrationen womöglich sogar ihrer Meinung sind, auf ihrer Seite stehen würden, wären sie nicht gerade im Dienst? Aber wehe, ein Polizist macht in Ausübung seines Dienstes einen Fehler! Dann fallen alle über ihn her wie die Heuschrecken über das letzte Korn.«

Janica überlegte, ob sie Thomas bitten sollte, etwas langsamer zu fahren, doch er sprach schon weiter, erregt, wütend und verzweifelt – aus Angst um seinen Bruder:

»Natürlich ist hin und wieder eine Aktion aus dem Ruder gelaufen, und ja, es wurde auch mal unverhältnismäßig viel Gewalt angewandt. Aber diese Männer und Frauen im Polizeidienst haben auch Gefühle und Ängste. Sie sind keine Maschinen. Da ist viel getan, viel verbessert, viel geschult worden. Jede Wette, Janica: Hätte Steffen nicht geschossen, übrigens nach der Freigabe des Vorgesetzten, und der Geiselnehmer hätte alle Kinder und die Frau getötet, würden die Idioten jetzt schreien, weshalb sie als Steuerzahler denn ein SEK finanzieren, wenn die nur zusehen, wie ein Krimineller Frauen und Kinder umbringt. Man sei sich ja seines Lebens nicht mehr sicher!«

»Thomas?«

»Hm?«

»Bitte fahr langsamer.«

Thomas sah sie an. Gefährlich lange. Dann verringerte er ein zweites Mal innerhalb einer Viertelstunde die Geschwindigkeit.

»Entschuldige bitte.«

»Es hilft Steffen nicht, wenn wir einen Unfall bauen.«

»Du hast ja recht, aber ...«

»Ich weiß, du möchtest ihn so schnell wie möglich suchen gehen.«

Der Fahrer nickte und umklammerte das Lenkrad nur noch fester. Hell standen seine Knöchel hervor und Janica unterdrückte den Reflex, ihre Hand auf seine Rechte zu legen. Der Wunsch, ihn zu trösten, stritt sich mit ihrer Vernunft. Zuneigungsbekundungen bei Männern waren schwierig, es sei denn, sie nannte sie seit vielen Jahren ihre Freunde, denn dann wusste sie, dass sie nicht falsch interpretiert wurden.

Da Thomas sich nun in Schweigen hüllte und sich auf die Überholmanöver konzentrierte, lehnte Janica sich zurück und schickte ein Stoßgebet zum Himmel. Sie öffnete die Augen wieder, als sie von der Autobahn auf die Landstraße wechselten. Einige Minuten später wies sie Thomas auf die Auffahrt zu ihrem Bauernhof hin. Kopfschüttelnd schwieg er sich darüber aus, ob er erneut überrascht gewesen war, dass die Abzweigung sich ausgerechnet hinter dieser Kurve befand.

Zwei gesattelte Isländer drehten die Köpfe, als Thomas mit etwas viel Schwung vor dem Haupthaus abbremste. Schnell sprang er aus dem Wagen und lief Peter entgegen, der Janica über das Autodach hinweg ihre Reithose zuwarf. Sie zog sich bei offener Tür auf dem Beifahrersitz um und beobachtete dabei, wie Peter Thomas zu beruhigen versuchte. Wenig später gesellte sich Heidi, angetan mit ihren Wanderschuhen, zu ihnen und verließ mit Thomas im Schlepptau zu Fuß das Gelände.

»Auf, Mädchen«, forderte Janicas Vater sie auf und sie schwang sich in den Sattel der grau-braun-weiß gescheckten Stute.

Balou sprang aufgeregt bellend um die Pferde herum.

»Wie konnte das passieren?«, fragte sie, als ihr Vater sie überholte, um vor ihr auf den Weg in Richtung des östlich gelegenen Waldes zu gelangen.

Bevor er antwortete, schickte Janica den Hund zurück auf den Hof.

»Keine Ahnung. Im Stall lief wie so oft das Radio. Deine Mutter hatte gar nicht zugehört, was der Sprecher erzählte, bis Steffen fluchend an ihr vorbeistürmte. Erst da wurde ihr bewusst, über was die Berichterstattung ging.«

»Hast du einen Verdacht, wo Steffen hingegangen sein könnte?«

»Wir waren in den vergangenen Tagen viel spazieren.«

Janica hörte ein Nein heraus und runzelte die Stirn. Mussten sie vor allem die Plätze absuchen, die sich dazu eigneten, sich von einem Felsen in die Tiefe zu stürzen? Ihr Magen krampfte sich schmerzlich zusammen und sie spürte, wie ein Anflug von Übelkeit in ihr aufwallte. Energisch unterdrückte sie ihre Angst und konzentrierte sich auf den schnellen Galopp, den ihr Vater auf der übersichtlichen Strecke angeschlagen hatte. Sobald sie in den schattigen Wald eintauchten, verringerte er die Geschwindigkeit.

»Ihm ging es seit gestern nicht gut«, erklärte Peter, als Janica wieder zu ihm aufschloss. »Deine Mutter hatte ihn zu einer weiteren Anhörung gefahren. Die muss katastrophal verlaufen sein. Er hat nicht viel darüber erzählt, nur dass die internen Ermittler seine Version der Geschichte anzweifeln.«

»Wie ...?« Janica schluckte eine unfreundlich formulierte Frage hinunter, presste für einige Zeit die Lippen fest zusammen, bevor sie ruhiger fragte: »Von welchem Szenario, welcher Motivation gehen diese Leute aus? Dass Steffen absichtlich auf das Kind gezielt hat?«

»Nein, natürlich nicht. Da geht es um Schießtechniken, um erlernte oder vorgegebene Standards in solchen Situationen.«

»Ich bin ja kein Polizist, aber die Frage, wie viele Geiselnahmen nach einem gleich bleibenden Muster ablaufen, zumal Steffen gesagt hatte, dass die Lage ziemlich undurchsichtig und verfahren war, darf ich schon stellen, oder?«

»Nicht nur du«, brummte Peter und hielt unsicher vor einer Weggabelung an.

Er zog sein uraltes Mobiltelefon aus der Tasche seiner ärmellosen Jacke und wählte.

»Welchen Weg hast du genommen, Karl?«, fragte er, nachdem der angewählte Gesprächspartner abgenommen hatte.

Janica atmete erschrocken aus. Ihr Vater hatte den hiesigen Polizeichef informiert. Der musste den Vorfall sicher melden, was sich vermutlich negativ auf Steffens psychische Beurteilung auswirken würde. Aber war das im Augenblick nicht nebensächlich? Vielleicht war es ohnehin besser, wenn er aus dem aktiven Dienst ausschied? Obwohl ihm die Arbeit am Herzen lag? Wie sollte Steffen damit zurechtkommen, wenn man ihn einfach ausmusterte? Würde dies der nächste Schlag sein, der sein Herz traf, der den schmerzenden Nagel darin noch tiefer hineintrieb?

Janica strich sich mit einer Hand über das verschwitzte Gesicht. Fragen, Zweifel und Ängste bestürmten sie, zerrten an ihr, wie ein Sturmwind an den Blättern eines freistehenden Baumes. Wie konnten sie Steffen schützen und ihm helfen? Darüber musste sie sich dringend Gedanken machen. Doch zuerst einmal galt es, Steffen zu finden. Lebend!

*

Die Sonne warf goldene Striche und Punkte auf den federnden, von Moos und abgestorbenen Fichtennadeln bedeckten Waldweg. Winzige blassblaue Blüten reckten sich dieser entgegen. Die Erde roch feucht und mischte sich mit dem herben Duft der Fichten und Laubbäume. Thomas sah sich fortwährend um. Sein Herz hämmerte gegen seine Brust, fast so, als wolle es aus ihr herausspringen und sich ebenfalls auf die Suche nach dem einzigen, ihm verbliebenen Familienmitglied begeben. Neben seinem Herzschlag, der laut in seinen Ohren pochte, vernahm er das Brechen kleiner Zweige und trockener Fichtenzapfen unter seinen und Heidis Schuhen, dazu das lautstarke Konzert der Vögel in den Baumwipfeln. Um ihn her pulsierte Leben und Fröhlichkeit, doch in seinem Herzen herrschte ein wütender, zerstörerischer Sturm. Seine Seele fühlte sich an, als walkten zwei starke Hände sie unbarmherzig durch, mit dem Ziel, jede Hoffnung und jedes Glücksgefühl, das er in den vergangenen Tagen angehäuft hatte, aus ihm herauszupressen. Sie sandte schmerzhafte Wellen aus, drohte kommende Qualen und ein eiskaltes Gefühl von Verlassenheit an. Seit dem Tod seiner Eltern hatte er sich nie so lebendig und wertgeschätzt gefühlt wie in den letzten Wochen, so paradox das im Hinblick auf die Sorgen und Nöte seines Bruders auch sein mochte. Doch selbst hier eröffnete sich Thomas eine Möglichkeit, Steffen etwas von dem zurückzugeben, was der ihm über viele Jahre geschenkt hatte: Aufmerksamkeit, eine helfende Hand, das Gefühl, nicht von Gott und der Welt verlassen zu sein …

Jetzt war es an Thomas, Stärke zu zeigen, das Heft in die Hand zu nehmen und seinen älteren Bruder zu stützen. War das, was er für ihn getan hatte, ausreichend? Hätte er, anstatt sich mit Sven zu beschäftigen, nicht viel häufiger nach Steffen sehen sollen? Aber der hatte ausgeglichen, nahezu glücklich gewirkt. Zudem hatte Peter die weitaus größere Lebenserfahrung als er, mehr Weisheit und ein geschultes Auge für Steffens Nöte, während er selbst noch ein Lernender war. Er war doch lediglich der kleine Bruder, der bisher unter den Fittichen von Steffen gestanden hatte. War es möglich, einfach die Rollen zu tauschen? Darauf war er nicht vorbereitet gewesen. Hatte er versagt?

Wie gefestigt war Steffen? Das, was er heute im Radio hatte hören müssen, all die aufgeworfenen Fragen, die einen vorwurfsvollen Grundtenor transportierten, hatten ihn vermutlich wieder völlig aus der Bahn geworfen. So sehr, dass er nun vollendete, was er damals auf der Brücke begonnen, aber nicht zu Ende geführt hatte?!

»Thomas?«

Die keuchende Stimme von Heidi riss ihn aus seiner düsteren Versenkung, in der er zu ertrinken drohte. Er schnappte förmlich nach Luft, die lebensspendend, feucht und mit harzigem Geschmack tief in seine Lunge strömte, ehe er sich zu Janicas Mutter umdrehte.

»Ich kann nicht mit dir Schritt halten.«

»Sollen wir uns trennen?«, fragte Thomas.

Alles in ihm drängte danach, in hohem Tempo weiterzugehen, da er so schnell wie möglich ein großflächiges Gebiet absuchen wollte.

»Du kennst dich hier nicht aus. Außerdem lasse ich dich in deinem aufgewühlten Zustand nicht gern allein.«

Thomas atmete erneut bewusst ein und aus. Janicas Familie war manchmal erschreckend direkt. Heidi sorgte sich um seinen Gemütszustand, was er während der Suche nach Steffen ein bisschen nervig fand. Allerdings, darüber war er sich ebenfalls im Klaren, würde ihm dies, wäre die Situation nicht so bedrohlich und unüberschaubar, ein wunderschönes warmes Gefühl vermitteln.

»Es sind rund fünfzehn Männer auf der Suche. Wir finden ihn!«, erklärte Heidi bestimmt.

Thomas nickte ergeben. Ja, sie würden ihn finden. So wie man Steffens Freund irgendwann gefunden hatte. Aber da war es zu spät gewesen.

»Wir finden ihn wohlbehalten!«, fügte Heidi hinzu und ergriff ihn bei der Hand.

Brauchte sie Trost und Halt? Oder wollte sie ihm beides schenken? Es war Thomas gleichgültig. Heidis Hand fühlte sich an wie die seiner Mutter. Zart und doch stark. Warm – und Zuversicht vermittelnd. Zumindest bildete er sich das ein, also umgriff er fest ihre Finger.

Gemeinsam marschierten sie über den unebenen, von Wurzelausläufern durchzogenen Trampelpfad, der von Bäumen beschattet, von Blumen und Farnen gesäumt war und nur wenige Meter abseits eines steil abfallenden Felshangs entlangführte.

»Hat Steffen dir erzählt, dass er vorgestern ein Telefonat mit dem Vater des kleinen Jungen geführt hat, der bei der Geiselnahme zu Tode kam?«

»Was? Nein!«

Thomas blieb ruckartig stehen.

»Steffens Rechtsvertreter hat das Gespräch auf Bitten des Vaters vermittelt. Er meinte, es sei besser, Entgegenkommen zu signalisieren, anstatt den Mann noch mehr gegen Steffen aufzubringen. Allerdings verbot er Steffen strikt, sich in welcher Art auch immer zu entschuldigen, da dies einem Schuldeingeständnis gleichkäme.«

»Der Mann will ihn verklagen?«

»Das weiß ich nicht. Steffen hat nichts über den Inhalt des Gesprächs erzählt, war hinterher allerdings extrem aufgewühlt. Vielleicht deshalb, weil er dem Mann gern gesagt hätte, wie leid ihm das Ganze tut, es aber nicht durfte.«

Thomas sah Janicas Mutter mit zusammengebissenen Zähnen an. Verstand dieser Vater nicht, was die Alternative zu Steffens Schuss hätte bedeuten können: den Tod aller drei Kinder und seiner Frau?

Heidi hob die Hand und legte sie federleicht an Thomas' Wange. Dasselbe hatte früher seine Mutter getan, wenn er traurig oder verletzt worden war. Ob Müttern diese Trost spendende Geste angeboren war, die auf erstaunlich klare Weise vermittelte, dass man sich beschützt fühlen durfte?

»Steffen hat nach dem Gespräch das Haus verlassen und saß bis zum Einbruch der Dunkelheit auf der Bank hinter unserem Haus. Er hat geweint! Tränen reinigen eine Seele. Und deshalb glaube ich nicht, dass er sich heute etwas antut. Die sich zuspitzende Situation ist für ihn grauenhaft, dennoch trägt er einen Hoffnungsschimmer in seinem Herzen, wie ein kleines Licht im Dunkel der Nacht.«

Thomas nickte, obwohl er ihren Optimismus nicht teilen konnte. Sie kannte Steffen noch nicht so lange wie er. Für gewöhnlich machte sein Bruder keine halben Sachen. Das Abbrechen seiner Pläne auf der Brücke war eine Ausnahme gewesen, vermutlich, weil Janicas Auftauchen ihn dabei gestört hatte. Und dieser aufdringliche Bär. Aber vielleicht, ganz vielleicht, und diese Hoffnung stieg nun doch wie ein Luftballon dem zwischen den Wipfeln erkennbaren Blau des Himmels entgegen, kannte er seinen Bruder nicht so gut, wie er dachte?! Immerhin veränderten sich Menschen, lernten aus schweren Situationen und gingen mit neuer Energie ihren Weg weiter. Weil sie es mussten? Weil sie es so gelehrt bekommen hatten?

Weil dieses Weitermachen tief in ihrem Inneren verankert war? Steffen hatte das schier Unmögliche schon einmal getan, damals, nach dem Unfall ihrer Eltern. So wie Thomas selbst, wenngleich er seitdem nie mehr dieses Gefühl des unbeschwerten Glücks in sich verspürt hatte. Seine letzten Erinnerungen an diese Glücksgefühle hingen unmittelbar mit den Stunden vor dem Unfall zusammen, als die Hejduks nach langer Zeit endlich wieder einen Familienausflug unternommen hatten. Er, die Eltern und der mittlerweile erwachsene Steffen, kurz vor Thomas' 17. Geburtstag.

Ruckartig blieb Thomas stehen und starrte zwischen den stoisch ruhig stehenden Stämmen in das zunehmend dunkler werdende Grün hinein, das schließlich zu einem undurchdringlichen Schwarz verschwamm. In diesem Augenblick erkannte er, dass mit dem sinnlosen Tod seiner Eltern auch das Gefühl grenzenlosen Glücks, die Momente der tiefen Zufriedenheit und der Blick auf das Gute, Schöne in seinem Leben gestorben war. Was würde geschehen, wenn sie Steffen heute nur noch tot fanden? Was ging dann bei ihm für immer verloren? In wachsender Verzweiflung klammerte er sich an die von Heidi zuvor ausgesprochene Hoffnung.

Die Sonne wanderte unbarmherzig am Firmament entlang, zeigte, wie schnell der Tag verging. Heidis uraltes Mobiltelefon blieb stumm, keines der anderen Suchtrupps meldete das Auffinden von Steffen. Bei jedem Meter, den Thomas zurücklegte, mit jedem Ast, der unter seinen Schuhen brach, und jedem Insekt, das er vor seinem verschwitzten Gesicht vertrieb, glaubte er, dass sich ein Teil seines Herzens zu Stein verwandelte, sich daraufhin löste und schwer und schmerzhaft irgendwo in die Nähe seines Magens fiel.

Eine beißende, böse klingende Stimme in seinem Kopf flüsterte ihm zu, dass er umkehren könne, weil es bereits zu spät sei. Er versuchte, die Stimme zu verdrängen, indem er sich Heidis

Mut machende Worte in Erinnerung rief, doch als die Sonne hinter einen bewaldeten Bergrücken sank, waren die Einflüsterungen zu einem wilden lautstarken Gebrüll angeschwollen, das ihm die Eingeweide umzudrehen drohte.

Feuerrote und violette Streifen wanderten über den Horizont, kündigten die nahende Nacht an und entfachten in Thomas einen Sturm aus Verzweiflung und Wut. Er schrak zusammen, als Heidi ihn am Arm ergriff.

»Da!«, stieß sie hervor.

Thomas, der bereits seit mehreren Minuten ausschließlich auf den Boden gestarrt hatte, hob den Kopf. Vor ihnen bestritt der Berg einen Halbkreis und an seiner Spitze ragte ein sandsteinfarbener Felsüberhang über das grüne Tal hinaus. Dort stand, vor dem Hintergrund des überquellenden Farbenspiels des Himmels, eine hoch aufgerichtete männliche Gestalt. Der Wind zerrte an dem eng anliegenden T-Shirt und ließ darauf kleine Wellen tanzen, die Shorts flatterten. Der Mann schwankte, trat dem zum Trotz aber noch einen Schritt nach vorn. Nur wenige Zentimeter trennten ihn von der Abbruchkante und dem sich darunter ausbreitenden Talabschnitt, dessen idyllischer Anblick in Thomas' Ohren nahezu hörbar hohnlachte.

»Nein!«, stieß Thomas hervor und rannte los.

Zweige peitschten ihm ins Gesicht, strichen ihm über den Körper, als wollten sie ihn aufhalten. Verzweifelt kämpfte er sich voran, stolperte über eine Baumwurzel und landete auf Knien und Händen. Ohne zu zögern, sprang er wieder auf und hastete weiter, bis er die Baumgrenze erreichte. Der weiche Humusboden wechselte in hartes helles Gestein. Er war lediglich fünf Meter von Steffen entfernt. Das Blut rauschte in Thomas' Ohren, sein Herz hämmerte gegen seine Brust, und obwohl er nur eine kurze Wegstrecke gerannt war, ging sein Atem keuchend.

Steffen bewegte sich. Thomas stieß einen entsetzten Schrei aus.

KAPITEL 13

Steffen drehte sich um und schaute Thomas an. Verwunderung lag im Blick des Älteren.

»Was tust du denn hier? Du hast mich erschreckt.«

Thomas blieb stehen und schüttelte fassungslos den Kopf. Sein Bruder klang erstaunlich gelassen. War er sich dieses Mal seiner Sache ganz sicher? Weil er Frieden mit seiner Entscheidung geschlossen hatte?

»Komm da weg«, entgegnete Thomas.

Seine Stimme glich einem über eine Feile gezogenen Metall. Sie schien nicht zu ihm zu gehören. So verzweifelt und flehend hatte sie sich noch nie angehört. Nicht einmal damals, am Unfallort ...

»Du weißt, dass ich absolut schwindelfrei bin.«

»Was?«

Steffen fuhr sich mit der Hand durchs Haar. Plötzlich entspannte ein Lächeln seine Gesichtszüge.

»Du hast gedacht, dass ich springe?«

»Verwundert dich das?«, gab Thomas wütend zurück.

Er ballte die Hände zu Fäusten, fühlte er sich doch wie ein Idiot. Offenbar war Steffen weit davon entfernt, sich etwas anzutun. Mit großen Schritten, sich scheinbar nicht um den Abgrund links und rechts kümmernd, kam Steffen auf ihn zu.

Thomas widerstand der Versuchung, seinem Bruder die geballte Rechte ins Gesicht zu schlagen. Steffen würde den Angriff mit Leichtigkeit abwehren und diese Schmach wollte er nicht auch noch hinnehmen müssen.

»Es tut mir leid, dass ich dich erschreckt habe.«

»Ist dir klar, dass rund zwanzig Leute auf der Suche nach dir sind?«

Steffen biss die Zähne zusammen und starrte ihn einen Moment verwirrt an. Dann drehte er sich um und betrachtete den farbenfrohen Sonnenuntergang.

»Wie spät ist es?«

»Beinahe zehn.«

»Mist. Ich habe die Zeit vergessen. Heidi und Peter haben dich angerufen, weil sie sich Sorgen um mich gemacht haben?«

»Unbegründet?«

»Komm«, erwiderte Steffen und trat zurück an die Spitze des Felsens.

Thomas drehte den Kopf. Heidi saß halb verdeckt von einigen Sträuchern auf einem gefällten Baumstamm und telefonierte. Mit einem kritischen Blick auf die steil abfallenden Felshänge folgte er seinem Bruder bis fast zur Felsnase, wo er sich schnell niederließ. Er litt nicht unter Höhenangst, aber die Selbstsicherheit seines Bruders ging ihm in dieser Höhe völlig ab.

»Schau es dir an«, sagte Steffen und deutete mit einer ausholenden Bewegung über das Tal.

Grüne Wiesen, nun im Schatten liegend, breiteten sich unter ihnen aus. Zwei silberne Bänder, lebendig sprudelnde Flüsse, die sich am Ende des Tals vereinigten, zerteilten die in leichten Wellen verlaufenden Wiesenflächen. Bunte Blüten leuchteten trotz des mangelnden Lichts wie spielerisch hingeworfene Farbtupfer zu ihnen herauf, ein noch junges Gerstenfeld, von der Abendsonne angestrahlt, glich einem goldfarbenen

Meer. Eingerahmt war die atemberaubende Kulisse von kleinen Hügeln, auf denen sich ein Mix aus Birken, Weiden, Kiefern, Eichen, Buchen und Fichten im Wind bogen, dahinter wuchsen die dunkel bewaldeten Berge wie Wächter über diesen friedlichen Flecken Erde in die Höhe.

Grillen zirpten, einige Vögel sangen ein letztes Lied, während die farbenfrohe Zeichnung am Himmel allmählich verblasste.

»Ich habe hier, wie ich gerade bemerkt habe, Stunden verbracht. Das, was mir alles durch den Kopf gegangen ist, seit ich gestern mit dem Vater des Kindes gesprochen und heute die Radiomeldungen gehört habe, erspare ich dir lieber.«

»Steffen ...«

»Lass es gut sein, kleiner Bruder. Ich bin nicht heraufgekommen, um mir das Leben zu nehmen, sondern um mir ohne Ablenkungen Gedanken machen zu können. Ich muss mit mir ins Reine kommen. Denn wenn schon der Vater des Jungen gegen seine Schuldzuweisungen ankämpft ...« Steffen schluckte hörbar und kauerte sich endlich neben Thomas nieder, sodass dieser sich etwas entspannte. »Ich denke, ich wäre auch nicht von der Brücke gesprungen«, bekannte Steffen, schränkte jedoch sofort ein: »Das vermute ich zumindest, denn Janica hat mir keine Zeit gelassen, darüber ernsthaft nachzudenken. Sie war so plötzlich da. Ich kann nicht weniger als ein paar Sekunden auf dem Geländer gestanden haben. Trotzdem will ich nicht verleugnen, dass mir der Gedanke, diesem Elend ein schnelles Ende zu setzen, durch den Kopf gegangen ist. Womöglich hatte ich die Kontrolle über mich verloren, verstärkt durch die nicht korrekt dosierten Medikamente.«

Thomas nickte und spürte, wie seine Panik sich auflöste, gleich Eis an einem warmen Sommertag schmolz sie dahin. Allerdings blieb eine Spur von Misstrauen zurück. Er traute dem Frieden nicht ganz.

»Ich weiß nicht, weshalb das alles passiert ist. Ich verstehe es nicht. Trotzdem muss ich wohl akzeptieren, dass es Dinge in diesem Leben gibt, die ich nicht beeinflussen kann. Ich habe getötet, nicht der Geiselnehmer. Aber heute durfte ich erkennen, dass das Böse nicht von mir ausgegangen ist.«

»Du wolltest helfen.«

»Ja, ich wollte die Frau und ihre Kinder beschützen. Ich wollte sie diesem verzweifelten Mann zurückgeben, der da an der Absperrung beinahe durchgedreht ist und sich weder von einem Psychologen noch von seinen Eltern beruhigen oder wegbringen ließ. Weil ich weiß, was es heißt, die Menschen zu verlieren, die man liebt. Ich konnte ihm leider nicht alle wiedergeben, doch immerhin drei von ihnen.«

»Ein guter Schnitt.«

»Ich wünsche mir, dass dieser Irre niemals in das Haus eingedrungen wäre! Ich wünsche mir, dass ich das Kind rechtzeitig gesehen oder ich höher gezielt hätte! Ich wünsche mir, der Junge hätte es irgendwie geschafft ...!« Steffen schloss für einen Moment die Augen und fuhr, nun wieder ruhiger und leiser fort: »Aber das Leben auf dieser Erde ist nicht so perfekt, wie wir es gern hätten. Wir Menschen sind nicht fehlerlos. Vollkommen ist wohl nur das, was wir den Himmel nennen. Die Beendigung der Geiselnahme ging nicht makellos vonstatten, allerdings hätte sie noch schlimmer enden können.«

»Viel schlimmer«, seufzte Thomas, in dem die Hoffnung wie ein winziges Samenkorn aufkeimte, dass er seinen Bruder nicht verlieren würde; weder an tiefer gehende, leise lockende Depressionen und schon gar nicht an den laut brüllenden Tod.

Vielleicht brachten die kommenden Wochen und Monate weitere Tiefschläge und Angriffe von außen und innen mit sich. Womöglich schlug das Leid, das Steffen verursacht hatte, erneut mit meterhohen Wogen über ihm zusammen, aber Thomas gewann in diesem Moment den Eindruck, dass Steffen bereit war, zu schwimmen und sich über Wasser zu halten.

»Lass uns zum Hof zurückgehen, bevor es dunkel wird«, sagte Steffen nach einer geraumen Zeit des Schweigens.

Er erhob sich, bot Thomas eine Hand und zog ihn ebenfalls auf die Beine. Die Brüder standen sich gegenüber, kämpften ein zweites Mal in ihrem Leben gegen einen gemeinsamen Feind an. Einem inneren Impuls folgend drückte Thomas Steffen fest an sich. Es war ihre erste Umarmung seit Langem, und die beiden grinsten sich schief an, als sie sich wieder voneinander lösten.

Wann waren sie sich so fremd geworden? Sicher nicht während der Zeit, in der Steffen verheiratet und Thomas regelmäßig bei der Familie zu Besuch gewesen war. Im vergangenen Jahr? Als Steffen über die Trennung von Frau und Kind und den Verlust seines besten Freundes hinwegzukommen hatte und ihn, seinen Bruder, am dringendsten gebraucht hätte? Genau in der Zeit, in der er mit ihm eine Wohnung geteilt hatte?

Thomas blickte an Steffen vorbei auf die Berge, die sich in verschiedenen Blautönen vor ihm erstreckten und allmählich in einem milchigen Dunst verschwanden. Als ihm bewusst wurde, wie überfordert er sich in den letzten Monaten gefühlt hatte, kniff er betroffen die Augen zu schmalen Schlitzen zusammen. Die Not und das Leid von Steffen hatten ihm deutlich vor Augen geführt, dass es die von ihm erstrebte heile Welt nicht gab, nicht einmal bei seinem bewundernswerten älteren Bruder. Seine Zurückhaltung Steffen gegenüber entlarvte sich in diesem Augenblick nicht als Höflichkeit, weil er keinesfalls aufdringlich erscheinen wollte, sondern als Hilflosigkeit, ja, als Angst davor, das Falsche zu sagen, das Falsche zu tun. Er wollte es fortan besser machen. Aber wie?

»Gehen wir, Jungs?«, drang Heidis Stimme zu ihnen herüber.

Auf Steffens Gesicht zeigte sich ein von Zuneigung geprägtes Lächeln. Unverkennbar fühlte er sich bei Janicas Eltern sehr wohl. Ein wenig beneidete Thomas Steffen wegen des Gefühls, eine Heimat für sein Herz und seine Seele gefunden zu haben, zwang diese Regungen jedoch energisch beiseite. Steffen benötigte beides dringender als jemals zuvor. Immerhin war Steffens Welt aus den Fugen geraten, nicht die seine. Er verdrängte den Gedanken, der wie ein winziger, aber greller Blitz durch seinen Kopf jagte, ob seine Welt nicht seit Jahren in Schieflage war ...

KAPITEL 14

4. JULI

Düstere Wolkenberge wuchsen jenseits der Hausdächer am Himmel empor und schienen zunehmend alles Licht aus der Atmosphäre zu saugen, bis nur ein eigenartiges schmutziges Gelbgrün übrig blieb. Einige Schwalben schossen auffallend tiefliegend über Janica hinweg, die verwundert das Farbenschauspiel betrachtete. Ihr dunkelblaues T-Shirt klebte an ihrem Körper, die schwülwarme Luft war zum Schneiden dick. Ein Regenguss würde guttun, doch das, was sich da am Horizont zusammenbraute, sah nach mehr als einem gewöhnlichen Sommergewitter aus. Ein Windstoß, kräftig und warm, neigte die in dieser unheimlichen Beleuchtung hervorstechend hellstämmigen Birken, entlockte ihren Blättern ein wütend anmutendes Brausen und schüttelte sie so stark durch, dass ihre silberfarbenen Unterseiten wie Lichtblitze wirkten. Entfernt, aber unüberhörbar entstand ein rollendes Grummeln, als nähere sich ein aufgebracht brummender Grizzly.

Mit der nächsten ungezähmten Windbö wehte Janica in das Hospizgebäude. Helga saß hinter der Rezeption, hatte die Brille tief auf der Nasenspitze sitzen und tippte mit angestrengten Gesichtszügen in ihren Computer. Als die Frau langsam den Kopf hob und sie ansah, wusste Janica, dass irgendetwas nicht stimmte. Kein Lächeln huschte über das Gesicht der fröhlichen Frau, ihr ansonsten dezentes Make-up fehlte. Janica hatte gelernt, was das bedeutete. Helga trauerte um jedes Kind, das in diesen Räumlichkeiten verstarb, und sie hatte sich angewöhnt, rechtzeitig ihre Wimperntusche zu entfernen, bevor sie ihr hässliche schwarze Schlieren auf das Gesicht malte.

Mit schweren Schritten ging Janica bis zu der riesigen geschwungenen Rezeption, ließ ihre Handtasche unsanft auf den Boden fallen und stützte die Unterarme auf die glatte Oberfläche.

»Wer?«

Helga beugte sich vor und legte ihre Hände auf Janicas.

»Ratte.«

Janica schloss die Augen. Tränen quollen in ihre Augenwinkel, lösten sich und malten eine glitzernde Spur auf ihr von der Hitze gerötetes Gesicht.

»Vergangene Woche musste ihr Vater sie in die Klinik bringen. Sie konnten sie nicht mehr aufpäppeln.«

Helga schniefte und der Druck auf Janicas Finger verstärkte sich.

»Seit gestern ist sie hier. Es geht rasend schnell.«

Tief Luft holend tätschelte Helga Janicas Linke und diese zwang sich, die Augen zu öffnen. So oft schon hatten sie einander weinen sehen, da war Scheu fehl am Platz.

»Ratte wollte warten, bis du da bist. Unbedingt!«

»Warum habt ihr ...?«

»Wir haben versucht, dich zu erreichen. Es ging immer nur die Mailbox ran.«

Janica nickte und atmete dabei schwer und laut durch den Mund. Sie hatte vorhin festgestellt, dass der Akku ihres Mobiltelefons leer war.

Ein Blitz erhellte die Räumlichkeiten und vertrieb für einen Augenblick das düstere Fluidum, das sich um die beiden Frauen ausgebreitet hatte.

»Aber ihr ging es von Minute zu Minute schlechter. Ihre Atmung verschlechterte sich ...«

Wieder brach Helga ab. Janica verstand sie ohne weiterreichende Erklärungen.

»Wer ist bei ihr?«

»Ihr Vater und der ältere Bruder.«

»Haben sie etwas gesagt?«

»Du darfst hinein.«

Diesmal war es an Janica, laut zu schniefen. Sie entzog Helga ihre Hände, bückte sich nach der erdbeerroten Tasche mit den vielen Unterschriften der inzwischen zumeist verstorbenen Kinder und wandte sich mit hölzernen Bewegungen dem Rondell zu.

Kein fröhliches Jauchzen empfing sie, kein strahlendes Lächeln, kein frecher Zuruf. Kinder wie Eltern saßen nah beieinander, klammerten sich an das Leben, das ihnen geschenkt war, nur zu gut wissend, dass jedem von ihnen ein Ende bevorstand. Dem einen früher, dem anderen später.

Jessika, ihre Schwester und die Mutter befanden sich wieder hier. Sie war deutlich rundlicher als bei ihrem ersten sehr kurzen Aufenthalt im Hospiz, ihre Haut wies eine erfreulich gesunde Farbe auf. Derja genoss ihre große Familie zuhause, bis sie die nächste Behandlung über sich ergehen lassen musste, um sich dann hier wieder von den Strapazen zu erholen. Sie wurde wie immer liebevoll von der Familie, von Tanten und Onkeln, Kusinen und Vettern umsorgt. Auch Annabelle war bei ihrer Mutter daheim. Ihr ging es wohltuend gut und sie fieberte ihrer Einschulung im Herbst entgegen.

Zwei fremde Kinder sahen Janica neugierig an. Ihre Eltern und die Geschwister wirkten verstört, verängstigt und völlig hilflos im Angesicht des zu Ende gehenden Lebens nebenan. Sie würden lernen, mit dem verwirrenden Zwiespalt zwischen Hoffnung und Verzweiflung, Tod und Leben umzugehen. Die

Erkrankung ihrer Kinder, die jetzt eigentlich mürrisch ihre Hausaufgaben erledigen oder lachend ihre Freunde im Freibad treffen sollten, zwang sie dazu.

Janica nickte grüßend in die Runde. Nur Jessika reagierte darauf, hob die Hand und winkte, doch die heiter gemeinte Geste fiel morbide aus. Der Kampf um die letzten Atemzüge einer nahezu Gleichaltrigen ließ das Mädchen verzweifelt zurück.

Janica betrat den angrenzenden Flur. Hier brannten die indirekten Deckenlichter und trotzten der stürmischen dunklen Stimmung draußen. Die Tür zu Rattes Zimmer war geschlossen. Das war neu, denn Ratte war ein geselliges Mädchen, das sich liebend gern mit anderen unterhielt, mit ihnen spielte, malte und bastelte.

Zitternd streckte Janica ihre Hand nach der Klinke aus. Das Metall fühlte sich eiskalt an. Ein Schwindel überfiel sie und warf sie beinahe gegen die Tür. Eilig stützte sie sich mit der freien Hand am Türblatt ab, bis die Welt um sie herum wieder zum Stillstand kam. Hitzewellen jagten durch Janica hindurch, riefen ein zweites Mal den Eindruck hervor, als öffne sich der Boden unter ihr. Es gelang der jungen Frau nicht, sich dagegen zu wehren. Erneut drehte sich alles vor ihr und sie musste die Stirn an die Tür pressen, um nicht zu stürzen.

Als der wirbelnde Strudel verebbte, hob sie den Blick. Sie hatte an diesem brütend heißen Tag entschieden zu wenig getrunken, schalt sie sich. Ein dumpfes eigentümlich leeres Gefühl blieb in ihrem Kopf bestehen und ließ sie noch länger abwarten. In diesem desolaten Zustand konnte sie das Zimmer nicht betreten. Sie brauchte einen klaren Kopf. Für Ratte, für ihren Vater und den siebzehnjährigen Bruder – und für sich selbst.

Die Sekunden verrannen, wurden zu Minuten. Nichts rührte sich hinter der Tür. Alles war still. Still wie der Tod.

Dann straffte Janica die Schultern, drückte die Klinke und öffnete die Tür, die leise, sanft und unauffällig in den Raum glitt, so wie der Übergang von dieser Welt in die nächste nach menschlichem Ermessen eigentlich sein sollte.

Ein Infusionsständer stand unbenutzt abseits, der Sauerstoff, der Ratte das Atmen erleichterte, zischte warnend vor sich hin, damit ja niemandem entging, wie es um den Teenager bestellt war. Janica kannte Ratte lediglich als bemitleidenswert dünnes und ausgezehrtes, kraftloses und ungelenkiges Mädchen. Der blasse Abglanz eines einstmals rotwangigen braun gebrannten Kindes, das sich vorwiegend in der freien Natur aufgehalten hatte. Sterbende Kinder waren Janica nur zu vertraut. Dennoch zog es ihr schmerzlich das Herz zusammen, als ihr Blick auf das Bett fiel. Zwischen der farbenprächtigen Bettwäsche ragte ein mageres, spitzes Gesicht heraus, Rattes Gestalt hob sich kaum mehr unter dem leeren Bettbezug ab. Die von bläulichen Adern durchzogenen Augenlider waren geschlossen, das kurze dunkle Haar stand wirr vom Kopf ab. Der wühlende Krebs in ihrem Inneren hatte ein zerbrechliches und funktionsuntüchtiges Wrack aus dem jungen Körper geformt. Nichts war mehr, wie es sein sollte.

Ungeachtet dessen, dass Ratte erst am Vortag eingetroffen war, hingen Fotos und Zeichnungen an den Wänden, im Regal stapelte sich ihre gewaltige Spielesammlung, und das, obwohl bei ihrer Ankunft auch dem Vater bewusst gewesen war, dass seine Tochter sie nie mehr öffnen, die Spielfiguren niemals wieder über ein Spielbrett bewegen oder die Karten in den Händen halten würde. Er ermöglichte damit Ratte ein ihr gewohntes Umfeld. Der Duft des Vertrauten sollte sie umspielen, nun, da sie dank der Medikamente keinen Schmerz mehr verspürte und dieser Welt schon fast entrückt war.

Janica liebte diesen Mann für seine tapfere Hingabe, seine Aufopferungsbereitschaft und seine zuversichtliche Ausstrahlung. Aber für ihn war der vor ihm liegende schmerzliche Abschied nichts Neues. Er hatte vor sieben Jahren bereits seine

Frau verloren, ebenfalls an eine Krebserkrankung. Jetzt saß er wie ein Fels in der Brandung auf einem Hocker am Bett, hielt die farb- und leblose Hand seiner Tochter, hatte den Kopf neben den ihren gebettet und flüsterte ihr Worte zu, die nur sie verstehen konnte.

Janicas Blick wanderte zu Karsten. Der große dunkelhaarige Teenager wirkte äußerlich wie immer: gut aussehend, ein echter Mädchenschwarm, und gelassen. Doch seine geballten Hände und die starr auf die zerschlissenen Spieleschachteln im Regal gerichteten Augen verrieten seine innere Zerrissenheit.

Janica schloss leise die Tür. Ohne zu grüßen, schließlich fühlte sie sich, als hätte sie sich nie von dieser kleinen Familie getrennt, trat sie auf die andere Seite des Bettes, das nun nicht mehr an der Wand, sondern inmitten des Zimmers stand. Sie zog den zweiten Hocker hervor, setzte sich und griff nach der kalten Hand des Kindes.

»Hallo Ratte«, sagte sie mit einem Lächeln, beugte sich vor und küsste sie auf die Wange.

Ein Donnerschlag, mächtig und laut, als prahle er mit seiner Kraft, die Ratte gänzlich fehlte, ließ die Fensterscheiben in den Fassungen klirren. Gleich darauf prasselten große Regentropfen an das Glas. Sie klangen wie das Klopfen nervöser Finger. Die fantasievolle Janica verdrängte energisch den Eindruck, als klopfe der Tod fordernd an, weil er endlich diesen Sieg einfahren wollte.

»Es tut mir leid, dass ich nicht rechtzeitig da sein konnte. Ich war unachtsam und hatte das Handy nicht aufgeladen. Aber ganz ehrlich, ich hatte nicht damit gerechnet, dich hier so bald wiederzusehen.«

Karsten, Rattes Bruder, stieß ein aufgebrachtes Schnauben aus. Janica ignorierte es. Dies war ein wichtiger Moment zwischen ihr und der Dreizehnjährigen. Nichts und niemand durfte ihn stören. Weder die Blitze und Donnerschläge draußen noch der Krach, den die Regentropfen am Fenster vollführten, oder der verzweifelte und zugleich zornige Bruder.

»Aber du hattest schon immer deinen eigenen Kopf«, fügte sie hinzu und strich Ratte durch das struppige Haar.

Ihre Worte klangen foppend, während die Tränen ungehindert ihr Gesicht nässten und dunkle Flecken auf dem gelben Laken hinterließen.

Janica atmete tief ein. Wie oft hatte sie im Laufe der Jahre mit dem Mädchen *Die Siedler von Catan, Elfer raus, Carcasonne* oder *Uno* gespielt und verloren. Wie viele möglichst naturgetreue Schmetterlinge hatten sie versucht zu malen und herzhaft über die dabei entstandenen Giraffen, Ufos und Schildkröten mit Flügeln gelacht? Nachdem Ratte einmal einen gewaltigen Wachstumsschub hingelegt hatte, waren sie zusammen shoppen gewesen. Später am Tag hatten sie das Rondell in einen Laufsteg verwandelt, auf dem die damals Zehnjährige ihre neuen Jeans, die feschen Pullover und vor allem die vielen, vielen farbenfrohen Tücher, die sie *unbedingt* gebraucht hatte, vorgeführt hatte.

Janica drehte den Kopf. Karsten trug das türkisfarbene Halstuch mit den dunkelblauen Sternen, Rattes Lieblingsstück. Das Türkis erinnerte an einen von der Sonne beschienenen Bergsee und die blauen Sterne an den Abendhimmel in den wenigen Minuten zwischen Dämmerung und Dunkelheit. Gottlieb, ihr Vater, hatte sich das moosgrüne Tuch mit dem Farbverlauf bis zu einem sanften Liliengelb um den Hals geschlungen. Vermutlich würden die beiden diese Tücher tragen, bis sie restlos zerschlissen waren und ihnen danach in der Wohnung einen Ehrenplatz zuweisen. Seufzend wandte sie sich wieder dem spitzen Gesicht mit der durchscheinenden Haut zu. Ratte war schon nicht mehr bei ihnen. Das Morphium sollte ihr das Sterben erleichtern, ihr den Schmerz und die Angst nehmen und verhindern, dass sie ihre zunehmende Atemnot miterleben musste. Es hinderte Janica aber auch daran, sich bewusst von

Ratte zu verabschieden, ihr letzte liebevolle Worte zuzuraunen und sich bei ihr für all die Freude zu bedanken, die das Mädchen in ihr Leben gebracht hatte.

Auf Gottliebs Räuspern hob Janica den Kopf. Ein verzerrtes Lächeln traf sie, seine Augen schwammen in Tränen, doch er wirkte nach wie vor beherrscht und ruhig.

»Bevor Ratte Dr. Kraus erlaubt hat, ihr die Medikamente zu geben, hat sie mir gesagt, was ich dir ausrichten soll.«

Janica schluckte schwer und schrak zusammen, als ein Blitz das nur sanft beleuchtete Zimmer mit gleißendem Licht füllte und fast zeitgleich ein Donnerschlag die Wände einzureißen drohte. Der Regen verwandelte sich in daumennagelgroße grellweiße Hagelkörner, die sich dröhnend gegen Fenster und Fassade warfen.

Gottlieb war gezwungen, seine Stimme zu heben, damit Janica ihn verstehen konnte.

»Sie sagte, dass sie jetzt nicht mehr länger warten wolle. Nicht, weil sie zu starke Schmerzen habe, sondern weil eine innere Stimme ihr im Halbschlaf zugeraunt habe, dass sie jetzt bereit sei. Ich wollte sie nicht unterbrechen, das Sprechen fiel ihr ohnehin schwer, deshalb weiß ich nicht, ob die Stimme sagte, sie sei bereit, oder ob die Stimme meinte, dass Ratte bereit sei.«

»Ich denke, beides ist richtig.«

Gottlieb nickte und wischte sich mit dem Handrücken eine Träne von der Wange, von Karsten kam erneut dieses Schnauben.

»Ratte sagte, sie sei ja nie gut in der Schule gewesen, aber das, was du ihr über den Himmel erzählt hättest, hätte sie sich alles gemerkt. Schon damals vor vier Jahren, als sie das erste Mal hier war, bis heute. Sie würde jetzt dorthin gehen und nachschauen, ob du nicht geflunkert hättest. Daraufhin hat sie gelächelt ...« Gottlieb atmete laut aus und kämpfte darum, in seine Stimme wieder mehr Kraft und Klarheit zu legen, ehe er fortfuhr: »Sie hat gelächelt und gesagt: Weil du nie durchschaut hättest, wann sie beim Spiel geschummelt habe, nehme sie an, dass du sie mit dem Himmel nicht angelogen hast. Lügen könntest du wohl gar nicht, meinte sie, zumindest nicht so, dass sie es nicht durchschauen konnte.«

Mehr als ein Nicken brachte Janica nicht fertig. Bei Spielen, bei denen geblufft und getrickst werden musste, hatte Ratte auch ohne ihre trickreichen Schummeleien gegen sie gewonnen.

»Sie möchte gern, dass du eure Schmetterlingsschwarm-Gemeinschaftszeichnung bekommst. Die mit den Schildkröten. Du wüsstest dann schon welche.«

Fragend neigte Gottlieb den Kopf und Janica nickte. Auf diesem großen Plakat gab es keine Schmetterlinge, sondern tatsächlich Schildkröten, doch weil bei ihren mangelhaften Zeichenkünsten damals beides noch so ähnlich ausgesehen hatte, hatten sie das Strandbild spaßeshalber dennoch ›Der Schmetterlingsschwarm‹ genannt. Das war ihr ›Running Gag‹, über all die Jahre, in denen Janica versucht hatte, das von der Chemotherapie und Bestrahlung gezeichnete Mädchen aufzumuntern.

Ob sie jemals wieder mit einem anderen Kind Schmetterlinge oder Schildkröten malen würde, ohne an Ratte denken zu müssen? Vermutlich nicht. Aber das war in Ordnung – und gut so. Sie könnte diesem Patienten dann von einem fröhlichen und sogar im Sterben tapferen Mädchen erzählen und ihm durch die Geschichte ein Lächeln aufs Gesicht zaubern, Mut und Hoffnung schenken. Das Leben und Sterben von Ratte gewann damit einen Sinn – einen von vielen!

»Außerdem bat sie mich, dass ich dir eines ihrer Halstücher überlasse, die ihr damals zusammen eingekauft habt. Es ist dieses grauenhafte gelbe Tuch mit den albernen Teppichfransen.«

Janica lachte leise auf, gleichzeitig liefen vermehrt die Tränen. Ratte wusste genau, wie sie für immer die Erinnerungen an sich in Janicas Herz brennen konnte. Dieses Kind war einfach fantastisch.

»Ratte sagte bei dieser Einkaufstour, dass wir zumindest eine Kleinigkeit kaufen müssten, die völlig unnötig, albern oder hässlich sei, denn sie könne das später ja nicht mehr. Einmal im Leben müsste man das doch tun! Da du mir das Geld mit den Worten in die Hand gedrückt hattest, dass wir uns einen unvergesslichen Nachmittag machen sollten, habe ich nicht widersprochen. Tatsächlich brachten wir die längste Zeit damit zu, dieses absolut unnötige und hässliche Etwas zu suchen und zu finden. Was haben wir dabei gelacht!«

Bei diesen Worten konnte Janica sich nicht mehr zurückhalten. Sie presste eine Hand auf ihren Mund und weinte bittere Tränen, wobei sie ihren Kopf auf das Laken sinken ließ.

Schwer und tröstend legte sich eine große Hand auf ihr Haar. Sie vermittelte ohne Worte Gottliebs Dank für die glücklichen Stunden, die Janica seiner Tochter in all dem Leid, den Schmerzen und den unzähligen, sie plagenden Behandlungen geschenkt hatte.

Seine Stimme bebte und vermochte kaum, den wütend gegen das Haus schlagenden Hagel zu übertönen, als er hinzufügte:

»Du sollst Balou fest für sie knuddeln. Und ich soll dir sagen, dass sie dich sehr lieb habe.«

»Ich muss hier raus!«, brummte Karsten.

Der Gewittersturm seines Herzens entlud sich durch das reichlich unsanfte Zuknallen der Tür. Gottlieb zuckte zusammen, zog seine Hand zurück und erhob sich.

»Bleib bei Ratte«, bat Janica und sprang auf.

Wieder überfiel sie ein leichter Schwindel und rief ihr in Erinnerung, dass sie noch immer nichts getrunken hatte.

»Er ist so voller Wut«, murmelte Gottlieb kaum verständlich.

»Natürlich ist er das. Er liebt Ratte und sie ist die zweite wichtige Person in seinem Leben, die ihm durch eine Krebserkrankung entrissen wird. Er hat jedes Recht, wütend zu sein. Wäre es anders, müsstest du dir Sorgen machen.«

JANICA

Der Regen hatte gutgetan, obwohl es weder den eisigen Körnchen noch den darauf folgenden, sanft fallenden Tropfen gelungen war, die Trauer und das Schwere aus meinem Herzen zu waschen. Vielmehr war es, als weine sogar der Himmel um den Verlust eines Menschenkinds. Aber wir hatten es doch verloren, der Himmel es gewonnen?!

Ratte war – nur wenige Minuten nachdem Karsten und ich von einem langen Gespräch und einem noch längeren gemeinschaftlichen Schweigen in das Zimmer zurückgekehrt waren – verstorben. Wie bezeichnend für sie, dass sie gewartet hatte, bis ihr Bruder und ich an ihrer Seite waren, ehe sie sich leise und heimlich davonschummelte.

Nun war sie wieder da, diese unerbittliche Leere, die der Weggang eines geliebten Menschen in meinem Herz hinterließ und ein Loch in meine Seele riss. Nein, mich zog es nicht zu diesen schwer kranken Kindern, weil ich den Schmerz und das Leid suchte, sondern weil ich die Liebe und das Lachen brauchte, die diese kleinen Kinderherzen verbreiten. Ich saugte ihren Mut, ihren Kampfeswillen und ihre Stärke in mir auf, wie ein trockener Schwamm einzelne Wassertropfen. Sie wissen, was Leben in Fülle bedeutet, denn sie sehen dem Tod ins Auge. Diese Kinder vertrödeln keine Zeit mit – in den Augen anderer – Unwichtigem. Sie vermögen das

Dasein in vollen Zügen zu genießen, den Augenblick auszukosten. Gerade weil sie über die Endlichkeit ihres Lebens Bescheid wissen und Entbehrung, Verlassenheit, Schmerz und Krankheit kennen, erleben sie die tiefe Fülle des Glücks – zumindest viele von ihnen. Natürlich gibt es Ausnahmen ... Zumeist gehören dazu die Älteren, diejenigen, die bereits alles Kindliche verloren haben, die zu weit fort sind von dem, was ursprünglich in sie hineingelegt wurde?

Ich weiß darauf keine Antwort, wie ich auf viele Fragen keine Antworten finde. Manchmal habe ich darüber nachgedacht, ob es nicht besser für mich ist, dass ich die Antworten nicht kenne? Wer bin ich, dass ich alles ergründen und verstehen muss, sich für mich immer ein Sinn erschließen sollte?

KAPITEL 15

7. JULI

Seit dem reinigenden und abkühlenden Gewittersturm hatte es durchgeregnet, beinahe so, als könne der Himmel den Wolken keinen Einhalt mehr gebieten, als sei die natürliche Ordnung aus den Fugen geraten. An diesem Tag jedoch vertrieb die Sommersonne erfolgreich die grauen Wolkenmassen, trocknete die Straßen und verwandelte nasse Wiesen und Felder zu dampfenden Kesseln. Die emporquellenden Nebelschwaden wechselten die Farben – je nach Sonneneinstrahlung – zwischen Traubengrau und Mattgold.

Bei Thomas hatte, pünktlich mit Regenbeginn, das Schuljahr geendet. Er kam gegen Abend vom Hof zurück, nachdem er Steffen am frühen Morgen dort abgeholt und nach seinem Termin mit der Psychologin und einem mehrstündigen Treffen mit seiner Tochter wieder dorthin gefahren hatte. Sein Bruder hatte auf der Rückfahrt mürrisch und verschlossen auf dem Beifahrersitz gesessen. Nach langem Schweigen hatte er schließlich erzählt, dass Marie ihm von einer neuen Freundin ihrer Mutter vorgeschwärmt hatte. Irgendetwas daran, wie Marie von dieser Frau sprach, irritierte Steffen und hatte in ihm wohl die Frage geweckt, ob seine Exfrau neuerdings lieber mit einer Frau, anstatt mit einem Mann zusammen war.

Steffen war ihm während der Fahrt gespannt wie eine Sehne an einem Bogen vorgekommen. Erst als sie – nach einmaligem

Wenden, da Thomas erneut die Abfahrt verpasst hatte – den idyllischen Gebäudekomplex vor sich liegen sahen, hatte er endlich die verkrampfte Muskulatur gelockert und war mit einem Lächeln auf den Lippen ausgestiegen. Dieses Wechselspiel an Emotionen verdeutlichte Thomas, dass es Steffen inzwischen wesentlich besser ging, er aber noch lange nicht der Alte war – dies womöglich nie wieder sein würde. Der letzte Vorfall in einer Kette von Schicksalsschlägen hatte ihn verändert, ihn weicher gemacht, vielleicht sogar empfindsamer. Zu empfindsam?

Thomas seufzte und bog in Richtung Fluss ab. Er hatte Janica seit Tagen nicht gesehen, und wenn er ehrlich sein sollte, musste er sich eingestehen, dass er ihr bewusst aus dem Weg ging. Der rote Lockenkopf brachte ihn durcheinander, beschäftigte seine Gedanken mehr, als er das zu Beginn ihres Zusammentreffens jemals für möglich gehalten hätte.

Nach dem Aufwachen schob sich ihr mit Sommersprossen übersätes Gesicht vor sein inneres Auge und er fragte sich, ob er sie an diesem Tag wohl sehen durfte. In jeder freien Minute überlegte er, wo sie gerade sein könnte, was sie in dem Augenblick tat. Abends, wenn er in seiner stillen Wohnung saß, vermisste er ihr lautes ansteckendes Lachen, wodurch ihm sein beschaulicher und eigentlich erfolgreich verbrachter Tag leblos, leer und sinnlos vorkam. Thomas hatte die mit zwei Lehrerkollegen geplante Marokkotour abgesagt. Mittlerweile beschäftigte ihn jedoch die Frage, ob allein die Sorge um Steffen dafür ausschlaggebend gewesen war oder ob der Gedanke an Janica eine entscheidende Rolle dabei gespielt hatte. Aus welchem Grund aber ging er ihr dann aus dem Weg?

»Tust du ja gar nicht«, brummte Thomas und suchte sich unweit der Wendeplatte vor Janicas Zuhause einen Parkplatz.

Im selben Augenblick, als er den Motor ausschaltete, kroch die Hitze des heißen Tages in den Wagen. Dennoch stieg er nur zögernd aus und verweilte an der offenstehenden Autotür.

Was wollte er hier? Es gab keinen Anlass, Janica aufzusuchen. Thomas spürte überdeutlich das Kribbeln in seiner Magengegend und seinen erhöhten Herzschlag bei jedem Gedanken an die junge Frau. Es war nicht das erste Mal, dass er auf diesem Parkplatz stand, doch immer war er wieder eingestiegen und nach Hause zurückgekehrt, ohne Janica aufgesucht zu haben. Was hielt ihn davon ab, ihre Nähe zu suchen? Der Gedanke, dass Janica Steffen gefunden hatte und nicht ihn? Weil er nicht wusste, wie Steffen darauf reagieren würde, wenn sein kleiner Bruder sich zwischen ihn und diese faszinierende Frau stellte? Womöglich war Steffen gerade dabei, endlich seine Exfrau loszulassen, um sich neu zu verlieben. Durfte er da dazwischenfunken, vor allem in Anbetracht von Steffens psychisch instabilem Zustand?

»Thomas? Was machst du denn hier?«

Janicas Stimme riss ihn aus seinen Überlegungen. Erschrocken wie ein Teenager hob er den Blick von der unansehnlich braunen Bananenschale im Straßengraben, auf die er seit geraumer Zeit gestarrt hatte, als erwarte er von ihr Antworten auf seine Fragen.

Die junge Frau trug schwarz, jedoch nicht ihre Arbeitskleidung, sondern einen bis zu den Knien reichenden Rock, der ihre schön geformten Beine offenbarte, dazu ein ärmelloses Top, über das sie ein furchtbar hässliches gelbes Tuch geschlungen hatte. Vermutlich bezeichnete sie die Farbe als Dijonsenfgelb mit einem Stich Sonnenblumenkernbraun – oder etwas in der Art.

Ihr Gesicht wirkte blass, was die Sommersprossen und ihre sorgfältig zu einem Knoten zurückgekämmten roten Haare deutlich hervorhob.

Thomas spürte, wie sein Herz über seinen eigenen Schlagrhythmus stolperte, und fühlte sich einen Moment lang wie ein beim Rauchen im Klo ertappter Schüler.

»Hallo Janica«, erwiderte er lahm und in dem verzweifelten Bemühen, seine Sinne unter Kontrolle zu bringen.

»Ist alles in Ordnung mit dir?«

Besorgt neigte Janica den Kopf, griff in ihre unförmig große dunkelblaue Umhängetasche mit neongelben Streifen und reichte ihm eine Wasserflasche. Er nahm sie, bedankte sich brav und trank einige Schlucke. Diese Ablenkung versetzte ihn in die Lage, wieder geradeaus zu denken.

»Ich dachte, ich sehe mal bei dir vorbei.«

»Ich wohne allerdings nicht hier auf dem Parkplatz«, foppte sie ihn.

»Mir fiel gerade ein, dass du entweder bei der Arbeit bist oder womöglich Urlaub hast und deshalb fort sein könntest.«

»Ich habe Urlaub.«

Thomas nickte, schraubte die Plastikflasche zu und gab sie Janica zurück.

»Fährst du nicht weg?«

»Ich fahre nie im Sommer weg. Da ist es viel zu sonnig.«

Thomas lachte, merkte aber schnell, dass Janica sich keinen Scherz erlaubt hatte. Mit einem Blick auf ihre Sommersprossen und die sensible Haut glaubte er, ihre Antwort zu verstehen.

Janica drehte sich um und kürzte über einen Wiesenstreifen bis zu dem geschotterten Uferweg ab, der sie zu den Metalltreppen der diesseitigen Wohnungen führte. Unschlüssig blieb Thomas beim Auto, bis Janica sich umdrehte und ihm auffordernd zuwinkte.

»Wir können uns doch auch im Sitzen unterhalten. Bei einer Tasse Kaffee oder was du sonst so trinken magst.«

»Gern!«, erwiderte Thomas und meinte es wirklich so begeistert, wie er klang.

Er knallte die Fahrertür zu, verschloss mit einem Knopfdruck den Wagen und joggte Janica hinterher. Auf der Metallstiege zu ihrer Wohnungstür holte er sie ein. Als er hinter ihr die nächste Treppe erstieg, fragte er sich, weshalb eine sportliche Frau wie Janica so langsam, beinahe mühsam die Stufen bewältigte. Aber vermutlich vertrug sie, wie so viele Menschen, die hohen Ozonwerte und die direkte Sonneneinstrahlung nicht.

Auf dem Metallsteg vor ihrer Wohnung zog sie die klimpernden Schlüssel aus der Tasche und schloss auf. Thomas folgte ihr, prallte jedoch erschrocken zurück, als ein riesiger Schatten auf ihn zuschoss. Erleichtert stellte er fest, dass Balou, den er vollkommen vergessen hatte, erst einmal über Janica herfiel, die sich hinkniete und den Wolfshund ausgiebig streichelte, knuddelte und foppte.

»Sei brav!«, ermahnte Janica das Tier, als sie sich erhob und somit den Ring für ihn freigab.

Balou gesellte sich schwanzwedelnd vor ihn, legte den Kopf schief und hechelte lautstark, obwohl in der abgedunkelten Wohnung eine angenehm kühle Temperatur herrschte. Thomas strich ihm einige Male über den massigen Kopf und glaubte Enttäuschung in den Augen des Hundes zu erkennen. Er schob den Eindruck von sich und ließ seinen Blick durch die Wohnküche schweifen. Ein dunkles Holzparkett und weiße Deckenbalken sorgten in der Dachwohnung für ein edles Ambiente, die Möblierung war, passend zur Bewohnerin, kunterbunt zusammengewürfelt und offenbarte durchaus Charme. Ein überdimensional großer, längs an die Wand geschobener, dunkel geölter Kiefernholztisch dominierte den Raum. Bei einer Frau, die allein lebte – wenn auch gemeinsam mit einem Bären –, wirkte das Möbel seltsam fehl am Platz. Vielleicht war es ein Erbstück, obgleich es weder alt aussah noch ein ausgefallenes Design auswies. Aber womöglich barg der Tisch für Janica eine schöne Erinnerung.

Thomas' Blick fiel auf einen Glasrahmen, aus dem ihm auf unzähligen Fotos viele fröhliche Gesichter entgegenlachten. Er trat näher und erkannte einige Kinder aus dem Hospiz, darunter Florian, der Junge mit dem muskelschädigenden Gendefekt,

Sven, Jessika, Ratte, Derja und Annabelle. Auch Helga und der sympathische Intensivpfleger Werner waren darauf zu sehen. Zwischen den beiden standen zwei jüngere Frauen, vermutlich Kinderkrankenschwestern, die er nicht kennengelernt hatte, und eine ältere mollige Dame in einer auffällig vornehmen Seidenbluse, der ein Stethoskop um den Hals baumelte. Ob sie die Palliativärztin war?

Als Thomas Schritte hörte, drehte er sich um. Janica war aus ihrem Schlafzimmer getreten und befand sich auf dem Weg ins Bad. Sie lächelte ihm zu, doch ihr Lächeln versetzte ihn nicht wie sonst üblich in eine Art Höhenflug, sondern tat ihm weh. Es wirkte wehmütig und ließ die athletisch gebaute Frau erschreckend zerbrechlich aussehen. Irgendetwas war nicht in Ordnung, das spürte er. Janicas Augen sprühten ansonsten wie Wunderkerzen und ihr Gesicht strahlte heller als die Sonne, sobald sie lächelte. Nach einem zweiten Blick auf ihre schwarze Kleidung, bei der jetzt allerdings das grässliche gelbe Tuch fehlte, überfiel ihn der Verdacht, dass sie von einer Beerdigung gekommen war, als sie ihn wie einen einsamen Straßenköter auf dem Parkplatz aufgelesen hatte.

Noch bevor er etwas sagen konnte, schloss sie hinter sich die Badtür. Auf deren Türblatt klebte ein Plakat. Thomas erkannte darin eine Zeichnung, auf der mehrere Schildkröten in allen Größen und recht eigentümlichen Farben sich auf Steinen, auf braunem Sand und zwischen grünem Tang tummelten. Eine Bildunterschrift, die er aus der Entfernung nicht entziffern konnte, veranlasste ihn, einen Schritt näher an die Badtür zu treten.

Der Schmetterlingsschwarm. Von Ratte und Janica, las er und runzelte verwirrt die Stirn. Er schrak auf, als die Tür aufsprang. Verwundert sah Janica zu ihm hoch. Ihre Nähe, der Duft eines Deos und die knappen Shorts samt des eng anliegenden T-Shirts ließen ihn vor Aufregung nach Luft schnappen. Die in ihm aufsteigenden Gefühle, die seinen Körper fluteten, als spüle es das Meer, das auf dem Gemälde angedeutet war, mitten in sein Herz, verleiteten ihn dazu, sie an den Oberarmen zu ergreifen. Er musste sie einfach berühren, spüren, wie sich ihre Haut anfühlte ...

»Was ist los?«, fragte er gepresst.

»Du hast es bemerkt?«

»Ich bin ja vielleicht ein langweiliger Eigenbrötler, aber dass du heute ...«

Er erschauerte, als sie ihm den Zeigefinger auf die Lippen legte.

»Du besserst dich ja schon«, meinte sie mit einem Lächeln auf den Lippen.

Thomas, der eigentlich mit höflichem Protest zu seiner Selbsteinschätzung gerechnet hatte, stellte einmal mehr fest, dass Janica dahingehend wohl in kein Schema zu pressen war. Und das gefiel ihm, sehr sogar! Nicht nur, weil sie sich dadurch von der Masse abhob, sondern weil sie begann, ihn in ein Leben hineinzuziehen, das in einem völligen Gegensatz zu seinem bisherigen Dasein stand. Sie war ungekünstelt ehrlich, und das empfand er als angenehmen Wesenszug. Bei Janica wusste man wenigstens, woran man war.

Er bedauerte es, als sie ihre Hand zurückzog, noch mehr, als sie sich aus seinem Griff drehte und zur Küchenzeile ging, um hinter einem Schutzschild in Form einer Theke zu verschwinden.

»Magst du draußen die Polster auf die Liegestühle legen und den Sonnenschirm aufspannen? Ich bereite uns Kaffee und kalte Getränke zu. Hast du Lust auf ein Eis?«

»Ja«, erwiderte Thomas zu allem und wünschte sich, er könnte noch viel mehr zu ihr sagen.

Mühsam riss er sich von dem Anblick los, den sie bot, als sie eine der hohen Schranktüren öffnete und sich nach den

Kaffeebohnen streckte. Mit gespitzten Lippen ausatmend, um sich zu beruhigen, trat er in den gleißenden Sonnenschein und tat, wie ihm geheißen worden war. Er hörte das Dröhnen und Zischen eines komfortablen Kaffeeautomaten, den er für einen Einpersonenhaushalt – ebenso wie diesen wuchtigen Tisch – für überzogen hielt, und drehte den Stoffkopf des für den Balkon eigentlich zu ausladenden Sonnenschirms so, dass er nur einen Liegestuhl beschattete. Zufrieden ließ er sich auf den anderen fallen und verschränkte die Hände unter seinem Hinterkopf. Er schloss die Augen und beobachtete die blassbunten Farbpunkte, die die Sonne ihm auf den inneren Augenlidern vorgaukelte.

So sehr Janicas Nähe, vor allem aber ihr Lächeln und ihre Berührung ihn aufwühlte, genauso wohl fühlte er sich auch in ihrer Gegenwart. Diese Mischung empfand er als wunderschön, und er erlaubte es sich für einen Moment, auf eine gemeinsame Zukunft zu hoffen. Allerdings verursachte der Gedanke an Steffen ihm einen schmerzhaften Stich, sodass er die Überlegung verjagte wie ein nervendes Insekt.

Die Minuten verstrichen. Er lauschte dem Gurren einiger Tauben, dem Zwitschern der Vögel und auf die Gesprächsfetzen vorbeifahrender Radfahrer auf dem Uferweg. Dazwischen hörte er, wie Janica in der Wohnung mit aneinander klirrenden Gläsern hantierte, und atmete das herbe Aroma des Flusswassers ein. Plötzlich lag da ein anderer Geruch in der Luft. Noch ehe er einschätzen konnte, was das war, fuhr ihm etwas Nasses quer durch das Gesicht. Thomas riss die Augen auf und sah vor sich struppiges Fell, Augen, die ihm spitzbübisch anmuteten, und spitze Reißzähne. Die erstaunlich lange Zunge, die ihm den salzigen Schweiß vom Gesicht geleckt hatte, hing seitlich aus dem Maul und Balous Atem blies ihm ins Ohr.

»Riesenmistvieh!«, entfuhr es ihm erschrocken und wenige Augenblicke später stand Janica auf dem Eisengitter vor der Wohnungstür.

»Balou, rein ins Haus!«, befahl sie streng.

Das Tier tapste mit hängendem Kopf davon, wobei es sich reichlich Zeit ließ, was aber womöglich an dem für seine Pfoten unangenehmen Untergrund lag.

»Was hat er angestellt?«, wollte Janica von Thomas wissen.

»Er hat mein Gesicht ...«

Thomas brach ab, als er ihr Grinsen sah, obwohl sie sich eilig abwandte und so tat, als müsse sie irgendetwas Interessantes in ihrem Wohnbereich betrachten.

»Wenn ich dir einen Tipp geben darf, Thomas: Begrüße das Riesenmistvieh ausgiebig. Wie du bemerkt hast, ist er weder an dir hochgesprungen noch hat er um deine Aufmerksamkeit gebettelt. Das konnte ich dem Riesenbaby abgewöhnen. Meinem Vater zum Beispiel gefällt das, und das weiß das Riesenmistvieh inzwischen sehr genau einzuschätzen. Aber er liebt den Kontakt zu den Menschen. Schenke ihm einige deiner wertvollen Minuten, und er lässt dich anschließend in Ruhe. Meistens zumindest.«

»Ich merke es mir«, murmelte Thomas, obwohl Janica bereits wieder im Inneren der Wohnung verschwunden war.

Was tat sie nur so lange? Er sehnte sich danach, dass sie sich neben ihn setzte. Er wollte sie doch so gern ansehen, sich mit ihr unterhalten und erfahren, was sie heute so aus der Bahn geworfen hatte. Der Gedanke, dass sie tatsächlich von einer Beerdigung gekommen sein könnte, schob er als unangenehm beiseite. Dabei kam ihm die Frage in den Sinn, wie viele seiner Überlegungen und Empfindungen an dieser ›Seite‹ wohl noch Platz fanden, bevor sie überquoll. Allmählich sollte er wohl damit beginnen, die dorthin verfrachtete Überfülle an Eindrücken, Gefühlen, Sorgen und neu Erlerntem zu sortieren und zu überdenken.

»Thomas?«

Der Angesprochene fuhr wie ertappt hoch, verspürte aber Erleichterung darüber, dass nicht einmal Janica ihm ansehen konnte, um wen seine Gedanken fortwährend kreisten, ähnlich einer Wespe um eine verlockend duftende Sahnetorte.

Sie warf ihm ein nasses Tuch zu, das auf dem Polster des vorderen Liegestuhls eine Tropfenspur hinterließ. Dankbar wusch er sich das Gesicht und legte den Lappen dann sorgfältig über die Querstange des Geländers. Endlich kam Janica zu ihm. Sie balancierte ein Tablett mit vier stabilen Holzfüßen in den Händen, das sie auf einem bereitliegenden Bodenbrett abstellte. Kaffee Latte in hochstieligen Gläsern, samt einer üppigen Milchschaumhaube, und einige Flaschen unterschiedlichster Getränke, an denen abwärtskullernde Wasserperlen darauf hinwiesen, wie erfrischend gekühlt sie waren, drängten sich auf diesem. Mit gewohnt zügigen Bewegungen reichte sie ihm eine große ovale Glasschale, angefüllt mit mehreren Portionen verschiedenfarbener Eissorten.

»Du unterhältst hier oben aber keine Bar oder ein kleines Café?«

»Manchmal, wenn ich Gäste habe«, erwiderte Janica und setzte sich neben ihn. Sie tauchte ihren Löffel in eine Kugel Schokoladeneis und meinte dabei: »Mein-erstes-Islandfohlen-Braun.«

»Warum machst du das?«

»Was?«

Janica schloss genießerisch die Augen, als sie den Löffel in den Mund schob.

»Diese Sache mit den Farben? Warum sagst du nicht einfach braun oder blau. Meinetwegen dunkelbraun oder himmelblau oder etwas in der Art?«

»Weil ich mit den Farben eine Erinnerung verknüpfe. Ich sehe einen wunderschönen Augenblick vor mir, den ich erleben durfte, Personen, die darin für mich eine entscheidende Rolle gespielt haben. Ich empfinde noch einmal die Dankbarkeit dafür, dies erlebt, diese Menschen gekannt zu haben. Zufällig bin ich nämlich überzeugt davon, dass Erinnerungen an gute

Zeiten und an liebe Menschen wichtig sind, und dass die Dankbarkeit für alle diese kleinen und großen Geschenke den Schlüssel zu einem glücklichen Leben beinhaltet.«

Perplex über diese scheinbar so einfache Antwort auf eine von Thomas' drängendsten Fragen genoss er die schnell schmelzende Köstlichkeit und wunderte sich nicht, als Janica über das zu sprechen begann, was sie beschäftigte. Sie war eine zugängliche, offene Person, die nichts davon hielt, sich in falscher Bescheidenheit oder gesellschaftlich vorgegebener Zurückhaltung zu verstricken.

»Ich war heute auf Rattes Beerdigung.«

»Ratte?«

Etwas Dunkles, Abgründiges wollte nach ihm greifen.

»Das Mädchen, das ...«

»Ich weiß, wer Ratte ist, Janica«, unterbrach Thomas sie sanft, obwohl ihn gleichzeitig das abnorme Gefühl übermannte, das Eis in seinem Mund verbrenne ihm Zunge und Gaumen. »Wie konnte sie so schnell ...«

Das Wort ›Sterben‹ mochte ihm einfach nicht über die Lippen kommen. Es war ein so hässliches und endgültiges Wort, geprägt von Verlust und Schmerz.

»Die Zerstörungskräfte einer gierig gefräßigen Krankheit, die Tücken eines nicht für die Ewigkeit gedachten Körpers«, murmelte Janica und schob sich daraufhin eine gewaltige Portion Vanilleeis in den Mund, als müsse sie im Kleinen ausloten, was *ihr* Körper zu ertragen bereit war.

»Das tut mir sehr leid. Ich habe den Eindruck, du und Ratte habt viel miteinander erlebt.«

»Das stimmt«, seufzte Janica mit noch immer vollem Mund und versuchte, die kalte Süßigkeit darin von einer Seite auf die andere zu schieben. »Bei Ratte stand recht früh fest, dass ihr Kampf gegen die Leukämie zum Scheitern verurteilt ist. Das, was sie in den vergangenen Jahren an Eingriffen, Chemo und

Bestrahlungen durchgestanden hat, hat sie für ihren Vater und ihren Bruder erlitten. Sie wollte ihnen viel Zeit mit ihr schenken, Zeit für einen Abschied.«

»Das hat sie dir gesagt?«

»Vor einigen Wochen, ja.«

»Das klingt so gar nicht nach einer Zwölf- oder Dreizehnjährigen.«

»Viele dieser Kinder machen eine völlig konträre Entwicklung durch, Thomas. Du kannst sie nur begrenzt mit gesunden Gleichaltrigen vergleichen. Sicher, sie haben dieselben Bedürfnisse, Wünsche und Hoffnungen, auch dieselben Probleme, wie Liebeskummer oder Zickenkrieg mit den Freunden. Aber ihre emotionale und psychische Entfaltung, ihr Wissen um Gut und Böse, gerecht und ungerecht, Liebe und Hass und anderes mehr kann den Gleichaltrigen gegenüber um ein Vielfaches voraus sein. Ich möchte nicht sagen, dass sie schneller altern, aber sie werden schneller ... weise? Obwohl das natürlich nicht pauschal auf alle zutrifft.«

»Bewundernswert.«

»Findest du? Ihnen bleibt meist keine andere Chance. Sie müssen ihr Leben im Zeitraffer leben und ihren Erfahrungsschatz innerhalb von Monaten oder Wochen vergrößern. Das, was gesunde Menschen erst im Laufe des Alterns entdecken, erfahren sie sehr bald. Zum Beispiel, dass wir kein Glück erkennen, wenn wir nie zuvor Unglück durchlitten haben, dass wir Gesundheit nicht wertschätzen, wenn wir niemals krank waren, dass wir die Liebe zu einem Menschen nicht auskosten, wenn wir nicht wiedergeliebt wurden, und dass ein Menschenleben keine Wertigkeit besitzt, wenn man ihm keinen Sinn verleiht.«

»Sie sehen Sinn in ihrem Leben?«

»Viele von ihnen. Sie bringen mich zum Lachen und zum Träumen, lehren mich Hoffnung und Mut, Hingabe und Ausdauer, Kampfgeist und Verletzlichkeit. Sie bewirken, dass ich mir

Gedanken über meinen Lebenssinn mache, mir bewusst werde, dass auch mein Dasein auf der Welt eines Tages ein Ende finden wird. Das ist ja etwas, dass wir in der heutigen Gesellschaft völlig ausklammern: Unsere Medizin ist gut, dennoch kann sie die Tatsache des Todes und den Prozess des Sterbens nicht aufhalten. Wir verstecken die Alten in den Pflegeheimen, die Menschen verbringen ihre letzten Tage nicht mehr in ihrem Zuhause, Kinder werden von ihren toten Familienmitgliedern ferngehalten, sind kaum noch auf Beerdigungen zu finden. Diese erkrankten Kinder zeigen mir, was Freude im Kleinen ist, wie Liebe funktioniert und wie wichtig es ist, Verantwortung für mein Leben zu übernehmen und wichtige Entscheidungen zu treffen.«

»Aber sie sterben. Viel zu früh und viel zu grausam.«

»Ja, aber dennoch bedeutet dies nicht ihr Ende.«

Janica seufzte und der Schmerz über den Verlust von Ratte war ihr deutlich anzusehen. Sie stellte die Glasschale mit dem verlaufenen Eis auf ihren Bauch.

»Siehst du dieses Eis?«

»Ich würde es nicht mehr als Eis bezeichnen«, erwiderte Thomas, froh darüber, dass sie das bedrückende Thema wechseln konnten.

»Richtig. Dieses Eis ist aus Milch hergestellt. Eine Zeit lang, als ich es so aufbewahrt habe, wie es für das Eis gut ist, kam es seiner Bestimmung nach: Es war Eis. Jetzt ist es kein Eis mehr, da hast du recht. Aber dennoch ist es noch immer da. Es ist nicht einfach weg und verloren gegangen. Es nimmt wieder seine vorherige Form an.«

Thomas fuhr sich mit einer Hand durchs Haar, nickte und trank die süße Flüssigkeit aus seiner Schale.

»Dein Vergleich hinkt.«

»Natürlich hinkt er, schließlich ist das *nur* Eis!«

Eine Spur von Janicas Schalk blitzte durch. Sie stellte die Glasschale auf das Tablett und griff nach ihrem Kaffee.

»Du hast heute Steffen getroffen? Wie geht es ihm?«

Thomas war dankbar über den Themenwechsel, bei dem er sich auf halbwegs sicherem Terrain befand. Als er jedoch in die aufmerksam auf ihn gerichteten blitzenden Augen Janicas schaute, war er sich dessen nicht mehr so gewiss.

*

Das Wasser floss gurgelnd durch sein Flussbett und reflektierte die spätnachmittägliche Sonne. Janica war froh, als die Hitze des Sommertages allmählich nachließ, und der vom Fluss aufsteigende, feuchtkühle Luftstrom half ihr, sich etwas leichter und besser zu fühlen. Die drückende Hitze bekam ihr nicht sonderlich gut, in diesem Sommer schien ihr Kreislauf noch sensibler als sonst darauf zu reagieren. Dennoch genoss sie den Nachmittag. Vor zwei Stunden hatte sie Thomas einen Spaziergang vorgeschlagen und er hatte eingewilligt. Auf einem Wiesenstreifen hatte er sich sogar dazu hinreißen lassen, ein ums andere Mal Balous Tennisball zu werfen. Seitdem wich der Wolfshund nicht mehr von seiner Seite.

Janica hatte Interessantes über die Schule erfahren, in der Thomas unterrichtete, auch darüber, wie ernst er seine Aufgabe den Schülern gegenüber nahm. Das war an Thomas nun nichts Ungewöhnliches, nahm er in Janicas Augen doch viel zu vieles viel zu ernst, aber für seine Schüler freute es sie. Thomas lehrte nicht nur, sondern zeigte an der Entwicklung und dem Leben seiner Schüler Anteilnahme.

Thomas hatte ihr von seinen abenteuerlichen Reisen in fremde Länder erzählt und Janica hatte ihre Einschätzung über ihn korrigieren müssen. Er war nicht – im Gegensatz zu seinem älteren Bruder – eher vorsichtig, fast ängstlich, es war lediglich eine andere Art von Mut, ja Abenteuerlust, die ihm zu eigen war.

Thomas' Berichte bestätigten allerdings Janicas Verdacht, wie zurückgezogen, ja, nahezu einsam er lebte. Sein Dasein glich einem Strom, der nicht seinem natürlichen Flussbett folgte, sondern – wie so mancher Fluss in Deutschland – zwischen Mauern eingepfercht war. Aber daran ließe sich etwas ändern, befand Janica und drehte sich auf die Seite.

Sie und Thomas lagen auf einer zum Ufer hin abschüssigen Wiese und lauschten den Wellen und dem Zirpen der Grillen im hohen Unterholz. Die junge Frau stützte den Ellenbogen ins Gras und legte ihren Kopf auf die Handfläche, während sie mit der anderen Hand einen langen Grashalm abzupfte. Mit diesem begann sie, Thomas am braun gebrannten Hals zu kitzeln. Ohne die Augen zu öffnen, vollführte er eine Handbewegung, als wolle er ein lästiges Insekt verscheuchen. Janica zog gerade noch rechtzeitig ihre Hand zurück. Als Thomas sich wieder entspannt hatte, strich sie ihm erneut mit dem Grashalm über seinen Adamsapfel und am Hals entlang.

Thomas schlug ein zweites Mal nach dem unangenehmen Störenfried, bevor er die Hände im Nacken verschränkte. Ein drittes Mal wiederholte sich dieses Spiel, diesmal begleitete Thomas seinen Versuch, das vermeintliche Insekt zu vertreiben, mit einem kleinen Brummlaut, den Balou den Kopf heben und in Erwartung eines Spiels mit dem Schwanz auf den Boden klopfen ließ.

Janica lachte vergnügt in sich hinein. Wieder näherte sie sich mit dem Grashalm seinem Gesicht. Doch Thomas war auf der Hut. Er bekam den Grashalm zu fassen, öffnete die Augen und taxierte sie. Janica lachte hell auf. Ehe sie reagieren konnte, packte Thomas sie an den Schultern und wirbelte sie beide herum, sodass er sie ins Gras drückte. Er stützte sich mit einem Ellenbogen auf der Erde ab, dennoch lag er weiterhin halb auf ihr. Sie sah das Funkeln in seinen braunen Augen, spürte, wie sein Atem ihre Wange streifte, und war sich seines markanten Gesichts nahe ihrem nur zu bewusst. Unwillkürlich hielt sie den

Atem an. Ihr ganzer Körper kribbelte, als krabbelten tausende von Ameisen über sie hinweg. In ihrem Inneren schienen kleine Explosionen stattzufinden, die eine Hitzewelle nach der anderen aussandten. Er sah sie an; nahm ihren Blick gefangen. Die Sekunden verrannen. Janica wünschte sich, dass irgendetwas geschah. Was, das wusste sie selbst nicht genau.

Plötzlich runzelte er die Stirn. Es war, als erinnere eine für sie nicht wahrnehmbare Stimme ihn an etwas, als rufe diese ihn zur Vernunft. Und dann schob sich auch noch Balous Kopf zwischen sie und ihn. Diese aufregende und alles vereinnahmende Anspannung fiel von ihr ab und mündete in ihrem belustigten Auflachen.

Thomas rollte sich neben sie ins Gras. Dieses Mal erschloss sich ihr die Deutung seiner Gesichtszüge nicht. War er enttäuscht? Erleichtert? Erschrocken?

Sie jedenfalls spürte die Enttäuschung mit jeder Faser ihres Körpers und bis in die hinterste Ecke ihres Herzens. Sie mochte Thomas. Sehr sogar. Es waren nicht ihre Gegensätze, die sie zu ihm hinzogen, auch nicht seine gelegentlich altmodische Höflichkeit und Zurückhaltung und schon gar nicht sein perfektes, durchorganisiertes und irgendwie langweilig anmutendes Leben. Vielmehr waren es die Augenblicke, in denen er sich um Steffen sorgte und kümmerte. Sie liebte die Begeisterung, mit der er an den Lippen ihres Vaters hing, sobald sich die drei Männer in ein Gespräch vertieften. Ebenso faszinierte sie die Zuneigung, die er für Sven zeigte, ohne sich von dem kranken Körper des Jungen abschrecken zu lassen. Es war sein ehrliches Lachen – wenn er denn lachte – und die Verantwortung, die er für seine Schüler übernehmen wollte, obwohl seine Bemühungen oft genug an seiner ihm eigenen Perfektion scheiterten, die wenig Raum für Spontanität zuließ.

Janica sah, wie Thomas sich durch die Haare strich. Die Geste verdeutlichte seine Verwirrung, dass er ihrem Blick auswich, zeugte von Scham über sein Tun.

Kopfschüttelnd sprang sie auf. Ein leichter Anflug von Schwindel strafte dieses zu rasche Aufstehen, dem sie trotzte, indem sie Thomas beide Hände entgegenstreckte. Er betrachtete diese, zögerte, und als Janica sie bereits enttäuscht wieder senkte, griff er doch noch zu und tat zumindest so, als ließe er sich von ihr auf die Füße helfen. Daraufhin wollte Thomas sie zügig loslassen, allerdings verweigerte Janica ihm dies. Sie wartete, bis er endlich den Blick hob und sie ansah. Dieses Unterfangen war nicht ganz einfach, immerhin schlugen auch in ihrem Inneren überraschend viele Schmetterlinge absolut wilde Kapriolen. Aber sie hatte gelernt, dass das Leben zu kostbar war, um nicht das zu tun und zu zeigen, was sie in sich spürte. Also zwinkerte sie ihm zu, drückte fest seine Hände und ließ ihn dann eher widerwillig los.

»Ich ...«

Er stockte, grinste schief und schnappte sich Balous Ball. Der Hund stellte die Ohren auf und folgte dem jungen Mann laut bellend den Abhang hinauf.

Lächelnd schlenderte Janica hinter den beiden her und beobachtete, wie sie ausgelassen herumtobten, wobei sie sehr wohl sah, dass Thomas sich fortwährend nach ihr umblickte. Offenbar empfand er eine nicht geringe Unsicherheit darüber, wie er ihr Tun deuten sollte, schien aber dennoch eine Art Hochgefühl in sich zu verspüren, das sich unübersehbar an einem Strahlen auf seinem Gesicht und in seinem nahezu übermütigen Gebaren zeigte. Janica lächelte vergnügt vor sich hin, während sie ihre Schritte langsam den Schotterweg entlang in Richtung ihres Zuhauses lenkte. Sie war doch tatsächlich dabei, sich zu verlieben. Wer hätte gedacht, dass ein Mann auf einem Brückengeländer der Auslöser für sich immer weiter ausbreitende Wellen sein würde, gerade so, als werfe man einen Stein ins Wasser.

Kapitel 16

11. Juli

Die Sechsjährige rollte sich quiekend über das Parkett und Balou tat ihr nur zu gern den Gefallen und setzte das von ihnen ins Leben gerufene Spiel fort. Er sprang wieder und wieder über den Kinderkörper hinweg und bellte jedes Mal kurz auf, wenn er den Hopser vollendet hatte und ein kleines Stück auf allen vieren über den Boden schlitterte, ehe er seinen Schwung abfing, sich umdrehte und zum nächsten Sprung ansetzte.

Janica, die in ihrer Küchenzeile beschäftigt war, warf einen amüsierten Blick zu den Tollenden, bevor sie sich erneut ihren Vorbereitungen für die abendliche Party widmete.

Ein Klopfen an der Tür ließ alle drei innehalten. Balou rannte sofort schwanzwedelnd in Richtung Ausgang, um den Neuankömmling zu begrüßen. Sein aufgeregtes Fiepen signalisierte Janica, dass die Person auf der Stahlgalerie keine unbekannte war.

Sie wusch sich die Hände, schnappte sich das Handtuch, eilte um den Tresen und öffnete. Der Anblick von wallendem schwarzen Haar, einer riesigen Sonnenbrille, einer bewundernswerten Figur und nicht zuletzt einem strahlenden Lächeln mit makellos schönen Zähnen verleiteten Janica zu einem erfreuten Aufschrei. Ihre Schwester steckte sich die Brille ins Haar, breitete die Arme aus und Janica warf sich in diese.

»Happy Birthday, mein Sonnenschein«, sang Jenni mit ihrer tiefen, kräftigen und leicht rauchigen Stimme, ihr Markenzeichen, mit dem sie – unter einem Künstlernamen – inzwischen in ihrer Wahlheimat Niederlande eine gefeierte Sängerin war.

»Du bist hier!«, jubelte Janica.

»Selbstverständlich bin ich hier. Ich verpasse doch nicht deinen Geburtstag!«

»Bist du eigens angereist?«

»Ja, von etwas zähen Gesprächen in New York. Deshalb auch meine Bitte: Darf ich, bevor deine verrückten Freunde auftauchen, ein paar Stunden in deinem Bett schlafen?«

»Aus New York? Meinetwegen?«

Jenni legte den üppigen Strauß roter Rosen, den sie in der Hand hielt, auf den Boden und umarmte Janica erneut.

»Um dich zu sehen, ist kein Weg zu weit, das weißt du doch.«

Janica kicherte.

»Ich dachte, das sagen die Fans immer von dir.«

»Na ja, die wollen doch nur meine Stimme hören oder vielleicht diesen aufwändig und mit viel Schweiß gepflegten Körper bewundern. Du aber bist ein perfektes Gesamtpaket.«

»Danke für die Blumen«, lachte Janica.

»Ach, richtig!«

Jenni verstand sie absichtlich falsch, bückte sich und entzog dem neugierigen Balou die Blütenpracht.

»Ich habe mich in diesem Jahr für Rot entschieden.«

»Sonnenuntergang-an-der-Nordsee-Rot.«

»Ich wusste, du findest die passende Bezeichnung für die eigentümliche Farbe!«, spottete Jenni liebevoll. »Und jetzt stellst du mich bitte noch diesem wunderhübschen Mädchen vor.«

Janica, die den Strauß vorsichtig in ihre Armbeuge legte, drehte sich zu ihrem kleinen Gast um. Das Mädchen stand reglos inmitten des Zimmers und starrte Jenni mit weit offenstehendem Mund an, als habe sie eine Fata Morgana vor sich.

»Ich kenne dich. Aus dem Fernsehen«, stammelte sie.

Jenni zog ihre riesige Sonnenbrille aus dem Haar und ging vor dem Kind in die Hocke.

»Und wer bist du?«, überging sie die Andeutung auf ihren allmählich in die Nachbarländer schwappenden Bekanntheitsgrad.

»Ich bin Anne. Eigentlich heiße ich Marianne, aber niemand sagt das. Nur Opa.«

»Ich heiße Jenni.«

»Nein, so heißt du nicht!«

»Mir geht es ähnlich wie dir, Anne. Meinen richtigen Namen sagt kaum jemand. Nur ganz besondere Menschen dürfen mich Jenni nennen. Und ich finde, du solltest dazugehören.«

»Echt?«

Annes Augen wurden kugelrund. Sie warf Janica einen fragenden Blick zu, die ihr zunickte, während sie für die betörend duftenden Rosen eine Vase mit Wasser füllte.

»Toll!«, sagte Anne schließlich, als sie sich dazu durchgerungen hatte, das Angebot zu akzeptieren, und griff nach Jennis Hand, um sie fest zu schütteln. »Du siehst müde aus. Wie Mami, wenn sie traurig ist oder jemand sie geärgert hat.«

»Ich bin wirklich sehr erschöpft.«

Janica stellte die Rosen auf das tiefe Fenstersims des Küchenfensters, eilte um die Theke und winkte Jenni, ihr zu folgen.

»Ich beziehe dir das Bett neu, dann ...«

»Das musst du nicht. Ich habe mein Gepäck im Leihwagen unten. Ich will einfach nur ein bisschen schlafen, anschließend beziehe ich für dich frisch.«

»Brauchst du etwas?«

»Eines deiner überdimensional riesigen Gläser randvoll mit Leitungswasser wäre toll.«

Janica holte das Gewünschte, während Anne sich wieder in ein Spiel mit Balou vertiefte.

»Ein süßes Kind. Eine deiner Patientinnen?«

»Nein, Gott sei Dank nicht.«

»Wie schön! Du umgibst dich also auch mit gesunden Kindern«, seufzte Jenni und legte sich auf das Bett.

Mit den Füßen streifte sie die hochhackigen Schuhe ab.

»Annes Mutter hat heute ein wichtiges Vorstellungsgespräch. Ich passe in dieser Zeit auf sie auf.«

»Du bist ein Engel«, murmelte Jenni, bereits im Halbschlaf.

»Ich freue mich so, dass du gekommen bist«, flüsterte Janica, stellte die nachtblauen Markenschuhe ordentlich nebeneinander und küsste die schlafende Schwester auf die Stirn, ehe sie leise den Raum verließ und die Tür schloss.

»Jenni ist nett«, sagte Anne, als Janica wieder hinter die Küchenzeile eilte.

Geschickt kletterte die Kleine auf einen der hohen Barhocker, stützte die Ellenbogen auf das Holz, den Kopf in ihre molligen Hände und schaute ihrer älteren Freundin zu, wie diese geröstete Brote dick mit Hüttenkäse bestrich, Tomatenviertel darauf drapierte, einige Tropfen Balsamicoessig und Olivenöl auf diese träufelte und zuletzt ein Blatt Basilikum obenauf legte.

»Ja, sie ist sehr nett.«

»Im Fernsehen wirkt sie immer so ... weit weg.«

»Na ja, da ist sie ja auch meist weit weg.«

»Und im Radio hat neulich jemand gesagt, sie sei schwierig.«

Janica seufzte leise, stützte ebenfalls die Ellenbogen auf ein kleines Stück freies Thekenholz und musterte das herrlich aufgeweckte Kind, bevor sie erwiderte:

»Es ist nicht einfach für Jenni, sich immer richtig zu verhalten, wenn die Menschen sie bedrängen, fortwährend etwas von ihr einfordern, auf das sie doch eigentlich gar kein Recht haben und sie nicht einmal in Ruhe lassen, wenn sie nicht auf einer Bühne steht und singt.«

Anne zog eine Schnute, was Janica ihr nicht verdenken konnte. Für viele Menschen war Jenni ein schillernder wunderschöner Star. Sie bewunderten und beneideten sie. Für ihr Talent, ihr Aussehen, ihren Ruhm, ihre Beliebtheit und vermutlich auch für ihr Geld. Dass alle diese Dinge ihre Schattenseiten bargen, sah kaum jemand.

Janica drehte sich zur Spüle um und ließ kaltes Wasser über ihre Hände laufen. Verwundert betrachtete sie einen blauen Fleck an ihrem linken Unterarm und überlegte vergeblich, wann sie sich an dieser Stelle gestoßen hatte. Doch ihre Gedanken drifteten schnell zu Jenni zurück. Noch vor zwei Jahren, kurz nachdem Jenni so richtig durchgestartet war, war ihre Schwester ein menschliches Wrack gewesen. Zerstört von den nahezu übermenschlichen Anforderungen, ausgepowert von den großen Erwartungen ihres Managements und des Musiklabels und von ihrem Verlobten verlassen, der ihre ständigen Reisen nicht länger ertrug. Die plötzlich umjubelte und bewunderte Frau hatte sich erst mit Tabletten und Alkohol, schließlich mit immer härteren Drogen über Wasser gehalten und sich damit beinahe umgebracht. Seit etwa einem Jahr war sie clean, erfolgreicher als zuvor und um viele bittere und schmerzvolle Erfahrungen reicher.

Seit ihrem Entzug hatte Jenni sich nie wieder kritisch darüber geäußert, dass Janica ihre Zeit mit den zum Sterben verurteilten Kindern und Jugendlichen verbrachte. Mindestens viermal im Jahr begleitete Jenni Janica nun in das Hospiz und sang dort. Ohne Gage, die anwesenden Gäste spendeten daraufhin meist großzügig für den Erhalt der Einrichtung. Ein Großteil des Therapiebades war über eine Spendengala mit Jenni abbezahlt worden, auch im Werk- und im Computerraum des Hospizes hatten sich Ausstattungsgegenstände nach einem Spendenaufruf der Sängerin eingefunden.

Jenni hatte kurz davor gestanden, ihren Körper selbst zu zerstören und ihr Leben wegzuwerfen. Heute verstand sie Janicas

Wunsch, den erkrankten Kindern Abwechslung und Freude zu schenken, und wusste, was es hieß, am Abgrund des Lebens zu stehen.

Ein Klopfen an der Tür ließ den mittlerweile dösenden Balou aufspringen, als habe man ihm einen Stromschlag versetzt. Larissa, Annes Mutter, erschien im Türrahmen. Janica freute sich, dass die sehr höfliche und ruhige Frau ihr gegenüber ihre anerzogene Zurückhaltung abgelegt hatte und nach dem Klopfen eintrat, auch ohne, dass Janica die Tür für sie öffnete.

Anne sprang mit einem Freudenschrei vom Hocker, der dadurch bedenklich ins Wanken geriet, und warf sich in die Arme ihrer nur 1,60 Meter großen, etwas pummeligen Mutter.

»Wie war es?«, fragte das Kind.

»Gut, denke ich. Die Personalchefin und ich haben uns nett unterhalten. Sie ist ebenfalls allein erziehend.«

Den letzten Teil hatte sie zu Janica gesagt.

»Das ist gut. Sie wird zumindest vorurteilsfrei sein, was deine Bewerbung anbelangt.«

Die junge Frau nickte und wandte sich ihrer Tochter zu, da Anne heftig an Larissas Hand zerrte.

»Janicas Schwester ist eine berühmte Sängerin«, erzählte sie aufgeregt und sprang in kleinen Hüpfern auf der Stelle. »Aber ich darf Jenni zu ihr sagen. Sie schläft jetzt in Janicas Bett.«

»Das ist ja aufregend.«

Larissa strich dem Mädchen über den blonden Lockenkopf, dabei war ihr anzusehen, dass sie die Nachricht keineswegs so wichtig fand, wie Anne das gern hätte.

»Danke, Janica. Ich weiß gar nicht ...«

Janica fiel der Endzwanzigerin mit den traurigen Augen und dem immerzu erschöpft wirkenden Bewegungen ins Wort.

»Anne ist ein Schatz. Sie hat die ganze Zeit über mit Balou gespielt. Ich konnte nebenher sogar die Häppchen für die Party vorbereiten. Hast du dir überlegt, ob ihr zwei noch ein bisschen bleiben möchtet?«

»Ich bin ziemlich müde, Janica. Aber vielen Dank für die Einladung. Und Anne muss heute endlich mal wieder pünktlich zu Bett. Sie hat mich an den vergangenen vier Abenden so mit ihren Puppen und ihren Spielen beschäftigt, dass es immer viel zu spät wurde.«

Anne verzog auf drollige Art das Gesicht, sodass Janica ihr lachend zuzwinkerte.

Während die Kleine ihre Sachen zusammensuchte und in ihren Kinderrucksack stopfte, gesellte sich Janica zu deren Mutter. Larissa warf alle Scheu über Bord und umarmte die jüngere Frau, wenngleich diese Zuneigungsbekundung durchaus vorsichtig ausfiel.

»Danke. Danke für alles«, flüsterte Larissa. »Ich wünsche dir einen wunderschönen Geburtstagsabend.«

»Der wird bestimmt sehr turbulent, so wie immer, wenn meine Freunde und die Familie wie Heuschrecken hier einfallen.«

»Ach richtig, die singende Schwester.«

»Die auch, ja.«

Larissa konnte sich Janicas ansteckendem Lachen nicht entziehen und lächelte noch, als sie sich unter der Tür nochmals umdrehte und ihr zuwinkte.

*

Unsicher wie selten zuvor näherte Thomas sich der stählernen Wendeltreppe. Mückenschwärme tanzten im Licht der abendlichen Sonne, ein Entenpaar auf dem Wasser zeterte lautstark, als wolle es ihn warnen, lieber umzukehren. Der Gedanke war irrsinnig, schließlich ging er zu einer Geburtstagsparty. Was sollte daran gefährlich für ihn sein? Abgelenkt betrachtete der junge Mann den Rücken einer Frau. Sie entfernte sich in die entgegengesetzte Richtung, ihre Beine und ein Kind, das sie an der Hand hielt, wurden, kaum dass er sie gesehen hatte, von einer halbhohen Hecke aus Johannisbeerbüschen verdeckt. Zügig verschwand sie hinter einer Baumgruppe aus seinem Blick. Dennoch verfestigte sich sein Eindruck, die Frau zu kennen.

Neugierig, aber auch, weil er sich unsicher war, wie ernst Janicas eher nebensächlich ausgesprochene Einladung zu ihrer Geburtstagsparty eigentlich war, folgte er ihr. Doch sie und das blonde Kind an ihrer Hand waren in eine Seitengasse abgebogen und nicht mehr zu sehen. Nach einem unschlüssigen Blick zurück schlenderte er am Ufer entlang und ließ sich schließlich auf eine Steinbank nieder, um seinen Entschluss noch einmal zu überdenken. Dabei balancierte er das sperrige Geschenk und den kleinen Blumenstrauß aus Stargazer Lilien, Gerbera und Kamille vorsichtig auf seinen Knien. Irgendwann rief er sich zur Vernunft, soweit das bei seinem heftig klopfenden Herzen und der Sehnsucht, die er verspürte, überhaupt möglich war, und erhob sich. Mit weit ausholenden, sich seiner Sache sehr sicher wirkenden Schritten strebte er erneut auf das Haus zu, in dem Janicas Mietwohnung lag.

Lautes Männerlachen ließ ihn zu Janicas Haustür hinaufblicken. Auf ihren Liegestühlen saßen zwei Männer in seinem Alter, beide hielten sie offene Bierflaschen in den Händen und unterhielten sich angeregt. Eine Welle der Enttäuschung schwappte über Thomas hinweg. Seine Hoffnung, der erste Gast an diesem Abend zu sein, hatte sich zerschlagen. Er hatte sich vorgestellt, dass er sie ein paar Minuten für sich allein hatte ... und damit bereits vor Ort war, wenn die ihm fremden Gäste eintrudelten, sodass diese sich die Mühe machen mussten, auf ihn zuzugehen und sich ihm vorzustellen. Nun konnte er nur noch auf einige vertraute Gesichter aus dem Hospiz hoffen.

»He, Neuer, hier geht's hoch!«, rief ihm einer der Männer zu und deutete mit der Bierflasche auf die Wendeltreppe.

Thomas bedankte sich für den eigentlich unnötigen Hinweis, indem er die Hand hob, und betrat die erste der unter seinen Schritten surrenden und leicht schwingenden Stufen.

»Neuer!«, brummte er ungehalten vor sich hin.

Was hieß das? Prahlte Janica mit ihm als ihrer neuesten Eroberung? Thomas schüttelte innerlich den Kopf. Das war nicht ihre Art. Vermutlich bedeutete dieses Attribut, dass alle bereits eingetroffenen Gäste sich schon lange kannten und er, mit dem Strauß und einem unförmigen Paket unter dem Arm, unverkennbar ein unbekannter Gast und deshalb neuer Bekannter des Geburtstagskindes sein musste. Diese Erkenntnis machte es Thomas nicht eben leichter. Er war nicht unbedingt der Geselligste und in einer Runde von Fremden, die alle seit Langem zu Janicas Bekanntenkreis gehörten, würde er sich reichlich unwohl und fehl am Platz fühlen.

Dennoch stieg er weiter hinauf, trat auf die Gittergalerie und stoppte vor den Männern, die sich hinter der Eingangstür auf den Liegestühlen lümmelten und grüßend die Bierflaschen in seine Richtung anhoben.

»Uh, Blumen«, meinte der strohblonde Wuschelkopf, der ihn heraufgerufen hatte, und verzog dabei das Gesicht, als habe Thomas ihm angeboten, er könne den Strauß zu seinem Bier verspeisen.

»Lass die mal schnell verschwinden«, empfahl ihm der andere Kerl, der an die zwei Meter messen musste.

Er beugte sich vor, zog dem verdutzten Thomas die Blumen aus der Hand und verstaute sie unter seinem Liegestuhl. Daraufhin reckte er sich wieder Thomas entgegen und ergriff dessen Rechte, um sie schraubstockartig zu drücken.

»Grüß dich, ich bin Lars, der Kleine hier ist Finn.«

Thomas nannte ebenfalls nur seinen Vornamen, was ihm jedoch eigenartig anmutete, ebenso wie das vertrauliche Du, das die beiden wie selbstverständlich anschlugen. Dennoch schlich sich ein Schmunzeln auf sein Gesicht, denn neben dem Zweimeterkerl sah vermutlich fast jeder Mann klein aus.

»Was ist mit den Blumen nicht in Ordnung?«, erkundigte er sich und warf einen Blick durch die offene Tür in den Wohnraum.

Dort wuchteten gerade ihm unbekannte Männer den gewaltigen Tisch von der Wand in die Mitte des Raums, stellten zwei Frauen Klappstühle auf und eine dritte, die sich flink wie ein Wiesel bewegte, deckte Geschirr ein. Offenbar waren diese Leute ein eingespieltes Team und wussten sehr genau, wo sich in Janicas Wohnung das Benötigte befand. Ein Hauch von Eifersucht strich durch sein Herz.

»Würdest du Janni schon etwas länger kennen, wüsstest du, dass sie Blumen nur mag, solange sie in der Erde verwurzelt sind. Abgeschnittene Blumen zu sehen, schmerzt sie.«

»Ah, ich verstehe. Vielen Dank für den Tipp.«

»Immer wieder gern!«, meinte Finn ernst, obwohl Lars die Auskunft erteilt hatte.

Dieser fügte dann noch hinzu:

»Übrigens, Jannis Schwester ist heute hier.«

»Ja ...?«

Thomas zog das Wort in die Länge und hob dabei fragend die Augenbrauen. Er wusste nicht viel über die ältere Schwester von Janica. Wenn sie jedoch auch nur annähernd so sympathisch wie Janica oder ihre Eltern war, würde es ihn freuen, dass er sie heute kennenlernen durfte.

Vertrauensvoll winkte Lars ihn näher und Thomas beugte sich ihm etwas entgegen, wobei er das sperrige Geschenkpaket auf den Gitterboden stellte.

»Jenni ist ein bisschen ...«

Lars schaute verunsichert zu Finn, der die Schultern anhob, fallen ließ und schließlich meinte:

»Kompliziert?«

»Welche Frau ist das nicht?«, wollte Lars wissen, wartete jedoch auf keine Antwort, sondern wandte sich wieder an Thomas: »Jenni sieht einer bekannten Sängerin fast schon unheimlich ähnlich. Sie stylt sich auch entsprechend, um das hervorzuheben.«

»Sie will also auf ihre Ähnlichkeit angesprochen werden?«, schlussfolgerte Thomas.

»Das ist ein schlaues Kerlchen!«, lobte Finn an Lars gewandt und setzte die Flasche an den Mund.

Lars prostete ihm zu.

»Thomas?«

Wie elektrisiert fuhr er herum und stand Janica gegenüber. Sie trug ein luftiges hellblaues Sommerkleid, hatte die roten Locken zu einem Pferdeschwanz aufgebunden und war, wie er mit einem Blick feststellte, mal wieder barfuß. Thomas fand ihren Anblick so einnehmend, dass er erst einmal schlucken musste und nahezu reflexartig das Päckchen mit dem grünen Geschenkpapier aufhob und es ihr mit einer eckigen Bewegung entgegenstreckte.

»Alles Gute zum Geburtstag«, stammelte er und brachte sogar ein Lächeln fertig. Janica strahlte ihn an, nahm ihm das Päckchen ab und hob ob seinem Gewicht erstaunt die Augenbrauen. »Das ist nichts Besonderes«, erklärte Thomas und warf einen Seitenblick auf den Liegestuhl, froh darüber, dass der Strauß dort gut versteckt lag. »Ein Balkonkasten für das Geländer hier draußen. Es sind Erdbeerpflanzen darin, so kannst du nächsten Frühsommer deine eigenen Erdbeeren ernten.«

»Eine tolle Idee. Vielen Dank!«

Erleichtert atmete Thomas auf. Die Erdbeerpflanzen hatten Wurzeln und diese saßen fest und ordentlich in der Erde – so wie Janica das mochte.

»Finn und Lars hast du ja schon kennengelernt. Komm mit rein, dann stelle ich dich den anderen vor.«

Janica drehte sich um, betrat ihre Wohnung und stellte das Geschenk auf eine Anrichte, auf der sich bunte Briefumschläge und Postkarten stapelten, dazu einige noch verpackte Präsente. Thomas folgte dem Geburtstagskind und wurde von einem blumigen Duft überrascht. Auf jedem Fenstersims, sogar auf dem im Küchenbereich, drängten sich schmale und bauchige, kleine und erstaunlich große Glasvasen aneinander. Bunte Blumensträuße, die einen hübsch einfach gehalten, andere aufwändig oder lustig verziert, verströmten einen betörenden Duft und verzauberten die Fenster in ein Meer aus Farbklecksen. Irritiert fuhr sich Thomas durchs Haar. Ob er da etwas falsch verstanden hatte?

»Diese wuselige, immerzu beschäftigte Frau ist Julia«, stellte Janica ihm das zarte dunkelhaarige Wesen vor, das ihm zuvor durch seine bewundernswerte Schnelligkeit aufgefallen war.

»Das sind Bärbel und Susi«, sagte Janica und deutete auf zwei Frauen, unverkennbar Schwestern, wenn nicht sogar Zwillinge. »Wir kennen uns seit der Schulzeit.«

»Grüß dich.«

Bärbel – oder war es Susi? – reichte ihm ihre Rechte und er drückte sie kräftig, Susi – oder Bärbel – winkte mit der Hand und klappte den nächsten Stuhl auf.

»Werner kennst du ja schon.«

Janica nickte zu dem Intensivpfleger hinüber. An diesem Tag trug er kein buntes, von Kindern bemaltes T-Shirt, sondern ein schlichtes weißes Hemd.

»Grüß dich, Thomas!«, rief Werner und öffnete den ausladenden amerikanischen Kühlschrank, über den Thomas sich in dem Einpersonenhaushalt ebenso gewundert hatte wie über den großen Tisch.

Er war angefüllt mit Süßigkeiten, vorbereiteten Häppchen und einer Menge Getränke. Werner griff nach einem Bitter Lemon und sah Thomas fragend an.

»Cola«, sagte er und bekam die eiskalte Flasche umgehend in die Hand gedrückt.

Janica war abgelenkt. Offenbar benötigte ein Gast in ihrem Schlafzimmer ihre Hilfe. Also stellten sich die zwei verbliebenen männlichen Gäste als Kurti und Angelo vor, wobei Ersterer einen breiten bayrischen Dialekt sprach und Angelo seine italienischen Wurzeln nicht verhehlen konnte. Aufgeschlossen erzählte dieser ihm, dass er zu einem Auslandsjahr während des Ingenieurstudiums nach Deutschland gekommen und wegen der Liebe hängen geblieben sei. Dabei wanderte sein Blick zu Susi – oder zu Bärbel – und erntete ein verliebtes Lächeln.

Janica kam zurück und stapelte neue Flaschen in den Kühler, doch Thomas' Aufmerksamkeit wurde sehr schnell von einer anderen Frau in Beschlag genommen. Langbeinig, schlank und absolut umwerfend aussehend trat diese aus dem Schlafzimmer in den Wohnbereich.

»Angelo! Kurti!«, rief sie mit melodiöser Stimme und ließ sich von dem Italiener links und rechts küssen, nachdem Kurti sie kurz, aber herzhaft an sich gedrückt hatte.

Julia, flink, wie sie war, warf sich als Nächste in die Arme der Frau, und Thomas überlegte sich, wie viele Männer wohl bereit wären, eine Menge Geld dafür zu zahlen, um genau jetzt an seiner Stelle zu sein. Seine Befürchtung, er würde daran scheitern, Janicas Schwester einer berühmten Persönlichkeit zuzuordnen, war unbegründet. Die Ähnlichkeit mit einer Pop- und Rocksängerin, für die auch ein Teil seiner Schüler schwärmte, war frappierend!

»Oh, ein neues Gesicht, wie schön!« Die Schönheit trat vor ihn und streckte ihm ihre Rechte entgegen. Dabei klimperten eine Reihe Armreifen, die perfekt zu ihren Ohrsteckern und der Kette um ihren Hals passten. »Ich bin Jenni, Jannis Schwester.«

Thomas wischte sich unauffällig die Hand an seiner schwarzen Jeans trocken, ehe er die der Frau ergriff.

»Thomas«, sagte er, froh, dass er nicht mehr herausbringen musste. Doch er riss sich zusammen und fügte hinzu: »Sie, ich meine: Du hast eine umwerfende Ähnlichkeit mit ...«

Plötzlich kehrte um ihn her völlige Stille ein. Alle Gespräche verebbten, als habe er mit seiner Andeutung ein Erdbeben ausgelöst. Verwirrt sah er sich um. Janica sah ihn an, als sei er nicht ganz bei Trost. Kurti schüttelte den Kopf, Angelo blähte die Wangen auf und die drei Frauen hielten synchron die Hände mit ihren rot, blau und silbern lackierten Fingernägeln vor ihren Mund.

»Äh ...?«

Thomas wünschte sich, die Erde würde tatsächlich beben, der Boden sich auftun und er könne ein Stockwerk tiefer fallen, um von dort schleunigst zu verschwinden.

Jenni meisterte die Situation souverän. Sie drückte ihm einen flüchtigen Kuss auf die Wange und flüsterte, allerdings laut genug, dass alle es hören konnten:

»Ich sehe nicht nur so aus, ich bin es. Und falls die zwei albernen Jungs da draußen vor der Tür dir geraten haben, mich auf meine Ähnlichkeit mit mir selber anzusprechen: Sei beruhigt, diesen Blödsinn machen sie mit jedem Neuen, der in Jannis Gegenwart auftaucht.«

»Ich hätte es eigentlich besser wissen müssen, nachdem sie mir die Blumen für Janica abgenommen haben, aber hier drin ...«

»Was?«, rief Janica, stürmte hinaus, schlug mit einem Geschirrtuch lachend so lange auf Finn und Lars ein, bis der Zweimetermann ihr endlich den Strauß überließ.

Glücklich lächelnd kehrte Janica in die Wohnung zurück und schnupperte an den Blütenköpfen.

»Weiß wie Tante Erikas Meißner Porzellan, ein sternförmiges, getüpfeltes, zuerst kräftiges, an den Rändern nahezu weißes Rosa, wie die Verfärbungen eines Sonnenaufgangs in einer

Nebelbank und das blasse Rosé eines unter der Sonne ausgebleichten, einstmals feuerroten Klettergerüsts«, schwärmte sie, trat zu Thomas und küsste ihn auf die Wange, die Jenni vernachlässigt hatte.

Aber Janicas Kuss war anders. Keiner dieser oberflächlichen höflichen Zuneigungsbekundungen sich eigentlich Fremder, sondern ein richtiger Kuss, weshalb Thomas ein Prickeln von der Wange bis in die kleinen Zehen spürte.

»Sie sind wunderschön!«, flüsterte Janica ihm zu, bevor sie zurücktrat.

»Na, dafür hat sich die Aufregung doch gelohnt, nicht wahr«, lachte Angelo und legte seinen Arm fest um die Hüfte von Susi – oder Bärbel.

Thomas zeigte lediglich ein Grinsen und nahm den freundschaftlichen Klaps auf seinen Oberarm vonseiten Jennis erleichtert entgegen. Zufrieden sah er sich in dem Raum um, der an diesem Tag eher einem Blumenladen mit integriertem Restaurant statt einer Wohnung glich, und fühlte sich großartig. So etwas hatte er noch nie erlebt! Er benötigte meist lange, bevor er sich in einer neuen Umgebung und mit Menschen, die ihm fremd waren, wohlfühlte. Manchmal stellte sich diese Vertrautheit überhaupt nicht ein. Aber an diesem Tag war irgendetwas anders. Er fühlte sich ... daheim.

KAPITEL 17

Janica lehnte sich auf ihrem Stuhl zurück und beobachtete, wie Kurti, der eigentlich Franz hieß, wobei das kaum mehr jemand wusste, und Thomas sich angeregt unterhielten. Ihr Gesprächsthema drehte sich, so vermutete sie, um Reisen, denn auch Kurti hatte bereits einige abenteuerliche Unternehmungen hinter sich. Ein tiefes Glücksgefühl wärmte ihr Inneres, immerhin war sie ein Risiko eingegangen, den zurückhaltenden und immer korrekten Thomas ihrem etwas wild zusammengewürfelten Freundeskreis auszusetzen. Vermutlich verdankte sie es den Spaßvögeln Lars und Finn und der souveränen Reaktion von Jenni, dass Thomas nicht sofort nach dem Eintreffen die Flucht ergriffen hatte.

Kurti lachte über eine Bemerkung von Thomas, und Janica sah, wie sich die Schultern von Steffens Bruder lockerten, sein Rücken endlich die Stuhllehne berührte und er deutlich weniger mit der Hand das in die Stirn fallende Haar zurückstrich. Ihr Blick wanderte durch die Dachwohnung. Dicht gedrängt, Susi saß sogar auf Angelos Schoß, gruppierten ihre Gäste sich um den riesigen Tisch, unterhielten sich in einer Lautstärke, bei der Janica sich überlegte, ob sie den Nachbarn nicht besser zwei statt nur ein Stück von Bärbels perfekter Schwarzwälder-Kirsch-Bestechungstorte hätte vorbeibringen sollen.

Janica liebte dieses Verquirlen der Stimmen, das mehrstimmige Lachen und das Zischen der Kohlensäure, wenn einer ihrer Gäste einen Kronkorken öffnete, verbunden mit dem dumpfen Aufsetzen von Flaschen auf dem rustikalen Tisch oder dem Klirren aneinanderstoßender Gläser.

Sie beachtete Susi nicht weiter, als diese aufstand und den Kühlschrank öffnete. In ihrem Freundeskreis bediente man sich immer selbst, gleichgültig, in welcher Wohnung sie zusammentrafen. Als Susi allerdings mit drei Flaschen Sekt, die vermutlich sie und Angelo angeschleppt hatten, an den Tisch zurückkehrte, verspürte sie ein unbehagliches Kribbeln in ihrer Magengegend. Sekt in ihrer Runde bedeutete nur eines: Es könnte für Thomas unangenehm werden. Janica versuchte, Susis Aufmerksamkeit zu erlangen, doch die junge Frau bemerkte ihre Signale nicht, brachte Sektgläser, stellte sie mit vernehmlichem Klirren auf den Tisch und verschwand wieder, um die restlichen zu holen. Der Korken der ersten Flasche schoss wie ein Feuerwerkskörper mit einem nicht zu überhörenden Ploppen zur offenen Eingangstür hinaus und verlor sich, jedoch ohne bunte Funken zu sprühen, in der inzwischen hereingebrochenen Dunkelheit.

Die Gespräche verstummten auf diesen Startschuss hin. Lars und Finn drehten sich der Runde zu, in Erwartung eines ihnen vertrauten Rituals. Julia griff flink nach der anderen Flasche und ließ deren Korken dem anderen folgen, es war Bärbel, die reaktionsschnell einige der Kelche unter die hervorquellende, im Licht der Tischkerzen bernsteinfarbene Flüssigkeit schob.

Thomas ergriff bereitwillig das Glas, das Susi ihm reichte, bevor sie sich zurück auf den Schoß ihres Ehemanns setzte und sich räusperte.

»Ehrlich und positiv!«, kündigte sie die Gesprächsrunde an, die sie in diesem Kreis nahezu bei jedem Treffen abhielten.

Janica war versucht, das durchaus ernste Spiel zu untersagen, unterließ es dann jedoch. Wollte Thomas dazugehören, musste er da durch.

»Ich fange an!«, rief Bärbel und erhob sich sogar. Das war eher ungewöhnlich und ließ vermuten, dass sie nur darauf gewartet hatte, ihre Neuigkeiten loszuwerden. »Mein Boss hat mich vor drei Wochen entlassen.«

»Haben wir uns so lange nicht gesehen?«, warf Kurti dazwischen.

»Als ihr letztens bei Julia zusammengesessen seid, war ich unterwegs«, wandte Bärbel ein.

»Stimmt.« Kurti nickte ihr zu. »Wie kommt dein Boss dazu ...?«

»Stellenabbau, Einsparungen.«

»Du hast dort gelernt. Wie viele Jahre bist du in diesem Betrieb gewesen und hast unbezahlte Überstunden eingefahren?«

Kurtis Nachfragen verrieten, wie erbost er über die Kündigung war.

»Ist doch auch egal«, winkte Bärbel ab und hob ihr Glas.

»Auf deinen Boss. Er wird es bedauern!«, sagte Julia und alle reckten sich, um miteinander anzustoßen.

Thomas sah zwar irritiert aus, erhob aber ebenfalls sein Glas über die Tischmitte, wo es klirrend in der Runde Aufnahme fand. Allerdings nahm niemand einen Schluck des perlenden Getränks, vielmehr breitete sich erwartungsvolle Stille aus.

»Dieses Mal fällt es mir leicht, dem einen positiven Aspekt abzugewinnen«, verkündete Bärbel und fuhr fort: »Gestern rief die Verlagsagentur an. Sie haben mein Jugendbuchmanuskript an einen großen Publikumsverlag verkauft, einen für einen Neuling gigantischen Vorschuss herausgeschlagen und dazu ein nicht zu verachtendes Werbebudget. Leute: Seit gestern bin ich freiberufliche Autorin!«

In einem lautstarken Stimmenwirrwarr gratulierten die Anwesenden, ehe sich Finn Gehör verschaffte:

»Ein Hoch auf diese Agenturs- und Verlagsmenschen. Sie haben eine absolut weise Entscheidung getroffen. Ich durfte das Manuskript nämlich schon lesen!«

Wieder klirrten die Gläser und diesmal trank jeder von ihnen einen kleinen Schluck.

»Jetzt wir!«, beschloss Susi und rutschte auf Angelos Schoß nach vorn. »Wie ihr wisst, versuchen wir seit über zwei Jahren, ein Kind zu bekommen.«

Viele der Anwesenden nickten. Janica beugte sich vor und drückte Susis Hand. Sie wusste, wie sehr die Freundin unter der Situation litt und sich fortlaufend selbst damit zu beruhigen versuchte, dass sie einfach mehr Geduld haben mussten.

»Seit vergangener Woche wissen wir es definitiv: Ich kann keine Kinder bekommen.«

Schweigen nistete sich in der Runde ein. Nur Balous Schmatzen, der etwas Essbares unter dem Tisch gefunden hatte, und das durch die offene Eingangstür dringende Grillenzirpen störte die Stille.

»Das tut mir so leid«, durchbrach schließlich Werner, Vater von drei kleinen Kindern, die entsetzte Sprachlosigkeit.

Angelo hob sein Glas.

»Auf ...«

Er zögerte und Tränen schimmerten in seinen Augen. Die Freunde ließen ihm Zeit, spürten seinen Schmerz und litten gemeinsam mit dem jungen Paar.

»Auf all die glücklichen Paare, die eigene Kinder bekommen dürfen. Und auf diejenigen, die gar nicht wissen, was ihnen entgeht, weil sie ihre Selbstständigkeit, ihr gutes Einkommen oder ihre angebliche Freiheit nicht aufgeben wollen.«

Die Gläser erklangen, einige Tropfen Sekt tropften auf die Tischfläche und glitzerten dort wie Tränen auf.

»Jetzt haben wir zumindest Klarheit«, sagte Susi tapfer, doch ihr Lächeln fiel gezwungen aus.

Es war an Angelo, weiterzusprechen:

»Susi ist Erzieherin. Wenn wir ein Pflegekind aufnehmen, hat sie eine 50-prozentige Anstellung, bei zwei Kindern eine 100-prozentige. Wir möchten uns für eine solche Erziehungsstelle bewerben. Keine Angst, wir sind nicht blauäugig und wissen, dass uns da Kinder ins Haus flattern, die aus schwierigen Verhältnissen stammen, die alle ihre nicht eben einfache Vorgeschichte mitbringen. Aber wir wollen diesen Kindern eine Chance bieten, ihr Leben in den Griff zu bekommen ...«

»... und hoffen dabei ein bisschen auf Rückhalt von euch.«

»Auf eine gute, wenn auch herausfordernde Entscheidung. Und auf die beiden Glückskinder, die in eurer Familie Einzug finden dürfen.« Lars streckte sein Glas in die Mitte. »Wir stärken euch den Rücken, das wisst ihr!?«

»Jetzt Thomas«, sagte Jenni, als sie ihre Sektflöte auf den Tisch stellte.

Janica presste zweifelnd die Lippen zusammen. War Thomas bereit, sich auf dieses ungewöhnliche Spiel einzulassen? Würde es ihn überfordern, immerhin war er eher der verschlossene Typ und dazu ein Neuling in ihrem Freundeskreis.

»Das ist etwas ... ungewohnt für mich. Aber da ihr, obwohl ihr mich gar nicht kennt ...«

Er stockte und zog die Schultern nach oben.

»Wir vertrauen Janicas Urteilsvermögen durchaus und nehmen nicht an, dass sie mit dir einen Spitzel der NSA in unsere Runde eingeschleust hat«, witzelte Finn und löste die zuvor ernste Stimmung auf.

Balou bellte plötzlich, rannte zur Tür und sprang an Peter hinauf, nach ihm drängten Heidi und Steffen in die Wohnung. Janica und Jenni erhoben sich erfreut, um ihre Eltern zu begrüßen, währenddessen umarmte Steffen seinen Bruder und stellte sich den Anwesenden mit Handschlag vor. Stühle wurden gerückt, neue Klappstühle aufgeschlagen und nur wenig später saßen die ersten Gäste entlang der Wände auf dem Boden, da auch Helga, zwei Kinderkrankenschwestern aus dem Hospiz und sogar Rattes Vater und Bruder eintrafen. Letztere überreichten Janica einen Blumenstrauß, hinter dem das Geburtstagskind beinahe verschwand, betrachteten mit einem wehmütigen Lächeln den *Schmetterlingsschwarm* an der Zimmertür und verabschiedeten sich bald wieder.

Janica gab sich nicht lange der Überlegung hin, ob es von Vorteil war, dass Thomas durch die Ankunft anderer Gäste unterbrochen worden war. Die Gefahr, dass er sich völlig überfordert gefühlt hätte und fortan diese Runde mied, bestand durchaus. Andererseits hätte es dem verschlossenen Mann guttun können, wenn er einmal etwas mehr über sich hätte preisgeben müssen. Aber die Chance war vertan, die Überlegung damit hinfällig. Statt zu grübeln, wollte sie lieber diesen herrlichen Abend und die Anwesenheit ihrer fröhlichen Gäste genießen.

*

Janica umarmte zum Abschied erst Angelo, anschließend kam Susi an die Reihe. Die junge Frau hielt die Gastgeberin lange fest und flüsterte ihr dabei zu:

»Thomas ist sehr charmant. Ein bisschen ernst und ... zerknautscht vielleicht.«

Janica lachte über Susis Beschreibung zu der korrekten und höflichen Zurückhaltung, die Thomas zu eigen war, und raunte zurück:

»Du hättest ihn mal in den ersten Tagen erleben sollen, als ich ihn kennengelernt habe. Zerknautscht wäre da reichlich untertrieben.«

»Das gehört zu seiner Persönlichkeit, also versuche nicht, ihn zu verbiegen. Aber er ist prima aufgetaut und hat sich in unsere wilde Runde eingebracht. Ich mag ihn.«

»Ich auch.«

»Sehr?«

Janica küsste Susi auf die Wange und blieb ihr eine Antwort schuldig, zumal Angelo etwas ungeduldig nach seiner Frau rief. Er musste am nächsten Tag früh raus und die Zeiger der Uhr hatten Mitternacht längst überschritten.

Susi deutete in perfekt coolem Gehabe mit Zeige- und Mittelfinger auf ihre eigenen Augen und dann auf Janica. Aber diese wusste ohnehin, dass die mütterliche Susi sie und Thomas unter Beobachtung behalten würde.

Finn und Lars wuchteten den schweren Esstisch an die Wand zurück, während Thomas die Stühle zusammenklappte und im Abstellraum, der von ihrem Schlafzimmer abging, sorgfältig aufstapelte.

»Kommst du so zurecht?«, fragte Lars und ergriff Janica an der Hüfte.

»Alles bestens. Gute Nacht.«

»Schlaf gut.«

Lars beugte sich zu ihr hinab und hauchte ihr einen flüchtigen Kuss auf die Stirn, Finn umarmte sie knapp, winkte Thomas zu und verschwand ebenfalls.

»Wir fahren dann auch«, verkündete Heidi und ließ das schmutzige Wasser aus dem Spülbecken.

Jenni warf sofort das Geschirrtuch über die noch nicht abgetrockneten Gläser. Ihr Vater, mit einem zweiten Geschirrtuch bewaffnet, kommentierte dies mit einem breiten Grinsen und trocknete zumindest noch den Teller ab, den er gerade in den Händen hielt.

»Steffen, fährst du mit mir? Du könntest mich wachhalten, nicht dass ich den Leihwagen an einen Baum setze.«

»Gern. Ich singe dir während der Fahrt was vor, das hält dich garantiert vom Schlafen ab«, witzelte Steffen und verabschiedete sich nach Heidi, Peter und Jenni von Janica und Thomas.

Innerhalb von Sekunden war die Wohnung bis auf sie beide leer.

Janica hörte Thomas laut aufatmen und sah belustigt zu, wie er sich mit dem Rücken an die jetzt geschlossene Eingangstür fallen ließ.

»Sie sind anstrengend, nicht?«

»Ein Wirbelsturm ist ein laues Lüftchen gegen sie«, gab Thomas zurück und brachte Janica damit zum Lachen. »Allerdings könnte ich mich an Wirbelstürme gewöhnen«, fügte er hinzu, stieß sich ab und griff nach dem Geschirrtuch, das Jenni achtlos auf die tropfenden Gläser geschleudert hatte.

»Du musst nicht ...«

»Ich will aber!«, fiel Thomas ihr ins Wort, warf ihr einen vorwurfsvollen Blick zu und nahm eines der übergroßen Gläser in die Hand. »Sonst bekommen die Gläser unansehnliche Wasserflecken.«

»Das ist nicht schlimm.«

»Ich weiß, dass du das nicht schlimm findest. Sie sind unwichtig und zur Not lassen sie sich noch vor dem nächsten Gebrauch entfernen. Glaub mir, so weit habe ich dich inzwischen durchschaut.«

»Willst du damit andeuten, dass ich schwer zu durchschauen sei?«

Thomas drehte sich nach ihr um und sie stützte sich auf den Besenstiel, mit dem sie die gröbsten Spuren ihrer Party beseitigen wollte.

»Im Grunde bist du wie ein offenes Buch. Aber ich hege den Verdacht, dass auf den Seiten eine versteckte Botschaft eingearbeitet ist.«

»Du redest schon wie mein Vater.«

»Dein Vater ist ein toller Mann.«

»Das steht nicht zur Diskussion.«

Janica lächelte und wandte sich wieder ihrem Besen zu. Sie spürte das unruhige Kribbeln in ihrem Inneren und war sich der Anwesenheit von Thomas nur zu bewusst. Sie fand es fabelhaft, dass er ihr half, doch seine Nähe versetzte sie in eine beunruhigende Aufregung. Vorsichtig warf sie ihm einen Blick zu und bemerkte, dass er zwar die Gläser abtrocknete, sie dabei jedoch keinen Moment aus den Augen ließ. Nicht einmal jetzt, da er sich erwischt fühlen sollte, wich er ihrem Blick aus, sondern hielt ihm selbstbewusst stand. Thomas mochte im Beisein von Fremden unbedarft wirken und ein wenig verschlossen sein, vermutlich hauptsächlich deshalb, weil er kaum Kontakte außerhalb seines Studienplatzes und seiner Arbeitsstelle unterhalten hatte, aber er wusste definitiv, was er wollte.

Janica zwang sich, den Blickkontakt zu lösen und griff nach der Schaufel und dem kleinen Besen, um Krümel, ein heruntergefallenes Tomatenstück, das Balou verschmäht hatte, und vier Kronkorken samt einiger Staubflusen und winziger Steinchen aufzukehren und in den Müll zu bugsieren.

Balou lief unruhig vor der Tür auf und ab und zeigte Janica damit, dass sie mit dem bewegungsfreudigen Tier unbedingt noch eine große Runde raus musste. Am besten, sie nahm wieder einmal das Rad, wie nach Julias Geburtstagsparty, an dem Tag, an dem sie Steffen auf der Brücke angetroffen hatte.

»Zieh dir doch schon mal etwas Wärmeres über, während ich das letzte Geschirr wegräume. Dann laufen wir gemeinsam eine Runde mit dem Bär«, schlug Thomas vor und sie drehte sich erstaunt zu ihm um.

Sein Vorschlag klang so selbstverständlich, als wäre es das Natürlichste auf der Welt, dass er sich mit ihr auf die Hunderoute begab.

»Du musst Balou und mich nicht begleiten.«

»Ich möchte aber, Janica. Allein, weil es sehr spät ist und ich nicht weiß, ob dieses verspielte Riesenbaby tatsächlich ein ausreichender Schutz für dich ist.«

Janica lachte, was Thomas die Stirn runzeln und mit dem Trocknen eines Tellers innehalten ließ.

»Bist du derselbe, der vor einigen Wochen voll Bewunderung Steffen als Beschützertyp charakterisiert hat?«

»Er ist mein älterer Bruder. Ich denke, das eine oder andere von ihm hat ein bisschen auf mich abgefärbt«, erwiderte Thomas lässig, was Janica erneut laut auflachen ließ.

Es gab Seiten an diesem Mann, die sie niemals an ihm vermutet hätte. Aber hieß es nicht, dass stille Wasser tief seien? Sie selbst war lange Zeit im Schatten ihrer selbstbewussten, begabten und extrovertierten Schwester gestanden. Früher war sie eher ruhig, ja nahezu schüchtern aufgetreten – es sei denn, sie befand sich im ihr vertrauten Kreis der Familie oder von Freundinnen. Da hatte sie geredet wie ein Wasserfall, sich die verrücktesten Dinge ausgedacht und war mutig immer vorn dran gewesen, bis ... ja, bis diese bedrohlich dunkle Wolke sich über ihr zusammengebraut hatte. Diese hatte ihr Leben komplett auf den Kopf gestellt und sie zu dem gemacht, was sie heute war.

Ohne Hast räumte sie ihr Handwerkszeug beiseite und ging zur Schlafzimmertür. Liebevoll strich sie über die Schildkröten auf dem Plakat und bedauerte, dass Ratte nie das Gefühl hatte auskosten dürfen, von einem jungen Mann umgarnt zu werden. Aber Ratte hatte dafür ein anderes Glück an ihrer Seite gehabt: einen liebenden und fantasievollen Vater und einen älteren Bruder, der sie humorvoll und charmant umsorgt hatte und sie beschützen wollte.

Janica streifte sich eine schwarze Strickjacke über, die, ebenso wie ihr Kleid, bis knapp zu den Knien reichte, knöpfte sie zu und trat zurück in den Wohnbereich. Balou wedelte bereits erwartungsvoll mit dem Schwanz, dabei ließ er Thomas nicht aus den Augen. Dieser hatte sich die Hundeleine über die Schulter seines weit aufgeknöpften blauen Hemdes gehängt, war jedoch damit beschäftigt, die letzten Wasserflecken von der Theke zu wischen.

»Können wir?«, erkundigte er sich, noch bevor er sich ganz zu ihr umgedreht hatte.

Seine braunen Augen glitten über ihren Körper zu ihrem Gesicht und der wilden Lockenmähne, da sie das Zopfgummi entfernt hatte. Was er sah, schien ihm zu gefallen, denn sein Blick veränderte sich, wurde in einem eigenartigen Wechselspiel weicher und doch brennend. Schließlich rang er sich zu einem Lächeln durch, wobei Janica sich fragte, ob er dahinter seine Verlegenheit ob seiner Gedanken verbergen wollte.

»Ist dir das wirklich warm genug?«

»Wir haben Sommer«, lautete ihre vergnügte Antwort auf seine fürsorgliche Frage.

Eilig ging sie zur Tür und schickte Balou schon einmal voraus. Thomas gesellte sich neben sie. Der Mond prangte als halbe Sichel am dunklen Himmel und ein paar einsame Wolken zogen wie graue Gazestreifen über die hell funkelnden Sterne hinweg. Das Zirpen der Grillen und das leise Plätschern des Flusses waren deutlich zu hören, ansonsten lag dieser Stadtteil in tiefem Schlaf.

Janica löschte das Licht und wollte die Tür ins Schloss ziehen, doch Thomas versperrte ihr den Weg hinaus auf den Metallsteg. Hoch aufgerichtet stand er nahe vor ihr. Fragend hob sie den Kopf, konnte gegen das Mondlicht jedoch nur seine Silhouette ausmachen, während er im blassen Gestirnslicht ihr Gesicht sehr wohl sah.

»Danke für diesen wunderbaren Abend«, sagte er leise und mit ungewohnt tiefer Stimme, die mehr Emotionen transportierte, als er vermutlich ahnte.

»Du meinst für den turbulenten Abend?«, neckte sie ihn, mehr aus einer Verlegenheit heraus, da seine Nähe in ihr einen Sturm zu entfachen schien.

Es war ihr nahezu unmöglich, sich zur Ruhe zu rufen. Dieser Mann weckte Gefühle in ihr, die sie in solcher Intensität noch niemals verspürt hatte. Wo kamen diese plötzlich her? Wann hatten sie sich an sie herangeschlichen, um sie jetzt überfallartig einzunehmen?

»Wenn ich wunderbar sage, meine ich auch wunderbar«, rügte er sie, doch in seiner Stimme lag sehr viel Zuneigung.

»Ich hatte Angst, dass wir dich überfordern«, gab sie offen zu.

»Hast du deshalb deine Einladung so nebenbei ausgesprochen? Ich dachte zuerst, du würdest sie vielmehr aus Höflichkeit ...«

»Nein!«, unterbrach sie ihn und erntete für ihre heftige Reaktion ein leises Auflachen.

Zudem trat er noch einen Schritt näher. Sie roch sein Aftershave und die herbe Note seiner Lederjacke. Das Flattern in ihrem Inneren verstärkte sich, als habe jemand eine Vielzahl von Schmetterlingen aufgeschreckt.

»Dieses ›Ehrlich und positiv‹ ..., macht ihr das häufig?«

»Bei nahezu allen Treffen«, erwiderte Janica und fügte erklärend hinzu: »Wir machen viel Quatsch zusammen und unterhalten uns über eine Menge unwichtiger Dinge. Lars schlug eines Tages vor, dass wir uns doch offen und ehrlich mitteilen sollten, was uns bewegt. Da kamen erstaunlich traurige Geschichten zum Vorschein. Darum beschlossen wir, dass jeder versuchen muss, etwas Positives aus dem Erlebten herauszufiltern.«

»Klingt interessant.«

»Es ist informativ, denn so wissen wir immer über das Bescheid, was unseren engsten Freunden Probleme bereitet, welche Kämpfe sie gerade austragen. Lars hat das aber nicht nur aus Vernunftsgründen ins Leben gerufen. Er steckte damals mitten in seinem Theologiestudium und hat uns ein bisschen als Versuchsobjekte benutzt. Jetzt ist er Pfarrer in einer kleinen Vorstadtgemeinde und gebraucht unsere Berichte für seine Gebete für uns.«

»Dieser große alberne Kerl ist Pfarrer?«

Thomas' Lachen ließ Janicas Herz noch schneller schlagen, als es das ohnehin bereits tat. Sie hatte ihn noch nie so oft lachen gehört, wie an diesem Abend. Und sie fand das weitaus besser als jedes Geburtstagsgeschenk.

»Ich war erleichtert über das Eintreffen meiner Familie und das von Steffen, als du an der Reihe gewesen wärst.«

»Warum?«, hakte Thomas leise nach und trat noch einmal näher.

Sie spürte seinen warmen Atem über ihre Stirn streichen und konnte es sich nur mühsam untersagen, vor prickelnder Aufregung nicht kräftig nach Luft zu schnappen.

»Na ja, für jemand, der dieses Spiel nicht kennt ...«

»Bin ich immer noch ein Jemand?«, raunte er und ergriff sie an den Oberarmen.

»Für mich nicht, aber ...«

Sein Griff verstärkte sich und brachte sie davon ab, ihren Satz zu Ende zu führen. Ihre Stimme weigerte sich ohnehin, das preiszugeben, was sie ursprünglich hatte sagen wollen.

»Soll ich dir verraten, was ich erzählt hätte?«

Janica murmelte eine undeutliche Antwort. Sie erfasste seine Nähe mit allen Fasern ihres Seins. Sie wollte sich so gern an ihn lehnen und die Wärme seines Körpers spüren, erfahren, wie es sich anfühlte, in seinen Armen zu liegen. Doch die sie verwirrende kindliche Schüchternheit der längst erwachsen gewordenen Janica hielt sie zurück.

»Ich hätte davon erzählt, wie du meinen Bruder vom Brückengeländer geholt und ihm damit das Leben gerettet hast.«

Er hielt inne, als sie den Mund öffnete, und legte einfach zwei Finger auf diesen, um sie am Reden zu hindern. Für einen aufregenden, herzschlagerhöhenden Moment beließ er die Finger dort, ehe er mit ihnen über ihre Wange strich und schließlich seine Hand in ihrem Haar vergrub und dabei ihren Hinterkopf umfasste. Seine Berührung jagte Millionen winzige Nadelstiche durch ihren Körper. Sie konnte das in ihr aufsteigende Zittern nicht verheimlichen, wie sein leises Lachen und der verstärkte Griff um ihr Schultergelenk verrieten.

»Natürlich wissen deine Freunde davon, nicht?«, fragte er, ohne eine Antwort zu erwarten, zu der Janica ohnehin nicht in der Lage war.

Niemals zuvor hatte sie so komplett die Kontrolle über ihren Körper und ihre Gedanken verloren.

»Und der positive Aspekt darin?«, brachte sie es nach gefühlten Minuten fertig, zu fragen.

»Den kennst du sehr genau«, gab er zurück.

»Richtig.« Janica gelang ein spöttischer Tonfall. »Du hast einen liebenswerten Bär kennengelernt und einen Ort, den es laut deiner Überzeugung auf dieser Erde gar nicht wirklich gibt.«

Sie kicherte, spürte aber ihren Herzschlag noch immer im Galopp dahinjagen.

»Sprich ruhig weiter«, meinte Thomas vergnügt.

»Du bist lockerer geworden und aus deinem eng gesteckten Rahmen deines Alltags ausgebrochen. Und du durftest Sven und andere bezaubernde Kinder treffen, die dir jetzt viel bedeuten und denen du etwas bedeutest.«

»Und?«

»Lass mich nachdenken.«

»*Ich* muss nicht nachdenken.«

»So?«

Janica lehnte sich leicht an Thomas, worauf er ihre Schulter losließ und den Arm in ihren Rücken legte, jedoch ohne sie noch näher an sich zu ziehen. Seine Zurückhaltung und Sensibilität wunderte Janica nicht, ließen ihm ihr Herz aber noch mehr zufliegen.

»Denkst du, dein wilder Freundesklan hat ein Problem damit, wenn ich versuche, dich viel öfter zu sehen, als sie es tun? Wenn ich mit dir ausgehe und Teil deines Lebens werde?«

»Weshalb sollten sie?«

Die Worte kamen nahezu heiser über ihre Lippen, da sie eine aufregende Atemnot in sich verspürte.

Thomas zuckte spürbar mit den Schultern.

»Ich frage mich nur, wie Kurti, Lars, Finn oder anderen Männern, die dich vor mir kennenlernen durften, entgehen konnte, was für ein großartiges Mädchen du bist und dass man dich unbedingt einfangen und nie wieder hergeben sollte.«

»Vermutlich, weil sie es nicht so empfanden.«

»Welch ein Pech für sie und Glück für mich!«, raunte Thomas und beugte sich ihrem Gesicht entgegen.

Sein Kuss war zart. Gerade so zurückhaltend, um sie nicht zu bedrängen, aber doch intensiv genug, um klarzumachen, wie ernst es ihm war.

Sie stiegen hintereinander die Stufen zum Fußweg hinab, wo Balou sie aufgeregt begrüßte. Gemeinsam schlugen sie den mondbeschienenen Uferweg ein und nach wenigen Schritten über den knirschenden Kies berührte Thomas Janicas Handgelenk.

»Darf ich?«, fragte er.

Fast im selben Augenblick schob Janica bereits ihre Hand in die seine.

»Erzählst du mir, wie du Susi und Bärbel, die ich übrigens überhaupt nicht auseinanderhalten kann, Julia und die Jungs kennengelernt hast?«

»Du willst Informationen über sie sammeln, damit du beim nächsten Treffen nicht erneut in ein Fettnäpfchen trittst?«, lachte Janica und stieß leicht mit der Schulter gegen seinen Oberarm.

»Das auch, ja«, seufzte Thomas. »Aber eigentlich hoffe ich dadurch, sehr viel aus deiner Vergangenheit zu erfahren«, gab er dann zu.

Janica lächelte ihn an. Unter seinem intensiven Blick, der darauf folgenden, sie vereinnehmenden Umarmung und dem leidenschaftlichen Kuss vergaß sie den kühlen Wind, der vom Fluss aufstieg und um ihre Beine strich. In ihr sprühte ein Feuerwerk aus bunten Farben und dieses ging mit dem Gefühl anheim, dass sie niemals wieder frieren oder die Sonne zu heiß für sie brennen konnte. Das kalte Grau der Wintermonate würde sich in ein heimeliges Blau verwandeln, das blendende Weiß der Sonne in ein schmeichelndes Orange. Thomas' Liebe schien zu grelle Farben abzumildern, zu eintönigen verlieh sie Glanz. Damit malte sie für Janicas Leben ein perfektes Gemälde.

JANICA

Verliebt!

Dabei war ich mir bewusst, dass dieses Wort nicht einmal annähernd ausreichte, um das zu beschreiben, was in mir geschah. Mein Herz wollte tanzen, meine Gedanken jubeln und der Rest von mir Purzelbäume schlagen. Wer hätte das damals gedacht? Wohl kaum jemand. Schon gar nicht die Ärzte, die mir im Alter von zehn Jahren erklärt hatten, dass meine Chancen mit diesem Non-Hodgkin-Lymphom nicht gut aussehen würden ... Aber meine Eltern, Jenni und ich hatten nicht aufgegeben, zusammen hatten wir gegen die bösartige Erkrankung angekämpft – und das Leben gewonnen. Mir ging es gut, meine Routineuntersuchungen fanden in immer größeren Abständen statt und nichts von dem, was in frühen Jahren nach mir gegriffen hatte, war zurückgekehrt. Und nun gab es Thomas in meinem Leben! Thomas!

Seht ihr mich, wie ich mich mit ausgebreiteten Armen im Kreis drehte, lächelnd in den blauen Himmel schaute und einfach nur dankbar war? Ich fühlte mich so frei, glücklich und lebendig wie wohl niemals zuvor. Meinetwegen dürft ihr euch mich auf einer Blumenwiese tanzend vorstellen; wenn ihr mögt, in einem roséfarbenen Kleid, das sich dabei um meine Beine aufbläht. Denn ich sah mich ja auch bereits in einem weißen Kleid vor einem Traualtar stehen. Vielleicht war das verfrüht, wer weiß ... Aber für eine

Frau, der man als Kind angedeutet hat, dass ihr keine Zukunft mehr bleibt, ist das Hier und Jetzt noch immer entscheidend. Und jetzt liebte ich! Ob weiß oder rosarot, ob himmelblau oder hoffnungsgrün, ob knallrot oder sanftorange. Das Einzige, was zählt, sind diese drei Worte: Ich liebe dich!

KAPITEL 18

18. JULI

Annabelle schob mit flink arbeitenden Fingern violette und weiße Perlen mit kleinen regenbogenfarbenen Glitzerpartikeln auf die Perlenschnur, dabei stand ihr Mund nie still. Dem Mädchen ging es hervorragend und es betonte fortwährend, lediglich zu Besuch im Hospiz zu sein. Janica lächelte vergnügt in sich hinein. Womöglich war auch Annabelle eines der Kinder, das den von den Ärzten als nahezu aussichtslos deklarierten Kampf gewann? Annabelle fädelte einen Tag nach dem anderen auf die Perlschnur ihres Lebens.

Die mit ihnen am Tisch sitzende Derja sah jedoch so hinfällig aus wie niemals zuvor. Selina verlor ihre Tochter, der sie den Namen *Ozean* gegeben hatte, praktisch nie aus den Augen. Als könne sie nur so verhindern, dass sie eines Tages nicht mehr da war, ähnlich wie die von der Sonne verdampften Regentropfen. Janica hatte die junge Mutter dazu überredet, in ihr Familienzimmer zu gehen, um sich ein paar Minuten hinzulegen. Das war nun über eine Stunde her und Janica hoffte, dass die völlig erschöpfte Frau endlich einmal schlief.

»Welche Perle möchtest du als nächstes haben?«, fragte Janica das türkische Mädchen, das nahezu erschreckt die Augen aufriss.

Janica hielt ihr die Perlenschnur hin, die sie für das Kind einfädelte, da dieses zu schwach war, um es selbst zu tun.

»Rot«, beschloss Derja, hob die Hand und griff mit zitternder Hand nach einer grünen Perle.

Das kleine runde Stück entglitt ihren Fingern und sprang vom Tisch. Derja reagierte darauf nur mit einem desinteressiert anmutenden Blinzeln.

Annabelle öffnete den Mund, schloss ihn auf einen warnenden Blick von Janica wieder und zuckte, ohne etwas gesagt zu haben, mit ihren schmalen Schultern.

Die junge Frau kniete sich nieder und suchte die Perle. Annabelle tat es ihr gleich, und so streckten sie unter dem Tisch die Köpfe zusammen.

»Rot?«, fragte das Kind leise und in ihren viel zu weisen Augen las Janica schmerzliches Verstehen.

Sie nickte Annabelle zu und tat so, als forsche sie weiter nach dem Schmuckstück, obwohl sie es längst entdeckt hatte. Allerdings benötigte sie einige Sekunden, um die Tränen wegzublinzeln, die ihre Augen überschwemmten. Das Medulloblastom zeigte überdeutlich seine böse Fratze.

»Ist schon gut, Janni. Derja hat den Kampf schon vor Wochen aufgegeben. Sie will das alles nicht mehr«, flüsterte Annabelle ihr zu.

Janica fragte nicht nach, woher das Mädchen das wissen wollte. Die Kinder, die das Schicksal in dieses Gebäude fallen ließ, gleich einem Baum sein faules Obst, verfügten über einen feinfühligen Sinn in diese Richtung. Sie sprachen offen miteinander, gleichgültig, wie jung sie noch waren – zumindest an dem Alter, das sich über ihren Geburtstag definierte.

»Sie wird nun immer mehr von dem, was ihr vertraut ist, aus dem Gedächtnis verlieren«, flüsterte Janica zurück.

»Vielleicht ist es das, zu was Helga Gnade sagt?«

»Vielleicht«, erwiderte Janica zweifelnd.

»Du musst es Werner und Helga sagen. Und der Frau Doktor. Ihre Familie muss es wissen. Wenn sie Derja noch etwas mitteilen wollen, müssen sie das bald tun. Sonst versteht sie es womöglich nicht mehr«, drängte die Kleine.

»Ich sage es Werner, allerdings vermute ich, dass er es selbst schon bemerkt hat.«

»Vermutlich. Werner ist für einen Mann sehr sensibel.«

»Was weißt du denn über Männer?«

»Eine Menge«, behauptete Annabelle und verriet dann kichernd: »Ich weiß auch, dass Thomas total in dich verschossen ist.«

»Wie kommst du darauf?«

»Sonst würde er nicht seit zehn Minuten an der Eingangstür stehen und dich beobachten.«

Annabelle zwinkerte ihr mit beiden Augen zu, zeigte ihre Milchzähne und die zwei bleibenden Schneidezähne, auf die sie mächtig stolz war, und schnappte nach der heruntergefallenen Perle, als gelte es, einen Wettbewerb auszutragen.

Janica kroch unter dem Tisch hervor und drehte sich in Richtung Eingangsbereich um. Mit vor der Brust verschränkten Armen lehnte Thomas an der Wand und lächelte, als er sah, dass er bemerkt worden war. Er stieß sich ab und betrat das Rondell, das an diesem Morgen erstaunlich leer war.

»Hallo Annabelle«, grüßte er und fügte hinzu: »Was machst du denn hier?«

»Ich bin zu Besuch!«

»Es freut mich, dich zu sehen!«

Annabelle strahlte ihn an, doch seine Aufmerksamkeit galt Derja, die mit halb geschlossenen Lidern auf ihrem Stuhl hing. Sein Lächeln verschwand, als habe jemand das Licht ausgeknipst, sobald sich ihm der Zustand des Kindes erschloss.

Janica sah den Schmerz, der von ihm Besitz nahm, in seinen Augen und griff impulsiv nach seiner Hand. Womöglich war es keine so gute Idee, dass er jetzt häufiger die Familien im Hospiz besuchte. Janica hatte im Laufe der Jahre einige ihrer

Freunde und Bekannten eingeladen, sich als ehrenamtliche Helfer zu engagieren, aber die wenigsten kamen mit der Situation der Kinder zurecht und blieben dem Hospiz bald wieder fern.

»Vielleicht sollte ich Derja zur Couch hinübertragen«, murmelte Thomas anstelle einer Begrüßung.

»Das wäre lieb.«

Janica ließ ihn los, er jedoch ergriff ihre Hand aufs Neue und führte sie an seine Lippen. Von Annabelles Seite kam ein Kichern, was Thomas veranlasste, auch auf ihre Hand einen flüchtigen Kuss zu hauchen.

»Du bist sehr charmant, Thomas«, erklärte Annabelle mit Piepsstimme und einem Augenverdrehen, von dem sie wohl annahm, es wirke erwachsen. »Aber ich überlasse dich großzügig der Janni. Sie hat dich nämlich verdient!«

»Das klingt ein bisschen nach einer Bestrafung für Janica«, brummte Thomas und brachte die beiden damit zum Lachen.

Er ging zu Derjas Stuhl und strich Janica im Vorübergehen heimlich über die Wirbelsäule. Erschrocken presste sie die Lippen zusammen, da ein wahrer Sturm verschiedenster Gefühle über sie hereinbrach. Allein diese eher harmlose Berührung wühlte sie zutiefst auf.

Lächelnd sah sie zu, mit welcher Zartheit Thomas Derja vom Stuhl hob, an sich drückte und zum Sofa trug. Dort bettete er sie auf das Polster, hockte sich neben sie und flüsterte dem Mädchen etwas zu. Seine Worte zauberten ein verschlafenes Lächeln auf das blasse, eingefallene Gesicht. Thomas ergriff die orangefarbene leichte Decke, die über der Rückenlehne lag, und deckte Derja sanft zu.

»An dir ist ein Krankenpfleger verloren gegangen.«

Werner schloss die Tür, durch die er getreten war, nickte Janica zu und trat zu Thomas. Die Männer begrüßten sich herzlich.

»Oder ein toller Vater. Aber das kann ja noch werden.«

Damit zwinkerte Werner Janica zu, die erbost die Hände in die Hüften stemmte.

»Gibt es eigentlich irgendjemanden ...?«

»Nein. Denkst du tatsächlich, du könntest dich verlieben, ohne dass dein Freundeskreis darüber wilde Spekulationen anstellt?«

»Aber ...?«

»Zugegeben, Susi und Angelo haben euch beide vor zwei Tagen im angesagtesten Eiscafé der Stadt entdeckt.«

»Warum haben sie sich nicht zu uns gesetzt?«, wollte Janica wissen, während Thomas die Stirn runzelte und irgendwie herrlich verstört und überfordert aussah.

»Susi sagte etwas von: ›Ihr hättet sie sehen sollen! Dieser ineinander versunkene Blick und das zarte Spiel ihrer Finger. Thomas und Janni hätten uns vermutlich nicht einmal gesehen, wenn wir uns auf ihren Tisch gestellt hätten.‹«

Annabelles Kichern füllte die Stille, die nach Werners Worten eintrat, in das Janica schließlich mit einstimmte. Thomas hingegen schüttelte den Kopf.

»Tut mir leid, aber euer Geheimnis ist längst keines mehr.«

Werner grinste und schlug Thomas freundschaftlich auf die Schulter. Er verließ vergnügt vor sich hinpfeifend in seinem neonfarbenen, von Stofffarben verkritzeltem T-Shirt das Rondell in Richtung Lager und Mitarbeiterzimmer, allerdings nicht, ohne vorher kurz bei Derja Halt zu machen, um eine Hand auf ihre Stirn zu legen und mit der anderen nach ihrem Puls zu tasten.

Thomas ließ sich etwas schwerfällig auf einen Stuhl zwischen Janica und Annabelle fallen und das Kind nahm ihn sofort in Beschlag.

»Du darfst dir auch eine Kette machen. Oder ein Armband.«

»Ich steh nicht so auf Rosa und Glitter«, erwiderte er ehrlich.

»Ich habe doch auch blau und grün und braun und schwarz.«

Annabelle verdrehte die Augen und hievte ihren großen Koffer mit den unzählig vielen Perlenkästchen auf den Tisch, den sie mit sich trug wie eine Frau ihre Handtasche.

»Dann versuche ich mich an einer Kette für Janica. Sie hat so ein tolles hellblaues Sommerkleid.«

»Gletschereisblau«, erklärte Janica dem Mädchen und unterdrückte erfolgreich ein belustigtes Schmunzeln.

»Gute Idee. Du darfst gern jedes Blau oder Grün nehmen. Aber!« Annabelle streckte den Zeigefinger hoch und Thomas sah sie mit hochgezogenen Augenbrauen an, um seine ungeteilte Aufmerksamkeit zu signalisieren. »Aber du musst eine weiße glitzernde Perle in die Mitte tun.«

»Als Hingucker?«

»Das auch. Vor allem aber, weil sie Janni und dich immer an mich erinnern soll, falls ich einmal nicht mehr da bin.«

Annabelles Blick wanderte zur Couch und in ihren Augen lag das Wissen darum, dass sie die nächste sein könnte, die von Thomas kraftlos und irgendwo zwischen Leben und Tod schwebend auf dieses Möbelstück gebettet werden würde.

*

Thomas hatte sich zurückgezogen, stand nun jenseits der Glastür zum Rondell und spielte gedankenverloren mit der Perlenkette, die er mit ungeschickten Fingern, aber mit umso mehr Liebe im Herzen aufgefädelt hatte. Sein Blick schweifte durch den lichtdurchfluteten Raum hinter der Tür, die ihn momentan vor alldem schützen sollte, was dort drin vor sich ging. Sie kam dieser Aufgabe lächerlich schlecht nach. Er sah den gebeugten Rücken und die zuckende Schulter von Selina, die sich an Janica lehnte, als drohe sie in den Fluten zu versinken. In diesen hochschlagenden vernichtenden Wellen einer Sturmflut, die

Dr. Kraus' Worte in ihr ausgelöst haben mussten. Die Verzweiflung und das Leid dieser Frau schienen förmlich zum Himmel zu schreien. Das letzte Aufbegehren Selinas, die seit Langem wusste, dass sie ihr Kind hergeben musste, sich aber wie jede liebende Mutter mit jeder Faser ihres Herzens an dieses klammerte. Annabelles Perlen lagen verstreut auf dem Tisch, das Kind hatte man hinüber in den Spielbereich geschickt. Sie schimmerten unter den Sonnenstrahlen, die das Oberlicht einließ, wie bunte Tränen, als könnten sie darüber hinwegtäuschen, wie schwer die Herzen derjenigen waren, die sie vergossen.

Werner kümmerte sich um Derja, die verwirrt wirkte und nicht verstand, warum ihre Mutter so verzweifelt war. Schließlich nahm der Intensivpfleger sie auf die Arme und trug sie auf ihr Zimmer. Als sich die Tür hinter den beiden schloss, verlor Selina jeglichen Rest ihrer Selbstbeherrschung. Laut aufschreiend warf sie sich zu Boden. Janica erhob sich mit ruhigen, krampfhaft beherrscht anmutenden Bewegungen, setzte sich neben sie und streichelte schweigend über den schwarzgekleideten Rücken der jungen Mutter. Was gab es schon zu sagen im Angesicht von so viel Leid?

»Entschuldigen Sie.«

Thomas schrak zusammen, als er angesprochen wurde. Eine ältere Frau mit dunklem Haar und schmaler Brille griff an ihm vorbei zum elektrischen Türöffner. Er wich zurück und beobachtete, wie die Psychologin zwar eintrat, aber abseits verweilte. Janica hob den Kopf und wollte sich erheben, doch die Frau winkte entschieden ab und signalisierte ihr, dass sie bei Selina bleiben solle. Offenbar hegte sie großes Vertrauen in Janica und sah, dass die Mutter momentan ohnehin für kein Gespräch bereit war. Sie würde warten, ohne die Vertrautheit zwischen der jungen Frau und der ehrenamtlichen Helferin zu stören.

»Warum lässt Gott so etwas zu?«, fragte Thomas zutiefst aufgewühlt und war sich nicht einmal bewusst, dass er die Worte laut ausgesprochen hatte, bis er eine Antwort bekam.

»Hat er jemals gesagt, dass er uns vor den Stürmen des Lebens fernhalten will?« Helga trat neben ihn an die Glastür. »Es heißt nirgends, dass er uns vor Kummer, Krankheit oder Leid verschonen wird«, fügte sie mit einem Seitenblick auf ihn hinzu.

»Ich weiß«, gab er leise zurück, ohne den Blick von Selina zu nehmen, die sich wie eine Schnecke zusammenrollte und ihren Kopf mit dem verrutschten Khimar in Janicas Schoß bettete.

»Wir leben nun einmal in einer nicht perfekten Welt«, fuhr Helga flüsternd fort.

»Irgendwo steht, dass Gott uns nie mehr aufbürdet, als wir tragen können.« Helga gab einen zustimmenden Brummlaut von sich. »Wie kann man das ertragen?«, fauchte er und konnte sich nur mühsam beherrschen, nicht mit der Faust gegen die Scheibe zu schlagen.

»Man kann den Verlust seines Kindes ertragen. Es ist unendlich leidvoll und schwer und es reißt einem ein Stück seines Herzens aus dem Leib. Dieses Kind fehlt immer. Ein Schmerz des Verlustes und der Trauer, wenngleich er sanfter wird, wird jede Mutter, jeden Vater, jedes Geschwisterkind nie mehr loslassen. Aber irgendwann gibt es wieder leichtere Tage, fröhliche Tage. Hoffnungsvolle Tage.«

Thomas nickte lahm. Er spürte, dass Helga wusste, wovon sie sprach, und das nicht nur, weil sie Angestellte dieses Hospizes war.

»Wichtig ist es, niemals die Hoffnung zu verlieren.«

»Hoffnung?«, fragte Thomas leise. »Mit einer Diagnose wie sie diese Kinder hier haben?«

»Es kommt wohl darauf an, worin wir unsere Hoffnung setzen. Setzen wir sie auf das Können der Ärzte, auf die Fortschritte in der Medizin und auf die Stärke, die in so einem kleinen Körper stecken kann? Jeder ist gut beraten, das zu tun. Gleichzeitig, spätestens aber, wenn alles menschliche Tun versagt hat, ist es von Vorteil, sie auf den zu richten, den du vorhin so vorwurfsvoll genannt hast.«

»Ich weiß von den biblischen Erzählungen, in denen es um Heilungen geht.«

Thomas klang verzagt, zugleich lag aber auch ein Lauern in seiner Stimme. Was wollte er provozieren? Eine der üblichen Schönwetterantworten, damit er sie in der Luft zerpflücken konnte? Oder doch eine Entgegnung, die tief in sein Herz traf?

»Ich spreche nicht von Heilung«, winkte Helga ab und trat zurück.

Janica hatte der Psychologin ihren Platz überlassen und kam nun zu ihnen. Thomas, der das Gespräch gern fortgesetzt hätte, schaute unbefriedigt Helga hinterher, die in ihr Büro neben dem Empfangstresen verschwand. Als er sich zu Janica umwandte, schmerzte ihn die in ihrem Blick liegende Leere. Es schien fast, als habe Selina jegliche Energie aus Janica herausgesaugt.

»Was hältst du von einem Ausflug auf den Hof, den es in meinen Augen gar nicht wirklich gibt? Jenni wird nicht mehr lange da sein und ich könnte mal nach Steffen schauen.«

Janica legte eine Hand auf seine Schulter, streckte sich und drückte ihm einen Kuss auf die Wange.

»Genau das brauche ich jetzt«, erwiderte sie und ergriff seine Hand.

Thomas atmete auf, als das Leuchten in ihre wunderschönen grünen Augen zurückkehrte.

KAPITEL 19

Thomas' Blick verweilte unablässig auf Janica, die scheinbar ziellos durch die Blumenwiese geschlendert war und nun auf dem Koppelzaun des gegenüberliegenden Hügels saß und die Pferde beobachtete. Als sich ihm Schritte näherten, wandte er nicht den Kopf, zumal er anhand des kräftigen Auftretens und der Schrittlänge vermutete, dass sich Steffen zu ihm gesellte.

Sein Bruder setzte sich neben ihn auf die Holzbank, streckte die braun gebrannten Beine weit von sich und wackelte mit den Zehen.

»Ihr seid also ein Paar?«, fragte Steffen unverblümt nach.

»Merkt man das?«

Thomas spürte, wie sich sein Herzschlag beschleunigte. Jeder Gedanke an Janica, jedes Mal, wenn jemand ihren Namen nannte oder er sich ihrer Gegenwart bewusst wurde, überfiel ihn dieses unglaubliche Glücksgefühl. Ja, sie waren ein Paar. Dieses wunderbare, fröhliche und doch tiefgründige Mädchen liebte ihn.

Für einen Moment stellte sich der Hauch eines schlechten Gewissens bei ihm ein. Er hatte, als er bemerkte, wie sehr Janica ihm unter die Haut ging und wie groß der Platz war, den sie in seinem Herzen eingenommen hatte, nicht mehr danach gefragt, was Steffen wohl für Janica empfand.

»Ich freue mich für dich. Und für Janica.«

»Wirklich?«

»Warum denn nicht?«

»Immerhin hat sie *dich* von der Brücke ...«

»Gepflückt?«, vervollständigte Steffen und ließ ein kurzes Lachen hören. »Und du denkst, es müsste daraufhin gehen wie in einem Spielfilm oder einem Buch? Die Retterin verliebt sich in den Todeskandidaten und anders herum? Ich habe dich gar nicht für einen solchen Romantiker gehalten.«

Thomas brummte nur und sah zu, wie Janica von dem hölzernen Querbalken in die Wiese sprang und langsam auf den grasenden Cäsar zuging. Balou folgte ihr, wurde von ihr aber zur Ruhe ermahnt. Heute durfte er die Herde nicht durch die Koppel jagen.

»Du weißt, dass Janica fast zwei Jahre lang gegen eine bösartige Krebserkrankung gekämpft hat?«

»Sie hat es mir erzählt.«

Thomas' Antwort klang gepresst. Ihm drohte es den Magen umzudrehen, wenn er nur daran dachte, wie nahe Janica an dem Schicksal vorbeigeschlittert war, das Derja, Ratte, Annabelle, Sven und viele andere Kinder miteinander teilten. Er konnte sich glücklich schätzen, dass sie heute so herrlich lebendig durch die Wiesen marschierte und die Pferde bewunderte – und ihm ihre ganze Liebe schenkte.

»Das wäre doch ein toller Film oder ein toller Roman: Todgeweihte rettet Suizidgefährdeten und sie verlieben sich«, schlug er vor und spürte, wie sich bei der Vorstellung alles in ihm verknotete.

»So ein Blödsinn«, sagte Steffen prompt.

»Ich kann dir gar nicht sagen, wie glücklich ich bin, dass sie damals den Krebs überwunden hat – und dass sie zu mir und nicht zu dir gehört.«

»Sie ist toll. Und sie tut dir gut. Ich habe dich selten einmal so gelöst erlebt. Und so offen.«

»Gelöst?« Diesmal war es an Thomas, aufzulachen. »Sie hat einen absolut aufreibenden Freundeskreis und einen Hund, der mir – aus welchem Grund auch immer – nahezu auf Schritt und Tritt folgt. Zudem hat sie mich in dieses Hospiz gelockt, von dem ich nicht mehr loskomme und in dem mir die Kinder mehr und mehr ans Herz wachsen, obwohl ich weiß, dass ihr Tod mir dieses brechen wird. Janica ist eigentlich ständig unterwegs und schleppt mich meistens mit.«

»Sie füllt dein Leben.«

»Völlig.«

»Mir gefällt jedenfalls das, was ich sehe. Du hast dich nach dem Tod unserer Eltern in ein Schneckenhaus zurückgezogen und keinen Menschen mehr näher als unbedingt erforderlich an dich herangelassen. Warum? Aus Angst, dass du ihn ebenfalls verlieren könntest? Wolltest du damit verhindern, jemals wieder Schmerz und Verlust ertragen zu müssen?«

Thomas blieb seinem Bruder eine Antwort schuldig. Jedoch wussten sie beide, wie nahe Steffens Vermutung der Wahrheit kam.

»Dir scheint es auch gut zu gehen«, merkte Thomas nach einer langen Zeit des Schweigens an und nahm kurz den Blick von Janica, die sich inzwischen verkehrt herum auf den von der Sonne angenehm aufgewärmten Rücken eines Haflingers gelegt hatte.

Sein Bruder seufzte.

»Ich sollte längst in der Stadt zurück sein. Doch ich kann mich kaum von diesem Paradies trennen. Heidi durchschaut das natürlich. Gestern hatten wir ein ernstes Gespräch und sie hat mich praktisch rausgeworfen. Eigentlich wollte ich morgen mit Jenni zurückfahren. Aber womöglich ist es besser, wenn ich mein Zeug zusammensuche und heute schon mit euch mitkomme?«

»Wegen Jenni?«

»Jenni?«

Steffen beugte sich vor und sah ihn irritiert an, was Thomas' Vermutung, Steffen könne sich vielleicht in Janicas aufregende Schwester verguckt haben, hinfällig machte.

»Nein, vielmehr deshalb, damit weder bei Heidi noch bei mir das Gefühl zurückbleibt, sie habe mich hinausgeworfen«, witzelte Steffen.

Thomas grinste, streckte nun seinerseits die langen Beine von sich und verschränkte die Arme vor der Brust.

»Du denkst, du bist wieder einsatzfähig?«

»Ich werde das SEK verlassen und mir innerhalb des BKA einen Job suchen.«

»Hm?«

»Ich bin für die Arbeit beim SEK nicht mehr stabil genug. Nein, lass mich ausreden.« Steffen holte tief Luft. »Ich will nie wieder erleben müssen, was ich durchgemacht habe. Es wird Zeit, dass ich herausfinde, wo meine Stärken liegen und wie ich diese einsetzen kann. Außerdem ...« Steffen fuhr sich mit den Händen durch die Haare, eine Geste, die ihnen beiden zu eigen war und die sie ihrem Vater abgeschaut hatten. »Lara hat mich gestern angerufen. Ein Reporter hat sie vor ihrer Arbeitsstelle bedrängt. Er wollte von ihr wissen, ob ihr Exmann ein SEK-Mitglied sei und ob er vielleicht mit ihm über die Ereignisse sprechen würde, bei der das Kind zu Tode kam.«

»Nein!«, stieß Thomas hervor.

»Ich habe sofort bei meinem Vorgesetzten Alarm geschlagen.«

Steffens Zähne knirschten, nachdem er den Satz ausgespien hatte, äußerlich wirkte er jedoch gefasst.

»Wie konnte deine Identität nach außen gelangen?«

»Wahrscheinlich hatte der Kerl nicht mehr als einen winzigen Anfangsverdacht. Lara hat Gott sei Dank souverän reagiert und ist auf seine Andeutungen nicht eingegangen, sodass er daraus keine weiteren Schlussfolgerungen ziehen konnte.«

»Sie ist klasse!«

»Ja.«

Thomas, der wieder Janica beobachtet hatte, drehte den Kopf, um Steffen prüfend zu mustern. Der Tonfall, in dem Steffen dieses kleine Wort ausgesprochen hatte, verriet Thomas, dass sein Bruder nicht nur sehr an seiner Tochter hing, sondern auch noch eine ganze Menge für seine Exfrau empfand.

»Ich habe Lara gebeten, mit Marie zu ihren Eltern zu fahren, doch sie will ihre neue Arbeitsstelle nicht aufgeben. Sie meint, eine Flucht käme einem Eingeständnis gleich, immerhin könne es sein, dass der Kerl sie weiter beobachte.« Steffen schlug mit der Faust auf die Bank, worauf sich grünfleckige Moosteilchen von den Holzlatten lösten und – als wollten sie die Flucht ergreifen – davonsprangen. Sein Bruder offenbarte damit die in ihm schwelende Wut und seine Sorge um Lara und Marie. »Der Chef hat gesagt, er kümmere sich darum, vermutlich wird Lara jetzt erst einmal überwacht. Marie ist ohnehin bei ihren Großeltern.«

»Ist das der Hauptgrund, warum du den Hof verlassen willst?«

»Einer der Gründe. Aber es ist wirklich Zeit, dass ich mich wieder dem Leben da draußen stelle. Die Auszeit tat gut, vor allem die Gespräche mit Peter. Doch ich kann und will mich nicht ewig hier verkriechen.«

»Ich bin nicht mehr so viel zuhause wie früher, Steffen. Wenn du mich brauchst ...«

»Ich weiß, Thomas. Auch das habe ich gelernt: Ich muss mit den Menschen sprechen, die mir wohlgesonnen sind, bevor in mir die Sicherung durchbrennt. Und jetzt lauf zu deinem Mädchen. Sie winkt ganz aufgeregt nach dir.«

»Vermutlich will sie mir eine Blume zeigen, mit flamingofarbenen Blüten samt morgenrotflammenden Punkten oder einen Schmetterling in einem Mix aus Holunderblütenweiß und Schönwetterwolkenweiß.«

Steffen lachte und boxte ihm in die Seite.

»Halte sie fest, Kumpel!«

»Das werde ich!«

Thomas war sich einer Sache noch nie so sicher gewesen wie dieser.

JANICA

*Meine Gedanken flogen in einem wilden Wirbel durcheinander.
Vermutlich hätten Schwalben und Mauersegler ihre Freude an
ihnen gehabt. Ich hatte sie nicht. Mich quälten Angst, Verzweiflung
– und ein Schmerz, der in meiner Seele tobte, als wolle er nichts als
Zerstörung hinterlassen. Und den Tod.*

*Ich hatte Thomas gefunden, die Liebe entdeckt und all das, was
dazugehörte. Von den Flugzeugen im Bauch, dem Blick durch die
rosarote Brille und Tausender anderer Klischees bis hin zu einem
Sehnen, das von meinem Körper ausging und nach mehr und
immer intimeren Berührungen suchte. Alles war genau so, wie es
sein sollte. Nur ich nicht.*

*Trotz und Wut, Ablehnung und Verdrängung – all das hatte ich
schon einmal durchgestanden, dieses Mal übersprang ich es einfach.
Aber wer weiß, vielleicht standen diese Gefühle lediglich irgendwo
in Habt-Acht-Stellung, um mich später wieder einzuholen und mit
mir zu kämpfen. Doch bei diesem Kampf gab es keinen Gewinner.*

*Die bedrohlichen schwarzgrauen Wolken waren zurück, hin-
gen über mir wie ein Damoklesschwert, bedrängten und plagten
mich, jagten und traten mich. Hatte ich noch einmal die Kraft,
zurückzutreten? Die Chance dazu?*

*Das Erste, was mir durch den Kopf schoss, war: Ich muss Tho-
mas beschützen. Ich muss ihn vor* mir *beschützen!*

Kapitel 20

29. August

Thomas eilte am Empfangsbereich vorbei und spähte durch die Glastür. Erleichterung und Vorfreude verdrängten das unbestimmte Gefühl der Furcht, das er nun seit Wochen mit sich herumgetragen und ihn nahezu vollständig gelähmt hatte.

Sie war da! Janica saß mit zwei ihm nicht bekannten Müttern zusammen. Er sah zwei Jugendliche, die beide bemitleidenswert aussahen, dazu einige Geschwisterkinder, die er womöglich einfach nicht sofort einordnen konnte.

Irritiert wanderte sein Blick zu Janica zurück. Sie hatte ihre Locken gefärbt. Das dunkle Braun erinnerte an seine eigene Haarfarbe. Weshalb tat sie das? War das eine neue, ihm bisher unbekannte Variante ihrer Vorliebe für Farben? Er liebte ihre wilden Locken und das goldene Schimmern, wenn Sonnenstrahlen auf ihre roten Haare trafen. Sie passten in perfekter Harmonie zu ihrem athletischen Körper, den grünen Augen und den jetzt im Spätsommer nahezu wuchernden Sommersprossen auf ihrem Gesicht.

Thomas verlor sich in der Betrachtung ihrer eigenartig müde aussehenden Bewegungen und ihres halbherzigen Lächelns und stellte fest, dass sie ungewohnt blass aussah. Gut, sie ging der Sonne penibel aus dem Weg und hatte eine empfindliche Haut, doch am heutigen Tag wirkte Janica ungewöhnlich … ungesund? Ob sie ihn ebenso vermisst hatte wie er sie?

Es gab so einiges, was ihn in den vergangenen Wochen an Janica irritiert hatte. Plötzlich, ohne jede Vorwarnung oder Begründung, hatte sie ihn nicht mehr auf ihre Ausflüge mitgeschleppt, als fürchte sie, ihre Zweisamkeit könne ihm zu viel werden. Sie war stiller und ernster geworden, was er allerdings nach dem sehr schnellen Tod von Derja für völlig normal gehalten hatte. Aber dann, praktisch von einem Tag auf den anderen, hatte sie angekündigt, dass sie sich eine Weile nicht sehen konnten. Er hatte sie mit einer gepackten Reisetasche und der vagen Erklärung, sie müsse einige Tage fort, zu Hause angetroffen. Sie hatte die deutliche Bitte ausgesprochen, dass er sie jetzt allein lassen solle, und er hatte überrumpelt, wie er gewesen war, dieser nichts entgegenzusetzen gehabt. Da sie unmöglich noch länger Urlaub haben konnte, hatte er sie gefragt, ob sie beruflich verreisen müsse. Janica hatte ihm jede Antwort verweigert.

Die Wochen waren trostlos und leer verstrichen. Thomas hatte regelrecht Erleichterung darüber verspürt, mit den letzten Vorbereitungen auf das kommende Schuljahr und den Lehrerkonferenzen und Besprechungen halbwegs ausgelastet zu sein. Zudem war Steffen in ein Appartement am anderen Ende der Stadt umgezogen, sodass Thomas ihm beim Renovieren und beim Umzug hatte helfen können. Dann begann das neue Schuljahr mit all seinen Turbulenzen und an ihn gestellten Anforderungen. Schneller als gedacht verging eine weitere Woche, ohne dass er Janica gesehen hatte. In der Mitte der darauf folgenden Woche war ihre Wohnung noch immer schmerzlich verwaist. In seiner Verzweiflung und Sorge rief er Heidi und Peter an. Peter erklärte ihm, dass Janica bei ihnen sei, jedoch schliefe und ihn sicher später zurückrufen würde. Der Anruf war niemals erfolgt.

Er telefonierte mit Bärbel und Julia, mit Finn und Lars, stieß aber nur auf dieselbe Ahnungslosigkeit und Verwunderung über Janicas Verschwinden und bekam den Ratschlag, sich in Geduld zu üben.

Doch woher sollte er Geduld nehmen, wenn sein Herz unter der Trennung und den über ihn einstürzenden Fragen und Zweifeln zu zerreißen drohte? Schließlich, kurz davor, sich als dumm verkauft vorzukommen, war er hinaus auf den Hof gefahren. Zu seinem eigenen Erstaunen hatte er die richtige Abzweigung auf Anhieb gefunden. Bis auf einen Urlauber, der die Pension als Quartier für ausgedehnte Wanderungen nutzte, hatte er den Hof verlassen vorgefunden. Einzig Balou hatte ihn überschwänglich begrüßt. Das Tier, das er bei einem zum Zeittotschlagen gedachten Spaziergang mit einem Monolog unterhalten hatte, hatte seinerseits keine Details an ihn verraten.

Thomas war in der letzten Minute zu einer weiteren Dienstbesprechung in die Stadt zurückgekehrt, ohne dass Peter und Heidi oder gar Janica aufgetaucht waren. Als er von der Auffahrt in die Kurve im Wald eingebogen war, hatte sich sein verwirrtes und schmerzendes Gemüt gefragt, ob es Janica, Heidi und Peter jemals wirklich gegeben hatte.

Aber jetzt war sie da, zurück in seinem Leben – das zumindest hoffte er.

Erst in dem Moment, als er zwei Schritte nach links trat, damit er auf den in der Wand angebrachten Türöffner drücken konnte, bemerkte er Helgas Anwesenheit.

»Sie ist wieder da«, sagte sie und Thomas' Verwunderung kannte keine Grenzen.

Helga sprach aus, was eine leise jubelnde Stimme ihm unermüdlich ins Ohr zu flüstern schien.

»Hat man dir eigentlich jemals erzählt, wie sie das erste Mal hier aufgetaucht ist?«

»Nein«, entgegnete Thomas und zog die Hand zurück.

Alles, was Janica betraf, interessierte ihn brennend. Sie war ohnehin in eine Unterhaltung vertieft, die er nicht unterbrechen wollte, also konnte er getrost der Erzählung Helgas lauschen. Dabei hatte er Janica ja im Blick, und allein sie ansehen zu dürfen, war ein Geschenk nach den vergangenen langen einsamen Wochen.

»Sie kam noch in der Ausbildung hierher, trug ihre schwarze Kleidung und ein orangefarbenes Tuch um den Hals. Ich glaube, sie nannte es ›Omas Fresiengold‹. Sie arbeitete zuerst unten an der Heizungsanlage und wollte dann zu den Kamindurchlässen in den hinteren Räumen. Eine Frau mit ihrem dreijährigen Sohn sprang auf, als Janica das Rondell durchquerte, trug den Jungen zu ihr hin und sagte zu ihm: ›Schnell, berühre die Kaminkehrerin. Die bringen Glück. Du kannst jedes Glück gebrauchen!‹« Helga brach ab und fuhr sich mit der Hand über die Knöpfe ihrer Bluse. »Janica ließ es geschehen, sagte aber keinen Ton und ging nahezu fluchtartig an ihre Arbeit. Einen Tag später stand sie in meinem Büro und fragte, ob sie hier willkommen sei. Sie wolle gern mit den Kindern spielen, und wenn es erlaubt sei, könne sie auch ihren großen Hund mitbringen. Damals hatte sie so einen zottigen Neufundländer, den die Kinder fast noch mehr liebten als Balou. Balou sieht einfach nicht ganz so teddybärartig aus wie Captain Cook das tat.«

»Janica ärgerte sich darüber, dass die Frau annahm, *sie* könne jemandem Glück bringen?«

Helga zog die Schultern hoch und lächelte.

»Sie wollte den Kindern eine andere Hoffnung vermitteln. Eine bessere, wirkliche Hoffnung. Dass sie dabei auch noch ›Glück‹ verteilt, ist ihr vermutlich gar nicht bewusst.«

»Aber wie macht sie das? Ich war nun schon ein paar Mal mit ihr hier, habe jedoch nie gehört, dass sie das Thema bei den Kindern anspricht.«

»Nehmen wir Annabelle«, begann Helga und lehnte sich seitlich an die Wand. »Sie liebt Perlen über alles.«

»Ja, das ist unverkennbar.«

»Janica hat Annabelle erzählt, dass sie, wenn sie jemals diese Welt verlassen muss, zu einer Stadt kommen würde, deren

Straßen aus purem Gold erbaut sind und deren zwölf Tore aus Perlen bestehen.«

Thomas nickte. Jetzt erschlossen sich ihm Annabelles und Janicas Andeutungen über die riesengroßen Perlen im Himmel, über die Pracht eines zukünftigen Zuhauses. Allerdings fragte er sich, ob Helga und die anderen hier arbeitenden Menschen von Janicas bösartiger Erkrankung in Kindheitstagen wussten. Ob Werner dieses Detail ihrer Vergangenheit kannte?

Thomas wurde abgelenkt. Janica hatte sich erhoben, ihn entdeckt und hob, wie es ihm schien, nur zaghaft die Hand, um ihm zuzuwinken.

Ihr Zögern ließ ihn die Stirn runzeln, das fehlende Lächeln stieß ihm wie ein Messer ins Herz und ihre langsamen Schritte in Richtung Tür waren, als drehe jemand dieses Messer hingebungsvoll im Kreis.

Irgendetwas war zerbrochen. Zwischen ihnen.

Was hatte er falsch gemacht? Wo hatte er einen Fehler begangen, Wichtiges übersehen oder unglücklich reagiert? Tausenderlei Fragen bestürmten ihn wie Wespen nach einem versehentlichen Stoß gegen ihr Nest. Plötzlich wünschte er sich verzweifelt, er hätte mehr Zeit, um sie zu klären. Diesem Wunsch zum Trotz glitt die Tür mit einem leisen hydraulischen Zischen beiseite, und Janica stand vor ihm.

»Hallo Thomas.«

»Janica?«

Ihr Name transportierte alle seine Zweifel, seinen Schmerz und die Sehnsucht, die er nach ihr verspürte. Sie nickte, als nehme sie dies sehr genau wahr, und deutete einladend zum Ausgang.

»Lass uns rausgehen, ja?«

Mehr als ein Nicken brachte auch er nicht zustande. Er ging ihr voraus und hielt ihr die Tür auf, was ein Lächeln über ihr ernstes Gesicht huschen ließ. Mehr nicht. Sie versteckte sich hinter einer Maske, die jedem Pokerspieler zur Ehre gereichen würde. Und er wusste, was folgte: Sie gab ihm den Laufpass, zerstörte den farbenprächtigen Zauber der Liebe, von dem er geglaubt hatte, dass er sie bis an ihr Lebensende umgeben konnte. Wie gern hätte er sein Herz mit einer Mauer aus Stahl und Beton geschützt, doch die hatte er vor Wochen eingerissen. Damals, als Janica in sein Leben getreten war und ihn gelehrt hatte, dass er diese Schutzmauer nicht brauche, dass sie ihn daran hindere, das Leben mit allen Sinnen zu genießen. Sie hatte ihm den Weg zur Dankbarkeit und daraus resultierender Freude und Glück gezeigt. In wenigen Minuten würde nicht nur seine ehemalige Schutzmauer in Schutt und Asche liegen, sondern auch sein Herz.

KAPITEL 21

13. SEPTEMBER

Janica holte eine neue Wasserflasche und ließ sich auf das Sofa in Bärbels Wohnung fallen. Der Geräuschpegel war gewohnt hoch, die Zurufe der Freunde ausgelassen und fröhlich.

Mehrmals wurde die Frage an sie gerichtet, weshalb Thomas nicht kam, und sie schummelte sich elegant um eine Antwort herum. Darin war sie in den vergangenen Wochen eine Meisterin geworden. Und sie hasste sich dafür. Ihre Natur war eine offene, ehrliche, kampferprobte. Doch dieser Tage fehlte ihr der Mut. Sie wollte keinen ihrer Freunde einweihen, bevor sie nicht erklären konnte, wie sie sich fühlte. Und sie wusste es einfach nicht, schließlich glichen ihre Emotionen einer Achterbahnfahrt. Sie saß in einem dieser engen unbequemen Wagen, konnte diesen nicht verlassen, so sehr sie sich auch nach einem Ende der wilden Berg- und Talfahrt sehnte.

Bärbel stellte Sektflaschen auf den Tisch, und als sie sich umdrehte, um die Gläser zu besorgen, hätte Janica am liebsten die Flucht ergriffen. Aber sie wusste: Es war an der Zeit, Farbe zu bekennen. Also blieb sie sitzen, verknotete ihre schweißnassen Hände und wappnete sich für das Unvermeidliche.

Schäumend füllte der Sekt die Gläser und Janica griff nach ihrer Flöte, wohl wissend, dass sie keinen Schluck davon zu sich nehmen konnte.

»Wir zuerst!«, rief Susi und fügte hinzu: »Ehrlich und positiv! Die Aufnahme eines Kindes ist ein gewaltiger Papierkrieg und ein Hürdenlauf zugleich. Wir hätten nicht gedacht, wie streng die zu erfüllenden Auflagen sind. Man sollte doch annehmen, das Jugendamt könne froh sein, wenn die Kinder, die aus einem schwierigen Zuhause herausgenommen werden müssen, irgendwo gut untergebracht sind. Es ist frustrierend!«

»Aber«, fuhr Angelo fort, »wir haben dadurch die Zeit, uns mit anderen Paaren auszutauschen, die ebenfalls ein oder mehrere Kinder aufgenommen haben. Ihre Tipps und Hinweise sind sehr hilfreich. Wir wissen jetzt zumindest, dass wir uns momentan kein Kind aufzunehmen trauen, das älter als zwei Jahre ist. Das hätten wir sonst vielleicht reichlich blauäugig getan.«

»Auf die Damen und Herren vom Jugendamt. Sie stoßen wohl oft genug an ihre Grenzen!«, sagte Finn.

Die Gläser stießen glockenhell aneinander, für Janica klang es, als kreischten stumpfe Sägeblätter durch Metall. Ihr war schlecht.

»Und auf die Eltern, die ihren Erfahrungsschatz gern weitergeben!«

Wieder sangen die filigranen Glasflöten ihr Lied, diesmal hatte Janica nicht einmal das Glas angehoben. Noch während die anderen tranken, brach es aus ihr heraus:

»Ich habe wieder Krebs.«

Etwas Kaltes beherrschte von einer Sekunde auf die andere den Raum, zog Schweigen, Reglosigkeit, Entsetzen und die ersten Tränen in den Augen von Julia nach sich.

»Nein!«, stieß diese hervor und verweilte, wie auch die anderen, mit erhobenem Glas.

Ihr Bewegungsdrang schien von Janicas Worten aufgesaugt worden zu sein.

»Janni ...«, flüsterte Bärbel.

Ihr Glas kam hart auf der Tischplatte auf, dann schlug sie beide Hände vor ihren Mund, als wolle sie damit einen Schrei unterdrücken.

»Und mir fällt absolut nichts ein, was daran gut sein soll«, sagte Janica in das Schweigen hinein.

Lars war der Erste, der sich fasste. Er stellte den Sektkelch ab, beugte sich über den Couchtisch und ergriff ihre linke Hand, mit der sie fahrig die Maserung auf dem Tisch nachgezeichnet hatte.

»Wie schlimm ist es?«

»Schlimm«, brachte Janica krächzend hervor.

Sie stopfte alle Gefühlsregungen irgendwo tief in sich, bis auf ihre Erleichterung, weil das Schreckliche, das Unaussprechliche endlich heraus war.

»Ich war bei meiner normalen Kontrolluntersuchung. Zwei Tage später rief mich der Arzt an und bestellte mich ein. Er war erschüttert. Es ist wieder eine Form eines Non-Hodgkin-Lymphoms. Sie ist als höchst aggressiv eingestuft, ich bin bereits im Stadium IV. Es sind also nicht nur einzelne Lymphknoten befallen, sondern sehr viele, zusätzlich auch extralymphatische Organe wie Milz, Leber, Knochenmark ...«

Es auszusprechen, machte die Diagnose nicht besser, aber in ihr wurde es leichter, als habe sie eine Last abgeworfen.

»Die Prognose?«

Der geschulte Seelsorger drängte nach Antworten.

»Ich habe einen Chemozyklus hinter mir, der ohnehin nur gedacht war, um den Verlauf aufzuhalten. Er hat so gut wie nichts gebracht. Ein halbes Jahr noch – vielleicht.«

*

Janica hörte mehrere ihrer schweigsamen Freunde nach Luft schnappen. Sie hielt den Kopf weiterhin gesenkt, mochte nicht in ihre Gesichter schauen, nicht sehen, von wem das unterdrückte

Schluchzen stammte und wer nahezu panisch nach einem Taschentuch nestelte.

Jemand schob seinen Stuhl mit einem scharrenden Geräusch zurück. Janica versteifte sich. Sie wollte nicht, dass sie jetzt irgendwer in den Arm nahm. Das würde den Damm, den sie mühsam beherrscht aufrecht hielt, zum Bersten bringen. Doch die Person verließ das Zimmer, knallte eine Tür zu und hämmerte mit den Fäusten dagegen. Jeder Schlag traf in Janicas Herz. Sie bereitete den Menschen, die sie liebte, Schmerzen. Ihrer Familie, ihren Freunden ...

»Was ... Thomas?«, fragte Kurti, offenbar nicht fähig, einen vollständigen Satz zu formulieren.

»Ich habe ihn weggeschickt.«

Ihre Worte klangen verräterisch erstickt.

»Er weiß es nicht?«

Lars' Stimme hingegen war erschreckend vorwurfsvoll.

»Wie könnte ich ihm das zumuten?«, begehrte Janica auf und taxierte Lars mit blitzenden Augen. Was fiel dem Mann ein, ihr Vorwürfe über ihr Handeln zu machen? Sie hatte die bösartige Erkrankung in sich, nicht er. »Alles war noch frisch, neu. Es waren die besten Voraussetzungen, dass er ganz schnell über mich hinwegkommt und mich vergessen kann. Warum sollte er sich an eine Freundin binden, die ihm unter den Händen wegstirbt? Ich musste ihm diesen Schmerz nicht antun!«

Sie schrie fast, als dränge der Schmerz gewaltsam aus ihr heraus.

»Und du dir nicht die Angst, weil es dir ergehen könnte wie damals mit deinen Klassenkameraden? Weil *sie* nicht damit umgehen konnten, dich niemals besuchten, nie ein einziges aufmunterndes Wort für dich fanden?«, hakte Lars unbarmherzig nach.

»Sein Schutz, mein Schutz. So lautet der Deal.«

»Du hast ihn von dir gestoßen? Zurück in sein beengtes und freudloses Leben? Zusätzlich belastet durch die Verletzung um dein Verhalten? Du hast ihn mit seinen Fragen nach dem Warum alleingelassen?«

»Lars, es ist besser so!«

»Das denke ich nicht. Ich finde, er hat ein Recht auf seine Liebe zu dir! Und du hast ein Recht darauf, von einem Mann geliebt und begehrt zu werden. Und wenn es nur für einige Monate ist!«

»Begehrt, Lars?«

Janica riss sich die Perücke herunter, die sie sich aus ihrem eigenen Haar hatte anfertigen lassen. Ihr kahl rasierter Schädel ließ Susi einen unterdrückten Schrei ausstoßen. Verdeutlichte erst dieser Anblick die entsetzliche Wahrheit hinter ihren Worten?

»Begehrt?«, wiederholte Janica mit nahezu spitzem Tonfall. »Mein Körper wird in wenigen Wochen gezeichnet sein. Schwach, dürr, verformt, eingefallen; eine Hülle, die den Schmerz beherbergt.«

»Seit wann bist du so oberflächlich?«, brummte Lars.

Janica starrte ihn an, wusste, dass er recht hatte, und wollte dennoch nicht kleinbeigeben. Irgendeinen Sieg musste sie doch einfahren!?

Die Erkenntnis, dass es für sie keine Siege, sondern nur noch Niederlagen gab, ließ sie aufschluchzen. Sie verschränkte die Arme auf dem Tisch, bettete ihren Kopf hinein und begann bitterlich zu weinen. Endlich. Es waren die ersten Tränen seit dem furchtbaren Vormittag in der Klinik, als sie auf für sie schrecklich vertraute Schwarz-Weiß-Abbildungen ihrer Organe geblickt und begriffen hatte: Diese eigentümlichen Flecken darauf bedeuteten ihr Todesurteil.

Finn war zurück, er hatte seine Verzweiflung und seine Wut an Bärbels Toilettentür ausgelassen. Susi, die zu Janicas Rechten saß, legte ihren Arm um sie und ihren Kopf auf Janicas Schulter. Das Zucken, das durch Bärbels Körper rollte, zeigte, dass auch sie weinte. Um ein verlorenes Leben.

Kapitel 22

14. September

Einer ihrer Termine hatte Janica in die Klinik geführt und erinnerte sie viel zu sehr an die Monate vor fünfzehn Jahren, in denen sie ein ständiger Gast in breiten Fluren und anonymen Zimmern gewesen war. Nach diesem Gespräch drückte sie den Türöffner für die Eingangstür der Onkologie, huschte hinaus und hörte, wie die Tür hinter ihr schwer ins Schloss fiel. Gleichzeitig vernahm sie auf der nach oben führenden Treppe sich nähernde Schritte. Da sie mit der Person, die es ganz offensichtlich eilig hatte, nicht zusammenstoßen wollte, blieb sie stehen. Sie sah ein Paar Beine in hellen Jeans und Sportschuhen, dann stand plötzlich Thomas vor ihr.

Er trug sein Haar etwas länger, ungewohnt verwegen wild, und auf seinem Gesicht wuchs ein Dreitagebart, der ihn aufregend männlich wirken ließ. Erschrocken stoppte er seinen schnellen Lauf. Seine Augen huschten von ihrer weißen Jeans über den graumelierten Pullover zu ihrem Gesicht. Kleine Falten entstanden auf seiner Stirn, als frage er sich, wohin die Farben in ihren Kleidungsstücken verschwunden waren.

»Hallo«, sagte er mit belegter Stimme und einem Blick, als habe sie ihm soeben alle Unfreundlichkeiten der Welt an den Kopf geworfen.

Janica wusste, dass sie diesen Ausdruck auf seinem Gesicht mehr als verdient hatte.

»Hallo«, erwiderte sie leise und konnte die Augen nicht von ihm nehmen.

Alles in ihr drängte danach, sich augenblicklich in seine Arme zu werfen.

»Was tust du hier?«, fragte sie, da Thomas schwieg.

»Einer meiner Kollegen liegt oben auf der Chirurgie. Und du? Hast du einen deiner Schützlinge besucht?«

Er deutete mit der Hand auf die schwarzen Buchstaben an der milchigen Glasfront.

»Die sind in der Kinderklinik. Das ist die Onkologie für die Erwachsenen.«

»Stimmt, ja ...«

»Ich komme von einem Gespräch ...«

Janica brach ab. Ihr Puls hämmerte gegen ihre Schläfe. Sie fühlte sich schwach und verwirrt. Aber sie wusste, was sie zu tun hatte. Also atmete sie tief ein, richtete sich gerade auf und hob die Hand. Langsam, um es sich vielleicht doch noch rechtzeitig anders überlegen zu können, zog sie sich die Eigenhaarperücke herunter.

Thomas' Augen verengten sich, die Falten auf seiner Stirn gruben sich tiefer ein. Eine Legion von Gedanken schien durch seinen Kopf zu jagen, auf der Suche nach den Zusammenhängen der vergangenen Wochen und der grausamen Wahrheit.

»Janica«, stieß er gepresst hervor. Der vorherige Schmerz in seinen Augen wich einem neuen, anders gearteten. »Deshalb hast du mich weggestoßen!«

Thomas erfasste die wirren Gedankenkonstrukte, die sie seit der Diagnose gesponnen hatte. Es bedurfte keiner umständlichen Erklärungen, keiner Suche nach den richtigen Worten. Nicht einmal eine Entschuldigung war vonnöten. Thomas akzeptierte ihre verzweifelte Handlungsweise, wenngleich er bestimmt nicht guthieß, als schwach oder gar oberflächlich abgestempelt und aus ihrem Leben verbannt worden zu sein, sobald Schwierigkeiten auftauchten. Doch auch darüber schwieg er. Er sah viel tiefer in sie hinein, als sie das angenommen hatte. Ihre Liebe zu ihm quoll förmlich über, sprengte den Kasten, in den Janica ihre Gefühle für ihn gestopft hatte, um nichts mehr von ihnen zu sehen und zu spüren. Dass die Wände dieses Kastens jedoch ungehindert das Leid über die Trennung durchließen, hatte sie bei seinem Bau nicht bedacht.

Thomas trat zu ihr und nahm sie zart in die Arme, beinahe so, als fürchte er, sie drohe zu zerbrechen. Aber genau diese Zartheit war es, die Janica in diesem Augenblick brauchte. Sie vermittelte ihr Verständnis, Hingabe und zugleich eine gewaltige Stärke.

»Ich bin für dich da, mein dummes Mädchen«, flüsterte er.

Janica nickte an seiner Schulter und wusste, wie recht er mit dem versteckten Vorwurf hatte. Sie hatte ihn ausgesperrt, obwohl sie ihn dringend benötigte. Damit hatte sie ihn auch der Möglichkeit beraubt, ihr seine Liebe zu beweisen. Sie war es, die ihm nicht zugetraut hatte, dass seine Zuneigung zu ihr stark genug war, um diesem Sturm standzuhalten. Janica klammerte sich an Thomas und er verstärkte den Druck seiner Arme.

Inmitten eines kühlen, stahlgrau gestrichenen, unwirtlichen Treppenhauses, nahe der Tür, auf deren milchigen Scheibe schwarz wie der Tod und unübersehbar groß das Wort ›Onkologie‹ stand, fand Janica eine Geborgenheit, die sie beinahe dazu verleitete aufzujubeln. Wie könnte sie jemals ausreichend für dieses Geschenk danken?

»Es ist so ungerecht. Gerade jetzt, wo ich dich gefunden habe«, weinte sie und nässte seinen Pullover.

»Janica, ich weiß nicht …«

»Ein halbes Jahr, Thomas. Wir haben vielleicht noch ein halbes Jahr, womöglich auch weniger.«

Thomas schwieg lange. Janica spürte am eigenen Leibe, wie er die Nachricht aufnahm, wie sein Innerstes rebellierte, sich verkrampfte, verdrehte, wand und protestierte. Dann schien ein Stromschlag durch ihn hindurchzugehen. Er rückte leicht von ihr ab und nahm ihr tränennasses blasses Gesicht zwischen seine kräftigen Hände.

»Es wird die schönste Zeit unseres Lebens sein.«

»Thomas!«

Entsetzt schaute sie in seine dunklen Augen, in denen etwas Unergründliches lag.

Liebe und Schmerz? Hoffnung und Verzweiflung? Verstand er denn nicht, was sie ihm soeben offenbart hatte? Aber sie kannte diese irrationale Reaktion nur zu gut. Verdrängung und Ablehnung, all das hatte sie als Kind selbst hinter sich gebracht, ebenso ihre Familie. Ihre Klassenkameraden waren damals daran gescheitert, ihre Familie und sie hatten nicht in dieser Phase stecken bleiben dürfen. Dazu hatte die Erkrankung ihnen keine Chance gelassen. Und Thomas? Reagierte er doch so, wie sie es befürchtet hatte? Musste sie jetzt ein zweites Mal diese Kiste mit all ihren Gefühlen befüllen und sich auf den Deckel setzen, damit es ihr überhaupt gelang, sie zu verschließen?

»Und es wird die intensivste Zeit unseres Lebens, wie auch die schmerzhafteste. Aber es ist unsere gemeinsame Zeit.«

Erleichterung empfand sie nicht, vielmehr einen süßen Schmerz. Sie flüsterte:

»Ich habe mir so viel mehr gewünscht und erhofft.«

»Ich auch.«

Thomas zog sie wieder an sich und so verharrten sie minutenlang in dem kalten und unpersönlichen Krankenhaustreppenhaus, einzig umgeben von der Wärme ihrer Liebe, dem gegenseitigen Verständnis und dem bunten Aufblühen ihrer kurzen gemeinsamen Vergangenheit und Zukunft.

KAPITEL 23

17. SEPTEMBER

Eine kräftige Windbö wehte die Papierservietten von der Picknickdecke. Janica sprang auf, ebenso Julia. Lachend fingen sie die aufflatternden und sich gelegentlich auf der gemähten Wiese niederlassenden Servietten ein.

»Wie sagtest du gleich, sehen die aus?«, rief Julia Janica zu.

»Wie von der untergehenden Sonne beschienene Kanarienvögel.«

»Perfekt!«

Julia bückte sich nach einer vierten Serviette, doch die aufkommende Bö war schneller und wirbelte sie erneut davon.

Sie lachte und rannte weiter, während Janica langsam zu der blaugrau karierten Decke zurückging und sich krampfhaft darum bemühte, nicht zu sehr zu schwanken. Vor ihr drehte sich alles und es herrschte eine erschreckende Leere in ihrem Kopf. Sobald sie wieder saß, stieß sie einen erleichterten Seufzer aus. Auch Julia kam zurück, beschwerte die eingefangenen Papiervögel mit einem Hartplastikbecher und warf sich neben Janica. Die zwei Frauen legten sich hin und beobachteten die schnittigen Drachen am Himmel, die von ihren Freunden in wilden Kapriolen vor der sanftblauen Kulisse gelenkt wurden.

»Wie farbenprächtig gekleidete Flamencotänzerinnen«, murmelte Janica. »Ikeatellerblau, Forsythiengelb, und das Rosa hat die gleiche Farbe wie die Babydecke, die meine Oma damals für mich gestrickt hatte. Das Lilablau erinnert mich an die Lavendelfelder in Frankreich. Ich rieche förmlich ihren Duft.«

»Ich auch«, seufzte Julia. »Und die beiden Drachen ganz rechts?«

»Du meinst den Steppengrasgelben von Lars und Thomas' Flip-der-Grashüpfer-Grünen?«

»Genau die!«, kicherte Julia, richtete sich auf und griff nach einer roten Thermoskanne. »Kaffee?«

Janica schüttelte den Kopf, nahm aber dankend eine Wasserflasche entgegen. Ihre Medikamente vertrugen sich weder mit Koffein noch mit Alkohol.

»Ich bin so froh, dass Thomas und du das Dilemma geklärt habt.«

Janica lächelte sie an und verdrängte erfolgreich diesen beißenden Schmerz in ihrem Herzen, der ihr signalisierte, dass die Zeit ihr größter Feind war. Sie hatte sich vorgenommen, jeden einzelnen Tag zu genießen und dieser wunderbare Herbsttag bot sich dazu prächtig an. Der Wind blies kräftig und entlockte den Fichten, Kiefern und Tannen auf den wie Wellen an- und absteigenden Hügeln ein gewaltiges Rauschen. Es roch nach trockenem Heu und der erdige Geruch geernteter Felder überschwemmte mit jedem Windstoß die großflächige Wiese mit den wippenden Margeritenköpfen, auf der sie sich aufhielten. Abseits vom Wald, zwischen ihnen und der Straße, erstreckte sich ein Sonnenblumenfeld riesigen Ausmaßes. Die gelbbraunen Sternenköpfe der Blumen nickten im Takt des Windes, während vor dem sanften Blau des herbstlichen Himmels nicht nur die bunten Drachen durch die Lüfte wirbelten, sondern Vögel aller Gattungen, von unscheinbaren kleinen Spatzen bis hin zu majestätisch ihre Kreise ziehenden Milanen.

»Thomas verbringt jede freie Minute mit mir. Ich fürchte, er vernachlässigt seine Schüler sträflich.«

Julia legte den Kopf schief und zwang sich dann zu einem Lächeln. Janica wusste, was sie gedacht hatte: Er würde seine Schüler lediglich für eine kurze Zeit vernachlässigen ...

»Erdrückt er dich? Sollen wir ihn ab und zu etwas beschäftigen?«, fragte Julia nach und entlockte Janica ein dankbares Schmunzeln.

»Im Moment genieße ich jede Sekunde mit ihm. Aber ich sage dir Bescheid, sollte der Zeitpunkt gekommen sein.«

»Abgemacht!«

Julia hielt ihr den bunten Coffee-to-go-Becher entgegen und Janica stieß mit ihrer Wasserflasche mit ihr an.

»Was gibt es zu feiern?«

Bärbel ließ sich zu ihnen auf den beschichteten Teppich fallen.

»Thomas!«, informierte Julia.

»Er ist ein Schatz. Vor allem, seit er ein wenig lockerer ist. Davor glich er eher einem Schnitzel im Kühlschrank, das nach seiner Zeit im Tiefkühler auftaut.«

»Ich liebe deine Bilder!«, kicherte Julia. »Und ich freue mich schon so auf dein Jugendbuch!«

»Das mit dem Buch zieht sich ziemlich«, meinte Bärbel mit einem Seitenblick auf Janica.

Diese nickte lediglich, ahnte sie doch bereits, dass sie den Erscheinungstermin von Bärbels Buch nicht mehr erleben würde. Dennoch fragte sie nicht nach dem Manuskript. Es machte keinen Sinn, das Leben plötzlich im Zeitraffer angehen zu wollen. Sie würde noch so viel mehr versäumen als nur dieses Buch oder das Kind von Angelo und Susi, die zukünftigen Ehepartner und Kinder ihrer Freunde, das Altwerden ihrer Eltern oder die noch ungewisse Zukunft ihrer Schwester.

Julia goss Bärbel ebenfalls einen Kaffee ein und beobachtete lachend, wie Lars und Thomas mit ihren Drachen einen Luftkampf ausfochten. Schließlich stürzten beide Fluggeräte ab, ihre Leinen hatten sich vollkommen ineinander verheddert.

»Kommt, wir schneiden deine Torte an, Bärbel. Lars und Thomas, die mit dem größten Hunger, sind jetzt erst einmal zwei Stunden beschäftigt«, witzelte Julia.

»Was hast du denn heute Leckeres gezaubert?«

Janica beugte sich nach vorn und hob die Haube von der mit Kühlakkus bestückten Kuchenplatte. Ihre Freunde halfen ihr, einen normalen Tag zu erleben und ihre Dankbarkeit dafür kannte keine Grenzen.

Dennoch musste sie sich immer wieder zwingen, die dunklen Schatten zu vertreiben, die wie drohende Gewitterwolken in ihren Gedanken auftauchten und alle Freude zu erdrücken drohten. Die bereits in der Kindheit erlebten Erfahrungen eines sehr ähnlichen Gefühlschaos' halfen ihr, ein dauerhaftes und überhandnehmendes Desaster an Emotionen zu verhindern, allerdings nahm die neue Erkrankung eine völlig andere Dimension an.

»Mandarinen-Sahne!« Genießerisch schnalzte Janica mit der Zunge. »Meine Lieblingstorte! Julia, könntest du dafür sorgen, dass sich die Drachen der anderen ebenso heillos verheddern, damit wir drei ...?«

Janica fiel in das Lachen von Julia und Bärbel mit ein, womit sie Susi anlockten, die abwechselnd mit Angelo den Drachen geführt hatte.

»Was ist denn hier los?«, fragte sie und griff nach einer Wasserflasche.

»Gut, du bekommst auch noch ein Stück ab«, beschloss Janica und Susi grinste, als sie das Objekt von Janicas Begierde sah.

»Schwesterherz, du solltest als Nächstes einen Roman über eine Konditorin schreiben!«, schlug sie vor und strich mit dem Zeigefinger eine Leckerei am Tortenrand ab. Genießerisch verdrehte sie die Augen, während sie den Finger abschleckte. »Mit ganz vielen leckeren Rezepten am Schluss.«

»Ich dachte vielmehr an eine Geschichte über eine junge Frau, die ihre große Liebe kennenlernt, aber an Krebs erkrankt.«

Bärbel hatte inzwischen die Hälfte der Torte aufgeschnitten.

»Ein herausforderndes Thema«, meinte Janica, griff nach einem Plastikteller und hielt ihn Bärbel auffordernd hin. »Ich hätte gern dieses Stück hier«, sagte sie und deutete mit dem Zeigefinger auf die noch nicht portionierte Hälfte.

Bärbel kniff ein Auge zu, grinste, nahm die Tortenschaufel und das Messer zu Hilfe und wuchtete die halbe Torte auf Janicas Teller.

»Und ich stimme für ein Happy End!«, fügte Janica noch hinzu, ehe sie ihre Beute auf die Decke stellte, sich auf den Bauch legte, die Füße in die Luft streckte und genießerisch zu essen begann.

»Ich ebenfalls!«, bestätigte Julia in demselben leichten Tonfall und erntete ein Zwinkern von Janica.

Sprechen konnte sie im Moment nicht, ihr Mund war dafür viel zu voll.

Einem Schwarm Bienen nicht unähnlich, fielen plötzlich die Männer, aber auch Balou bei der Picknickdecke ein. Finn musterte Janicas Tortenhälfte, kniete sich vor die junge Frau und meinte:

»Ich habe deine Bescheidenheit schon immer bewundert!«

»Ich helfe dir nur bei deinem Gewichtsreduzierungsvorhaben«, erwiderte sie keck und klopfte dem jungen Mann auf den leicht vorstehenden Bauch.

»Selbstlos wie immer!«, brummte Finn, ergriff einen Löffel und mopste ein gewaltiges Stück Torte von Janicas Teller.

Thomas legte sich auf die Wiese neben Janica und bediente sich ebenfalls an ihrem Stück.

»Und? Sind die Drachen entwirrt?«, fragte sie ihn, woraufhin er eine Grimasse zog und den Kopf schüttelte.

»Ich fürchte, wir haben in der Luft einen Schal gestrickt«, sagte er, als er endlich geschluckt hatte, beugte sich vor und drückte ihr einen flüchtigen Kuss auf den Mund.

Ein in die Länge gezogenes ›Ooh‹ ihrer Freunde begleitete dies und ließ ihn die Augen verdrehen. Janica kicherte und raunte ihm zu:

»Da mussten Angelo und Susi auch durch. Nach etwa einem halben Jahr haben wir sie schließlich in Ruhe gelassen.«

Wieder überfiel sie mit Vehemenz die Tatsache, dass sie dieses halbe Jahr womöglich gar nicht mehr hatten, aber sie verdrängte sie gewaltsam.

Thomas sah sie durchdringend an und einen Moment überlegte sie, ob er denselben Gedanken hegte, doch dann zuckte ein spitzbübisches Grinsen über sein von einem Dreitagebart dunkles Gesicht. Er küsste sie erneut und prompt erklang das ›Ooh‹, als bewunderten die Freunde ein Feuerwerk.

Thomas küsste sie wieder und wieder. Zwischendurch nahm eine schmunzelnde Bärbel Janicas Kuchenteller und stellte ihr Tortenstück kalt, während die Freunde sich noch immer in ›Oohs‹ und ›Aahs‹ ergingen. Irgendwann gaben sie es auf und Thomas beendete mit einem letzten langen Kuss, den niemand mehr kommentierte, sein gelungenes Vorhaben.

»Ich denke, das wäre geklärt«, sagte er und forderte mit ausgestreckter Hand die Torte zurück. Dabei fügte er hinzu: »Janica, deine Freunde unterscheiden sich kaum von meinen pubertierenden Schülern.«

»He!«, stieß Kurti empört hervor und sprang mit einem Satz auf die Füße, Finn und Lars folgten.

Da war Thomas aber bereits auf und davon und jagte auf das Sonnenblumenfeld zu. Einzig Angelo und die Frauen blieben zurück.

»Kindergarten!«, meinte Angelo und machte sich über Janicas Tortenhälfte her.

»Vielleicht sollten wir Thomas wenigstens ein kleines Stück aufheben?«, fragte Janica irgendwann.

»Das hat der Herr Lehrer nicht richtig verstanden, mein Schätzchen«, erklärte Angelo ihr mit vollem Mund. »Die Gefahr geht nicht von den drei Jägern aus, sondern von mir. Seine Strafe ist nicht das Gejagtwerden, sondern dass ich seinen Anteil an dieser himmlischen Torte vernichte.«

»Und das haben Finn, Lars, Kurti und du so ganz spontan und ohne Absprache geplant?«, erkundigte sich Susi misstrauisch.

»Nein. Aber ich weiß, dass sie es genial finden werden!«

»Ob ich das auch so genial finde?«, brummte Susi. »Du bist in den letzten Wochen ziemlich auseinandergegangen.«

Angelo richtete sich auf, drückte seiner Frau einen Kuss auf die Wange und sagte lächelnd:

»Schon vergessen, Geliebte? Irgendwo da draußen gibt es ein Kind für uns. Ich darf zunehmen, denn wir sind schwanger!«

Kapitel 24

18. September

Der Tag nach dem herrlich vergnügten Picknick begann für Janica bereits um 5.00 Uhr. Während der Morgen noch von einem Dämmerlicht in stiller Gefangenschaft gehalten wurde und vom Fluss Nebelschwaden wie ein nachlässig dahingeworfener weißer Organzastoff über das Ufer hinaufwaberte, trank sie einen Kräutertee, verzichtete jedoch auf ein Frühstück, da sie es ohnehin nicht bei sich behalten würde. Routiniert packte sie ihre Tasche für das Krankenhaus. Ihr Arzt wollte ein neu zusammengestelltes Chemo-Schema austesten und Janica hatte sich nach zweitägiger Bedenkzeit dafür entschieden. Vielleicht wäre ihre Entscheidung anders ausgefallen, hätte Thomas sich nicht zurück in ihr Leben geliebt, doch für ihn wollte sie versuchen, einige Wochen oder auch nur Tage Lebenszeit herauszuschinden, zumindest aber einem allzu schnellen Verfall vorzubeugen.

Es war kurz nach sechs, als Janica mit einem aufgeregten Balou die Wohnung verließ. Ein munteres »Guten Morgen« ließ sie erschrocken zusammenzucken. Balou bellte auf, ob aus Begeisterung oder vor Schreck, war nicht auszumachen.

»Thomas? Was tust du hier?«

»Eigentlich hätte ich mir gern freigenommen, um dich und deine Mutter in die Klinik zu begleiten, doch das war mir leider nicht möglich. Ich fürchte, *nur eine Freundin* zählt nicht.«

Thomas zog ein missmutiges Gesicht, erhob sich aus dem Liegestuhl und nahm ihr die Hundeleine aus der Hand.

»Lauf, Balou!«, gab er dem Hund den Befehl, schon einmal die ungeliebte Stahltreppe in Angriff zu nehmen. Wieder an Janica gewandt fuhr er fort: »Deswegen dachte ich, ich gehe mit dir heute Morgen eine kleine Runde spazieren.«

Janica strahlte ihn an und ließ sich von ihm in die Arme schließen. Behaglich kuschelte sie sich an seinen Wärme spendenden Körper. Das angenehme Gefühl von Geborgenheit und des Zuhauseseins wallte in ihr auf und trieben ihr Tränen des Glücks in die Augen. Sie genoss Thomas' Aufmerksamkeit und Zuneigung, seine Fürsorge und die Stärke, die urplötzlich von ihm ausging. Vielleicht war es egoistisch, ihn an sich zu binden. Womöglich wäre das, was sie zuerst vorgehabt hatte, gnädiger für ihn gewesen. Aber sie kostete dieses Ahnen darüber, was andere Frauen in ihrem Alter erleben durften, bedingungslos aus. Hatte sie in ihrem Schmerz, in ihrer Furcht und mit dem Wissen, bald zu sterben, nicht auch ein wenig Liebe verdient? Sie verstand Thomas' Liebe als das, was sie war: ein wunderschönes Geschenk!

Hand in Hand spazierten sie am leise dahinplätschernden Fluss entlang. Das gegenüberliegende Ufer, die Häuser der Stadt jenseits des Gewässers waren wie in Watte gehüllt, die Umrisse nur mehr zu erahnen. Janica und Thomas bewegten sich auf einem abgeschiedenen Eiland, allein miteinander und mit ihrem nahezu flüsternd geführten Gespräch. Thomas wollte bis ins Detail erfahren, was Janica an diesem Tag bevorstand, und sie erzählte es ihm ohne Scheu. Es tat ihr gut, sich das in Erinnerung zu rufen, was auf sie wartete, über ihre Ängste zu sprechen und sich für das Bevorstehende zu wappnen. Auf dem Rückweg schlug Thomas Janica vor, sich um Balou zu kümmern, sodass ihre Mutter ihn nicht auf den Hof mitzunehmen brauchte. Sie stimmte dem Vorschlag begeistert zu, denn so durfte das Tier zumindest in ihrer Nähe bleiben.

Schließlich blieben ihnen nur noch wenige Minuten, bevor Heidi Janica abholen wollte. Da mittlerweile eine größere Anzahl Fußgänger und Radfahrer auf dem Uferweg unterwegs waren, banden sie Balou an die Wendeltreppe und stiegen zur Wohnung hinauf. Kaum eingetreten ergriff Thomas Janica am Arm und wirbelte sie zu sich herum. Sie warf sich in seine Arme und klammerte sich an ihn, wie eine Schiffbrüchige an einen Rettungsring. Thomas seufzte laut und drückte sie kräftig an sich, während seine Hände Trost spendend über ihren Rücken streichelten.

»Sobald ich mit der Schule fertig bin, komme ich zu dir und löse Heidi ab.«

»Du brauchst nicht ...«

»Ich möchte das tun!«

»Ich werde kein schöner Anblick sein.«

»Du bist immer wunderschön. Weil dein Herz wunderschön ist!«

»Thomas, ich ...«

»Keine Widerrede. Du wirst mich nicht los.«

»Ich liebe dich!«

Thomas' Kuss entfachte ein Sehnen nach Mehr in ihr und riefen Wünsche in ihr wach, die sie überall hinführen könnten, aber keinesfalls auf den Weg in die Onkologie.

Auf das Läuten an der Tür trennten sie sich voneinander, jedoch so zögernd, als habe jemand Kleister über ihnen ausgegossen.

Endlich öffnete Thomas für Heidi die Tür, die ihm einen leicht irritierten Blick zuwarf.

»Wie geht es Steffen?«, fragte Janicas Mutter, nachdem sie die beiden jungen Menschen begrüßt hatte.

»Gut. Er fühlt sich in seiner neuen Wohnung wohl, die Kündigung ist glatt durchgegangen und die Bewerbungen laufen. Er absolviert gerade ein paar Schulungen und dank der

Politikturbulenzen und einiger Sternchenskandale scheint die Presse das Interesse an dem Todesschützen des SEKs verloren zu haben.«

»Nichts ist so schnelllebig wie unsere Presse!«, erwiderte Heidi und griff nach Janicas kleiner Reisetasche.

»Manchmal zum Vorteil der Betroffenen«, stimmte Thomas zu. »Allerdings macht ihm noch immer diese Psychologin zu schaffen.«

»Ich weiß nicht, ob es unbedingt von Vorteil ist, wenn man ein schreckliches Erlebnis wieder und wieder durchkaut. Darüber zu sprechen, ist wichtig, aber irgendwann darf man es doch auch ruhen lassen und einen gewissen Selbstheilungsprozess oder eben einfach Vergebung anstreben«, murmelte Heidi, während sie sich bereits der Tür zuwandte. »Und das hat nichts mit Verdrängen, Oberflächlichkeit oder gar Rücksichtslosigkeit zu tun.«

Janica, die das Gespräch der beiden aufmerksam verfolgt hatte, atmete tief durch und lächelte in ihre Wohnung hinein. Wie gut, dass sich nicht alles um sie drehen musste!

*

Janica warf einen Blick auf den Schlauch, durch den die Lösung über ihren schlüsselbeinnahen Portkatheter in die Vena subclavia gelangte. Sie wusste, dass es Blödsinn war, trotzdem schien sie förmlich zu spüren, wie sich ihr Körper in ein Schlachtfeld verwandelte. Das aggressive Zytostatikum schoss mit dem Blut voran, drängte durch die Gefäßwände nach außen und stürzte sich angriffslustig auf die entarteten Körperzellen. Diese hielten in ihrer Zellteilung inne und rüsteten sich, den Angreifer abzuwehren, versuchten, den Eindringling zu verdrängen. Doch damit nicht genug, die Giftstoffe wanderten auch dorthin, wo sie nicht gebraucht wurden, griffen an, was sich ihnen in den

Weg stellte, wobei nach dem ersten Zyklus der vorangegangenen Chemotherapie davon nicht unbedingt viel übrig war. Aber sie hatte ja noch ihre Wimpern und ihre Augenbrauen, schließlich hatte sie bisher lediglich ihr Kopfhaar, die Schambehaarung und die feinen Härchen am Rest des Körpers eingebüßt.

›Ganzkörperglatze‹, nannte Krankenschwester Bettina es, die genau in diesem Moment zu ihr an die Pritsche trat und ihrer Mutter grüßend zunickte. Heidi schloss das Buch, aus dem sie laut vorgelesen hatte.

Bettina, ziemlich mollig und zudem nur knapp 1,60 Meter groß, musste sich kräftig strecken, um den zweiten Infusionsbeutel an den Ständer hängen zu können. Trotz ihrer erst 40 Jahre war ihr kurz geschnittenes Haar vollständig grau und ihre eisblauen Augen zeugten von dem auf ihrer Station erlebten tagtäglichen Leid. Die Schwester bewies häufiger ihren schrecklich schwarzen Humor, der sie offenbar davor bewahrte, ihre Arbeit hinzuschmeißen oder depressiv zu werden.

»Der Rest der Flüssigkeitszufuhr kommt später, Janica. Der Chefarzt hat alles aufgebraucht. Der Mann leidet unter chronischem Sparzwang.«

»Das ist Bettinas Art, Ihnen mitzuteilen, dass irgendjemand versäumt hat, rechtzeitig eine Bestellung rauszugeben«, drang es aus der nebenanliegenden Kabine zu ihnen.

Die männliche Stimme ließ zumindest die Vermutung zu, dass es sich dabei um den von Bettina erwähnten Chefarzt handeln könnte.

Prompt zuckte die Schwester kurz zusammen, zeigte daraufhin aber eines ihrer seltenen Lächeln.

»Die Schuldige dümpelt bereits auf dem Grund des Flusses.«

»Und was tut sie da?«, fragte Janica.

»Die Restverpackungen zusammensuchen, die dort, gemeinsam mit dem restlichen viel zu großen Klinikmüll entsorgt wurden, um sie dann zusammenzuschütten, damit wenigstens etwas auf Lager ist?«, schlug Bettina vor.

»Sie bringen uns schrecklich in Verruf, Bettina«, erwiderte die Stimme von nebenan.

»Haben Sie den Eindruck, dass irgendjemand gern zu uns kommt? Ich nicht!«, gab die Frau ungerührt zurück und erntete ein leises Lachen von ihrem Vorgesetzten.

»So, Janica. Welche Grundausrüstung hätten Sie gern? Klein und grün, samt frischer Tücher und Wäsche?« Bettina hielt eine der stabilen Papp-Nierenschalen hoch. »Oder groß und rot?«, fragte sie und deutete damit auf den Mülleimer in der Ecke.

»Ich tendiere zu glänzendem Rostrot.«

»Weise Wahl!«

Die Krankenschwester ging davon, kam wenig später mit einer großen, allerdings beigefarbenen Schüssel zurück und stellte sie auf die Ablage in Janicas Griffnähe. Diese benannte die Farbe als eine Mischung aus Kiefernholzbraun und Birkenweiß.

Aus nicht allzu weiter Entfernung erklang schreckliches Würgen, begleitet von mehrmaligem Aufschluchzen.

»Ich schau mal nach Frau Schmidt.«

»Ist die Arme wieder allein hier?«

»Es ist nicht jedermanns Sache, den Leuten beim Rückwärtsessen zuzusehen«, erwiderte Bettina mit einem Schulterzucken, das sie äußerst kaltherzig wirken ließ.

Aber der verbissene Zug um den Mund signalisierte das Gegenteil. Sie entfernte sich eilig und Janica ahnte, dass die Krankenschwester nun auf mütterliche Fürsorge umschalten und eine geballte Portion Kraft und Zuneigung einsetzen und verbrauchen würde.

»Ich bin so froh, dass du da bist«, sagte Janica leise, aber mit nicht zu überhörender Dankbarkeit in der Stimme zu Heidi.

Prompt zwang ihre Mutter sie, einen Schluck Wasser zu trinken und reichte ihr den Lippenbalsam.

Einige Stunden später hing Janica über der Schüssel und würgte sich scheinbar die Seele aus dem Körper. Sie schwitzte und fror gleichzeitig, riss sich das über den kahlen Schädel gebundene Tuch vom Kopf und strampelte die leichte Decke von ihren Beinen, nur um ihrer Mutter kurz darauf mit einer Handbewegung zu signalisieren, dass diese sie schnellstmöglich zudecken musste. Heidi reagierte wie immer stoisch gelassen und – immerhin kannte sie das alles bereits seit Janicas Kindheitstagen – mit für die Erkrankte angenehmer Routine.

»Reicht die Schüssel aus oder soll ich bei der Hintertür einen Container besorgen?«, fragte Bettina, als sie einmal mehr vorbeischaute.

Offenbar herrschte mal wieder chronischer Schwesternmangel, denn die resolute Frau war nach einer verkürzten Frühschicht erneut im Dienst.

»Hab ja extra nichts gegessen«, würgte Janica.

»Ob das so weise war?«

»Wäre Verschwendung. Und die mögen Sie ja nicht.«

»Stimmt! Sehr rücksichtsvoll von Ihnen!«

Bettina tauschte die Schüssel durch eine neue aus und legte ihr für einen Moment den Arm um die Schulter.

»Sie machen das prima, Janica.«

»Als ob kotzen so schwer wäre?«, brummte die junge Frau.

Da sie allerdings wusste, wie Bettina es gemeint hatte, drückte sie ihr die Hand, ehe sie erneut mit dem Gesicht in der Schüssel verschwand.

»Beim Schwesternzimmer steht übrigens ein Herr Hejduk. Er war kurz davor, mich niederzuschlagen, als ich ihm sagte, dass er im Augenblick nicht zu Ihnen kann.«

»Thomas ist schon da?«

Janica hob den Kopf, keuchte und versteckte sich wieder hinter dem Rand des Plastiks. Sie zitterte wie Segelwanten im Wind, sodass ihre Mutter ihr helfen musste, das Gefäß festzuhalten.

»Thomas heißt der höfliche, aber ungeduldige Schwiegermütterschwarm also?«

»Das ist meiner!«, würgte Janica hervor.

»Ihr Schwiegermütterschwarm?«

Bettina streichelte ihr über die Schulter und knuffte sie anschließend leicht.

»Nein, meiner!«, sagte Heidi, während sie Janica beruhigend über den Kopf strich.

»Was machen wir mit ihm? Ihn zu der vergesslichen Kollegin auf den Grund des Flusses schicken, soll er warten, bis Sie wieder aufrecht sitzen können, oder richten wir Sie ein bisschen schicklich her und er darf Zeuge Ihrer ungewöhnlichen sportlichen Ertüchtigung werden?«

»Reinlassen«, brachte Janica mühsam hervor.

»Noch eine weise Entscheidung an diesem Tag.«

Bettina zog das Laken über der Pritsche glatt, zerrte die inzwischen fürchterlich verdreht an Janica hängende Jogginghose in die richtige Position, räumte einen zweiten Stuhl herbei und nickte dann zufrieden.

»Sind Sie so weit?«, fragte sie schließlich sanft.

»Ist er es?«

»Richtig. Wir müssen noch die Exit-Strategie absprechen. Wenn er davonläuft, lass ich ihn gehen oder stelle ich mich ihm energisch in den Weg? Und falls Letzteres: Darf ich meine Fäuste gebrauchen oder muss ich mich auf Handschellen beschränken?«

»Gehen lassen.«

»Und welches Codewort benutzen wir, damit ich weiß, dass Sie ihn gern loshätten?«

Janica konnte nicht anders. Sie kicherte, was sich, gemeinsam mit einem weiteren Würgreiz, anhörte, als grunze ein Ferkel.

»Einverstanden, wir nehmen dieses einmalige Geräusch.«

»Zehn Minuten?«

»Gut, ich gebe Ihnen und ihm noch zehn Minuten.«

Bettina verließ die Kabine und eilte zu Frau Schmidt, wobei die Absätze ihrer Schuhe wie das Trommeln von Pferdehufen klangen.

Janica richtete sich auf und warf ihrer Mutter einen fragenden Blick zu.

»Er ist ein Held«, sagte diese und wischte ihr zum wiederholten Male das Gesicht mit einem Feuchttuch ab.

Janica konnte nicht verhindern, dass ihr heiße Tränen in die Augen schossen. Mit einem kummervollen Stöhnen lehnte sie sich an die Schulter ihrer Mutter.

»Warum jetzt?«

»Warum du dich jetzt verliebst oder warum ausgerechnet jetzt der Krebs zurückkommt?«

»Beides.«

Heidi seufzte laut und tief und drückte ihr einen Kuss auf die feuchtnasse Stirn.

»Vielleicht, weil du ihn an deiner Seite brauchst? Vielleicht, weil er dich braucht, und zwar genau in diesem Zustand, um für das Leben eine wichtige Lektion zu lernen?«

»Ich werde ihm sehr wehtun.«

»Nicht du tust ihm weh. Du bist ein großes Geschenk für ihn. Dich zu verlieren, wird ihn schmerzen. Aber du weißt, dass wir ihn auffangen?«

»Ihr werdet auch leiden.«

»Das hindert uns doch nicht daran, ihn in seinem Schmerz zu verstehen und diesen gemeinsam mit ihm durchzustehen?«

»Ich werde nicht mehr da sein.«

»Nein, denn du darfst dann an einem weitaus besseren Ort sein. Dennoch schaffen wir das!«

»Das ist ein großer Trost. Trotzdem: Warum jetzt?«

»Wann ist der richtige Zeitpunkt, diese Welt zu verlassen, Janica? Als Kind ist es viel zu früh. Als frischverliebte junge Frau ist es ungerecht und falsch, denn man möchte die Liebe auskosten. Als frisch verheiratete Frau gilt dasselbe. Wir wünschen uns Kinder. Sobald die Kinder da sind, wollen wir diese unbedingt aufs Leben vorbereiten und aufwachsen sehen. Anschließend möchten wir ihnen durch die Stürme des Erwachsenwerdens helfen, danach noch die Enkel miterleben. Und dann? Vielleicht reisen? Die Welt entdecken? Sich künstlerisch und ehrenamtlich betätigen und sich auf diese Weise unentbehrlich machen? Sag mir? Wann ist der richtige Zeitpunkt? Und was ist die beste Todesursache? Ein plötzlicher Unfall? Ein unvorhergesehener Herzinfarkt?«

»Oder das Wissen um den nahen Tod und damit die Chance, Unaufgearbeitetes zu einem guten Ende zu bringen und sich zu verabschieden?«

»Es ist immer schwer. Der Prozess des Loslassens funktioniert nicht ohne Trauer und Schmerz. Wie gut, dass der Tod nicht das letzte Wort in unserem Leben hat.«

»Ich will aber trotzdem nicht sterben«, keuchte Janica und klammerte sich mit beiden Händen an dem leichten Pullover ihrer Mutter fest.

Heidi balancierte in einer Hand die Schüssel, die andere legte sie noch nachdrücklicher um den zitternden Körper Janicas und hielt sie an sich gedrückt. Auch ihr liefen Tränen über die Wangen, denen sie keinen Einhalt gebieten konnte.

KAPITEL 25

Thomas wanderte nervös im Flur auf und ab. Seine Schritte gerieten zunehmend länger und schneller. Wie viel Zeit benötigte diese knappangebundene Krankenschwester, um Janica über seine Anwesenheit zu informieren? Was tat sich dort drin? Wie ging es Janica?

Er fuhr sich durchs Haar und wünschte sich eine Gebrauchsanleitung an die Hand, in der er nachlesen konnte, was er nun tun sollte. Was durfte er sagen, was nicht? Wollte Janica, dass er sie berührte, oder war es besser, auf Abstand bedacht zu sein? Hätte er ein kleines Geschenk für sie mitbringen sollen oder war es gut, ohne Präsent da zu sein, einfach so, als sei es das Normalste der Welt, dass sie sich in diesen Räumlichkeiten aufhielt und er sie besuchte? Thomas fühlte sich wie losgelöst von dieser Welt, schwebend zwischen Wunschdenken und Realität, ohne eine Chance, das eine vom anderen trennen zu können. Aber es gab für ihn keinen Ausweg aus dieser Zwischensphäre. Die letzten Tage glichen einem Taumeln durch undurchdringlichen Nebel. Er wusste nicht, wohin er ging, sah weder Anfang noch Ende, empfand erdrückende Hilflosigkeit und haltlose Angst. Beides steigerte sich, sobald er Janica alleinlassen musste, doch je näher er ihr wieder kam, umso mehr veränderte sich der weiße Dunst um ihn her. Zarte Farben flossen in die Nebelwand ein. Pastelltöne, wunderschön und tröstlich, bis hin zu den satten Farben wohltuender Freude und Glück. Allerdings endeten seine Träume, in denen er diese bunt verfärbten Schwaden genoss, immer vor einer kohlschwarzen Wand.

Mit zitternden Händen strich er sich erneut durchs Haar, noch einmal erhöhte er seine Schrittfrequenz, als könne er so das Geschehen vorantreiben. Eine tief in ihm verborgene Stimme drängte ihn dazu, seine Schultasche zu schnappen und vor dem Unbekannten, Unheilvollen dort drin zu fliehen. Aber war er nicht schon viel zu viele Jahre seines Lebens davor geflohen, Beziehungen aufzubauen, um damit vorsorglich dem drohenden Schmerz des Verlustes zu entfliehen? Was für eine Ironie des Schicksals! Ausgerechnet er öffnete sich einer krebskranken Frau und verliebte sich auch noch in sie. Es wäre so viel einfacher für ihn, wenn er Janica niemals Einlass in sein Leben gewährt hätte. Doch was hätte er dadurch nicht alles versäumt? Ihren Farbenrausch und all die scheinbar unwichtigen Nebensächlichkeiten, die er plötzlich wieder wahrnahm und an denen er sich erfreuen durfte. Ihre wunderbare Familie, die sich seines Bruders angenommen hatte und ihn ebenso willkommen hieß, ihre verrückten Freunde, die ihn mittlerweile in ihrem Kreis aufgenommen hatten ... das Leben!?

Thomas, tief in Gedanken versunken, lief beinahe in die kleine rundliche Krankenschwester von zuvor hinein. Sie schenkte ihm einen nahezu bedrohlichen Blick.

»Kommen Sie mit!«, forderte sie ihn wenig herzlich auf.

Er schnappte sich seine Ledertasche und folgte ihr an mehreren geschlossenen Türen vorbei. Aus einer von ihnen klang ein Schluchzen, in einer anderen schnarchte jemand leise.

»Der Zehnminutenschwiegermütterschwarm«, kündigte Bettina ihn an, was ihn die Stirn runzeln ließ.

Die in ihm umherwirbelnde Verwirrung hinderte ihn daran, seine Entscheidung noch einmal zu überdenken oder sich ein weiteres Mal einer fantasievollen Vorstellung von dem hinzugeben, was ihn nun wohl erwarten würde.

Thomas trat ein. Mit einem Blick registrierte er medizinische Gerätschaften, einen Infusionsständer, Schubladen mit Beschriftungen und Desinfektionsmittel, samt deren stechenden Geruch. Dazu Heidi auf einem unbequem aussehenden Stuhl, schmucklose blaugrau gestrichene Wände und ein typisches Krankenhausbett, dessen Kopfteil aufgestellt war und auf dem Janica erschreckend zerbrechlich aussah. Das künstliche Licht spiegelte sich auf ihrem kahlen Kopf. Ihre Haut war durchscheinend, selbst die Sommersprossen sahen wie von der Sonne ausgebleicht aus. Ein Schweißfilm bedeckte ihre Haut da, wo er sie abseits des leichten himmelblauen Betttuchs sehen konnte, und sie zitterte am ganzen Körper. In einer Hand hielt sie eine hellbraune Schüssel, die andere krallte sich in Heidis Arm. Sie wirkte krank und hilfsbedürftig. So hatte er sie noch nie gesehen. Sein Herz setzte für einen Schlag aus, stolperte, als überlege es, ob es seiner Aufgabe wirklich weiter nachkommen solle. Doch dann hob Janica den Blick. Er schaute in ihre grünen, jetzt ungewöhnlich groß wirkenden Augen und glaubte, in ihnen zu versinken, wie in einem unergründlich tiefen Teich, dessen Oberfläche still vor ihm lag. Als streiche die Sonne über das Wasser hinweg, spiegelte sich ein Aufleuchten in Janicas Augen wider. Er las Liebe darin und die Freude darüber, dass er es gewagt hatte, sie an diesem Ort aufzusuchen. Allein dieser Blick, das Auffunkeln in ihren Augen ließ ihn alle seine Furcht und Vorbehalte vergessen. Er war genau da, wo er sein sollte. Hier war sein Platz. An ihrer Seite.

»Ja, beim Anblick dieser Schönheit verschlägt es einem die Sprache, nicht?«, spottete die Krankenschwester über sein Schweigen.

»Das ist mal sicher!«, erwiderte er und bemerkte mit Genugtuung, dass er sie damit aus dem Konzept gebracht hatte.

Janica schmunzelte, riss dann die Augen auf und beugte ihren Kopf über das Gefäß. In Wellen schien Schmerz durch ihren Körper zu rollen, der das Zittern ihrer Gliedmaße verstärkte. Sie würgte und würgte, doch vergebens. Thomas drückte der verdutzten Schwester kurzerhand seine Tasche in die Arme, rückte den bereitgestellten Stuhl dicht an Janicas Kopfteil und ließ sich darauf nieder. Er legte einen Arm um ihren zuckenden Körper, seine freie Hand auf ihre, als müsse er ihr helfen, die Schüssel zu halten. Noch während diese nichts nutzenden Krämpfe sie schüttelten, küsste er sie flüchtig zur Begrüßung auf die Schläfe.

»Ich bin verliebt!«, murmelte die Schwester, räumte seine Tasche in die hinterste Ecke des kleinen Zimmers und verschwand.

»Was für ein Drachen«, flüsterte Thomas an Heidi gewandt, ohne es ernst zu meinen, immerhin war die Frau nicht wirklich unfreundlich.

»Ein Schutzmechanismus«, erläuterte Heidi und wischte ihrer Tochter mit einem Tuch über die Stirn. »Aber sie kann ganz gut unterscheiden, bei wem sie ihre flotten, gelegentlich makaberen Sprüche anbringen kann und wem sie vielmehr zarte Fürsorge zukommen lassen muss. Sie ist eine großartige Schwester, die hier ihren perfekten Platz gefunden hat.«

Thomas, der seit eben dieses Gefühl kannte, genau dort zu sein, wo er sein musste, nickte und hörte die Stimme der Frau von draußen:

»Danke für die Verteidigung und das Kompliment. Allerdings vergaßen Sie zu erwähnen, dass ich maßlos unterbezahlt bin.«

»Das stimmt! Ein Makel, den alle Pflegeberufe gemeinsam haben!«

»Ach übrigens, Thomas«, meldete sich die piepsig klingende Janica zu Wort, »die Wände hier sind aus Pappe.«

»Darf ich dir die Schüssel abnehmen?«, fragte er.

»Nur das nicht. Sie ist heute und vermutlich auch morgen mein bester Freund«, widersprach Janica sanft.

»Wo kann ich sie ausspülen?«

»Lohnt sich nicht wirklich.«

»Das ist egal.«

Heidi erhob sich und wies Thomas in den Bewegungsradius ein, den Angehörige in diesem Klinikbereich innehatten. Anschließend griff sie nach ihrer Jacke und der Handtasche. Ohne Thomas überhaupt zu fragen, ob sie ihn mit Janica alleinlassen dürfe, verabschiedete sie sich und verschwand.

Panik überfiel ihn. Er fühlte sich, als habe man ihn in einen See geworfen, der kurz davor stand zuzufrieren. Heidi, ein sicherer Hort, jemand, dem das Vorgehen vertraut war, sich auskannte und zudem Janica am nächsten stand, ließ ihn einfach allein.

»Sprich es aus«, sagte Janica, gewohnt offen, allerdings mit einer Spur Aggressivität in der Stimme.

»Ich fühle mich überfordert. Das ist absolutes Neuland für mich.«

»Es reicht, dass du da bist. Wenn du nicht magst, brauchst du nicht einmal die Schüssel zu halten oder auszuspülen. Das erledigt Bettina, obwohl die Schwestern froh über jeden, ihnen abgenommenen Handgriff sind. Denn manchmal machen wir uns den Spaß und spucken synchron und lassen sie im Viereck springen.«

»Ich hab es immer geahnt!«, kam es von draußen und bestätigte Janicas Warnung über die dünnen Wände.

»Wichtig ist nur, dass du sie rufst, falls ich die Augen verdrehe und keinen Mucks mehr von mir gebe.«

»Janica ...?«

»Sie macht nur Spaß, Schwiegermütterschwarm.«

»Ich unterhalte mich mit meinem Freund«, sagte Janica lauter.

»Wir hören alle gebannt zu, nicht wahr, Herr Elsässer?«

Ein zustimmendes Brummen ertönte. Es klang mehr leidend als begeistert.

»Du wirst dich nie daran gewöhnen. Aber das musst du ja auch nicht. Ich freue mich, dass du hier bist. Als ich damals in der Kinderonkologie lag, hat sich nicht einer aus meiner Schulklasse in meine Nähe gewagt. Nicht einmal die Lehrer. Ich muss sie mit meinem plötzlichen Verschwinden und der Diagnose auf dem falschen Bein erwischt haben.«

»Das war sicher sehr schmerzlich und enttäuschend für dich?«

»Lehrreich. Man lernt schon als Kind, zwischen Freunden und Freunden zu unterscheiden.«

»Du sagst mir einfach, wenn ich etwas für dich tun kann oder falls ich etwas falsch mache, ja?«

»Hey, gut aussehend, charmant und intelligent. Glückwunsch, Janica. Gibt es Sie in einer zwanzig Jahre älteren Ausgabe, Schwiegermütterschwarm?«

In diesem Augenblick waren Janicas Kraftreserven zu Ende. Sie entzog ihm hektisch die Schüssel und verbrachte die nächsten Minuten ausschließlich mit Würgen und Zittern, Schwitzen und Frieren. Zwischendurch ging ihr jegliche Höflichkeit und Geduld mit Thomas verloren. Sie zischte ihn ungehalten an, wenn er sie zum falschen Zeitpunkt zudeckte oder aufdeckte oder im ungünstigsten Moment ihr Gesicht abwaschen oder sie in den Arm nehmen wollte. Thomas ließ dies stoisch gelassen über sich ergehen. Er kannte das in ähnlichem Ausmaß von einigen Schülern, von deren Eltern, manchen Kollegen und auch von Steffen, zumindest in der ersten Zeit nach der Trennung von Lara. Außerdem wusste er einzuschätzen, dass Janica mit anderem beschäftigt war, als auf ausgesuchte Höflichkeit zu achten, zumal sie niemals ausfallend wurde.

Irgendwann sank sie in ihr Kissen zurück und schloss gequält die Augen. Ihre Brust hob und senkte sich heftig, das

Zittern war noch nicht vorbei und ihr Gesicht wirkte spitz und blass wie nie zuvor. In diesem Augenblick verstand Thomas' Herz das erste Mal wirklich, dass Janica einen Kampf ausfocht, den sie und er bereits verloren hatten. Er sprach sie nicht an, ließ ihr die Zeit der Beruhigung, leerte aber die im Grunde leere Schüssel und feuchtete das Tuch neu an. Er wartete, bis sie endlich die Augen aufschlug und ihm einen um Verzeihung bittenden Blick schenkte, ehe er ihr das Gesicht und anschließend den Schweißfilm von Hals, Armen und Beinen wusch, sie mit sanften Bewegungen trocken massierte und dann schnell zudeckte.

Gerade als er sich wieder zu ihr setzte, trat die Schwester ein. Sie warf einen Blick in die Schüssel, musterte ihre Patientin, kontrollierte den Tropf und reichte ihm schließlich mit sehr zufriedener Miene die Hand.

»Ich bin Bettina.«

»Thomas.«

»Ich begrüße Sie im Club der Helden, Thomas.«

»Danke.«

»Janica, Sie sind ein glückliches Mädchen!«

»Ja«, erwiderte sie mit wieder geschlossenen Augen und das Lächeln, das ihre trockenen Lippen umspielte, ließ Thomas' Herz vor Glück und Stolz anschwellen.

»Lippenpflege«, wies Bettina ihn leise auf das hin, was er als Nächstes für Janica tun könne.

Sie deutete auf einen Pflegestift im Regal, den er sofort ergriff. Allerdings wartete er, bis sie den Raum verlassen hatte, bevor er sich über die erschöpfte Frau beugte.

»Lippenpflege«, flüsterte er ihr zu und küsste sie sanft.

Sie roch furchtbar, doch das störte ihn nicht. Der Kuss war nicht für ihn, sondern für Janica, und sie dankte es ihm mit einem weiteren, wenn auch kraftlosen Lächeln.

KAPITEL 26

19. SEPTEMBER

Es war nach Mitternacht, dennoch kehrte in der Onkologie keine Ruhe ein. Janica, die unter extremen Kreislaufbeschwerden litt, befand sich mittlerweile in einem Dreibettzimmer. Noch immer lief eine Infusion, dem zum Trotz fand sie endlich in einen tiefen Schlaf. Thomas lehnte sich erleichtert und ausgelaugt auf dem Stuhl zurück. Sie hatten wenig miteinander gesprochen, da Janica dazu nicht in der Lage gewesen war. Ruhige Phasen hatten sich mit stürmischen abgewechselt, sie hatte Stärke und Schwäche gezeigt, Kraft und Ausdauer, aber nicht verhindern können, gegen Abend auch einmal in Tränen auszubrechen. Bis auf zwei kleinere Pausen, in denen Janica für einige Zeit eingenickt war, war Thomas nicht von ihrer Seite gewichen. Er fühlte sich wie gekaut und wieder ausgespuckt. Trotzdem war ihm bewusst: Das, was er erlebt hatte, war nur ein harmloser Abklatsch dessen, was Janica durchgemacht hatte und wie sie sich fühlen musste. Thomas wusste, dass Janica diesen neuerlichen Chemozyklus größtenteils seinetwegen über sich ergehen ließ. In einer besonders aufreibenden Phase am späten Abend war er kurz davor gestanden, sie zu bitten, das Ganze abzubrechen. War es wirklich sinnvoll, dass sie sich die letzten Wochen ihres Lebens so plagte? Wäre es nicht besser, sie würden die Zeit, die ihnen noch blieb, genießen, auch wenn sie dann kürzer bemessen war?

Eine Frage, auf die er keine Antwort wusste, wie bei so vielen anderen, die seinen Kopf fluteten, als habe sich in seinem Gehirn ein Stauwehr geöffnet. Zweifel und Müdigkeit drohten ihn in einer Welle des Selbstmitleids fortzuspülen.

Die Nachtschwester, die auf einer ihrer Runden eintrat, schreckte ihn auf. Sie sah zuerst nach den beiden längst schlafenden Patientinnen, ehe sie an Janicas Bett trat, sich über ihn beugte und ihm zuflüsterte:

»Sie können jetzt gehen, Herr Hejduk.«

Alles in Thomas wehrte sich dagegen, Janica in diesem Krankenhauszimmer allein zu lassen. Doch die Vernunft siegte, wenngleich sie dieses Mal schwer gegen seine Gefühle anzukämpfen hatte.

»Frau Meiers Mutter kommt morgen in der Früh«, erwiderte er ein wenig zusammenhanglos.

Die Nachtschwester nickte und verließ mit klappernden Absätzen den Raum, überließ es damit ihm, ob er wirklich den Weg nach Hause antrat.

Er hatte jedoch schon großzügig lange bleiben dürfen und wollte keineswegs die Geduld des Personals und auch die der zwei anderen Zimmerbewohnerinnen überstrapazieren. Da er Janica nicht aufwecken wollte, untersagte er sich eine Berührung, obwohl er sich danach sehnte, ihre Haut zu spüren, zu fühlen, wie angenehm warm sie war, das Leben in ihr auskosten ... Minutenlang betrachtete er ihr im Nachtlicht fahles Gesicht, auf dem sich die Sommersprossen nun wieder deutlicher hervorhoben. Er wünschte sich nichts sehnlicher, als jede von ihnen küssen zu dürfen.

Tief Luft holend wandte er sich ab und hielt diese an, bis er in den kalt und unwirtlich wirkenden, hell erleuchteten Krankenhausflur getreten war.

Die Nachtschwester trat aus dem Dienstzimmer und begleitete ihn bis zur Stationstür.

»Es ist gut für Frau Meier, dass Sie jetzt hier sind. Wo waren Sie vor ein paar Wochen, als sie den ersten Zyklus bekam? Auf Dienstreise? Krank?«

Für einen Moment überlegte sich Thomas, ob er die etwas despektierliche Frage schlichtweg überhören sollte, doch dann antwortete er:

»Ganz nahe an ihrem Herzen.«

Die junge Frau seufzte und ließ ihn ins Treppenhaus und zu den Aufzügen hinaus, ehe sie geschäftig davoneilte.

Er begab sich zur Treppe und stieg wie in Trance hinab. In der kühlen Nachtluft angelangt wusste er nicht einmal mehr, wie er bis vor die Kliniktüren gelangt war. Mit schleppendem Schritt ging er zum Parkplatz, der jetzt eigenartig verwaist wirkte, als sei er der einzige Mensch auf diesem Planeten, der sich um einen geliebten Menschen sorgte. Aber er wusste um den Trugschluss dieser Fantasie. Es gab so viele Patienten ... und für einen Augenblick wanderten seine Gedanken zu Sven, Jessika und Annabelle und all den anderen kranken Kindern. Ob sie überhaupt ahnten, dass Janica ihr Schicksal teilte?

Thomas stieg ein, lehnte sich im Polster des Wagens zurück und schloss die Augen. Wie Wasserdampf in einem Kochtopf wallten Müdigkeit und Verzweiflung in ihm auf. Dann kam ihm ein Einfall. Er schoss durch seinen Kopf, von dem er eigentlich angenommen hatte, er befinde sich inzwischen in einem nebulösen Dämmerzustand. Plötzlich hellwach kramte er sein Smartphone aus der Ledertasche und wählte Lars an.

»Wie kann ich helfen?«, lautete Lars' Begrüßung, er klang gezwungen wach.

Offenbar war der Pfarrer der Ansicht, für seine Herde immer erreichbar und aufmerksam sein zu müssen.

»Ich bin es, Thomas.«

»Thomas?«

»Ich weiß, es ist spät.«

»Aber?«

»Ich war heute einige Stunden bei Janica in der Klinik ...«

»Wie geht es ihr?«

»Sie schläft. Hör mal, ich bin hundemüde und du vermutlich auch. Würdest du mir einen Gefallen tun?«

»Sicher.«

»Könntest du Janicas Freunde zusammentrommeln. Möglichst gleich morgen und zu einem Zeitpunkt, an dem viele von ihnen kommen können?«

»Sie sind auch deine Freunde.«

»Lars!«

»Okay, was willst du?«

»Ich habe da einige Ideen, für deren Durchführung ich ziemlich viel Hilfe brauche.«

»Wir helfen alle.«

»Warne sie vor. Zumindest eine meiner Ideen ist ... vermutlich ...«

»Spuck es aus, Kumpel.«

»Na ja, nicht ganz legal.«

»Und das erzählst du einem Pfarrer?«

»Ich halte dich für den größten Filou von allen.«

»Ich muss dringend an meinem Image arbeiten!«

»Und?«

»Sieh es als erledigt an. Ich schicke dir eine SMS mit dem Treffpunkt und der Uhrzeit, sobald beides feststeht.«

»Ich danke dir.«

»Geh ins Bett. Du klingst, als hättest du über vier Stunden lautstark eine Fußballmannschaft angefeuert.«

»So etwas in der Art habe ich getan, nur länger.«

»Gute Nacht.«

»Danke. Gute Nacht.«

Thomas steckte das Mobiltelefon weg, ließ den Motor an und fuhr mit weit aufgerissenen Augen, lauter Musik – trotz der geöffneten Autofenster – zu seiner Wohnung, wo er bereits am Gartentor von einem aufgeregten Balou begrüßt wurde. Thomas kam nicht umhin, sich über die Anwesenheit des Bären zu freuen. Dank ihm kehrte er zumindest nicht in ein einsames Zuhause zurück.

*

Eine schmale Mondsichel, einem nachlässig hingeworfenen blassgelben Farbspritzer nicht unähnlich, stand am nächtlichen Himmel. Wolkenschleier, vom kräftigen Herbstwind vorangetrieben, verdeckten ihn in unregelmäßigen Abständen, sodass nur ein milchiger Fleck verriet, wo sich das Himmelsgestirn gerade verbarg. Heidi schlang die Arme um ihren Körper, versuchte damit zu verhindern, dass die Böen zu sehr an ihrem Mantel zerrten. Sie fröstelte, wollte ihre exponierte Stellung auf dem Vorplatz allerdings nicht verlassen, als hoffe sie, der Wind könne ihren Schmerz mit sich davontragen.

»Warum?«, flüsterte sie in die Nacht hinein, obwohl es ihr vielmehr nach Schreien zumute war.

Starke Arme legten sich von hinten um sie und sie lehnte sich aufseufzend an Peter.

»Es war schlimm, nicht?«, fragte er gegen den Wind und das Brausen der Bäume an.

»Das erste Mal war schon schrecklich. Aber nun, da die Aussichten durch das Rezidiv so schlecht stehen ...« Heidi brach ab, holte tief Luft und sprach dann die Wahrheit aus: »Sie ist zum Tode verurteilt. Und dabei hatte sie noch so viel vor!«

Heidi spürte das Nicken ihres Ehemanns und war dankbar für sein Schweigen. Sie brauchte jetzt keine klugen Antworten, keinen Hinweis auf die Vergänglichkeit des Lebens, sondern nur jemand, der ihr zuhörte, an den sie sich anlehnen konnte.

»Sie ist so tapfer. Und Thomas ...«

Wieder entrang sich ihrer gequälten Seele ein Seufzen, doch dieses Mal klang es anders. Hoffnungsfroh. Voller Bewunderung.

»Er geht recht gut damit um«, bestätigte Peter.

»Dafür macht mir Finn Sorgen. Er schickt mir mehrmals am Tag E-Mails mit alternativen Heilmethoden, über Forschungsprogramme aus den USA. Er kommt zwar Janicas Bitte nach, ihr ein möglichst normales Umfeld zu bieten, aber innerlich zerreißt es ihn. Er will ihr helfen, etwas tun ...«

»Finn ist ein typischer ›Macher‹. Für ihn ist es vielleicht besonders schwer, eine Tatsache als unabdingbar zu akzeptieren.«

»Es ist eine Herausforderung für mich, seine Mails zu lesen und mich nicht ebenfalls an solche Strohhalme klammern zu wollen«, gestand Heidi.

»Dann bitte ihn, es zu unterlassen.«

»Angedeutet hatte ich das bereits. Seine Antwort war nahezu aggressiv. Er schrieb, ich solle ihn bitte nicht zwingen, Janica aufzugeben. Ich vermute, er braucht dieses Ventil.«

»Womöglich. Aber nicht auf deine Kosten. Du leidest schon genug!«

»Er könnte eine andere Aufgabe gebrauchen. Irgendetwas, womit er Janica helfen kann. Oder eine Ablenkung ...«

Heidi zog hilflos die Schultern hoch.

»Ich spreche mit Lars«, beschloss Peter.

»Finn wird sie loslassen müssen. So wie ... wir alle!«

Heidis Beine gaben nach. Peter stützte sie, drehte sie gleichzeitig zu sich um und schloss sie fest in seine Arme. Nackte Verzweiflung brach über Heidi zusammen, donnerte wie Deckenbalken eines einstürzenden Gebäudes auf ihr Herz, drohte, es unter sich zu begraben.

»Sie ist meine Tochter!«, rief sie unter Tränen aus. »Sie hat so viel gewonnen, nur um jetzt doch noch zu verlieren?«

»Wir haben fünfzehn gemeinsame Jahre gewonnen.«

»Das ist zu wenig! Das ist viel zu wenig!«, keuchte Heidi und klammerte sich an ihren Ehemann, während der auffrischende Wind ihr ins Gesicht blies.

KAPITEL 27

22. SEPTEMBER

Janicas Blutwerte waren so weit in Ordnung, dass sie zwar nach Hause, jedoch nicht allein bleiben durfte. Mittlerweile trug sie Bettinas ›Ganzkörperglatze‹, denn nun fehlten ihr auch die Wimpern und die Augenbrauen. Dies empfand sie allerdings als nebensächlich, viel schlimmer traf sie die nachfolgende Schwäche. Janica konnte kaum mehr als zwanzig Schritte gehen, Treppensteigen war eine Tortur und selbst die einfachsten Tätigkeiten strengten sie an. Sie liebte es, auf dem heimatlichen Hof zu sein und von den Eltern umsorgt zu werden, vermisste aber Thomas an ihrer Seite. Er kam zwar jeden Tag nach Schulschluss, kontrollierte die schriftlichen Arbeiten und tätigte die Unterrichtsvorbereitung in ihrer Gegenwart, doch die vielen Stunden, sobald er in die Stadt zurückgekehrt war, muteten ihr unendlich lang an.

Am Wochenende besuchten sie außer Thomas auch Angelo, Susi und Bärbel. In ihrer Begleitung wagte Janica es, den Weg hinab bis zur Brücke und zur Pferdekoppel zu spazieren. Dort hielten sie ein spontanes fröhliches Picknick ab und Janica strahlte, als ihr anschließend sogar noch der Rückweg gelang. Zwar sorgten sich die Freunde um ihr angeschlagenes Immunsystem, aber Janica winkte ab. Sie war stabil genug, dass sie Besuch empfangen durfte. Sie sollten ihr nur einfach nicht zu nahe auf die Pelle rücken, was Bärbel fast ebenso schwerzufallen schien wie Thomas. Dies belustigte Janica so sehr, dass sie das Gefühl hatte, den gesamten Tag über ein Schmunzeln auf den Lippen zu tragen. Ihre Heiterkeit rührte allerdings auch daher, dass Thomas an diesem Samstag im Gästebereich übernachten würde. Ein ganzes Wochenende lang brauchten sie sich nicht zu trennen!

Peter entfachte am frühen Abend ein Feuer im Hof, und obwohl es bereits reichlich frisch war, grillten sie im Freien und saßen bis tief in die Nacht hinein am flackernden Feuerschein. Thomas hatte es sich auf einem Liegestuhl bequem gemacht und Janica, die ihm deutlich erklärt hatte, dass dies völlig in Ordnung sei, zu sich auf den Schoß gezogen. Sie kuschelte sich gemütlich an seine Brust, ließ sich von ihm wärmen und lauschte dem beruhigenden Rhythmus seines Herzschlags. Nebenbei hörte sie auf das Prasseln der hoch aufschlagenden Flammen, auf das Knacken des Holzes und auf die Stimmen der anderen, die sich angeregt unterhielten.

Janica musste kurz eingeschlafen sein, denn sie reagierte verwirrt, als Bärbel sie ansprach und Thomas sie mehrmals stupste.

»Die drei machen sich auf den Heimweg, Schmusekatze«, flüsterte er ihr zu.

Schlaftrunken richtete Janica sich auf.

»Bis bald«, sagte Susi und wagte eine umständliche, da auf Abstand bedachte Umarmung.

»Ich wünsche dir einen schönen Sonntag mit dem Kerl hier.«

Angelo strich ihr über den kahlen Kopf, beugte sich herunter und drückte ihr einen Kuss darauf.

Bärbel ging neben ihr in die Hocke und hielt ihr einen Stift entgegen. Auf einem Buch, das als Unterlage diente, lag eine Faltkarte, unten heraus schaute ein Stück Papier.

»Kurti hat doch in einigen Tagen Geburtstag. Würdest du bitte gleich die Karte an ihn unterschreiben?«

Janica betrachtete stirnrunzelnd das blumige Kartenmotiv, das sie für Kurti etwas eigenartig fand. Aber da sie nicht wusste, welchen Scherz ihre Freunde für den lustigen Bayern bereithielten, nahm sie es wortlos hin. Zudem war sie nicht ganz wach und der flackernde Schein des nahezu niedergebrannten Feuers täuschte sie. Ohne näher nachzufragen, setzte sie ihren Namen auf das herausspickende Stück Papier und reichte den Stift zurück. Dabei entging ihr der Blickwechsel zwischen Bärbel und Thomas sowie sein siegessicheres Grinsen.

»Wann kommt ihr mich wieder besuchen?«, fragte sie in schleppendem Tonfall.

»Sehr bald, versprochen!«, erwiderte Bärbel, drückte mit beiden Händen fest ihren Arm und folgte dann Susi und Angelo.

Wenig später hörte Janica, wie der Motor des Fiats ansprang und sich das Geräusch rasch entfernte. Gleich darauf war nur noch das Rauschen der Bäume, das Zirpen der Grillen und ein gelegentliches leises Knacken des fast erloschenen Feuers zu hören.

»Für uns wird es Zeit, Frau«, murmelte Peter, erhob sich ächzend aus seinem Stuhl und räumte diesen und den von Heidi weg.

Ihre Mutter verschwand ebenfalls, kam jedoch mit einer flauschigen Decke zurück, die sie über Janica und Thomas ausbreitete. Sie und Peter wünschten ihnen eine gute Nacht und bald verklangen auch ihre Schritte in der Dunkelheit.

Behaglich kuschelte Janica sich wieder an Thomas, bereit, die Zweisamkeit zu genießen. Er umfing sie fest mit seinen Armen und gemeinsam lauschten sie auf die friedlichen Geräusche der Nacht.

»Das war ein wunderschöner Tag«, sagte Janica irgendwann und durchbrach damit die Stille.

»Das finde ich auch. Und ich bin mächtig stolz auf dich.«

»Weil ich so viel auf eigenen Füßen gestanden bin?«

»Ja, und weil du bis auf ein kleines Nickerchen durchgehalten hast.«

Janica legte den Kopf in den Nacken und küsste ihn eher flüchtig. Thomas verstand dies als Einladung und ihr nächster Kuss fiel wesentlich länger und intensiver aus. Sie spürte ein aufregendes Prickeln durch ihren Körper fließen, dem aber eine enttäuschende Mattheit folgte. Schließlich kuschelte sie sich wieder behaglich an Thomas und murmelte schläfrig:

»Ich könnte hier die ganze Nacht zubringen.«

»Was spricht dagegen?«

»Ich bin schwer und so bequem ist der Stuhl nun auch nicht.«

»Denkst du, nur du kannst eine Menge aushalten? Das, was du in den vergangenen Tagen hinter dich gebracht hast, hat mir schwer imponiert. Da werde ich doch ein paar Stunden mit dir zusammen auf diesem Stuhl verbringen können?«

»Dir ist wohl der von Bettina verliehene Heldenstatus zu Kopf gestiegen?«

»Du bist meine Heldin, Janica! Und hat dir eigentlich schon mal jemand gesagt, dass du eine absolut bezaubernde Kopfform hast?«

»Charmeur!«, lachte Janica, genoss es jedoch in vollen Zügen, dass er ihr Komplimente machte.

Sie verbrachten den Rest der Nacht mit Küssen, kleinen Nickerchen, leise geführten Gesprächen und beobachteten schließlich fasziniert das Erwachen des nächsten Tages, der sich mit einer berauschenden Farbenvielfalt ankündigte und wie jeden Morgen die Hoffnung auf etwas Neues in sich trug.

JANICA

Selbst wenn es eigentümlich klingen mag und ich es erst nicht hatte sehen und verstehen wollen: Aber das Beste, was mir in meiner Situation geschenkt wurde, war meine Liebe zu Thomas und dass er diese bedingungslos erwiderte.

Er hatte mich in einem schlimmen Albtraum erlebt. Dem Chemo-Cocktail hilflos ausgeliefert, schwach, hinfällig, verzweifelt und in Stimmungen und Launen, die man normalerweise niemandem zumutet, den man noch nicht lange kennt. Wobei – es hätte sicher auch seine Vorteile auf die Tiefe einer Beziehung und auf die frühzeitige und damit rechtzeitige Entscheidung zur Weiterführung oder Auflösung dieser, wenn Paare bald zu Beginn ihres gemeinsamen Weges durch so manche Täler zu gehen hätten. Natürlich wünscht man es dennoch keinem dieser Paare – und schon gar nicht wünscht man ihnen, in unsere Situation zu geraten: zusammenzufinden in dem Wissen, dass der Abschied bereits anklopft ...

Die Möglichkeiten meiner Behandlung waren ausgereizt. Ich beschloss nach Absprache mit dem behandelnden Ärzteteam, mit meinen Eltern und mit Thomas, den Zyklus zu beenden. Er schlauchte mich zu sehr, raubte mir zu viel Kraft und damit zu viele der guten Zeiten, die mir noch blieben, für das minimale Ergebnis, das zu erhoffen war.

Zeit ist kostbar, jede Minute, die wir einem anderen Menschen schenken, ist unbezahlbar, selbst dann, wenn wir nicht den nahen Tod vor Augen haben.

Was soll ich euch sagen? Seit meiner ersten Krebserkrankung hatte ich das Leben ausgekostet, in jedem Farbtupfer ein Erlebnis gesehen, in jeder Kleinigkeit ein Wunder, in jedem Lächeln den Himmel. Aber niemals zuvor hatte ich mich so lebendig gefühlt wie an der Seite von Thomas. Er war die Krönung meines Lebens – meines diesseitigen begrenzten Lebens.

KAPITEL 28

29. SEPTEMBER

Sonnenstrahlen tauchten die reifen Felder in goldenes Licht, lösten den Hochnebel vor den in vielerlei Blaustufen verfärbten Berghängen innerhalb von Sekunden auf und zauberten aus den noch nicht gen Süden geflogenen Vögeln wahre Gesangskünstler. Ein wunderschöner Herbsttag kündigte sich an.

Janica war früh aufgestanden. Sie hatte, begleitet von Balou, die Ponys auf die Koppel gebracht, die Hühner und Gänse gefüttert und begonnen, für die beiden Pensionsgäste, die Brüder Thomas und Steffen, das Frühstück vorzubereiten.

Plötzlich und wie abgesprochen erwachte das Haus zum Leben. Ihr Vater mistete in Rekordzeit die Ställe, Heidi übernahm das Kommando in der Küche und scheuchte auch Thomas und Steffen umher.

Das Frühstück verlief alles andere als gemütlich. Aus irgendeinem Grund hatten es heute alle eilig. Allerdings entzog sich Janica der Hintergrund darüber, sodass sie schließlich protestierend die Arme vor der Brust verschränkte. Damit ermöglichte sie jedoch ihrer Mutter, ihr das Gedeck wegzunehmen, obwohl sie noch nicht einmal fertig gegessen hatte. Und dabei war sie es doch, die sie fortwährend drängte, noch einen Bissen mehr zu sich zu nehmen!

»Was ist hier los?«, fragte sie und taxierte Thomas.

Er rutschte nervös auf seinem Stuhl hin und her und strich sich ständig mit den Händen durch die seit dem Vortag wieder kürzeren Haare. Ein umständliches Räuspern folgte, aber dann war es Steffen, der, gewohnt cool und mit einem Pokerface, das seinesgleichen suchte, für ihn einsprang:

»Wir haben eine Überraschung für dich vorbereitet. Dieser Tag soll ein Geschenk für dich sein und es ist absolut genial, dass du dich so flott erholt hast.«

»Eine Überraschung?«

Janica zog die Frage in die Länge, spürte begeisterte Vorfreude in sich aufperlen. Sie liebte Überraschungen und sie fühlte sich tatsächlich gut genug, um sich einen ganzen Tag verwöhnen zu lassen.

»Ich räume schnell das Geschirr in die Spülmaschine. Danach schauen wir, was du heute anziehst.«

»Jeans und einen Pulli?«, schlug Janica vor.

»Nein, wir machen uns chic!«, widersprach ihr Vater.

Er saß nach der Stallarbeit und einer Dusche bereits in einem ziemlich feinen silbergrauen Anzug samt Hemd und Krawatte beim Frühstück. Bis jetzt war Janica davon ausgegangen, dass er in seinem Amt als Pfarrer einen Termin wahrzunehmen habe.

»Ich bin gespannt!«, jubelte Janica, stand auf und hastete gefolgt von einem wild bellenden Balou in ihr Zimmer, nur um dort festzustellen, dass ihre besseren Kleidungsstücke natürlich im Kleiderschrank in ihrer Wohnung in der Stadt hingen.

Allerdings waren die Planer dieses Tages darauf vorbereitet, denn wenig später trat ihre Mutter ein und hielt vier ihrer guten Kleider und Kostüme in der Hand, die sie für gewöhnlich zu Festveranstaltungen trug.

»Oh, so chic?«, rief sie und griff spontan nach einem hellgrünen Etuikleid. »Pistazieneis in Genua«, erklärte sie ihrer Mutter, die sie irgendwie seltsam verklärt anlächelte und ihr einen neuen weißen BH und den dazu passenden Slip sowie eine qualitativ gute Feinstrumpfhose reichte.

»Was habt ihr geplant?«, fragte Janica jetzt doch eine Spur misstrauischer.

»Deine Freunde haben einen unvergesslichen Tag für dich vorbereitet. Also stelle bitte nicht zu viele Fragen, sondern genieße ihn einfach, ja?«

Janica neigte den Kopf, betrachtete Heidi und entschied sich dann, ihren Rat zu beherzigen. Die Frage, für wen dieser Tag letztlich unvergesslich sein solle, verdrängte sie ebenso wie die Zweifel darüber, ob sie den heimlich ins Leben gerufenen Trubel wirklich auszuhalten imstande war. Eilig zog sie sich um, schlüpfte in die zum Kleid passenden Ballerinas und hängte sich die weiße Strickjacke über die Schulter, die ihre Mutter für sie bereithielt, als hätte sie gewusst, dass ihre Entscheidung auf dieses Etuikleid fallen würde. Allerdings wirkte es an manchen Stellen etwas weit, ein Zeichen ihres Gewichtsverlustes.

»Die Frage, ob ich heute einen badhair- oder einen goodhair-Day habe, erübrigt sich ja«, lachte Janica, weshalb Heidi sie fest in die Arme schloss.

Schließlich griff die junge Frau nach ihrer Eigenhaarperücke und betrachtete sie nachdenklich.

»Thomas hat gesagt, ich habe eine wunderschöne Kopfform«, flüsterte sie.

»Dann lass die Perücke hier.«

»Und wenn ich es später bedauere?«

»Wir können sie ins Auto legen.«

»Nein, sie bleibt hier«, beschloss Janica und drehte sich Richtung Tür.

»Fertig?«, fragte Heidi.

»Bereit – wozu auch immer!«, lachte Janica.

»Dann ziehe ich mich ebenfalls um.«

Janica stieg die Stufen zum offenen Wohnraum hinunter und entdeckte dort ihren Vater und die beiden herausgeputzten Brüder. Sie verharrte auf dem ersten Treppenabsatz, unfähig, ihren Blick von Thomas abzuwenden. In seinem anthrazitgrauen Anzug, ähnlich dem Mercedes-Oldtimer ihres Nachbarn aus der Stadt, dem hellblauen Hemd, bei dem sie unwillkürlich an den Wellensittich ihrer Großmutter denken musste, und mit der dazu passenden Krawatte schien er einem Modemagazin entsprungen zu sein. Als sie seinen Blick auf sich bemerkte, der intensiv, fast hungrig wirkte, errötete sie. Und dabei konnte sie nicht einmal den Kopf senken und sich hinter ihren roten Locken verstecken.

»Vermutlich leuchtet mein Schädel jetzt wie ein Feuerwehrauto?«, lachte sie und vertrieb dadurch die Mischung aus Belustigung, Faszination und einer Spur Scham.

»Blödsinn. Du bist eine Schönheit«, erwiderte Steffen, drehte sich um und verdrückte sich, gefolgt von Peter.

Thomas trat bis an die unterste Stufe und streckte ihr einladend eine Hand entgegen. Janica stieg die Treppe vollends hinab, nahm die Hand und ließ es nur zu bereitwillig zu, dass Thomas sie an sich zog.

»Habe ich dir eigentlich schon mal gesagt, wie wunderschön du bist und wie sehr ich dich liebe?«, fragte er mit rauer Stimme.

»Oft. Aber ich höre es gern immer wieder aufs Neue und verspüre dabei dieses berauschende Hochgefühl in mir, als sei es das erste Mal.«

»Darf ich dich heute einfach in diesen Tag hinein entführen?«

»Ja.«

»Und ich entschuldige mich bereits jetzt für all die verrückten Ideen, die deine Freunde, deine Familie und ich uns ausgedacht haben.«

»Ich bin mir im Augenblick nicht sicher, ob ich absolut fasziniert und voll Vorfreude sein sollte – oder vielmehr besorgt.«

»Glaub mir, mir geht es ähnlich.«

»Aber du hast diesen Tag doch mit geplant?«

»Trotzdem ...«

»Ach komm, lass uns gehen!«, sagte Janica, drückte ihm einen Kuss auf die Wange und wirbelte aus dem Haus.

Aufs Äußerste gespannt, in Ungeduld auf einen Tag mit ihren Liebsten und dennoch auch ziemlich aufgeregt aufgrund der Geheimniskrämerei, kletterte sie in Thomas' Auto und ließ sich von ihm in die Stadt chauffieren.

Er parkte in der Nähe der Stadtmitte, und die teilweise verspielten Hausfassaden begrüßten sie in harmonischen Herbstfarben, die die erstaunlich warme Sonne an diesem Tag für sie bereithielt.

Eilig stieg sie aus, strich das Kleid glatt und ließ sich von den Brüdern und ihren Eltern in den Stadtkern geleiten, wo sie vor dem Rathaus ihre Freunde entdeckte. Janica stieß einen Jubelruf aus und winkte ihnen zur Begrüßung zu, stockte dann aber entsetzt und schlug die Hände vor ihren Mund.

Die Männer lüfteten die an ihnen ungewohnten Hüte, Susi nahm ein modisches Tuch ab und Bärbel zog ein Baseballcap vom Kopf, während Julia aus dem Schatten des groß gewachsenen Lars hervortrat. Sie alle offenbarten damit ihre kahl geschorenen Schädel.

»Was habt ihr getan?«, keuchte Janica. »Susi, dein schönes langes Haar!«

Sie eilte auf die Freundin zu und blieb fassungslos vor ihr stehen.

»Das wächst wieder!«, tröstete diese und fiel Janica um den Hals.

»Ihr habt das für mich gemacht?«, stotterte sie und blickte über Susis Schulter ungläubig auf die vielen spiegelnden Glatzen.

»Bärbel?«

250

Janica löste sich von Susi und strich deren Schwester mit Tränen in den Augen über die glatte, weiche Kopfhaut.

»Wir haben uns gestern alle beim Friseur getroffen. Das war ein Spaß«, erklärte Bärbel und schloss sie in den Arm.

»Der Spaß wurde noch besser, als heute Morgen ihr Handy klingelte und der Werbefuzzi vom Verlag fragte, ob sie ihnen in den nächsten Tagen ein aktuelles Foto für den Buchumschlag schicken könne!«, spottete Finn, der ebenfalls eine Umarmung einforderte.

Janica versteckte ihr Gesicht erneut hinter ihren Händen und schüttelte ein ums andere Mal den Kopf. Sie sah zwischen ihren Fingern hindurch, wie Passanten stehen blieben und die seltsame Gruppe musterte, jemand zückte sogar den Fotoapparat und schoss einen Schnappschuss. Ihre Eltern, Steffen und auch Thomas wirkten ebenso erstaunt wie Janica, und Heidi erklärte tatsächlich:

»Wenn ich das gewusst hätte, ich wäre mit von der Partie gewesen!«

»Da drüben ist ein Friseur, Heidi«, sagte Angelo und deutete auf die Ladengeschäfte gegenüber.

»Wie viel Zeit habe ich?«

»Keine mehr«, meinte Thomas mit einem Blick auf seine Armbanduhr.

Janica wandte sich ihm zu. Wieder fuhr er sich mit der Hand durch das Haar und offenbarte damit seine Nervosität.

»Geht ihr schon mal vor, ich spreche noch kurz mit der Hauptperson.«

»Soll ich nicht lieber zu deinem Schutz hierbleiben?«, fragte Lars, aber Kurti packte ihn am Arm und zog ihn hinter sich her.

Janica wollte ihnen gern nachsehen, um zu ergründen, wohin sie gingen, doch Thomas nahm ihr Gesicht zwischen seine Hände und sah sie ernst an.

»Also«, begann er unsicher, räusperte sich dann und reckte seine breiten Schultern.

Janica grinste, stellte sich auf Zehenspitzen und küsste ihn einfach. Danach wirkte Thomas erneut zutiefst verwirrt, weshalb er sich wieder räusperte. Janica machte sich einen Spaß daraus, indem sie ihn ein zweites Mal und noch intensiver küsste.

»Janica, ich ..., wir können das später ..., lass mich jetzt bitte das sagen, was ich möchte. In Ordnung?«

»Ist es dir unangenehm, wenn ich dich in der Öffentlichkeit küsse?«, fragte sie stattdessen spitzbübisch nach.

Thomas verstärkte den Druck seiner Hände an ihren Wangen und beugte sich leicht über sie.

»Ich sehe außer dir ohnehin niemanden«, erklärte er mit leiser brüchiger Stimme, richtete sich aber schnell wieder auf. Für einige Sekunden presste er die Lippen zusammen, atmete tief ein und sagte dann erstaunlich gelassen: »Im Rathaus wartet ein Standesbeamter darauf, uns zu trauen.«

»Was?«

Janica wich einen Schritt zurück, doch Thomas, der eine derartige Reaktion geahnt zu haben schien, kam ihr nach, ohne sie loszulassen.

»Es ist alles vorbereitet. Jetzt muss ich dich nur noch fragen: Janica, willst du mich heute heiraten?«

»Heute? Jetzt sofort?«

»Jetzt sofort!«

»Aber das geht gar nicht! Ich hätte dafür sicher etwas unterschreiben müssen und ... Warte! Diese Geburtstagskarte für Kurti, die ich da vor einer Woche unterzeichnet habe ...?«

»Bärbel hat das prima hingekriegt, nicht?«, lachte Thomas.

»Das grenzt ja an Nötigung, an Täuschung, an Betrug, an ...«

»Liebe?«

»Meine Güte!«, entfuhr es Janica heiser.

Erst jetzt wurde ihr das Ausmaß dessen bewusst, was ihre Freunde, ihre Familie und Thomas ohne ihr Wissen ausgeheckt hatten. Natürlich, sie war geschwächt, abgelenkt und auf dem Hof nahezu der Welt entrückt gewesen, aber dennoch empfand sie Bewunderung für diese Menschen in sich aufkeimen. Und was noch? Was war es, das da in ihr wie kochende Milch emporquoll und überzuschwappen drohte? Maßloses Glück?

Noch bevor sie etwas sagen konnte, erklärte Thomas, der wohl seine Felle davonschwimmen sah, weil sie so lange schwieg:

»Ich habe es satt, im Krankenhaus keine Informationen zu erhalten, weil ich nicht zur Familie gehöre. Ich habe es satt, dass ich in der Schule keine freien Tage zugestanden bekomme, weil die Person, die ich besuchen, pflegen und umsorgen möchte, nicht zur Familie gehört. Ich habe es satt, jeden Abend vom Hof wegfahren zu müssen, obwohl ich dich rund um die Uhr um mich wünsche, und vor allem anderen: Ich liebe dich. Ich möchte derjenige sein, der für dich verantwortlich ist, der an deiner Seite steht, dich hält und trägt, dich liebt und liebt und nochmals liebt.«

»Aber, Thomas ...?«

Janica tat sich schwer, aus dem Strudel aufwühlend grandioser und zugleich beängstigend quälender Gefühle aufzutauchen.

»Ich weiß, Janica! Ich weiß es! Es ist mir alles voll bewusst und dennoch will ich das tun. Für dich und für mich.«

Janica legte ihm den Zeigefinger auf die Lippen und unterbrach damit endlich seinen enthusiastischen, feurigen und für einen eigentlich stillen Mann kaum zu überbietenden Redeschwall.

»Ja.«

Thomas blinzelte. Anschließend zog ein reichlich schiefes Grinsen über sein Gesicht, ehe er sie packte, hochhob und sich mit ihr einmal um die eigene Achse drehte. Sanft stellte er sie wieder auf die Füße, nahm erneut ihr Gesicht in seine Hände und küsste sie unendlich zart auf die Lippen.

»Dann lass uns da reingehen.«

»Unbedingt, auch wenn es völlig irre ist.«

Diesmal war er es, der ihr gleich mehrere Finger auf die Lippen legte, damit sie ja nicht weitersprach. Er wollte nicht hören, dass er umgehend Witwer sein würde, denn ihm war dies nur zu bewusst. Also schwieg Janica, ergriff seine Hand und zog ihn die ersten Schritte hinter sich her in Richtung Rathaus.

Vor der Tür stoppte Thomas.

»Moment noch.«

Er kramte aus seiner etwas ausgebeulten Jacketttasche drei Schmuckkästchen, öffnete sie und hielt sie ihr hin. In jedem von ihnen blitzten je zwei goldene Ringe auf.

»Ich habe mir einen deiner Ringe geklaut, um die Größe bestimmen zu können. Der Juwelier war so freundlich, gleich drei Ringe anzupassen, damit du auswählen kannst. Die, die wir nicht möchten, darf ich zurückbringen.«

»Er hat ...?«

Thomas zuckte mit den Schultern, schwieg aber. Allerdings war Janica klar, dass er mit der Geschichte um ihre Krebserkrankung herausgerückt war und mit dieser – für diesen besonderen Tag – vermutlich nicht nur den Goldschmied dazu gebracht hatte, Dinge zu tun, die diese Personen für gewöhnlich nie tun würden.

Prüfend betrachtete sie die Ringe und entschied sich ganz spontan für diejenigen, in denen sich Weißgold und Rotgold in einer Spirale umschlangen und zu einer Einheit verbanden.

Thomas klappte die zwei übrig gebliebenen Schachteln zu und ließ sie wieder in seinem Jackett verschwinden, die andere behielt er in der Hand.

»Gehen wir?«

Janica war nur zu einem Nicken fähig. Sie würde heiraten! Zwar nicht in einer ausgefallenen weißen Robe wie in ihren Kindheitsträumen, aber Thomas machte ihr zumindest das Geschenk, erleben zu dürfen, wie großartig, wertvoll und unendlich geliebt eine Braut sich fühlte.

*

Janica verließ rund eine Stunde später als Frau Janica Hejduk das Rathaus und warf sich noch auf den Stufen in die Arme ihrer Mutter. Diese hielt sie so fest umschlungen, als fürchte sie, der durch die Straßen streichende leichte Herbstwind könne ihre sich federleicht fühlende Tochter mit sich davontragen. Erst als sie sich voneinander lösten, entdeckte Janica die leise vergossenen Tränen ihrer Mutter.

Allerdings ließen ihnen ihre Freunde keine Zeit für Sentimentalitäten. Julia ergriff sie an der Hand und deutete auf einen Fotografen, der unterhalb der Stufen sein Stativ aufgestellt hatte.

»Ein Epidemieglatzkopffoto!«, forderte Kurti, nachdem das Brautpaar, das Brautpaar mit den Eltern und mit ihren Trauzeugen Steffen und Bärbel fotografiert worden war.

Die Freunde stürmten auf die Stufen und gruppierten sich um die Braut.

»Ihr blendet«, meinte Peter breit grinsend und verleitete die jungen Leute damit genau in dem Moment zu schallendem Gelächter, als der Fotograf abdrückte.

»Bis später!«, rief Susi ihrem Mann zu und Angelo winkte, während er bereits die Stufen hinuntertrabte.

»Warum ...?«, fragte Janica.

Verwirrt sah sie zu, wie ihr frisch angetrauter Ehemann mit ihren Eltern und den Männern davonging. Julia und Bärbel ergriffen sie links und rechts an der Hand und zogen sie in eine andere Richtung.

»Was ist denn jetzt schon wieder los?«, lachte sie und hakte sich bei den beiden unter, Susi hängte sich bei ihrer Schwester ein.

»Wir laufen gerade erst zur Höchstform auf«, drohte Bärbel und Julia, die nahe beim Rathaus wohnte, klimperte mit ihren Schlüsseln.

Wenig später betrat die kahlköpfige Frauentruppe Julias winzige Wohnung. Janica blieb unter dem Türrahmen stehen, als habe sie der Blitz getroffen. Auf einem eigens herbeigeschafften hohen Kleiderständer hingen fünf weiße und ein cremefarbenes Hochzeitskleid.

»Nein!«, stieß sie hervor, nicht wissend, ob sie begeistert, entsetzt oder wütend sein sollte.

»Du hast zwei Stunden Zeit, dich für *dein* Kleid zu entscheiden, danach haben wir eine halbe Stunde, um dich herzurichten und eine weitere Dreiviertelstunde, um dich zu deiner kirchlichen Trauung zu fahren.«

»Ihr seid vollkommen verrückt!«

»Das wusstest du aber schon länger, oder?«

»Der Grad der Verrücktheit war mir nie so ganz vor Augen.«

»Nutze deine Zeit!«, lachte Susi und warf sich auf das Sofa, verschränkte die Arme vor der Brust und wirkte wie ein Modedesigner, darauf wartend, seine neuen Kreationen zum ersten Mal am lebenden Model zu sehen.

»Wer hat das ausgeheckt?«

»Deine Mutter und ein völlig verknallter Kerl. Wie heißt der noch gleich?«

Fragend schaute Bärbel zu Julia, die das erste Kleid vom Haken nahm und damit in ihrem Schlafzimmer verschwand. Janica folgte ihr wie in Trance. Sie hätte nicht zu träumen gewagt, dass sie mal wieder ein Brautkleid anprobieren dürfte. Als Susi ihres gesucht hatte, war sie natürlich mit von der Partie gewesen und hatte selbst zwei Kleider anprobiert.

Beim ersten Kleid wusste Janica bereits beim Anziehen, dass es ihr nicht entsprach. Zwar glich es ihrem Kindheitstraum mit seinen Puffärmeln und dem durch einen Reifrock voluminös aufgebauschten Rockteil, aber sie war ja inzwischen erwachsen geworden. Zumindest ein bisschen. Das zweite Kleid, das Julia brachte, zog sie gar nicht mehr aus. Die anderen Roben, alles Modelle, die den sich unter ihrer Haut leicht abzeichnenden Port verdecken würden, da waren die Freundinnen bei der Vorauswahl wirklich auf Zack gewesen, würdigte sie keines Blickes mehr.

Janica drehte sich vor dem Spiegel. Die Schnürung im Rücken wirkte edel und hatte den Vorteil, dass sich die Korsage ihrer bereits etwas verschwindenden Körperfülle anpasste. Der Übergang zum Rockteil war vorn und hinten durch ein spitz zulaufendes Dreieck gestaltet, der Satinrock war nur minimal ausgestellt und in geschwungenen Lagen gehalten, sodass er wie Wellen an ihr hinab bis zu den Knöcheln fiel, ohne überladen oder zu einfach zu wirken. Der hintere Rocksaum lief zu einer ebenfalls spitzen Schleppe aus. Zwar lag durch das Korsagen-Oberteil ihr Schlüsselbein und darunter die Operationsnarbe mit dem Port frei, doch zum Kleid gehörte ein glattes Bolerojäckchen aus Satin, das die Narbe verdeckte, im Rücken jedoch ausreichend Blick auf die Schnürung freihielt.

»Wunderwunderwunderschön«, hauchte Julia, öffnete die Tür und winkte ihr, sich den Schwestern zu zeigen.

Bärbel schnappte nach Luft, als sie in der Tür erschien, Susi klatschte begeistert in die Hände und rief:

»Ich wusste, dass dieses Kleid perfekt für dich ist. Wir waren schon fast aus dem Ausstattungsgeschäft hinaus, als mir dieses Modell förmlich ins Gesicht sprang.«

»Schnell noch die Schuhe und dann kann ich die anderen Kleider zurückbringen. Ich habe versprochen, dass sie um zwölf im Geschäft sind, immerhin gehen die meisten Heiratswütigen samstags ihre Brautkleider aussuchen«, feuerte Julia sie an.

Janica probierte drei der fünf Schuhpaare, bevor sie das passende gefunden hatte, und bekam gar nicht mehr mit, wie Julia die Kleider in Hüllen verpackte und in ihr Auto schaffte, denn Bärbel und Susi halfen ihr mit der Strumpfhose und schließlich puderte Susi sie nochmals leicht ab, damit sie auf weiteren Hochzeitsfotos nicht so glänzte.

»Jetzt gibt es erst mal Häppchen für uns, und sobald Julia zurück ist, stößt du mit uns mit einem Glas alkoholfreiem Sekt an. Anschließend fahren wir«, erklärte Bärbel den Plan und holte aus Julias Miniküche eine vorbereitete Platte mit kleinen salzigen und süßen Leckereien.

*

Lars sprach dem strahlenden Brautpaar unter einem weißen Pavillon am sprudelnden Bach auf der Wiese vor der Pferdekoppel den Segen Gottes für ihre Ehe zu. Auf mit fliederfarbenen Hussen überzogenen Bierbänken saßen neben den Menschen, die schon bei der standesamtlichen Trauung anwesend gewesen waren, weitere Gäste. Darunter Janicas Kollegen, die resolute Krankenschwester Bettina und Janicas behandelnder Arzt. Werner und Rattes Vater Gottlieb, sein Sohn Karsten und einige von Thomas' Kollegen sowie eine Großtante von Steffen und Thomas waren ebenfalls gekommen. Unter diese Anwesenden mischten sich einige Eltern verstorbener oder mittlerweile genesener Kinder und Jugendlicher, die Janica in den vergangenen Jahren im Hospiz kennengelernt und begleitet hatte und zu denen sie immer noch Kontakte pflegte. Die vielen, bunt zusammengewürfelten Menschen blieben alle zum anschließenden Kaffee auf dem Hofplatz.

Am frühen Abend, als zwei Nachbarinnen der Meiers ein leichtes Essen servierten, waren wieder die Menschen zusammen, die diesen ereignisreichen Tag mit viel Herzblut vorbereitet hatten. Und plötzlich stand auch Jenni im von mehreren Fackeln erleuchteten Platz zwischen dem abfallenden Gelände und den Gebäuden.

Janica flog ihrer Schwester in die Arme und das Erste, das sie sagte, war:

»Ich bin so froh, dass du noch deine Haare hast!«

Jenni lachte, küsste sie auf die Stirn und flüsterte:

»Wenn sie mir das verraten hätten ...«

»Nein!«, entrüstete Janica sich, sah aber erleichtert Jennis Zwinkern.

»So, ich gehe jetzt mal diesen umwerfend sympathischen Pfarrer und die anderen Gäste begrüßen.«

Janica ließ ihre Schwester ziehen und beobachtete mit einem heimlichen Lächeln, wie der selbstsichere und immerzu gut gelaunte Lars vom Hals bis in den Nacken verräterisch rot anlief, als Jenni zuallererst ihm die Hand entgegenstreckte.

»Wieder etwas, das ich nicht bis zum Happy End miterlebe«, flüsterte sie in einem Anflug von Traurigkeit, den Thomas sofort wegzuwischen verstand, indem er sie von hinten in die Arme schloss und ihr zuraunte:

»Ich werde meine bezaubernde Ehefrau jetzt entführen!«

»Das hört sich spannend an«, gab sie zurück, drehte den Kopf und ließ sich von ihrem Kidnapper küssen.

Janica machte sich nichts vor, als sie sich leise und heimlich aus dem Lichtkegel der Fackeln entfernten und schließlich in den Wagen von Thomas stiegen. Die anderen wussten mit Sicherheit, was Thomas geplant hatte. Aber das war gleichgültig. Sie genoss das Gefühl, sich einfach davonzustehlen, dennoch in vollen Zügen aus.

Kapitel 29

30. September

Es war nach Mitternacht, als Thomas sie in das Hotelzimmer führte, in dem schummrige Beleuchtung herrschte, weiße Rosen auf dem Tisch, den Nachttischen und entlang der Panoramafenster in überaus verschwenderischer Zahl aufgestellt waren und einen üppigen süßlichen Duft verströmten.

»Jetzt reicht es dann«, lachte Janica beim Anblick des Blumenmeers.

Thomas grinste und lockerte den Schlips um seinen Hals.

»Das mit den Rosen habe ich nicht in Auftrag gegeben. Wusstest du, dass hinter diesem Spaßvogel, aber gleichzeitig völlig durchorganisierten und manchmal knallharten Personalchef Finn ein absoluter Romantiker steckt? Die Trauung am Bachufer unter dem Pavillon, die kleine Kutschfahrt von dort bis hoch auf den Hof und vermutlich auch diese Rosen gehen auf sein Konto. Er hat mir dieses Hotel am See empfohlen.«

Janica nickte nur, denn ihre Gedanken sprangen wie ein Grashüpfer wild umher. Sie war verheiratet! Sie war hier allein mit ihrem Ehemann! Sie mussten sich an diesem Tag nicht mehr trennen. Niemals wieder, bis ...

Sie brauchte ihm nicht zu sagen, dass sie noch Jungfrau war, das ahnte er sicher. Aber, und das kam wirklich selten vor, sie wusste im Moment ohnehin überhaupt nicht, was sie sagen könnte oder sollte. Langsam drehte sie sich zu ihm um, sodass sich der verlängerte Kleidsaum um ihre Knöchel schlang.

»Das Licht lässt dein Kleid leicht bläulich erscheinen«, sagte Thomas leise und verschlang sie beinahe mit den Augen.

»Schnee im Mondscheinblau?«

»Meerjungfrauenblau«, schlug er in Andeutung auf das in Wellen fallende Satin vor, trat zu ihr und ergriff sie an den Händen. »Meine wunderschöne Ehefrau«, flüsterte er, beugte sich über sie und küsste sie sanft auf den Mund.

Dabei streifte er ihr das Bolerojäckchen ab, das mit einem vernehmlichen Rascheln zu Boden glitt. Seine Lippen wanderten an ihrem Hals entlang bis zum Port und unbeirrt weiter in Richtung ihrer anderen Schulter, als wäre es das Natürlichste auf der Welt, dass Frauen an dieser Stelle ein rundes Membrangehäuse unter der Haut liegen hatten.

Schließlich fand sein Mund erneut den ihren. Dieses Mal fiel ihr Kuss leidenschaftlicher aus als zuvor. Janica vergrub ihre Hände in seinem dichten Haar und presste sich an ihn. Feurige Wellen liefen durch ihren Körper, begruben alle Unsicherheiten und Ängste unter sich, und sie konnte nicht nahe genug bei ihm sein. Thomas hob den Kopf. Seine Augen funkelten, das freche Grinsen verleitete Janica zu einem leisen Auflachen. Er ergriff sie wieder an den Schultern und drehte sie um, sodass sie mit dem Rücken zu ihm stand. Sie spürte, wie seine Hände über ihre unbekleideten Schultern in ihren Rücken wanderten und dort Glutnester hinterließen. Sie schloss die Augen und genoss die Berührungen, als Thomas bedächtig die Schnürung löste. Bei jedem erneuten Lockern der Korsettbänder in den verdeckten Ösen, die es ihm erlaubte, die Korsage ein Stück weiter auseinanderzuschieben, presste er seine Lippen auf die eroberte Haut, als wolle er sie und sich für den Erfolg belohnen.

Das Kleid glitt raschelnd, erst aufreizend langsam, dann plötzlich sehr schnell an ihrem Körper entlang zu Boden. Janica wollte hinaussteigen, doch da hob Thomas sie bereits hoch und ließ sich mit ihr im Arm auf das Bett fallen.

KAPITEL 30

Kurti, Lars, Finn und Steffen saßen als letzte verbliebene Gäste an einem der mit Efeu und weißen Gerberas geschmückten Biertische. Flackernde Kerzen in alten Einmachgläsern und eine gewaltige Anzahl an leeren oder halb leeren Flaschen jeglicher Couleur umgaben sie, in denen sich das Mondlicht in bunten Farben brach.

»Na, das haben wir doch prima hingekriegt«, seufzte Finn zufrieden und hob seine Bierflasche.

Dabei raschelte die warme Jacke, die er zu dieser späten Stunde dringend benötigte. Die drei anderen Männer ergriffen jeweils ihre Getränke und stießen mit ihm an. Das dumpfe Klirren schien einen Kauz zu irritieren, der seinen klagenden Ruf hören ließ.

»Wir sollten gleich weitermachen, damit wir nicht aus der Übung kommen«, pflichtete Kurti bei und sein lauernder Blick wanderte zu Lars.

Auch Finn und Steffen taxierten den Pfarrer, dessen kahler Kopf sich ebenso kräftig im Mondlicht spiegelte wie der von Kurti und Finn.

»Darf ich mir zumindest die Haare vorher wachsen lassen?«, fragte Lars gelassen und nahm den Freunden somit den Wind aus den Segeln.

Enttäuscht sank Kurti in sich zusammen.

»Wenigstens ein klein bisschen hättest du den Einfältigen oder den Protestierenden spielen können«, rügte er. »Du bringst uns um den Spaß, dich endlich mal wieder ordentlich aufzuziehen.«

»Dir gefällt sie also, diese Jenni?«, hakte Finn nach.

»Sicher. Und nachdem ich mich den ganzen Abend mit ihr unterhalten habe, noch viel mehr.«

Steffen wartete auf eine Mischung lautstarken Jubels und neckender Worte vonseiten Finns und Kurtis, doch der blieb aus. Kurti grinste nur, Finn nickte gewichtig, als habe er mit keiner anderen Antwort gerechnet. Offenbar fühlten die Jungs sich ebenso zufrieden, angenehm müde und eingelullt wie er. Seine Gedanken wanderten zu Thomas und er zog den rechten Mundwinkel in einem angedeuteten Grinsen nach oben. Was er wohl gerade tat, sein ruhiger und immer vernünftiger Bruder? In seinem Inneren brodelte eine Flamme der Sehnsucht auf. Er hatte, seit ihn seine Frau des Hauses verwiesen hatte, einige Verabredungen getroffen, war aber nicht in der Lage gewesen, mehr als harmlose Treffen zuzulassen. Er vermisste nicht nur seine Tochter Marie, sondern auch ihre Mutter. Immer noch.

Sie war seine große Liebe gewesen, eine stürmische Liebe, ganz so, wie es zu seiner draufgängerischen Art passte. Doch Lara war mit seinem berufsbedingten Lebenswandel nur schwer klargekommen, seit sie Marie hatten, hatte sich das Problem zugespitzt. Wer konnte es ihr verdenken? Er war oft tagelang verschwunden und sie lebte in der Angst, ihm könne etwas zustoßen. Über seine Arbeit sprach er nicht und diese Geheimniskrämereien nagten an ihrem Vertrauen zu ihm. Vielleicht auch deshalb, weil sie nicht gerade eine der gängigen Schönheiten war, denen er gern mal nachgeschaut hatte. Vermutlich hatte sie zudem die Angst umgetrieben, ihn an eine andere, in ihren Augen attraktivere Frau zu verlieren und das nicht einmal rechtzeitig zu bemerken, weil er diesen Punkt seines Lebens ebenfalls wie ein Staatsgeheimnis hüten könnte.

Steffen rieb sich über die winzigen Bartstoppeln auf seinem Kinn. Es war sein Fehler, dass er nicht viel früher reagiert hatte. Doch damals hatte er sich einfach nicht bereit dazu gefühlt, den hart erkämpften Job und seinen Status in der Gruppe so schnell wieder aufzugeben. Dieses Festhalten an dem, was ihm wichtig erschien, hatte seine Ehe zerstört. Heute, an diesem kühlen Abend auf dem Meierschen Hof, nach der Trauung seines Bruders mit einer todkranken Frau, drängte sich ihm mit Vehemenz die Frage auf, wo denn nun die wirklich wichtigen Prioritäten in seinem Leben lagen? Wo wollte er hin? Was wollte er erreicht haben, wenn er in vielen Jahren einmal auf sein Leben zurückblickte ...?

Steffen schaute in die müden, leicht abwesend wirkenden Gesichter von Janicas und Thomas' Freunden. Es gab auch tolle Menschen außerhalb dieser eingeschworenen Gemeinschaft von SEK-Männern. Aber diese gab es für ihn nur deshalb, weil er nicht länger mit seinem Beruf hinter dem Berg halten musste, er um seine Tätigkeit und seine manchmal sehr plötzlichen Einsätze kein Geheimnis mehr zu spinnen brauchte. Eine Tatsache, die früher jegliches Vertrauensverhältnis auf eine harte Probe gestellt hatte – nicht nur zwischen den Ehegatten.

Er hatte seinen heiß geliebten Job und die Kontakte zu den Kameraden an den Nagel gehängt, doch nun fühlte er sich einsam. Dieses schrecklich verlorene Gefühl, das sein Hirn nahezu ausschalten konnte und ihn damals, verstärkt durch die falsch eingenommenen Tabletten, auf das Brückengeländer getrieben hatte, drohte wie ein breit grinsender Dämon immer mal wieder von ihm Besitz zu ergreifen.

Das Vibrieren des Smartphones in seiner Jackentasche riss ihn aus seinen grüblerischen Gedanken. Er griff sofort danach, spürte, wie Adrenalin durch seinen Körper schoss und seine

Muskeln sich anspannten. Das war seine übliche Reaktion, sobald das Mobiltelefon sich meldete, und ebenfalls ein Überbleibsel aus seiner Zeit beim SEK.

Drei Augenpaare schauten ihn an, verdeutlichten ihm, dass sie seine heftige Reaktion bemerkt hatten und sie sich nicht erklären konnten. Er musste sich überlegen, wie bald er diese Menschen darüber informierte, welcher Tätigkeit er noch bis vor Kurzem nachgegangen war. Wie so oft in den vergangenen Jahren unterlag er erneut diesem schwierigen Abwägen, wem er was und auch wie viel anvertrauen durfte ...

Die Nummer gehörte seiner Exfrau. Mit einem Blick auf die Uhrzeit verkrampfte sich etwas in seinem Inneren. Er sprang mit kraftvollen Sätzen über zwei Reihen Tische und Stühle hinweg, was ihm den anerkennenden Pfiff einer der Männer einbrachte, und nahm das Gespräch mit den Worten an:

»Ist mit Marie alles in Ordnung?«

»Nein! Doch?«

Lara klang verstört.

»Ganz ruhig«, sagte er und es gelang ihm, gelassen zu klingen, obwohl sein Herz vermehrt Blut in den Kreislauf pumpte.

»Ich glaube, jemand schleicht um das Haus«, presste sie erstickt hervor.

Die Unsicherheit, die sie aufwühlte, war selbst durch das Telefon hörbar.

Steffen tastete nach dem Autoschlüssel in seiner Jackentasche und zog ihn heraus. Lars, der ihn beobachtet hatte, stand auf und trat zu ihm.

»Schwierigkeiten?«

»Ich muss los«, entgegnete er knapp und drehte sich um.

Er hörte, wie Lars ihm folgte, konzentrierte sich aber auf das Telefonat mit Lara.

»Hast du jemanden gesehen?«

»Nein, nur ein Geräusch gehört.«

»Eine Katze, ein Fuchs?«

»Ich denke nicht. Es klang wie Schritte.«

»Vielleicht einer meiner ehemaligen Kollegen, die noch immer das Haus absichern?«

»Es ist lange nichts geschehen. Die sind abgezogen«, informierte Lara mit zitternder Stimme und so leise, dass er sie kaum verstehen konnte.

»Du hast alle Fenster und Türen verriegelt?«

»Klar«, flüsterte sie gereizt.

Oft genug hatte er mit ihr geübt, was sie im Notfall tun solle. Und sie hatte es gehasst!

»Wo ist Marie?«

»Sie schläft. In meinem Bett.«

»Geh zu ihr. Verschließe und verrammle die Schlafzimmertür, wie ich es dir gezeigt habe. Ich bin in etwa dreißig Minuten bei dir. Ich rufe dich an, damit du mich reinlässt. Hast du verstanden?«

»Ja.«

»Soll ich am Telefon bleiben?«

»Nein. Du musst fahren.«

Lara seufzte und drückte ihn weg.

Steffen drehte sich nach Lars um, der ihn fragend ansah.

»Meine Exfrau. Sie fühlt sich bedroht.«

»Bedroht?«

»Das ist eine längere Geschichte ... Ich muss sofort zu ihr.«

»Ich könnte mitfahren?«

Steffen riss die Fahrertür seines BMW auf.

»Das könnte dir nicht gut bekommen.«

Lars warf sich auf den Beifahrersitz und schloss eilig die Tür, denn Steffen hatte bereits Gas gegeben. Unzählige Kieselsteine spritzten unter den Rädern hervor, als der Wagen in die Dunkelheit hineinschoss. Schnell schaltete Steffen das Abblendlicht und auch das Fernlicht ein. Einen Augenblick spielte er mit dem Gedanken, seinen ehemaligen Chef anzurufen, entschied sich dann aber, damit noch zu warten. Bis jetzt handelte es sich lediglich um einen nebulösen Eindruck von Lara, die schon immer eher ängstlich und übervorsichtig reagiert hatte.

Die Reifen quietschten, als er von der Auffahrt auf die kurvige Landstraße einbog. Lars klammerte sich an den Handgriff der Tür, als der Wagen mit überhöhter Geschwindigkeit weiterschoss.

»Jetzt verstehe ich ...«, murmelte er, zog sein Mobiltelefon heraus und rief Finn an, um ihm kurz mitzuteilen, dass er Steffen in die Stadt begleite.

»Das bezweifle ich«, knurrte Steffen auf Lars' Worte zuvor, schaltete und drückte das Gaspedal durch. »Nimm mein Smartphone und rufe den zuletzt eingegangenen Anruf zurück. Meine Exfrau, Lara, wird sich melden. Du erklärst ihr, wer du bist und redest mit ihr oder lässt sie reden. Sie könnte das jetzt brauchen.«

»Gut.«

Ohne weiteres Nachfragen tat Lars, um was er etwas knapp, fast ruppig gebeten wurde und wenig später sprach er in angenehm beruhigender Stimmlage mit Lara.

»Lara fragt, ob sie mir erzählen darf, was los ist?«

»Ausnahmsweise.«

Steffen hörte, wie sein Beifahrer seine Antwort wiederholte, und beschleunigte bereits auf der Auffahrt zur Autobahn. Erleichtert, schon einmal bis hierher gelangt zu sein, holte er aus dem PS-starken Motor heraus, was er zu leisten fähig war. Die aufgerissenen Augen seines Mitfahrers ignorierte er. Mit allen Sinnen konzentrierte er sich auf die rasante Fahrt durch die Nacht. Er klammerte auf ihn einstürmende Sorgen und Ängste aus, sie drohten ihn nur zu lähmen. Vielmehr ging er in Gedanken sein Vorgehen durch.

Steffen bremste heftig ab und bog in die Ausfahrt am Stadtrand ein. Viel zu schnell jagte er durch das stille, wie verwaist liegende Wohngebiet. Endlich drosselte er die Geschwindigkeit und schaltete die Lichter aus. Er zwang sich, nahezu gemächlich am Straßenrand zu halten.

»Du bleibst erst mal hier sitzen«, wies er Lars heiser an, nahm ihm das Smartphone aus der Hand und sagte an Lara gewandt: »Ich bin vor dem Haus. Sobald ich die Umgebung gesichert habe, rufe ich dich nochmals an, damit du mich einlässt.« Er klickte Lara weg, steckte das Mobiltelefon ein und griff an Lars langen Beinen vorbei zum Handschuhfach. Unter zusammengezogenen Augenbrauen beobachtete sein Begleiter, wie Steffen seine SIG Sauer P229 hervorholte. Routiniert schob Steffen ein Magazin in die Pistole und öffnete die Tür. »Bleib auf jeden Fall sitzen, ja? Ich muss wissen, wo du bist.«

»Sicher doch!«, meinte Lars erstaunlich ruhig, aber mit einem abschätzenden Blick auf die blauschwarz schimmernde Waffe.

Steffen verließ den BMW. Leise ließ er die Tür einrasten. Er suchte ausgiebig die Straße nach Bewegungen ab, sondierte mit den Augen die umliegenden Gärten, soweit ihm dies ohne Nachtsichtgerät möglich war. Dann drang er, die Waffe im Rücken in den Hosenbund geschoben, auf sein ehemaliges Grundstück ein. Die Büsche und Bäume bildeten vom Mond beschienene, scharf umgrenzte Umrisse. Die Schaukel, die er für Marie besorgt hatte, hing schlaff und leblos an ihrem Gestell. Daneben zeichnete sich die riesige Sandkiste ab, die Maries Großeltern angeschleppt hatten. Das Gras stand hochgewachsen und raschelte laut unter jedem seiner langsam gesetzten Schritte. Die sandfarbenen Steinplatten der Terrasse leuchteten hell zwischen den Halmen und den zurückgeschnittenen Rosenbüschen und dem Bambus hervor. Dieser Teil des Gartens wirkte friedlich und verwaist. Als Steffen sich prüfend umdrehte, gewahrte er seine im knöchelhohen Gras hinterlassene dunkle Spur. Außer ihm war niemand da gewesen. Ob Lara sich geirrt hatte?

Noch immer nicht beruhigt huschte Steffen weiter. Am Hauseck und der blauen Regentonne vorbei betrat er den schmalen Wiesenabschnitt an der Längsseite der Doppelhaushälfte. Ruckartig blieb er stehen. Hier zeichnete sich eine Spur in der Wiese ab. Sie führte direkt zu den abwärtsführenden Stufen des Kellereingangs. Steffen runzelte die Stirn. Kleine Schweißperlen entstanden auf dieser. Er unterdrückte die Angst um Marie und Lara. Angst war ein sinnvolles Warnsignal, jedoch kein guter Ratgeber. Tief holte er Luft. Er versuchte, die Lage einzuschätzen. Womöglich waren das Laras Fußtritte. Sie könnte irgendwann am späten Abend noch im Garten gewesen sein. Oder auch nicht. Befand sich jemand im Kellereingang? Im Haus? Geschah jetzt das, was er all die Jahre über gefürchtet hatte? Ein Racheversuch? War seine Identität herausgekommen? Nun, da er das SEK bereits verlassen hatte?

Mit einer vorsichtigen Bewegung zog er die Waffe unter der Jacke aus dem Hosenbund und entsicherte sie. Er nahm sie in beide Hände und erhob die Arme in Schussposition. So huschte er leicht geduckt bis zum Eisengeländer, das vor einem Sturz auf die abwärtsführenden Stufen schützte. Ruckartig beugte er sich weit über die Brüstung. Unten gab es ein scharrendes Geräusch. Steffen spürte die Gefahr wie Nadelstiche an seinem ganzen Körper.

»Keine Bewegung!«, bellte er.

Ein grelles Licht erhellte die Nacht. Steffen schloss geblendet die Augen. Lichtpunkte tanzten vor seinem Gesicht, als er verzweifelt versuchte, zumindest Schatten zu erkennen. Sein geschultes Gehör nahm rasche Bewegungen wahr. Sollte er schießen?

Instinktiv warf er sich zu Boden und rollte unter die hier beginnende Buchsbaumhecke. Hastige Schritte liefen die Steinstufen hinauf und entfernten sich. Steffen sprang auf die Füße. Er hastete der Schattengestalt hinterher. Mit hämmerndem

Pulsschlag an der Schläfe erreichte er die Straße. Einige Meter abseits jaulte ein Motor auf. Ohne Licht, sodass auch das Kennzeichen unbeleuchtet blieb, lenkte ein dunkler Kleinwagen auf die Fahrbahn. Aufheulend schoss er davon. Steffen rannte zu seinem BMW und klemmte sich hinter das Steuer. Lars nahm ihm mit spitzen Fingern reaktionsschnell die Waffe ab. Sofort startete Steffen das Auto und fuhr mit rauchenden und quietschenden Reifen an. Er jagte über mehrere Kreuzungen und in abzweigende Straßen hinein. Dabei musste er höllisch aufpassen, nicht gegen die zur Verkehrsberuhigung angebrachten Hindernisse zu knallen. Den Flüchtenden fand er nicht mehr. Womöglich hatte der einfach irgendwo zwischen zwei Wagen geparkt und Steffen war unverrichteter Dinge an ihm vorbeigeschossen.

Wütend, enttäuscht, aber auch mit einer kleinen Spur Erleichterung passte er seine Fahrgeschwindigkeit dem 30er Limit an und lenkte den BMW zum Haus zurück. Dort angekommen schaltete er den Motor aus und ließ für einen Augenblick die Stirn auf das Lenkrad sinken. Seine Hände zitterten. Er hatte wieder eine Waffe in den Händen gehalten; sie beinahe benutzt. In den vergangenen Wochen hatte er selbst das Gefühl des harten kalten Stahls in seinen Händen gehasst und es vermieden, eine Schusswaffe zu berühren. Die Angst um Laras und Maries Unversehrtheit hatte ihn dazu gezwungen, diese Grenze zu überschreiten.

»Ich habe die Pistole zurück ins Handschuhfach gelegt«, informierte Lars ihn und brachte sich somit in Erinnerung.

Steffen richtete sich ruckartig auf.

»Danke. Tut mir leid, falls ich dich erschreckt habe.«

»Ich bin auf deine Erklärung gespannt. Aber vielleicht sollten wir zuerst nach Lara und eurer Tochter sehen?«

»Ich rufe sie an. Die Gefahr ist vorbei.«

»Es wäre bestimmt hilfreich, ihr das persönlich zu sagen«, schlug Lars vor und stieg bereits aus.

Steffen, sich dessen nicht so sicher, folgte widerwillig. Er wählte Laras Nummer und bat sie, als sie sich meldete, ihnen die Tür zu öffnen. Abwartend und in tiefes Schweigen versunken verharrten sie vor dem Eingang, bis sich die Haustür erst einen Spalt weit, dann ganz öffnete.

»Hallo Lara, ich bin Lars. Wir haben vorhin telefoniert.«

»Äh, ja, hallo«, entgegnete Lara unsicher und warf Steffen einen Hilfe suchenden Blick zu.

Sie war, ähnlich wie Thomas es gewesen war, bis er Janica kennengelernt hatte, nicht sehr spontan und von ihrem Wesen vielmehr der zurückhaltende Typ Mensch. Dem Beschützer und Gentleman in ihm hatte das immer gut gefallen ...

»Lars ist Pfarrer und ein Freund«, informierte Steffen und sah ein erleichtertes Lächeln über ihr rundliches Gesicht huschen.

Er hatte von Marie gehört, dass ihre Mutter mit ihr zuletzt wieder häufiger in die Kirche ging. Die Gespräche mit seiner Tochter waren meist äußerst aufschlussreich ...

Offenbar vertraute Lara einem Geistlichen – mehr, als sie einem seiner Kumpels vom SEK vertraut hatte?

»Schläft Marie?«, fragte er, um das Schweigen zu durchbrechen, das wie eine zentnerschwere Last zwischen ihm und Lara hing.

Er sah sie zittern und wie sie Schutz suchend die Arme um ihren Leib schlang. Einen Augenblick spielte er mit dem Gedanken, sie Trost bietend in die Arme zu schließen, aber er untersagte sich diesen Wunsch. Er verspürte keine Lust auf eine herbe Abfuhr. Zudem würde dies seinen Selbstschutz unterwandern, den er wie eine Panzerglasscheibe zwischen sich und seine noch immer in ihm schwelenden Gefühle für Lara aufgebaut hatte.

»Setzen wir uns?«, schlug Lars vor und ging einfach voraus in den Wohn- und Küchenbereich. Er schaltete das Licht ein und fragte: »Ist es in Ordnung, wenn ich uns einen heißen Tee zubereite?«

Lara drehte sich um und sah Steffen fragend an. Er nickte ihr beruhigend zu und freute sich darüber, dass sie daraufhin zumindest ihre verkrampft ineinander verschlungenen Finger lockerte.

»Die Tassen stehen noch in der Spülmaschine, sie ist sauber, aber noch nicht ausgeräumt. Tee gibt es in dem Schrank rechts vom Kühlschrank«, sagte sie in hörbar verunsichertem Tonfall.

Dieser selbstsichere Mann, der sich in ihrer Wohnung wie ein Familienmitglied bewegte, verwirrte sie.

»Bestens!«, erwiderte Lars und machte sich am Wasserkocher zu schaffen.

»Komm, setz dich«, bat Steffen seine Exfrau, die unschlüssig in ihrem eigenen Wohnzimmer stand, und ergriff sie sanft am Ellenbogen.

Sie entzog ihm ihren Arm, was einen heftigen Schmerz durch sein Herz jagte. Dennoch verspürte er fast so etwas wie Dankbarkeit über ihre abweisende Reaktion. Es war besser so. Die Gefühle, die er für sie empfand, schlummerten viel zu nah an der Oberfläche, als dass er sie berühren durfte.

»War jemand draußen?«, fragte sie und schaute ihn zweifelnd an.

Sie wusste um ihre eigene Überbesorgtheit und hegte die Angst, ihn unnötig beunruhigt zu haben.

»Ja«, sagte er nur, doch sein Tonfall fiel grimmig aus.

»Wie immer knapp und ohne Erklärung, ja?«, erwiderte sie bitter, verschränkte die Arme vor der Brust und ließ sich schwer an die Lehne des Sofas zurücksinken.

Steffen biss die Zähne zusammen, fuhr sich mit der Hand durch das Haar und pellte sich erst einmal aus seiner Jacke.

»Ich kann dir nicht mehr sagen, weil ich nicht mehr weiß. Der Kerl hat mich geblendet und ist dann verschwunden.«

»Geblendet?«

»Fotoblitz, vermute ich.«

»Dieser Reporter von neulich? Er war hinter dem Schützen ...?« Lara warf ihm einen scheuen Blick zu und senkte den Kopf, ohne den Satz beendet zu haben. »Dann gibt es jetzt ein Foto von dir?«

Grimmig nickte Steffen. Er konnte sich das Foto leidlich gut vorstellen. Ein Mann mit angespannter Muskulatur, von unten nach oben fotografiert, was ihn höchstwahrscheinlich bullig und riesig aussehen ließ, mit zusammengekniffenen Augen und Lippen, die Waffe direkt auf den Fotografen gerichtet. Das perfekte Abbild des schießwütigen SEK-Mitglieds, das ein unschuldiges Kind erschossen hatte.

»Und einen Namen ...«, flüsterte sie leise und ihr Blick wanderte unwillkürlich zum Schlafzimmer, in dem die kleine Marie friedlich schlief.

»Ich rufe meinen Chef an. Mal sehen, was er unterdrücken kann«, sagte Steffen und sprang tatendurstig auf.

»Ich lasse so schnell wie möglich meinen Namen wieder auf meinen Mädchennamen ändern. Und den unserer Tochter auch!«, stieß Lara verängstigt hervor.

»Ich dachte, das hättest du längst getan?«

»Der Antrag läuft. Aber ich hatte so viel zu erledigen, zu entscheiden, zu tun. Ich habe das lange vernachlässigt«, gestand sie ein.

Steffen fuhr sich mit beiden Händen durchs Haar. Ob sie damit gezögert hatte, weil es ihr noch etwas bedeutete, seinen Nachnamen zu tragen? Wütend auf sich selbst verwarf er den Gedanken und verzog unwirsch das Gesicht.

»Pack das Nötigste zusammen, ich bringe dich und Marie gleich zu deinen Eltern.«

»Und mein Job?«, begehrte sie auf.

»Ist er dir wichtiger als deine und Maries Sicherheit?«

»Du bist unmöglich!«, fauchte sie ihn an.

Lars stellte drei Tassen und eine dampfende Glaskanne auf den Tisch. Er warf Steffen einen befremdlichen Blick zu und sagte:

»Gesprächsführung ist nicht eben deine Stärke, starker Mann!«

»Dafür gab es bei den SEK-Einsätzen geschulte Psychologen.«

»Dann hättest du so einen hierher einladen sollen«, meinte Lars trocken und dachte sich wohl seinen Teil auf seine Offenbarung über seine Tätigkeit beim SEK.

»Du darfst jetzt gern das Gespräch übernehmen. Ich muss telefonieren!«, fauchte Steffen und verschwand im Flur.

Er hörte noch, wie Lars sagte:

»Er hat Angst um dich und eure Tochter, deshalb markiert er den starken Mann.«

»Er hat immer den starken Mann markiert!«

»Er ist ein Beschützertyp.«

»Es gab Zeiten, da habe ich das sehr genossen«, gestand Lara leise ein und veranlasste damit Steffen, die Tür einen Spalt offen stehen zu lassen.

»Und das hat irgendwann aufgehört?«

Lara seufzte laut.

»Ich fürchte, wir haben immer zu viel in die Reaktionen und Handlungen des anderen hineininterpretiert, anstatt darüber zu sprechen – oder darüber sprechen zu dürfen.«

»Steffen war vermutlich viel unterwegs, in gefährliche Einsätze involviert und musste über seine Arbeit Stillschweigen wahren?«

Steffen schloss die Tür und erlaubte es Lars, mit Lara über ihn, ihre Vergangenheit und die schwierige Gegenwart zu sprechen, ohne dass er Zeuge des Gesprächs war. Er musste jetzt dringend versuchen, einen überneugierigen Reporter daran zu hindern, sein Foto und seinen Namen an die Presse weiterzugeben, und damit vor allem Lara und Marie zu schützen. Er wählte die noch immer im Kurzwahlspeicher hinterlegte Nummer. Es dauerte trotz der nächtlichen Stunde nur ein paar Wimpernschläge, bis er den gewünschten Gesprächspartner am Apparat hatte, der auf seine knappgehaltene und präzise Information über die Geschehnisse wie eine Granate in die Luft ging. Steffen nickte grimmig. Es roch danach, als seien interne Personalien nach außen gelangt. Das durfte nicht sein.

KAPITEL 31

Steffens ehemaliger Vorgesetzter und einige Kollegen der Polizei waren eingetroffen. Sie durchsuchten den Garten, nahmen im Bereich des Kellereingangs Fingerabdrücke und sprachen mit einer jetzt wieder restlos aufgelösten Lara.

Steffen verließ unbeachtet das hell erleuchtete Haus und das Grundstück. Prüfend sah er auf die dunklen Fenster der Nachbarhäuser, froh darüber, dass der in dieser ruhigen Gegend nun wild geparkte Fuhrpark niemanden geweckt zu haben schien.

Sein Herz drohte vor Sorge und Wut zu bersten, sein Kopf fühlte sich dagegen eigentümlich leer an. Als er die Hand nach dem Türgriff seines Wagens ausstreckte, zitterte sie unkontrolliert. Er wollte einfach nur weg, diesem Chaos entfliehen, das er jetzt über Lara und Marie gebracht hatte. Sein Name und sein Foto würden am folgenden Tag durch die Medien gehen. Bekannte und Nachbarn, sowohl die alten als auch die neuen, würden ihn erkennen. Er war als Todesschütze ausgemacht, die Jagd konnte beginnen. Er und, was noch viel schlimmer wog, seine Familie standen in der Gefahr, zum Freiwild für die Presse und im Web – wie es schon einmal der Fall gewesen war – zu avancieren. Falls einer der Kriminellen auf Rache aus war, der durch das SEK in den vergangenen Jahren verhaftet, bei Razzien festgenommen, bei Überwachungen von einem

Attentatsversuch abgehalten, nicht an einen Belastungszeugen herangekommen oder in welcher Art auch immer in ›Schwierigkeiten‹ manövriert worden war, bekam jetzt ein oder gar mehrere Opfer auf dem Präsentierteller serviert. Da war es wohl gleichgültig, ob Steffen an diesem Einsatz überhaupt beteiligt gewesen war oder ob ein Spezialeinsatzkommando aus einem anderen Bundesland dafür verantwortlich zeichnete.

Steffen stieg in seinen Wagen und lehnte sich zurück. Er schloss die Augen. Die alten Schreckgespenster waren wieder präsent: das brennende Autowrack. Die Schreie seiner Mutter. Sein vergebliches Bemühen, ihr zu helfen. Die heißen Flammen auf seinem Körper. Die Suche nach seinem einzigen Freund. Die Tage der Ungewissheit. Die quälende Tatenlosigkeit. Die Gewissheit seines Todes. Die unüberschaubare Situation in dem dunklen Wohnhaus. Der sich am Rande des Wahnsinns bewegende Vater und Ehemann. Die Schüsse im Haus. Der Schatten am Fenster. Seine Stimme, die ein freies Schussfeld verkündete. Die Stille im Funkverkehr. Das Luftanhalten aller Beteiligten. Der Schießbefehl. Das Aufblitzen. Der Rückschlag. Das Zerbersten der Fensterscheibe. Und plötzlich die Silhouette eines Kindes.

Steffens Herzschlag stolperte, sein Gehirn schien zu bersten.

Gab es einen Weg, Lara und Marie da herauszuhalten? Wie konnte er verhindern, dass die Presseleute sie belagerten und bedrängten, dass die Kinder im Kindergarten Marie gängelten und anfeindeten, Lara ihre Freunde verlor und auf der Arbeit verschmäht wurde? Die Menschen suchten immer einen Schuldigen. Notfalls musste eben ein ungerechter und ansonsten in ihrem Leben nicht existierender Gott herhalten. So weit brauchten die aufgebrachten Massen dieses Mal gar nicht zu gehen. Der Schuldige war ausgemacht. Die Forderung nach einer harten Bestrafung würde folgen.

Steffen beugte sich vor und öffnete das Handschuhfach. Da lag sie. Schwarz wie der Tod. *Es* war schnell und einfach.

Es bewahrte Lara und Marie vor dem Kommenden und sprach seine Kameraden vom SEK frei ... *Es* versprach, seinem Gewissen zu helfen ...

*

Steffen zog es in einem Strudel von Selbstzweifeln, Selbstvorwürfen und Panik in die Tiefe eines bodenlosen Lochs. Steil ragten die Wände um ihn her auf. Diese waren so glatt wie die konturenlose Oberfläche, die der Mensch auf Wunsch der Gesellschaft haben sollte. Sie bot keinen Halt vor dem unendlichen Fall in die Schwärze. Seine Hand, die die Pistole hielt, zitterte, seine Oberschenkelmuskulatur verhärtete sich. Sie fühlte sich an wie Stein. Sein Atem ging keuchend, als habe er einen Halbmarathon hinter sich.

Er streckte seine freie Hand aus, um nach dem Mobiltelefon zu greifen und Janicas Eltern anzurufen. Er brauchte Hilfe! Unwillkürlich verharrte er in der Bewegung. Benötigte er diese wirklich? Durfte er auch noch das Ehepaar Meier mit seinen Sorgen, seinen Ängsten und dem, was sich nun rund um ihn zusammenbraute, belästigen? War es nicht irgendwann genug? Genug Zweifel? Genug Ängste? Genug Schuldgefühle? Genug Hilfe von anderen Menschen. Sie hatten doch ihre eigenen Kämpfe auszufechten! Janica! Die Frau seines Bruders kam ihm in den Sinn. Der Engel, der ihn von der Brücke geholt und ihm Hilfe angeboten hatte ...

Während er hier saß und die Waffe in den Händen hielt, die seinem Dasein ein schnelles Ende bereiten könnte, kämpfte sie um jeden neuen Tag, war dankbar für jeden erlebten Augenblick, für jeden Atemzug in ihrem jungen Leben.

Ihm war, als habe ihm jemand oder etwas einen derben Tritt verpasst. Ähnlich einem Freund, der ihn darauf aufmerksam machen wollte, dass er sich gerade völlig vergaloppierte. Er lief in die falsche Richtung. Nein, er fiel! Er fiel in sein altes Verhaltensmuster zurück. Versagen durfte es nicht geben! Schuld konnte man nicht wegwischen wie Tafelkreide mit einem Schwamm! Die Stimme der Vernunft stritt sich mit der ..., ja, mit welcher? Mit der eines Dämonen, der ihn zu zerstören versuchte? Welche war lauter? Kräftiger? Welche ging als Sieger aus seinem inneren Zerwürfnis hervor? Es wäre so einfach, alles loszulassen, weiter hinabzustürzen und der Hoffnungslosigkeit zu entfliehen. Auf diese Weise könnte er dem Elend und dem Kampf um seine Seele auf immer entkommen. Nicht aber Thomas und Janica, Lara und Marie, seine Kameraden bei der SEK. Nicht einmal der Familie, die den kleinen Jungen verloren hatte, würde seine letzte verzweifelte Tat helfen. Steffen schloss die Augen, ahnte, dass es nur zwei Möglichkeiten gab, aus seiner Zerrissenheit zu entkommen: zulassen, dass er noch tiefer fiel, mit dem Ergebnis, dass er die Waffe benutzen musste oder den Kopf heben, an den glitschigen schwarzen Wänden hinaufsehen und den Sternenhimmel dort oben fixieren. Aufgeben oder kämpfen. Sich eigensüchtig davonschleichen und damit anderen neues Leid zufügen oder diese hohen Mauern überwinden und für die, die er ungewollt mit in das Desaster hineingezogen hatte, eine Hilfe sein. Welchen Weg sollte er wählen? War er überhaupt in der Verfassung, eine Entscheidung zu treffen ...?

KAPITEL 32

Tanzende Wellen mit blitzenden Diamanten geschmückt begrüßten Janica, als sie in ihre Decke gehüllt den Holzbalkon betrat. Das Wasser schwappte glucksend gegen die im Wasser stehenden Stützbalken. Braune Schilfhalme wiegten sich im Takt der sanften Wellenbewegungen und ihre harten, rauen Blätter knatterten leise in der frischen Brise, die über den See strich. Sie kräuselte in unterschiedlich kräftiger Intensität das Wasser und lockte damit auf der ohnehin verschiedenfarbenen Seeoberfläche eine dunklere, nahezu graue Färbung hervor, die immer wieder an eine andere Stelle des Sees hüpfte, als sei sie sich unsicher, wo sie hingehöre.

Janica hatte es dahingehend besser. Mit einem Blick auf das zerwühlte Bett, das außer einem dunkelbehaarten Männerbein, einem muskulösen Arm und einem dunklen Haarschopf nicht mehr zum Bewundern anbot, wusste sie genau, wo sie hingehörte. Zumindest noch eine Zeit lang. Ihr nächstes Zuhause lag in einer neuen, jetzt für sie noch unsichtbaren und unbekannten Welt.

Lächelnd stellte sie zwei Metallgartenstühle mit den Sitzflächen aneinander, setzte sich und hüllte sich in ihre Decke. Sie rutschte so weit mit dem Po nach unten, dass sie den Hinterkopf an die hohe Lehne legen, aber dennoch über den Stuhl, auf dem ihre Füße lagen, und die Brüstung hinaus auf den

See sehen konnte. Die ersten Sonnenstrahlen malten silberne Lichtblitze auf die bewegte Wasseroberfläche. Friedlich lag das Gewässer inmitten von sanften blau- und grünfarbenen Hügeln vor ihr und wirkte wie der Spiegel einer göttlichen Seele.

Ein weißes Schwanenpaar schwamm in gemütlichem Tempo vorbei, das Gefieder zum Trocknen und Wärmen aufgestellt, was sie wie übergroße Wattebäusche aussehen ließ. Weit draußen schaukelte ein flaches Fischerboot auf den Wellen, ansonsten war der See noch völlig jungfräulich. Segler und andere Wassersportler lagen schlafend in ihren Betten, überließen es Janica, den Tag zu begrüßen und sich an der klaren Luft, der immer höher steigenden Sonne und dem daraus resultierenden Farbenspiel des Himmels, der bewaldeten Berghänge und des Wassers zu erfreuen.

Genießerisch sog sie die leicht modrige Luft ein, die nach den im Nassen stehenden Holzbalken roch, dem sich ein kräftiger Hauch urwüchsigen Waldduftes beimengte. Das Glucksen der Wellen, das Rauschen der Wälder und sogar das leise Brummen des Außenbordmotors, als sich das Fischerboot einem entfernt liegenden Uferstreifen näherte, vernahm sie als beruhigende Melodien in einer Symphonie, die ihr Herz mit Dankbarkeit füllte.

Sie hörte nahende Schritte, löste jedoch nicht den Blick von der wie verzauberten Märchenwelt. Thomas blieb hinter ihr stehen und sie ahnte, dass er ebenfalls den sich ihm bietenden Anblick in sich aufnahm. Schließlich ergriffen zwei kräftige Hände ihre Decke, zogen sie etwa höher und steckten sie hinter ihren Schultern und dem Stuhl fest.

»Ist dir nicht kalt?«

Thomas' Stimme klang rauchig, unausgeschlafen.

»Kein bisschen.«

Janica legte den Kopf in den Nacken und lächelte Thomas an. Er hatte zerzaustes Haar und trug lediglich ein eng anliegendes Shirt und Boxershorts. Sie reckte sich, griff in Brusthöhe in sein Shirt und zog daran, bis Thomas sich über sie beugte. Schnell schlang sie ihre Arme um seinen Nacken, vergrub eine Hand in seinem Haar und küsste ihn.

»Ich wollte dir ein gemütliches und ausgiebiges Frühstück vorschlagen«, murmelte er, als sie beide wieder zu Atem kamen.

»Und was hindert dich daran?«, fragte sie neckend, strich ihm mit dem Zeigefinger über die Wange, hinab zum Kinn mit den kratzenden Bartstoppeln und über seinen Adamsapfel hinweg, ehe er ihre Hand fest mit seiner umschloss.

»Wer bist du?«, erkundigte er sich lachend und zog sie mitsamt der Decke auf die Beine.

»Deine Ehefrau.«

»Na dann ...«

Energisch drängte er sie durch die Balkontür in das Hotelzimmer.

*

Nach einem sehr späten Frühstück räumten Janica und Thomas ihr spärliches Gepäck in den Kofferraum und spazierten Hand in Hand durch den Mischwald am Seeufer entlang und schließlich zurück in die kleine Ortschaft, in der das Hotel lag. Einige wenige Touristen saßen auf den Terrassen der Cafés und genossen den angenehmen herbstlichen Sonnenschein, eine Hand voll Segelboote glitten wie Daunenfedern über den glitzernden See, während im Hafen größere Boote bereits aus dem Wasser gezogen und für den kommenden Winter abgedeckt worden waren.

Plötzlich blieb Thomas ruckartig stehen. Janica zuckte zusammen, als sie den entsetzten Ausdruck auf seinem eben noch so gelösten Gesicht sah.

»Was ist ...?«, presste sie mühsam heraus.

Thomas ließ sie los, eilte zu einem Kiosk, der den unangenehmen Duft fettiger Pommes verströmte, und riss eine Ausgabe eines Boulevardblattes aus dem Zeitungsständer. Mit wenigen Schritten war er wieder bei ihr, misstrauisch beobachtet von der dürren älteren Kioskinhaberin.

Mit einem Blick entdeckte Janica, was Thomas so erschreckt hatte. Sie schnappte nach Luft und hielt den Atem an. Auf dem Titelbild prangte fast halbseitig ein Foto von Steffen. Er steckte noch in dem Anzug, den er am Vortag getragen hatte, die gestreifte Fliege hing gelockert um seinen Hals. Steffens Gesicht wirkte verkniffen, ja nahezu kalt, während er von oben herunter, über ein Metallgeländer hinweg, mit einer Schusswaffe auf jeden zu zielen schien, der die Zeitung in den Händen hielt. Das Foto war leicht unscharf und schlecht ausgeleuchtet, wodurch sich die bedrohlich wirkende, düstere Szenerie verstärkte. Mit großen, schwarzen Lettern stand über dem Bild: *Der Todesengel des SEK?!*

Janicas Augen huschten über die Zeilen, die mehr unbestätigte Thesen aufzählten als Fakten erklärten, den Leser allerdings mit dem Gefühl zurückließen, dass der gewiefte Reporter ein gut gehütetes Geheimnis aufgedeckt hatte.

Thomas knüllte das Papier zusammen und zog sein Smartphone aus der Jackentasche, musste es aber erst einschalten. Unterdessen zahlte Janica die Zeitung, legte ihren Arm um die Hüfte ihres Ehemanns und schob ihn behutsam, aber unbeirrbar in Richtung Hotelparkplatz. Es war an der Zeit, zurückzukehren. Steffen brauchte jetzt jede nur verfügbare Unterstützung.

JANICA

Wie schnell das Leben von glücklichen Zeiten auf haltloses Chaos umschalten kann, nicht wahr? In einem Augenblick fühlt man sich geborgen und unbeschwert, im nächsten trifft einen das Schicksal mit unerbittlicher Härte. Warum das so ist? Ich weiß es nicht. Vielleicht, damit wir überhaupt in der Lage sind, die guten Zeiten zu fühlen, zu sehen und zu schmecken? Denn wie könnten wir das, müssten wir nicht auch die andere Seite erleben? Nur der Kontrast hebt die Feinheiten hervor?! Helle, fröhliche Farben gehen inmitten des Spiels leuchtender Flecken, Striche und Tupfer unter, solange es keine Grautöne, kein Schwarz auf unserem Lebensgemälde gibt.

Oder sollten wir auf dieser unvollkommenen Erde keine zu tiefen Wurzeln schlagen, um darüber hinaus nicht zu vergessen, den Blick über unseren Horizont hinweg zu wagen? Was kommt der Wahrheit am nächsten? Und ist das dann nur unsere Wirklichkeit? Wie begrenzt ist unser Blick? Schon viele Menschen haben sich dahingehend mit Antworten versucht. Wer von ihnen der Wahrheit wohl am nächsten war? Ist sie mit unserem menschlichen Sinn überhaupt zu erfassen? Mir erscheint sie zu groß, um in mein kleines Gehirn, mein verletzliches Herz oder gar in das hineinzupassen, was sich meine Seele nennt. Ich darf nur hin und wieder einen lichten Abglanz, eine farbenfrohe Winzigkeit, ein hoffnungsvolles

Ahnen erhaschen. Aber sie genügen mir, erlaube ich diesen Eindrücken, tief in mich hineinzufallen.

Thomas und ich hatten wunderschöne Stunden miteinander verbracht, bevor das nächste Chaos über uns hereinbrach, uns gewaltsam aus unserem Glückstaumel riss und zurück in die harte Realität warf. Dennoch wehrte ich mich dagegen, dass dieses bedrohliche Dunkle alle hellen Farben in meiner Erinnerung und in meiner Gegenwart auslöschte. Trotz des Durcheinanders, das uns erwartete, liebte ich und wurde ich geliebt. Trotzdem war ich eine verheiratete Frau und von meinen Freunden und meiner Familie reich beschenkt worden. Das konnte mir niemand wegnehmen. Also hielt ich dankbar fest, was mir geschenkt war! Oft sind es die kleinen und unscheinbaren, die nebensächlichen Dinge, die mein Herz erfreuen und es vor den Angriffen der Welt schützen.

Kapitel 33

Thomas hatte Janica bei ihrem Appartement am Fluss abgesetzt und war dann unverzüglich zu seiner Wohnung gefahren, wo er wie abgesprochen Steffen antraf. Sein Bruder lief wie ein gefangenes Tier ziellos durch das Wohnzimmer. Er trug noch immer seinen besten Anzug, der entsprechend zerdrückt aussah, allerdings hatte er die Fliege abgenommen und die obersten Hemdknöpfe geöffnet. Lars saß auf der hellen Ledercouch und nickte Thomas grüßend zu, der ihn dankbar anlächelte. Er hatte Steffen nicht allein gelassen, konnte seine Müdigkeit jedoch nicht verbergen. Steffen hingegen vermittelte vielmehr den Eindruck kampfeslustiger Aggressivität. Er wirkte zwar mitgenommen, war aber keineswegs in einem Zustand, der die Befürchtung aufkommen ließ, er könne erneut mit dem Gedanken spielen, seinem Leben ein Ende zu bereiten.

»Wo sind Lara und Marie?«, lautete Thomas' erste Frage.

»Ich habe sie zu Laras Eltern gefahren. Meine Güte! Ich musste Lara dazu zwingen und ihr erklären, dass sie wegen ihres Jobs nicht ihre und Maries Sicherheit aufs Spiel setzen dürfe. Wie kommt sie bloß auf die Idee, dieser Job könnte wichtiger sein als ...«

Steffen brach kopfschüttelnd ab. Vermutlich wurde auch ihm in diesem Augenblick bewusst, dass er und seine Exfrau exakt diese Diskussion viele Male geführt hatten. Allerdings in vertauschten Rollen.

»Was sagt ... dein Chef?«

Mit einem Seitenblick auf Lars, der zwar die Augen geschlossen hielt, in dieser aufrechten Sitzposition aber sicher nicht schlief, vermied er es, genau wie Steffen es ihm eingeschärft hatte, einen Namen zu nennen.

»Er rotiert. Diese Sicherheitslücke bereitet ihm gewaltiges Kopfzerbrechen. Er meint jedoch, für Lara und Marie bestehe keine direkte Gefahr. Es geht nicht darum, mir weitere Namen abzuerpressen oder einen SEK-Mann für die Vereitelung diverser Verbrechen oder für die erfolgten Verhaftungen zu bestrafen, sondern nur um die Sensationsgier und das Finden eines Schuldigen, auf den dann jeder einhacken kann, der darauf Lust verspürt.«

Steffen klang grimmiger als jemals zuvor. Thomas verstand ihn nur zu gut. Er wusste, wie sehr sein Bruder seine Tochter liebte und vermutlich auch Lara, selbst wenn Steffen darüber niemals sprach. Die Tatsache, dass sich jemand unerlaubt und mitten in der Nacht Zutritt auf ihr Grundstück verschafft hatte, trieb Steffen gehörig um. Hinzu kam die Furcht, dass seine Tochter im Kindergarten, seine Exfrau bei der Arbeitsstelle belästigt und in Schwierigkeiten geraten könnten.

»Was können wir tun?«

»Ich soll mich ruhig verhalten«, sagte Steffen mit einem nicht zu überhörenden Grollen in der Stimme, das verdeutlichte, wie sehr ihn genau das Gegenteil reizte.

»Weshalb bist du nicht bei Lara und Marie geblieben?«

»Ich kann nicht«, presste Steffen zwischen den Zähnen hervor.

»Weil Laras Eltern dir noch immer nicht verziehen haben?«

»Ich fürchte, sie kreiden unsere Scheidung vielmehr Lara an. Immerhin war sie diejenige, die einen Schluss-Strich gezogen, die es nicht mehr länger mit mir ausgehalten hat.«

»Janica packt gerade einige Sachen zusammen. Sie zieht hierher, du kannst vorerst ihre Wohnung nutzen.«

»Ich dachte, dass du vielleicht zu ihr ziehst und ich wieder hier unterkriechen kann?«

»Wir beide tragen den gleichen Nachnamen, schon vergessen? Wie schnell wird wohl jemand auf die Idee kommen, dich hier zu suchen?«

»Aber dann bedrängen sie dich und Janica.«

»Wir kommen damit klar.«

»Thomas, ich weiß nicht ...«

»Janica meint, dass ihre Ganzkörperglatze auch den hartnäckigsten Reportern einen Rest Anstand abverlangen wird. Außerdem würde Balou dir für immer dankbar sein.«

»Balou?«

»Er hasst diese Stahlgittertreppe. Und er wird jeden Unbefugten davon abhalten, sich dem Haus zu nähern. Es darf nur nicht durchsickern, was für ein treuherziges Wesen in dem riesigen Hundekörper mit dem Wolfsgesicht steckt.«

Über das Gesicht von Lars huschte ein Lächeln, obwohl er weiterhin wie unbeteiligt dasaß und die Augen geschlossen hielt.

»Wir haben uns ohnehin für meine Wohnung entschieden, aus ganz praktischen Gründen«, versuchte Thomas, die letzten Zweifel seines Bruders zu zerstreuen.

Der seufzte laut auf und nickte. Auch ihm war klar, dass Janica in absehbarer Zeit die vielen Stufen ihrer Außentreppe nicht mehr würde bewältigen können.

»Gut, dann hole ich schnell ein paar Klamotten aus meiner Wohnung, bevor die Meute erfolgreich nachgeforscht hat und dort aufschlägt.«

Lars erhob sich, streckte sich mit seiner Körpergröße von knapp über zwei Metern der Zimmerdecke entgegen und sagte:

»Ich begleite dich. Ich bin so eine Art menschlicher Balou.« Bei diesen Worten strich er sich nachdrücklich über seinen kahlen Schädel. »Drück Janica von mir, wenn du sie nachher abholst, ja?«

»Mach ich, Lars.«

»Wer bringt das Schaf im Wolfspelz?«

»Bärbel. Sie hat draußen auf dem Hof übernachtet«, wusste Steffen, der eilig das Haus verließ.

Lars drehte sich in der Tür noch einmal zu Thomas um.

»Sobald es ruhiger ist, sprechen wir über die anderen Ideen, die du zum Klären an mich herangetragen hast.«

»Das wäre gut.«

»Einigen wir uns darauf, dass du und Janica nur die Tür öffnen, wenn sich der oder die Besucher eine Minute vorher per Anruf angemeldet haben? So bleibt ihr hoffentlich vor unliebsamen Gästen bewahrt.«

»Das ist vermutlich sinnvoll. Ich hoffe, dieses ganze Durcheinander um Steffen und das SEK klärt sich schnell. Es hat schon seinen Grund, weshalb die Mitglieder dieser Spezialeinheiten anonym bleiben möchten.«

»Das Geschehen bietet eine gute Gelegenheit für Steffen und Lara, sich mal Gedanken darüber zu machen, wo ihre Prioritäten, vor allem aber ihre Gemeinsamkeiten liegen.«

Lars zwinkerte ihm zu und zog die Tür ins Schloss. Thomas starrte nachdenklich auf die Maserung des hellen Holzes. Auch Lars gehörte zu den bewundernswerten Menschen, die noch im Negativen etwas Hoffnungsvolles fanden.

Kapitel 34

5. Oktober

Ab dem Tag, an dem Janica bei Thomas einzog, verlernte er beinahe, das Wort ›Alltag‹ zu buchstabieren. Natürlich hielt er seinen Unterricht ab, entwarf Arbeiten und korrigierte diese, bereitete die Schulstunden vor und nahm an den verschiedenen Sitzungen teil, doch kaum, dass er von der Schule zurückkam, überfiel seine Ehefrau ihn mit irgendeiner Idee, einer Unternehmung. An manchen Tagen wartete sie damit nicht einmal, bis er zu Schulbeginn das Haus verließ. Zweifelsohne hing das mit ihrem Unternehmensdrang und mit der Tatsache zusammen, dass sie gekündigt hatte. Ausschlaggebend war allerdings hauptsächlich ihr Wunsch, möglichst viel Zeit mit ihm auszukosten.

Janica strich die Zimmer ihrer Wohnung neu, Wände in den Farbnuancen Granny-Smith-Apfel und Kirschblüten umgaben ihn ebenso wie ›Uralt-aber-dennoch-hübsch-Rosa‹ und ›Von-der-Sonne-ausgebleichtes-Minzgrün‹. Sie organisierte, dass ihr überdimensional großer Getränkekühlschrank, der Kaffeevollautomat und der Blumenkasten mit den Erdbeerpflanzen aus ihrem Appartement abgeholt und zu ihnen gebracht wurden, weshalb seine Küche aus allen Nähten zu platzen drohte. Janica wischte seinen Einspruch, man könne sich ja kaum noch drehen, mit dem betörenden Einwand beiseite, wie schön es doch sei, wenn sie in der Küche so nahe beieinanderstehen müssten.

Einen Tag später nahm ihr riesiger Tisch die gesamte Länge seines Wohnzimmers ein, die Klappstühle stapelten sich entlang der Garagenwand.

Nach seinem vierten Arbeitstag als verheirateter Mann, als er genervt von einer Gesamtlehrerkonferenz zurückkehrte, bevölkerten die Freunde die Wohnung und ließen ihm gar nicht die Chance, über die schulischen Ärgernisse nachzugrübeln. Am darauf folgenden Morgen scheuchte Janica, die sich nach der Chemo wunderbar erholt hatte, ihn um halb sechs aus dem warmen Bett, damit er sie auf ihrer großen Hunderunde begleitete und mit ihr die in einen dichten Nebel getauchte Stadt bewunderte.

Diese Frau wirbelte sein Leben ebenso schnell durcheinander, wie sie in diesem aufgetaucht war und darin Raum eingenommen hatte. Sie war der Sonnenschein, der ihn an unwirtlichen Herbsttagen wärmte, sein Abendstern, der ihm den Weg leuchtete, wenn er bei irgendetwas im Dunkeln tappte, der Regen, der die brachliegenden Felder seines Herzens bewässerte, und der Wind, der ihn antrieb, immer weiter zu gehen, gleichzeitig aber auch der stille tiefe See, an dessen Ufer er zur Ruhe kam. Sie lehrte ihn, das Kleine vom Großen zu unterscheiden, dem Unwichtigen nicht zu viel Bedeutung zuzumessen und dennoch den Mikrokosmos um ihn her zu bestaunen. Und das Wichtigste vielleicht: Sie brachte ihm bei, zu beten. Frei heraus, frisch von der Leber weg, ohne Zurückhaltung und in überschäumender Dankbarkeit.

Fasziniert sah er zu, wie Janica Balous Leine fest in der Hand hielt, den Blick jedoch auf mehrere Krähen gerichtet hatte, die aus dem dichten Nebel auftauchten, mit kräftigen Flügelschlägen dahin jagten, um dann urplötzlich wieder hinter der weißgrauen Wand zu verschwinden, als habe diese sie verschluckt. Janica wirkte wie hineingezogen in dieses, sich ihr bietende Schauspiel. Mittlerweile wusste er, dass sie nicht nur voller Hingabe dem Spiel der schwarzen Vögel zusah, sondern imstande war, für deren Anblick, der sie erfreute, zu danken. Diese Dankbarkeit für jede noch so unscheinbare winzige Kleinigkeit bildete den Schlüssel zu ihrem fröhlichen, glücklichen Leben.

Thomas wagte einen Blick auf seine Armbanduhr. In einer Dreiviertelstunde musste er in der Schule sein, dennoch ließ er Janica die Zeit, den Krähen zuzusehen. Sein Haar war inzwischen nass und auch sein für die Temperaturen zu leichter Trainingsanzug fühlte sich klamm an. Fröstelnd zog er die Schultern hoch und warf einen besorgten Blick auf seine Frau. Allerdings schien sie nicht zu frieren. Sie trug Jeans, eine warme Jacke, eine Mütze und leichte Handschuhe und war damit wesentlich praktischer gekleidet als er. Da dieser Herbst sich meistens von einer angenehm sonnigen Seite zeigte, hatte er die Kälte der frühen Morgenstunden gründlich unterschätzt.

Als habe Janica geahnt, dass in diesen Sekunden die ersten Sonnenstrahlen den dichten Nebel durchdringen wollten, drehte sie sich um. Sie beobachtete, wie die bunten Blätter der Laubbäume entlang des Flusses unter dem goldenen Licht aufleuchteten und die Tautropfen auf ihnen zu glitzern begannen. Blinzelnd schweiften ihre Augen über die herbstliche Farbenpracht und sie lächelte dabei wie ein Kind, das zum ersten Mal einen geschmückten und von Kerzen erleuchteten Weihnachtsbaum sah.

Vollkommen fasziniert betrachtete Thomas ihr Gesicht, allerdings erinnerte ihn das Läuten der Kirchturmglocken daran, dass sie dringend nach Hause mussten. Janica senkte den Kopf, griff nach seiner Hand und wortlos begaben sie sich auf den Rückweg.

Eingehüllt in ein angenehmes friedliches Schweigen bogen sie in die Straße ein, in der sie wohnten. Thomas schreckte bei dem sich vor ihrer Haustür bietenden Anblick zurück.

Zwei Vans mit dem Logo einer großen Zeitschrift parkten vor dem Gartentor. Eine Frau mit einem Notebook unter dem Arm telefonierte, ein Mann trat gerade durch das Gartentor auf den Gehweg und zündete sich eine Zigarette an. Er machte keinerlei Anstalten, den Posten aufzugeben, obwohl sein vergebliches Läuten deutlich darauf hingewiesen haben musste, dass sich niemand im Haus befand.

»So ein ...«

Thomas verschluckte den Rest des Satzes und zog Janica mit sich in den Schutz der Hecke eines angrenzenden Grundstücks. Seit vergangene Woche Steffens Bild in der Öffentlichkeit aufgetaucht war, lief der Shitstorm auf den Onlineportalen in einem noch weit größeren Ausmaß als vor einigen Wochen, als die Nachricht vom Tod des Kindes durchgesickert war. Ohne irgendein Hintergrundwissen zu besitzen, prügelten anonymisierte User auf den Todesschützen ein, als läge der nicht bereits genug am Boden. Hirnlose Phrasen, Verwünschungen weit unter der Gürtellinie und eine Vorverurteilung, die das Recht auf eine Unschuldsvermutung mit Füßen trat, geisterten wie böse Dämonen durch die Welt des Webs. Die Familie, die ihren Sohn verloren hatte, wurde bedrängt, bar jeglicher Rücksicht auf deren Trauer. Zwar nutzten sowohl diese als auch die Strippenzieher beim SEK alle ihnen zur Verfügung stehenden rechtlichen Möglichkeiten, aber der brüllenden Meute war schlecht beizukommen. Allerdings war Steffen bis jetzt erfolgreich untergetaucht, an Lara und Marie zeigte niemand Interesse, wobei diese auch noch immer bei den Großeltern ausharrten.

»Du gehst wohl besser ...«

Janica unterbrach Thomas, indem sie ihm die Hand auf die Lippen legte und den Kopf schüttelte.

»Ich gehe mit Balou vorn rein und beschäftige die Presse. Dir öffne ich heimlich die Terrassentür, damit du dich umziehen kannst. Am besten verschwindest du auch wieder hinten raus und nimmst heute mal den Bus.«

»Janica, du solltest dich nicht der Presse aussetzen. Was willst du ihnen sagen? Ich möchte nicht, dass diese Leute sich auf dich stürzen«, sagte er, entsetzt bei dem Gedanken, diese könnten seine Frau allein mit ihren Worten verletzen.

»Dank Jenni kenne ich ein paar Kniffe«, lachte Janica unbekümmert, stellte sich auf Zehenspitzen und küsste ihn auf die Wange.

Noch ehe er es verhindern konnte, spazierte sie mit Balou den Gehsteig hinab. Zuvor hatte sie allerdings ihre Strickmütze abgenommen und in ihre Jackentasche gestopft, offenbar bereit, von diesen Leuten Respekt und Rücksicht einzufordern. Ob es ihr gelingen mochte?

Thomas beobachtete, wie die Reporterin ihr Handy wegsteckte, Janica einige Schritte entgegenging und sie ansprach. Auf das übermäßig geschminkte junge Gesicht legte sich ein siegessicheres Lächeln, das in Thomas Schmerzen in der Magengegend auslöste. Janica streckte der Journalistin mit einer offenen Geste die Hand entgegen, die diese nun vielmehr irritiert ergriff. Janica begrüßte auch den Mann, der eilig die Zigarette fortwarf, mit Handschlag sowie den zweiten Mann, der bisher in einem der Vans gesessen hatte. Trotz der Entfernung sah Thomas, wie die drei Fremden sich fragende Blicke zuwarfen und die Frau schließlich mit den Schultern zuckte. Offenbar hatte Janicas Herzlichkeit sie überrascht.

Thomas atmete tief durch und warf einen Blick auf die Uhr. Er musste sich beeilen. Ungern verlor er seine Frau aus dem Blick, joggte aber dennoch in die angrenzende Straße und gelangte durch ein Nachbargrundstück in ihren kleinen Garten. Wie versprochen war die Terrassentür entriegelt. Leise trat er ein. Die Kaffeemaschine brummte scheinbar ungehalten über die große Menge, die sie zuzubereiten hatte, und Thomas vernahm, wie Janica Geschirr auf den Tisch stapelte und sich erkundigte, ob jemand Eier zum Frühstück wollte. Kopfschüttelnd schlich er ins Schlafzimmer, zog sich um und blieb daraufhin wieder an der geschlossenen Wohnzimmertür stehen. Stimmen und Gelächter drangen zu ihm. Offenbar bestach Janica die Presseleute erst einmal mit einem anständigen Frühstück und ihrem Kaffee. Eher widerstrebend verließ Thomas das Haus. Auf dem Weg zum Bus versuchte er vergeblich, Steffen zu erreichen, schließlich rief er Lars an. Der versprach, sofort zu Janica zu fahren. Dennoch wählte Thomas auch Julias und Bärbels Nummern, da sie schneller als Lars hier sein könnten, erreichte jedoch keine der beiden. Mit beunruhigtem Herzen bestieg er den Bus in Richtung Schule und spielte mit dem Gedanken, sich kurzfristig krank zu melden. Aber das hatte er noch nie getan und würde auch am heutigen Tag nicht damit beginnen. Allerdings stand zu befürchten, dass die Qualität seines Unterrichts gegen Null gehen und die Schüler in einer Selbstbeschäftigung mehr vom Tag haben würden.

*

Lars, Bärbel und Janica lachten, als Thomas eine besorgte Frage nach der anderen auf seine Ehefrau abschoss und sie dabei unentwegt an der Hand, am Arm oder an der Schulter berührte, als müsse er sich vergewissern, ob sie wirklich vor ihm stand und ihre Unbekümmertheit, ja, Begeisterung so echt war, wie sie auf ihn wirkte.

»Meine Güte hatten die beiden Männer Hunger! Und Frau Keck, die Journalistin, ist absolut kaffeesüchtig. Ich glaube, sie hat vier Cappuccino und zwei Espresso gekippt, ehe wir aufgebrochen sind.«

Janica lehnte sich im Sessel zurück und zwinkerte Lars zu, der etwas betreten auf seine dritte Tasse Kaffee blickte, seit Thomas vor einer halben Stunde eingetroffen war.

»Was hast du über Steffen erzählt?«, hakte Thomas nach und die Falten auf seiner Stirn zeugten von seiner Beunruhigung, zumal er seinen Bruder noch immer nicht erreicht hatte.

»Nichts. Ich habe meine drei Gäste in Grund und Boden geredet. Angefangen damit, dass ich sie bat, sich mir gegenüber bitte nicht befangen zu fühlen. So hatte ich den Grundstein gelegt, um ihnen gleich mal meine Geschichte aufzutischen, was sie ziemlich beunruhigt hat. Wie vielen Gesunden fällt es auch ihnen schwer, einen normalen Umgang mit Behinderten oder Todeskandidaten zu pflegen. Aber ich habe sie wohl etwas beeindruckt, denn sie chauffierten mich bereitwillig ins Hospiz. Dummerweise hatte ich vergessen zu erwähnen, dass es sich um ein Kinderhospiz handelt. Ups!«

Janica spielte die Erschrockene, indem sie beide Hände vor ihren Mund presste, kicherte dabei allerdings vergnügt.

»Ob sie gehofft haben, dass ich irgendwann ebenso freimütig über Steffen spreche wie über mich oder diese Kinder? Jedenfalls waren Helga und Werner klasse. Als sie auf ›Herrn Hejduk‹ angesprochen wurden, erzählten sie, wie hingebungsvoll er sich um einige der kranken Jungs und ihre Geschwister im Hospiz kümmere.«

Wieder kicherte Janica und Thomas hob die Augenbrauen.

»Ihr habt ...«, grinste Thomas und schüttelte gleichzeitig den Kopf.

»Na ja, es fiel nie ein Vorname, wobei ich ziemlich sicher leicht schrullig rübergekommen bin, wenn ich von einem Herrn Hejduk sprach.«

»Mich haben sie ebenfalls interviewt«, setzte Lars Janicas Bericht fort. »Der Artikel über die wertvolle Arbeit im Kinderhospiz wird jetzt mit einem schönen Spendenaufruf verknüpft erscheinen«, wusste er. »Und ich gehe mal stark davon aus, dass niemand mehr vor eurer Tür auf euch warten wird.«

»Die Tatsachen wurden reichlich verdreht, was vermutlich die Menschen verwirren wird, die euch etwas besser kennen, aber ich denke, für alles andere erfüllt dieses Wirrwarr seinen Sinn. Zumindest vorerst«, sagte Bärbel und sah zu, wie Janica sich erhob und den Kaffeeautomaten ausschaltete, als Lars Anstalten machte, sich eine weitere Tasse zu genehmigen.

Er verdrehte die Augen, setzte sich wieder und sagte:

»Dass die Presseleute sich so leicht ablenken und durcheinanderbringen ließen, beweist in meinen Augen, über wie wenig Informationen und Gewissheit – was Steffens Identität anbelangt – sie verfügen. Genau wie der aufdringliche Fotograf auf dem Grundstück von Steffens Exfrau versuchten sie einen Schuss ins Blaue, der ordentlich schiefging.«

»Offenbar arbeitet das SEK im Hintergrund doch gründlich und effektiv«, murmelte Thomas.

Seine Erleichterung darüber, wie glimpflich dieser Pressebesuch abgelaufen war und dass Janica fröhlich und gelassen neben ihm saß, wuchs ins Unermessliche. Ebenso seine Dankbarkeit Lars, Helga und Werner gegenüber, die die Lage durchschaut und entsprechend, ja, sogar zu ihrem Vorteil reagiert hatten.

»Womöglich wagten sie nicht, größere Frechheiten zu begehen, weil die Presseorgane nach dem Desaster von letzter Woche deutlich auf die Rechtslage hingewiesen wurden? Wie nennt sich das? Hausfriedensbruch? Verleumdung? Selbst auf Rufmord stehen einige Jahre Gefängnis.«

»Als ob sie das je abgeschreckt hätte«, brummte Thomas.

»Bei Janicas Gästen handelte es sich ja glücklicherweise nicht um Mitarbeiter eines Revolverblatts, sondern um die aus einem relativ soliden Pressehaus«, schloss sich Bärbel Lars' Vermutung an. »Allerdings hätte der Anstand geboten, vorher um einen Termin anzufragen.«

Janica richtete sich auf.

»Wir werden wohl nie erfahren, was da momentan im Hintergrund alles brodelt, was genau durch die Veröffentlichung des Fotos eines SEK-Mitglieds losgetreten worden ist. Und ich denke, die Mitarbeiter des SEK und ihre Angehörigen haben den Schutz verdient, den man ihnen angedeihen lassen will. Daran sollten sich auch die Presse und die Leute im Internet halten.«

»Manchmal bist du ein bisschen naiv, Janni«, lachte Bärbel gutmütig.

»Weshalb dürfen irgendwelche Blogger oder sonstige Internetnutzer anonym ihren Müll über andere Menschen ausschütten, aber diejenigen, die uns Bürger beschützen, teilweise unter Einsatz ihres Lebens, sollen ihre Identität offenlegen müssen, auf die Gefahr hin, dass sie und ihre Familien bedroht werden können? Ich finde, das hat nichts mit Naivität zu tun.«

»Das meinte ich auch nicht. Da stimme ich mit dir überein. Ich finde nur, du gehst immer so sehr vom Guten im Menschen aus.«

»Na, jedenfalls hat meine *Naivität* beim Umgang mit diesen Presseleuten vollkommen ausgereicht, um von Steffen abzulenken und dem Hospiz einen Artikel und einen hoffentlich fleißig genutzten Spendenaufruf zu beschaffen.«

»Natürlich! Weil du die Begabung besitzt, die Menschen im positiven Sinn zu beeinflussen. Einfach weil du so bist, wie du bist«, meinte Bärbel.

»Manipulativ?«, fragte Lars mit einem sehnsüchtigen Blick in seine leere Tasse und brachte damit die Freunde zum Lachen.

KAPITEL 35

Janica rückte sich das Kissen in ihrem Rücken zurecht, zog die Bettdecke bis zu ihrem Hals und griff nach dem Buch auf ihrem Nachttisch. Sie hörte Thomas im Wohnzimmer mit Steffen telefonieren, der sich endlich gemeldet hatte. Offenbar hatte er den ganzen Tag bei seinem ehemaligen Chef des SEK zugebracht, hatte Gespräche geführt, mit einem zweiten Anwalt gesprochen und sich mit ihnen auf die weitere Vorgehensweise verständigt.

Thomas ging auf und ab. Janica sah ihn förmlich vor sich: mit gerunzelter Stirn, das Telefon fest an sein Ohr gepresst und gelegentlich mit der Hand durchs Haar streichend. Mit einem Aufseufzen schlug sie den Roman auf und versuchte, sich aufs Lesen zu konzentrieren.

Erstaunt bemerkte sie, dass Balou ins Schlafzimmer tapste, obwohl er es sich bereits auf seiner Decke im Flur gemütlich gemacht hatte. Er gesellte sich an ihre Bettseite, stupste ihren Arm mit der feuchten Schnauze an und schaute mit schief gelegtem Kopf zu ihr auf. In diesem Augenblick tropfte etwas Warmes auf ihre Hand. Ein Blutstropfen. Wie um sie zu warnen, folgte ein zweiter auf die Buchseite. Janica kramte mit der Linken im Fach ihres neuen Nachttisches, den sie zusammen mit dem Bett gleich am Montag gekauft hatten, nach Papiertaschentüchern.

Dabei spürte sie, wie sich ein Schwall Blut über ihr Pyjamaoberteil und die Zudecke ergoss.

Balou bellte einmal auf.

»Thomas!«, rief Janica, warf das Buch von sich und presste den Ärmel ihres Pyjamas an ihre Nase.

Eher gemächlich trat Thomas ein, den Hörer am Ohr, die freie Hand in den Haaren.

»Janica!«, stieß er bei ihrem Anblick und der Menge Blut hervor, die sich in den Bettbezug sog, schleuderte das Mobilgerät auf seine Betthälfte und setzte sich auf die Bettkante, wobei er den Wolfshund mit den Beinen zur Seite drückte.

»Was soll ich tun?«, fragte er und ergriff sie an den Oberarmen.

»Kalter nasser Waschlappen für mein Genick. Küchenkrepp, will nicht noch mehr Wäsche verschmutzen«, sagte sie abgehackt und mit näselnder Stimme.

»Bin gleich wieder da!«, rief er, bereits auf dem Weg in den Flur.

Er kam mit einer Rolle Küchenpapier und einem tropfenden Waschlappen zurück. Behutsam legte er den kalten Stoff in ihren Nacken, während sie mehrere Blatt des saugfähigen Papiers abriss und unter die heftig blutende Nase hielt.

Sie spürte sein Zittern, obwohl er fürsorglich, scheinbar ruhig einen Arm um sie legte und sie sanft an sich zog, damit sie sich an seine Schulter lehnen konnte. Ihr war schwindelig und sie fühlte ein unangenehmes Kribbeln in ihren Händen und Füßen; alte Bekannte, unliebsamer Besuch, den sie bereits vergessen hatte.

»Soll ich im Krankenhaus anrufen?«, fragte Thomas, der besorgt beobachtete, wie sie weitere Tücher abwickelte.

Die Unmengen hellen Blutes setzten ihm zu.

»Warte noch. Vielleicht hört es gleich wieder auf.«

»Wie lange soll ich warten?«, hakte er beharrlich nach und verdeutlichte Janica damit, dass er keine Ahnung von dem hatte, was gerade mit ihr geschah und auf was er sich noch einstellen musste.

»Falls ich ohnmächtig werde ...«

»Meine Güte ...«, murmelte er und hielt sie noch etwas fester in seinem Arm.

Als genüge ihr diese tapfere Geste, seine Wärme und Zuneigung, ließ das Nasenbluten merklich nach. Es dauerte noch einige Minuten, bis der Blutfluss gänzlich versiegte und Thomas erleichtert aufatmete. Schwer sank Janica zurück an die Zimmerwand. Sie fühlte sich matt und leer.

»Ich räume das alles weg und beziehe dein Bett neu. Du bewegst dich so wenig wie möglich. Sobald du mir sagst, dass es geht, helfe ich dir beim Umkleiden und wasche dich notdürftig. Einverstanden?«

»Danke, du machst das prima!«, flüsterte sie und schloss erschöpft die Augen.

Sie ließ es geschehen, dass Thomas Balou hinausschickte, ihre Bettdecke frisch bezog, ihr behutsam das Pyjamaoberteil über den Kopf streifte und ihr Gesicht, Hals und Brust mit warmem Wasser abwusch. Schließlich schlüpfte sie in das neue Oberteil und Thomas mühte sich mit den Knöpfen ab.

Zuletzt legte er die Küchenrolle griffbereit auf ihren Nachttisch, ihr Buch daneben und richtete die Kissen, bis sie bequem lag, ehe er das Telefon schnappte.

»Alles wieder in Ordnung. Sie hatte nur heftiges Nasenbluten«, hörte sie ihn sagen, nachdem er seine Verwunderung zum Ausdruck gebracht hatte, weil sein Bruder noch immer das Telefon in der Hand hielt.

»Janica?«, sprach er sie an. Blinzelnd gab sie ihm zu verstehen, dass sie noch wach war. »Ich soll dich lieb grüßen. Er will nicht, dass du jemals nochmals so eine Show abziehst wie heute mit der Presse. Es sei seine Sache, nicht deine.«

»Sag ihm, ich habe die Presse doch nur zu Gunsten des Kinderhospizes ausgenutzt.«

Thomas wiederholte ihren Satz und reichte ihr schließlich das Smartphone, während er im Bad verschwand. Sie meldete sich mit einem müden Brummton.

»Du bist eine Heldin, Janica«, begann Steffen, konnte einen leicht vorwurfsvollen Tonfall jedoch nicht gänzlich unterdrücken. »Meine Heldin! Aber dennoch: Ich will, dass du dich schonst. Ich trage meine Kämpfe selbst aus.«

»Man darf sich auch mal helfen lassen«, murmelte sie.

»Weißt du nicht, wie sehr du mir bereits geholfen hast? In den ersten Tagen bei deinen Eltern dort draußen, als es mir wirklich dreckig ging, habe ich mir immer gesagt, dass ich nicht aufgeben dürfe. Wegen dir. Du hast so viel Einsatz für mich gezeigt, diesen galt es zu erwidern, damit er nicht unnütz war.«

»Rechnest du ständig alles gegeneinander auf?«

Steffen ging auf ihre herausfordernde Frage nicht ein.

»In der Nacht, als ich den Fotografen auf dem Grundstück meiner Familie erwischt habe, überrollte mich all dieses Elend wieder – ein Elend, das ich mitverursacht hatte. Ich ahnte, dass die ganze Angelegenheit weitere Kreise ziehen und unbeteiligte Menschen wie einen Sog in sich aufsaugen und ihnen schaden würde. In dieser Nacht dachte ich erneut, dem einfach ein Ende zu setzen, indem ...«

»Steffen!«

»Bitte, Janica, lass mich ausreden. Du sollst dich schonen, also halt die Klappe!«

Janica konnte ein angedeutetes Schmunzeln nicht unterdrücken.

»Ich hielt meine Waffe in den Händen, Janica. Es wäre so einfach, schnell und schmerzlos gewesen.« Janica hörte unterdrückte Wut, Verzweiflung und, entgegen seiner Wortwahl, auch Schmerz in seiner Stimme. »Aber ich hatte dich so lebhaft vor Augen. Dich als wunderschöne strahlende Braut und das glückliche Gesicht von Thomas. Wie sehr habt ihr beide es verdient, dass du leben darfst. Ich würde dir so gern viele gemeinsame Jahre an Thomas' Seite beschaffen, wenn ich es nur könnte. Und doch wird es anders kommen. Und ich Feigling spielte schon wieder mit dem Gedanken, mein Leben wegzuwerfen! Ich habe lange Zeit dort draußen im dunklen Auto gesessen und wusste, dass ich niemals wieder diese Gedanken zulassen wollte. Für das SEK bin ich nicht mehr tragbar. Aber es gibt andere Menschen, die mich brauchen. Lara, auch wenn sie es nicht zugibt. Marie auf jeden Fall. Sie braucht einen Vater! Thomas wird mich an seiner Seite brauchen, sobald ...« Steffen brach ab.

»Es gibt so viel mehr Menschen, die deine Befähigungen nötig haben«, flüsterte Janica. »In deinem Beruf, selbst wenn es nicht beim SEK ist, wirst du unzähligen schweren Schicksalen begegnen, Menschen, die auf deine Hilfe angewiesen sind.«

»Das mag sein, Janica, aber das ist nicht so wichtig. Mir genügen die vier Personen, die ich in jener Nacht vor Augen hatte und die ich nicht im Stich lassen will. Lara, Marie und Thomas – und natürlich du, so lange du mich brauchst.«

Steffen räusperte sich und Janica überfiel der Gedanke, dass dieser große starke Mann womöglich heimlich weinte. Heilsame Tränen?

»Das ist gut!«, sagte sie mit mehr Energie in der Stimme. »Ich benötige nämlich die Unterstützung aller meiner Freunde. Auf ihre ganz eigene Art. Jedes Lächeln, jedes gute Wort, jede kleine Geste unterstützt mich dabei, mein Schicksal anzunehmen, und hilft mir bei meiner Sorge, dass ich Thomas zurücklassen muss; einen trauernden, vielleicht zutiefst verstörten Ehemann. Es ist gut zu wissen, dass jemand für ihn da sein wird!«

Einige Zeit herrschte Schweigen. Janica hörte das Wasser in der Dusche plätschern, Balous Schmatzen, da er auf etwas herumkaute, und wie vor dem Haus ein Auto vorüberfuhr.

»Das, was Thomas mir erzählt hat, klingt fantastisch. Du hast es verstanden, diese Presseleute von mir abzulenken und sie dazu gebracht, über wirklich Sinnvolles zu schreiben.«

»Sie waren ganz nett, nicht die Typen, die vermutlich ziemlich aufdringlich sein können und einem gern das Wort im Mund umdrehen. Der Fotograf hat seine Mutter in sehr jungen Jahren durch Krebs verloren. Es hat sich schnell für das Thema begeistert, obwohl er es auch beängstigend fand.«

»Dennoch möchte ich, dass du dich schonst.«

»Steffen«, begann Janica und wechselte das Telefon in die andere Hand. »Vielleicht hört es sich albern an oder sogar überheblich, was ich dir jetzt sagen möchte.«

»Schieß los.«

»Ich bin der Überzeugung, dass jeder Mensch auf dieser Erde eine Aufgabe hat. Wir sind weder sinn- noch ziellos in genau diese Zeit und in unser Umfeld hineingeboren. Wenn ich ab sofort nichts anderes mehr mache, als meine Krankheit zu pflegen, ist das bestimmt nicht ...«

Steffen lachte leise.

»Aber du tust doch so viel.«

»Ich kann das allerdings nur, wenn ich dieses Haus verlasse, so lange ich dazu noch in der Lage bin. Ich will meine Energie sinnvoll einsetzen, so lange ich noch welche habe. Ich möchte meine Aufgabe im Hospiz wahrnehmen. Ich möchte meine Freunde treffen und an ihren Sorgen und Freuden Anteil haben. Ich möchte Jenni einen Rückhalt bieten, den ihre glamouröse Welt nur vorgaukelt. Ich will Thomas und auch dir zeigen, dass ein Leben schwer, traurig und mühsam sein kann, aber dennoch Freuden und Glück bereithält – vor allem in unserem Land, in dem wir Frieden und Freiheit genießen dürfen und einen nicht zu verachtenden Wohlstand. Meine Arbeit musste ich ja bereits aufgeben, zudem denke ich, dass ...«

»Janica, ich habe dich verstanden.«

»Dann ist ja gut.«

»Grüß mir den glücklichsten frischgebackenen Ehemann der Welt.«

»Versprich mir, dass du nicht die Flucht ergreifst, dass du für ihn da bist.«

Ihre Stimme klang müde, verlor dadurch aber nicht an Dringlichkeit.

»Und wenn es mich zerreißen sollte, ich werde da sein!«

Steffens Antwort kam prompt. Überzeugt. Sich seiner sicher. Er hörte sich an, als habe er den Kampf um sein Leben endgültig gewonnen. In jener Nacht, die so viele unliebsame Abläufe nach sich gezogen hatte. Janica seufzte erleichtert. Schlimme Ereignisse mussten nicht ausschließlich schlimme Folgen nach sich ziehen ...

»Danke, Steffen.«

»Schlaf gut.«

Janicas Antwort war nicht mehr als ein undeutliches Murmeln. Sie schlief ein, noch bevor sie das Smartphone ausschalten konnte.

KAPITEL 36

25. FEBRUAR

Janica lehnte sich im Sessel zurück, ließ den Blick durch das Rondell schweifen und versuchte, ihre verspannte Muskulatur zu lockern. Annabelle quasselte vergnügt und reihte Perle um Perle auf ihre nahezu durchsichtige Kettenschnur, während Janica ihre Hände in den Schoß legte und leicht frustriert auf die überschaubare Anzahl Plastikperlen blickte, die sie aufgefädelt hatte. Die Schmerzen in ihrem Schultergelenk schränkten ihre Beweglichkeit ein.

Einem weiteren Chemo-Zyklus zum Trotz, der Annabelle erneut alle ihrer weichen schwarzen Haare beraubt hatte, und obwohl sie deutlich abgemagert war, wirkte sie wie eine sprudelnde Quelle, frisch und quirlig.

»Du hast abgenommen. Du isst nicht anständig!«, tadelte die Sechsjährige sie. »Und deine Augenbrauen und Wimpern waren nicht in Ordnung. Jetzt sind sie wieder schön.«

Janica nickte. Es wunderte sie selbst, dass ihr Körper zwar langsam verfiel, sich jedoch mit solchen Nebensächlichkeiten beschäftigte, wie ihrem Haarwuchs. Dass dies außer Annabelle keinem aufgefallen zu sein schien, hinterfragte sie hingegen nicht.

»Mein Appetit ist nicht sehr groß«, gab Janica zu und erntete ein verstehendes Nicken.

Nun wirkte das Kind alt und weise, eine Besonderheit, die einigen der jungen Krebspatienten irgendwann zu eigen wurde. Sie wussten viel. Zu viel.

Bis auf Werner war im Hospiz niemand darüber informiert, dass Janica als Kind ebenfalls so eine Einrichtung hätte gebrauchen können und dass die Krankheit zurückgekehrt war. Sie wollte für die Kinder und ihre Familien da sein, nicht Mitleid auf sich ziehen. Aber ob ein paar der Kinder, die sie näher kannten, nicht doch etwas von ihrem gemeinsamen Schicksal ahnten?

Annabelles Mutter kam von einer Auszeit in ihrem Elternzimmer zurück und setzte sich zu ihrer Tochter. Janica musterte die junge Mutter und presste die Lippen zusammen. Die Augen von Petra wanderten unstet umher, ihr Gesicht wirkte hohlwangig und sie suchte vermehrt Annabelles Nähe. Kein gutes Zeichen.

Ihre Blicke trafen sich, und als Janica fragend den Kopf zur Seite neigte, schossen Petra Tränen in die Augen, die sie eilig wegzublinzeln versuchte. In Janica schwelte eine feurige Stichflamme hoch, wuchs zu einem vernichtenden Feuer an und verbrannte ihr das Herz. Die Ergebnisse der letzten Untersuchungen nach Annabelles Chemo und der anschließenden isolierten Aplasie mussten eingetroffen sein. Sie verursachten die quälende Unruhe in Petra, ließen sie ausgezehrt erscheinen und veranlassten sie, vermehrt den Körperkontakt zu ihrer Tochter zu suchen.

Annabelle plapperte munter weiter. Sie fädelte wie ein gut funktionierendes Uhrwerk ihre heiß geliebten Perlen auf und war glücklich in ihrer kleinen Welt.

»Erzählst du mir von der Stadt aus Perlen?«, fragte Petra leise.

Ihr Blick war ein einziger Hilfeschrei, in ihrer Not griff sie jetzt nach jedem Halt, nach jeder Hoffnung, die sie erhaschen konnte.

»Das kann ich doch tun, Mama. Janica und ich haben schon so oft über diese Stadt gesprochen. Ich weiß alles darüber, nicht wahr? Ich erzähle dir von den Perlentoren. Wir lassen Janica ausruhen. Sie sieht müde aus, findest du nicht auch?«

Janica empfand ihr eigenes Lächeln als schmerzlich. Weshalb sah Annabelle in sie hinein, bemerkte aber nicht die Veränderung an ihrer Mutter? Oder ging dieses weise kleine Mädchen mit ihrer kindlichen Liebe für rosarote Perlen dazu über, ihre Mutter zu tragen? So wie diese sie bisher durch ihr ganzes junges Leben getragen, umsorgt und beschützt hatte? Und wo war Pierre, Petras Ehemann? Ob er jetzt endlich mehr Zeit für seine Tochter und seine Frau einplanen würde?

Janica schloss die Augen. Sie wollte Pierre nicht wegen seiner ständigen Abwesenheit verurteilen. Er kam wohl einfach nicht mit Annabelles Erkrankung zurecht. Es war so unendlich schwer, einen geliebten Menschen zu verlieren.

Gleich dem monotonen Dahinplätschern des Regens aus einer defekten Regenrinne nahm Janica die Gespräche am anderen Ende des Rondells wahr, dazwischen schoben sich die unartikulierten Laute eines behinderten Jungen und der leise Gesang seiner Mutter. Als sich ihnen Schritte näherten, öffnete sie die Augen und setzte sich etwas mühsam höher in den Sessel. Helga hockte sich neben sie und sagte:

»Thomas hat angerufen. Er kommt gerade von Sven und holt dich hier in einigen Minuten ab. Du brauchst also nicht mit dem Bus zu fahren.«

»Dann war sein Besuch bei Sven aber kurz. Danke, Helga.«

»Falls du Werner siehst, richtest du ihm bitte aus, dass der Dienstplan für die nächsten zwei Monate fertig ist und er vielleicht trotz seines Urlaubs mal einen Blick darauf werfen soll. Ich konnte leider nicht alle seine Freiwünsche berücksichtigen.«

»Ich richte es ihm aus.«

»Danke.«

Helga bewunderte ausgiebig Annabelles halb aufgefädelte Kette und legte im Vorübergehen die Hand auf Petras Schulter. Janica nahm daher an, dass die Kinderonkologie die Berichte bereits an das Hospiz weitergeleitet hatte und sie um Annabelles Lage wusste.

Gemächlich reihte Janica noch einige der winzigen Plastikschmuckstücke auf ihre Kettenschnur und wurde Zeuge, wie Annabelle mit weit ausholenden Bewegungen, blitzenden blauen Augen und vor Begeisterung piepsiger Stimme ihrer Mutter von der Perlenstadt erzählte, die in ihrer Vorstellung jedes Mal, wenn Janica und Annabelle über sie gesprochen hatten, etwas bunter, größer und prächtiger ausgefallen war. Petra sog die Beschreibung förmlich in sich auf und freute sich an der Verzückung ihrer Tochter, die mit den Worten schloss:

»Und eines Tages ziehe ich dort hin. Wird das nicht herrlich sein?«

»Bin ich auch eingeladen?«

»Aber natürlich! Jeder ist eingeladen!«, verkündete Annabelle, ehe sich ihre Aufmerksamkeit auf Thomas richtete, der in diesem Moment das geräumige Zimmer betrat.

Sie sprang so stürmisch auf, dass Petra gerade noch das Kippen von Annabelles Stuhl verhindern konnte. Hüpfend kam sie dem jungen Mann entgegen, der sie auffing, übertrieben stöhnend hochhob und fragte:

»Hast du Goldperlen verschluckt?«

»Die sind schwer, nicht?«

»Ja, so schwer wie du.«

»Ich frage mich, wie du deine Braut über die Schwelle getragen hast, wenn du bei mir Fliegengewicht schon zusammenbrichst.«

»Sie hat mich getragen.«

»Ist sie so mazipiert?«

»Nein, aber so süß wie Marzipan.«

»Du bist – ich weiß nicht mehr, wie das Wort heißt – so ein Mann, der ganz viele Komplimente macht.«

»Ein Schleimer?«

Annabelle prustete und vergrub für einen Augenblick ihr Gesicht an Thomas' Hals.

»Du bist lustig«, jauchzte sie.

»Ja, seit ich Janica habe.«

»Stimmt. Mich hat sie auch ständig zum Lachen gebracht. Jetzt müssen wir sie zum Lachen bringen.«

Janicas und Thomas' Blicke trafen sich. Er lächelte sie wehmütig an, sie ihn glückstrahlend. Der Anblick, den Thomas und Annabelle boten, empfand sie als wunderschön. Sicher, Thomas würde nie ihr gemeinsames Kind hochheben und mit ihm scherzen, aber vielleicht irgendwann ein Kind von ihm und einer anderen Frau, die sich würde glücklich schätzen können, seine Liebe gewonnen zu haben. Janica hoffte, dass diese Frau ihr unbeschreibliches Glück tatsächlich wahrnahm, festhielt und pflegte. Dabei gelang es ihr aber kaum, den leisen Stich von Eifersucht niederzuringen.

Thomas setzte das zappelnde Mädchen ab, begrüßte Petra und drückte Janica einen flüchtigen Kuss auf die Echthaarperücke.

»Können wir los?«, raunte er ihr zu. »Finn hat angerufen. Er konnte früher als erwartet seine Arbeit beenden und will, dass wir sofort zu seiner Geburtstagsparty eintrudeln. Der gute Finn wirkte aufgeregt, offensichtlich will er uns jemand Wichtigen vorstellen.«

»Eine Frau? Finn hat …? Oh ja, lass uns gleich zu ihm fahren!«, freute sich Janica und streckte Thomas ihre Hände entgegen.

Er zog sie auf die Füße und somit kaschierte das Paar, welch große Schmerzen Janica empfand, sobald sie ihre Gelenke längere Zeit nicht bewegt hatte. Janica machte die Runde und verabschiedete sich für den heutigen Tag. Annabelle wartete an der Tür zum Eingangsbereich auf sie. Während Thomas zu Helga ins Büro verschwand, offenbar hatten die zwei irgendetwas zu klären, umklammerte Annabelle mit beiden Armen Janicas Hüfte.

»Warum sind keinem deine strubbeligen Wimpern und Augenbrauen aufgefallen?«, fragte das Kind, wobei es den Kopf weit in den Nacken gelegt hielt, damit sie zu ihr aufsehen konnte.

Janica löste die Arme des Mädchens, ging vor ihm in die Hocke, obwohl ihre Knie einen stechenden Schmerz durch ihren Körper schickten. Fest ergriff sie es an den kindlich zarten Schultern.

»Die Menschen schauen manchmal nicht so genau hin. Ich denke, vor allem Erwachsene haben das verlernt. Zudem sind hier im Haus die Kinder wichtig, nicht die ehrenamtlichen Helfer.«

»Wie schlimm ist es bei dir?«

Janica holte tief Luft. Sie hätte gern gesagt, dass es sie viel schlimmer als Annabelle erwischt hatte, aber war dem wirklich so?

»Du kannst das als Geheimnis für dich behalten?«

»Das merkst du doch. Ich hätte schon vor Wochen etwas wegen deiner Haare sagen können. Aber du wolltest es wohl nicht.«

»Du bist ein sehr, sehr kluges Kind, Prinzessin.«

»Also?«

»Ich war zehn, als das erste Mal ein Non-Hodkin-Lymphom diagnostiziert wurde. Mehr als ein Jahr habe ich gekämpft – und gewonnen. Bis letztes Jahr im Herbst.«

Annabelle sah sie mit ihren blauen Augen lange an, so intensiv, als könne sie tief in ihr Herz und ihre Seele schauen. Dann trat sie näher, schlang die Arme um Janicas Hals und kuschelte sich so fest an sie, dass Janica auf die Knie gehen musste, um nicht das Gleichgewicht zu verlieren.

Kleine Schluchzer schüttelten das Kind, die jedoch sofort wieder verebbten. Annabelles Atem streifte Janicas Ohr, bevor sie ihr zuflüsterte:

»Mama hat heute unheimlich lange mit der Frau Doktor telefoniert. Du weißt schon, die mit den abstehenden Ohren!? Ich muss morgen zurück in die Klinik. Ich denke, ich weiß, was sie mir dort sagen.«

Janica untersagte sich jede Reaktion, aber offenbar hatte Annabelle ohnehin keine erwartet. Sie legte die Wange auf Janicas Schulter und flüsterte weiter:

»Eigentlich dachte ich, ich habe noch ganz viele Jahre Zeit. Ich möchte doch Lehrer werden, wie Thomas. Jetzt denke ich, ich gehe vor dir hinüber zu der Stadt aus Edelsteinen und Perlen. Wenn ich erst dort bin, schaue ich mich ganz genau um. Dann suche ich auch für dich ein Zimmer aus. Und ich komme dir entgegen, um es dir zu zeigen. Am besten wird sein, ich suche ein Zimmer für dich direkt neben meinem. Und das auf der anderen Seite reserviere ich für Mama und Papa, obwohl es lange dauern wird, bis sie dort einziehen dürfen.«

»Das hört sich nach einem wirklich guten Plan an!«, beteuerte Janica, wich etwas zurück und schaute das Kind offen an, ohne zuvor die Tränen abzuwischen, die langsam und ein bisschen kitzelnd über ihre Wangen rollten.

Annabelle tippte mit dem Zeigefinger nahezu spielerisch auf jede ihrer Tränen.

»Dann kommt der Hausherr, der, der uns so lieb hat, dass er eigens für jeden von uns ein Zimmer in dieses tolle Perlenhaus eingebaut hat. Er wischt uns unsere Tränen weg, nicht wahr?«

»So habe ich es gehört!«, bestätigte Janica.

»Weil wir dort keine Schmerzen mehr haben, nicht? Und dieser blöde Krebs uns nichts mehr antun kann.«

»Genau!«

»Dann gewinnen zuletzt doch wir, nicht der Krebs!«

Janica nickte. Es tat so unendlich gut, das zu hören, was sie Annabelle anvertraut hatte. Es war beinahe so, als habe sie immer nur gerüchteweise davon gehört und nun, da das Mädchen es aussprach, wurde es auch für sie greifbar.

»Wann wirst du es ihnen sagen?«

Annabelle vollführte eine ausholende Geste, schloss damit alle im Hospiz befindlichen Personen ein.

»Werner weiß es. Und so, wie Thomas und Helga miteinander tuscheln, nehme ich an, dass Helga etwas ahnt oder Werner es ihr gesagt hat. Immerhin ist sie verantwortlich für die ehrenamtlichen Mitarbeiter, da sollte sie wohl wirklich wissen, wie es um mich bestellt ist.«

»Mama hat dich sehr gern. Darf ich es ihr sagen? Schließlich will ich mit ihr über das ... reservierte Zimmer reden.«

»Gut, du darfst es deiner Mama verraten«, erwiderte Janica, wenngleich zögernd.

Annabelle wischte jedoch alle ihre Bedenken beiseite, indem sie sich aufrichtete und in normaler Lautstärke sagte:

»Sie wird froh sein. Weil du dort dann neben mir wohnst, bis sie nachkommen kann.«

»Perlenprinzessin, ob ich vielleicht meine Frau mal wieder etwas für mich haben darf?«

Thomas' Frage brachte Annabelle zum Kichern. Sie drückte Janica flüchtig an sich und entfernte sich wie gewohnt im hüpfenden Wechselschritt.

»Was habt ihr für Geheimnisse?«

Thomas schaute der erstaunlich reifen Sechsjährigen nach.

»Dasselbe könnte ich dich und Helga fragen«, konterte Janica und hängte sich bei Thomas ein.

»Wir haben über dich gesprochen.«

»Das nahm ich an.«

»Helga muss es endlich wissen, ebenso wie die anderen Mitarbeiter.«

»Du bist besorgt und willst, dass sie ein wenig auf mich aufpassen?«

»Das auch«, gab Thomas zu, half ihr in die warme Jacke und die Winterstiefel und schlang schließlich den Schal um ihren Hals.

Dessen Enden fest gepackt, zog er sie nahe zu sich.

»Fit genug für eine ausgelassene Party mit unseren verrückten Freunden?«

»Wie könnte ich mir dieses Ereignis entgehen lassen?«

»Zumal Finn uns eine Frau vorstellen will?«

»Richtig! Ich freue mich so sehr für ihn und bin maßlos neugierig auf dieses sicherlich absolut besondere Mädchen.«

»Dann lass uns gehen!«

KAPITEL 37

Obwohl die Party kurzfristig nach vorn verlegt worden war, tummelten sich in Finns riesigem Wohnzimmer an die zwanzig Gäste, zumeist Arbeitskollegen von ihm. Laute Musik dröhnte durch das freistehende Haus, eine unüberschaubare Anzahl weißer Lichterketten in Eiszapfenform erhellten den Raum. Sie wirkten von der Straße aus herrlich einladend, zumal der bewölkte Himmel bereits um 17.00 Uhr für ein trübes Dämmerlicht sorgte.

Ein breit grinsender Finn wühlte sich durch die Gäste zu Janica und Thomas durch und nahm beide voller Überschwang in den Arm.

»Ich freue mich so, dass ihr da seid!«, rief er gegen das tiefe Dröhnen des Basses an.

Das junge Ehepaar gratulierte und Thomas verwies auf Kurti, der das Cliquen-Geschenk anschleppen würde.

»Kurti? Anschleppen? Du meine Güte? Was habt ihr euch wieder einfallen lassen?«

Das synchrone Schulterzucken von Thomas und Janica ließ Finn die Augen noch mehr zusammenkneifen, doch dann schüttelte er lachend den Kopf und ergriff Janica fest an der Hand.

»Komm, ich stelle euch Kathrin vor.«

Janica lächelte Thomas wissend an und folgte dem Gastgeber quer durch den modernen, mit vielen glänzenden Flächen ausgestatteten Raum. Finn war es augenscheinlich sehr wichtig, welchen Eindruck Janica von dieser Kathrin hatte – und was wohl noch schwerer wog, er wollte unbedingt, dass die beiden Frauen sich noch kennenlernten. Janica freute sich auch darüber, dass diese Kathrin Finn offenbar von ihr abgelenkt hatte. Vermutlich war sie genau zu dem Zeitpunkt in sein Leben getreten, als seine übergroße Besorgnis Janica gegenüber nachgelassen hatte, sie den Eindruck gewonnen hatte, er akzeptiere endlich, dass er ihr nicht helfen konnte. Sein Leben ging weiter und dank Kathrin richtete er den Blick nun offensichtlich wieder mehr auf seine eigene Zukunft ...

Finn, Thomas und Janica strebten zu einer Dreiergruppe Frauen, die sich, das verrieten ihre letzten Worte, über die Arbeit im gemeinsamen Unternehmen unterhalten hatten. Finn tippte einer auffällig jugendlich aussehenden Frau auf die Schulter. Ihr rundliches Gesicht begann förmlich zu strahlen, als sie sich Finn zuwandte. Als sie Janica und Thomas bei ihm entdeckte, schlug sie nahezu verschüchtert die Augen nieder.

»Meine Güte, was hat er ihr von uns erzählt?«, raunte Thomas Janica zu.

»Du hättest mal dein Gesicht sehen sollen, als du in unsere Gesellschaft hineingestoßen wurdest«, neckte Janica.

Während Finn mit Kathrin einige Worte wechselte, musterte Janica die Anfang Zwanzigjährige. Sie war mollig und ein gutes Stück kleiner als Janica, durch ihre günstig gewählte fließende Kleidung in unauffälligen Naturfarben gelang es ihr allerdings, ihr Äußeres sehr anziehend zu präsentieren. Offenbar war sie eine der nicht nach dem heutigen Schlankheitswahn gebauten Frauen, die verstanden hatte, dass nicht jede Modeerscheinung zu ihrem Vorteil gereichte und sich deshalb ihren persönlichen Style suchte.

Finn stellte sie vor, wobei er ungewohnt aufgeregt wirkte, was Janica belustigend fand. Sie trat zu dem schüchtern wirkenden Mädchen und drückte kräftig ihre mollige, angenehm warme Hand.

»Es ist schön, dich kennenzulernen, Kathrin. Ich nehme mal an, Finn hat dir bereits einiges über seinen engsten Freundeskreis erzählt?«

»Ja, das hat er«, erwiderte Kathrin und zwinkerte nervös.

Ihre braunen Augen standen in einem interessanten Kontrast zu dem kurzen blonden Haar.

Thomas drängte hinzu und sagte, nachdem er ihr die Hand geschüttelt hatte:

»Ich bin auch noch nicht lange dabei. Sie wirken wilder als sie sind, glaub mir.«

Mit einem Lächeln, das ihr Gesicht erneut zum Leuchten brachte, warf Kathrin Finn einen Blick zu, der allerdings in ein Gespräch mit ihren vorherigen Gesprächspartnerinnen vertieft war.

»Finn hat es ähnlich ausgedrückt«, gestand sie.

»Wenn dir etwas nicht geheuer vorkommt, frag einfach mich. Ich weiß noch, wie es sich anfühlt, von ihnen getestet zu werden.«

»Du machst ihr ja Angst«, schaltete Janica sich ein.

»Ihr seid unheimlich tolle Menschen. Wenn ihr jedoch alle aufeinandertrefft, wird aus euch ein beängstigender Wirbelsturm«, konterte Thomas. Er wandte sich wieder an Kathrin, deren unruhiger Blick zwischen ihm und Janica hin und her wanderte: »Dieser erste Eindruck legt sich schnell«, versprach er ihr, »und ehe du dich versiehst, bist du ein Teil dieses Sturms und möchtest niemals mehr aus diesem sich ständig drehenden Gebilde heraus.«

»Thomas ist Lehrer für Mathematik und Physik. Ich lenke ihn jetzt von dir ab, bevor er dir die physikalischen Eigenschaften eines Wirbelsturms erklären oder dir gar eine mathematische Gleichung über seine Form aufdrängen will.«

»Danke. Ich meine ...« Kathrin warf dem noch immer mit den Arbeitskolleginnen beschäftigten Finn einen neuerlichen, Hilfe suchenden Blick zu. »Es ist wirklich toll, Finns Freunde kennenzulernen. Aber ich fürchte, mich überfordert das alles im Moment etwas«, gab sie offen zu. »Vorhin hat er mir zwei Frauen vorgestellt, die ich überhaupt nicht auseinanderhalten kann. Es wird sicher peinlich, wenn ich sie ständig verwechsle oder nach ihren Namen fragen muss.«

»Das lernst du schnell. Und ein kleiner Tipp von mir, bis du sie auseinanderhalten kannst: Susi ist die mit dem Ehering«, sagte Thomas.

»Oh, danke. Das ist schon einmal ein wichtiger Hinweis.«

»Was machst du beruflich?«, fragte Janica, um endlich das für Kathrin wohl beängstigende Thema zu wechseln.

»Ich studiere Mathematik.« Sie schenkte Thomas eines ihrer schüchtern anmutenden Lächeln. »Momentan absolviere ich in dem Unternehmen, in dem Finn arbeitet, ein Praktikum.«

»Wo studierst du?«

Thomas trat näher und Janica, deren Hüftgelenke unangenehm schmerzten und der das Hämmern der Bässe durch und durch ging, drehte sich um und suchte sich eine Sitzgelegenheit im hintersten Winkel des Wohnzimmers. Bärbel gesellte sich bald zu ihr, ebenso Julia.

»Wie findet ihr Kathrin?«, fragte Julia und reichte Janica eine Flasche Mineralwasser.

»Freundlich, und irgendwie süß schüchtern«, beschrieb Janica ihren ersten Eindruck.

»Ich denke, sie taut schnell auf.«

»Hoffentlich bevor sie Lars über den Weg läuft«, lachte Janica.

»Sie kennt Lars schon, da sie in seiner Ecke wohnt und bereits einige seiner Gottesdienste besucht hat. Er hat sich übrigens den Kopf frisch rasieren lassen.« Bärbel strich sich über ihre sorgsam geschnittene Kurzhaarfrisur. »Seine letzte Predigt hatte etwas mit dem rettenden Licht eines Leuchtturms an einer stürmischen Küste zu tun. Dabei hat er sich auffällig häufig über den glänzenden Schädel gestrichen«, scherzte sie und kramte währenddessen in ihrer völlig überfüllten riesengroßen Handtasche. Schließlich zog sie ein Foto heraus. »Schaut, ich habe den Coverentwurf zugeschickt bekommen. Mein Jugendbuch geht nächste Woche in die Werbung.«

Julia und Janica beugten sich über die Fotografie und bewunderten die verschiedenen kräftigen Blautöne eines Sees und des weiten Himmels, an dem vor einigen kleinen Federwolken ein einzelner gelber Luftballon schwebte.

»Du kannst mächtig stolz auf dich sein«, sagte Janica, als sie Bärbel das Foto zurückreichte.

»Ach, das Schreiben hat so viel Spaß gemacht, und das alles ist ungemein aufregend. Ich freue mich einfach nur.«

Thomas gesellte sich zu ihnen, begrüßte Bärbel und Julia und überhörte Janicas Frage, ob sie bereits fertig mit Fachsimpeln seien. Allerdings war auch für ihn die Neue im Bunde das vorherrschende Thema.

»Habt ihr gesehen, wie Kathrin strahlt, sobald sie Finn anschaut? Wie ein Kernkraftwerk!«

»Vielleicht hätten wir Finn lieber einen Generator schenken sollen, wenn in seinem Umfeld jetzt so viel überschüssige Energie entsteht«, spottete Julia.

»Stimmt, dann hätte er für seine Rasenfläche, über die er immer so jammert, sobald er sie mähen muss, einen dieser Mähroboter anschaffen können.« Kurti reichte jedem die Hand und verkündete: »Das Geschenk steht im Garten. Falls ihr also zusehen wollt, wie Finn das Gesicht entgleist, dann kommt.«

»Ich filme das!«, kicherte Julia und zog eine kleine Kamera hervor.

»Sollten wir nicht warten, bis Lars eingetroffen ist?«

»Er ist bereits mit Angelo und Susi draußen. Angelo ist total verliebt in Finns Geschenk.«

»Geht ihr schon einmal vor, ich gebe euch fünf Minuten, bevor ich das Geburtstagskind samt Kernkraftwerk hinauslotse.«

Ein breites Grinsen schien in Kurtis Gesicht festgewachsen zu sein.

Thomas half Janica auf. Die Freunde drängten durch die immer größer und lauter werdende Anzahl an Gästen in den quadratischen Flur, zogen sich dort ihre Winterjacken über und verließen das Haus. Kalte Luft und ein klarer Sternenhimmel begrüßten sie. Lars, obwohl mit einem Anzug fein herausgeputzt, schob eine Schubkarre mit Stroh vor sich her und nickte ihnen grüßend zu, als er damit nach hinten in Richtung des riesigen Geräteschuppens verschwand, in dem Finn lediglich seinen verhassten Rasenmäher, sein kaum benutztes Rennrad und die Sommerreifen eingelagert hatte. Aus den Gebäuden auf den angrenzenden, ebenfalls sehr weitläufigen Grundstücken drangen Lichter in die Nacht hinein und verbreiteten eine heimelige Atmosphäre. Endlich erschienen Kurti mit Finn und Kathrin auf den Stufen. Ihnen folgte eine Hand voll neugieriger Gäste. Sie waren darauf aufmerksam geworden, dass sich im Garten etwas zusammenbraute.

Thomas winkte Kathrin, damit sie sich zu ihnen gesellte, was sie zögernd tat. Angelo, Susi, Kurti und schließlich auch Lars kamen hinzu und die Gruppe stimmte, nicht unbedingt schön, dafür laut, *Happy Birthday* an.

Lars trat vor und erklärte:

»Im vergangenen Sommer mussten wir uns, wie so viele Sommer zuvor, einmal mehr anhören, wie ungern du Rasen mähst. Irgendwann hatten wir dein Gejammer satt. Also suchten wir Abhilfe. Nie wieder, hörst du, nie wieder wollen wir ein Wort darüber hören, wie schnell Gras wächst, wie bockig ein Rasenmäher ist und wie ätzend du seinen Krach und den Geruch frisch geschnittenen Grases findest und wie allergisch du darauf reagierst.«

»Ihr macht mir Angst!«, rief Finn gegen die aus der offenen Tür in den nächtlichen Garten dringende Musik an.

»Zu Recht! Zu Recht!«, spottete Kurti und bat Finn, ihm zu folgen.

Die Gruppe strebte auf den Geräteschuppen zu, Angelo öffnete die Tür und hinaus stürmte ein zottiger dunkelbrauner Poitou-Esel mit einer großen roten Schleife um den Hals.

»Oh!«, entfuhr es Kathrin, und Janica überlegte, ob sie jetzt schon Angst davor hatte, was sie eventuell zu ihrem Geburtstag überreicht bekommen würde.

Als sie jedoch das Lächeln auf ihrem Gesicht bemerkte, wusste sie, dass Finn ihre Zuneigung ab sofort mit dem langohrigen Zotteltier teilen musste.

Kapitel 38

26. Februar

Müde ließ sich Janica auf das Bett fallen und zog die warme Winterdecke bis über die Schultern. Die großen Gelenke in Knie, Hüfte und Schulter sandten stechende Schmerzen aus, sie fühlte sich so erschöpft wie lange nicht mehr. Dennoch zeichnete sich ein Lächeln auf ihren Lippen ab. Sie mochte Kathrin, die zwar ruhig, nahezu schüchtern wirkte, aber doch sehr aufrichtig und durchaus offen mit den Freunden sprach, sobald sie ehrliches Interesse an ihrer Person bemerkte.

Thomas trat ein, schloss die Schlafzimmertür und schaltete die Heizung aus, ehe er neben ihr unter die Bettdecke schlüpfte und ihr seine Schulter als Kopfkissen anbot. Nur zu gern kuschelte Janica sich an seinen warmen Körper.

»Kathrin erscheint mir absolut passend für Finn«, sagte er und zog sie noch ein bisschen näher zu sich.

Dabei strich seine Hand von ihrem Hals abwärts über die Rundungen unter dem Pyjamaoberteil bis zu ihrem Bauch, wo sie unter dem Stoff wieder aufwärts wanderte. Janica genoss seine Berührungen, spürte, wie perlende Faszination und der Wunsch nach mehr ihren Körper durchflossen. Und doch wusste sie, dass sie ihn sofort bremsen musste. Eine eisige Kälte griff nach ihrem Herzen, als sie abrupt von ihm abrückte. Tränen der Frustration stiegen ihr in die Augen und sie ballte die Hände zu Fäusten. Einen

Moment lang rührte sich Thomas nicht und das Schweigen zwischen ihnen wirkte frostiger als die winterliche Nachtluft im Freien.

Dann legte er beide Hände auf ihre Schulterblätter und begann, von diesen ausgehend bis über ihre Oberarme sanft die Muskulatur um das Schultergelenk zu massieren. Irgendwann rollte sie sich auf den Bauch, damit er diese wohltuenden Berührungen ohne Einschränkung durchführen konnte.

»Sind die Schmerzen so stark?«, fragte er mit tiefer leiser Stimme.

»Es tut mir leid.«

»Es geht nicht darum, dass ich meine körperlichen Bedürfnisse nicht befriedigen kann, Janica. Ich wusste, dass dieses Zusammensein zwischen uns bald ein Ende haben würde.«

»Aber so schnell ...« Janicas Kehle entrang sich ein Schluchzen. »Ich hatte gehofft ...«

Erneut brachte sie den Satz nicht zu Ende. Eiseskälte und heiße Hitzewellen wechselten sich in ihrem Inneren ab. Vergeblich versuchte sie gegen die Traurigkeit und das Gefühl des Verlorenseins anzukämpfen, das sie plötzlich wie ein Gewittersturm überfiel und ihr keine Chance ließ, rechtzeitig einen Schutzraum zu finden.

»Kathrin und Finn! Ich werde nicht mehr miterleben, ob Kathrin sich für den kleinen oder den großen Esel entscheidet.«

»Janica ...«

»Angelo und Susi haben die Zusage für ein Neugeborenes, wusstest du das? Die Mutter ist alkohol- und drogenabhängig und wird in etwa sechs Wochen ihr Kind zur Welt bringen. Es wird erst einmal einen Entzug durchmachen und vermutlich ein Leben lang unter den Folgen dieser Vernachlässigung in der Schwangerschaft zu leiden haben. Aber die beiden werden diesem Kind all ihre Liebe und Aufmerksamkeit schenken ... Ich darf das Kind nicht aufwachsen sehen, vielleicht kann ich es nicht einmal mehr in den Armen halten!«

»Liebling ...«

»Jenni und Lars telefonieren viel. Ob aus ihnen wohl irgendwann ein Paar wird?« Janica zitterte und ballte die Hände zu Fäusten. »Was ist mit Kurti? Er ist ein feiner Kerl, aber seit ihn damals dieses Mädchen so gnadenlos abserviert hat, ist er Frauen gegenüber so furchtbar zurückhaltend. Ich möchte nicht, dass er allein durchs Leben geht. Er würde einen so wunderbaren und fürsorglichen Ehemann und Vater abgeben.«

»Du willst den armen Kerl verkuppeln?«, versuchte Thomas jetzt, sie nicht mehr in ihrem verzweifelten und von Schluchzern unterbrochenen Redeschwall zu bremsen, doch Janica wischte den Einwand mit einem wütenden Boxen in das Laken beiseite.

»Julia! Was ist mit Julia? Dieses aufgedrehte Mädchen mit ihrer selbstlosen Art. Sie ist immer für andere da und fordert niemals etwas für sich. Wer schaut danach, dass sie mal Pause macht, dass sie mal etwas für sich selbst tut, wenn ich nicht mehr bin? Und Bärbel? Und ihr Buch? Ich darf bestimmt nicht einmal mehr ihr Buch in den Händen halten.«

Thomas beendete seine Massage, legte sich wieder hin und zog sie, obwohl sie sich eher widerstrebend benahm, einfach fest in seine Arme, sodass sie auf ihm zu liegen kam.

»Und dabei weiß ich: Ich kann es nicht ändern!«, stieß sie wütend auf sich selbst laut hervor. Sie holte tief Atem und musste förmlich nach Luft schnappen. Die Enge in ihrem Brustkorb versetzte sie beinahe in Panik. »Dieses Aufregen führt zu nichts! Ich weiß«, japste Janica und konnte doch ihren Tränen keinen Einhalt gebieten.

Der Kummer um versäumte Möglichkeiten, um die vielen kleinen und großen Ereignisse, die sie nicht miterleben würde dürfen, umklammerte ihr Herz, als stecke es in einem Schraubstock, den eine unsichtbare Hand zudrehte.

Unendlich sanft strich Thomas ihr über das struppig kurze Haar, ließ sie jedoch gewähren.

»Was wird aus meinen Eltern? Sie sind nicht mehr die Jüngsten. Ich dachte immer, ich könne sie im Alter mit so viel Geduld und Liebe umsorgen, wie sie es damals bei mir taten, als ich so schwer krank war.«

Janica schniefte, fühlte die plötzliche Nässe unter ihrer Nase und fuhr auf. Ein heftiger Schwindel erfasste sie, doch Thomas drückte ihr bereits ein Papiertaschentuch in die Hand. Wieder einmal schoss das Blut aus ihrer Nase. Aus dem Zittern ihres Körpers wurde ein heftiges Beben.

»Ich sterbe, Thomas«, hauchte sie.

Obwohl er ihr ein Krepptuch nach dem anderen reichen musste, brachte er es irgendwie fertig, sie so zu umarmen, dass er ihr Halt und Trost vermittelte, samt dem Gefühl, dass an ihrem Klagen nichts Falsches war.

Es dauerte geraume Zeit, bis der Blutfluss stoppte. Thomas packte die Papiertücher in eine stets bereitgelegte Mülltüte und reichte ihr mehrere Feuchttücher, mit denen sie ihr Gesicht, ihren Hals und ihre Hände reinigte. Noch immer schweigend zog er sie an sich, küsste sie sanft auf die Stirn und nun, da sie wieder schwieg, schien auch er seine Stimme wiederzufinden.

»Was hast du Ratte erzählt, wenn ihr über ihre Krankheit und über das Sterben gesprochen habt?«

»Wie bitte?«

»Sag es mir, Janica.«

»Dass es ähnlich wie bei einer Raupe sei, die sich irgendwann verpuppen müsse. In dieser Puppe geschieht eine Verwandlung. Alles Alte verschwindet, danach wird sie neu, als wunderschöner Schmetterling geboren. Mit schillernden gesunden Flügeln, mit denen sie fröhlich und unbeschwert über traumhafte bunte Wiesen fliegen dürfe.«

»Ratte hat sich viele Gedanken über Karsten und Gottlieb gemacht, nicht wahr?«

»Ja. Vor allem um Karsten hatte sie Angst. Ihre Krankheit machte ihn so wütend.«

»Und?«

»Ich weiß schon, auf was du hinaus willst«, brummte Janica. Dennoch spürte sie, wie ihre Frustration und ihre Wut verschwanden, als habe der Wind, der die Schmetterlinge, die sie vor ihrem inneren Auge sah, durch die Lüfte wirbeln ließ, sie mit sich davongeblasen.

»Diese Schmetterlinge vergessen, was vorher war. Es kümmert sie nicht mehr, sie dürfen ihre Flügel ausbreiten und diesen Flug, das Neue um sie her genießen.«

Janica drehte sich leicht und hauchte Thomas einen Kuss auf das kratzende Kinn.

»Einmal habe ich Ratte gesagt, dass es sich vielleicht nur wie ein einziger Flügelschlag anfühlt, bis alle die Menschen, die sie liebt, wieder mit ihr vereint sind, weil die Ewigkeit eine völlig andere Zeitrechnung hat. Zeitlos irgendwie. Aber ob das tatsächlich so stimmt?«

»Und falls nicht, wäre das so schrecklich? Immerhin kann Ratte jetzt ›fliegen‹, wenn wohl auch lediglich im übertragenen Sinn. Ihre Ängste und ihre Schmerzen sind vorbei, ihr zerbrochener Körper ist weggenommen, erneuert. Falls dieser Ort, von dem du den Kindern in deinen Bildern erzählst, wirklich so wunderbar ist, wird das, was sie zurücklassen, sie dort nicht beschäftigen oder gar belasten, denn sonst würden sie ihre Sorgen und ihren Kummer ja mitnehmen. Und widerspräche das nicht der eigentlichen Bedeutung des Himmels?«

»Hm«, machte Janica nur.

Sie war müde, fühlte sich aber dennoch leicht und geborgen. Sie hatte die sich in den vergangenen Tagen in ihr aufstauenden Sorgen, Ängste und unerfüllbaren Wünsche aus sich herausgelassen. Thomas' Worte und seine Nähe schenkten ihr Trost. Wohlig rollte sie sich ein und ließ sich davontreiben, seine Stimme im Ohr, die sich immer weiter entfernte.

Kapitel 39

29. April

Thomas lehnte sich auf dem Stuhl zurück und warf Janica, die in ihrem Rollstuhl zwischen Bärbel und Julia saß, einen prüfenden Blick zu. Seine Frau wirkte mit den kurzen feuerroten Locken herrlich jugendlich, ihre Gestalt allerdings auffällig zerbrechlich. Es war mühsam, sie zum Essen zu bewegen und inzwischen kam sie ohne Morphium nur noch beschwerlich durch den Tag. Aber das Lächeln auf ihrem Gesicht beruhigte ihn. Seit jener Nacht vor sieben Wochen hatte sie niemals mehr mit ihrem Schicksal gehadert, sondern schien es akzeptiert zu haben. Manchmal erschreckte ihn die Tatsache, wie gelassen sie jedes weitere Defizit, jede zusätzliche Schwäche annahm, als sei es das Natürlichste der Welt, dass ein fünfundzwanzigjähriger Körper diese Symptome zeigte, als sei es normal, dass sie sich bewegte wie eine arthritische Frau, die die Neunzig überschritten hatte.

»Das Baby ist da!«, platzte Susi heraus, während Kurti, der Gastgeber, noch mit dem Füllen der Sektgläser beschäftigt war.

»Das arme Würmchen ist sehr klein und viel zu leicht, aber munter. Es ist ein Mädchen. Wie lange es noch in der Kinderklinik bleiben muss, konnten die Ärzte uns nicht sagen. Der Entzug ist schrecklich.«

Susi kämpfte mit den Tränen, weshalb Angelo ihre Hand ergriff. Er erhob das Glas und sagte:

»Auf die Mutter, in der Hoffnung, dass sie von den Drogen loskommt, die ihr Kind vermutlich geschädigt haben.«

Schweigend hoben die Freunde ihre Gläser in Janicas Richtung, da sie den Arm nicht mehr so weit vorstrecken konnte. Lars, Thomas und Steffen, der das dritte Mal einem ihrer Treffen beiwohnte, standen auf, um ebenfalls in den Pulk hinein anzustoßen.

»Die Ärzte sind ganz begeistert von der Kleinen. Sie halten es nahezu für ein Wunder, wie fit sie ist, wie kräftig ihre Lungen ausgebildet sind und wie normal sie reagiert. Eine Intensivkinderkrankenschwester meinte, sie werde vielleicht, trotz der schlechten Startschwierigkeiten, gar nicht so auffällig sein, wenn sie in ein gesundes familiäres Umfeld hineinkommt.«

Kurti wollte auf diese positive Nachricht anstoßen, doch Angelo hielt ihn zurück.

»Man sagte uns, dass wir ihr einen Namen geben dürfen. Wir finden es richtig, wenn sie als Zweitnamen den Namen ihrer Mutter bekommt, aber als Rufname würde uns Janica gefallen.«

Er sah Janica mit leicht geneigtem Kopf an, als wolle er ihre Erlaubnis einholen.

»Ein toller Name«, entgegnete diese. »Wie seid ihr denn auf den gekommen?« Bärbel und Julia lachten und auch auf den Gesichtern der anderen zeigte sich ihre Belustigung. Janica hob langsam ihr Glas und sagte: »Auf Janica, die in einem wunderbaren Zuhause wird aufwachsen dürfen!«

Die Gläser klirrten melodiös auf, aus einem schwappten einige Tropfen und fielen auf die hölzerne Tischplatte. Thomas fing Janicas Blick ein. Ihre Stimme hatte bei ihren Worten leicht gezittert, der Ausdruck in ihren Augen war selbst für ihn nicht zu deuten. Empfand sie Dankbarkeit? Rührung? Oder eine erneut aufschwellende Panik, weil eine andere Janica ihren Platz in dieser Runde einnehmen würde? Weil sie dieses Kind, das nun sogar ihren Namen trug, nicht begleiten durfte?

»Steffen, was gibt es Neues?«, fragte Finn und übersprang gekonnt Kathrin.

Diese lächelte ihn deshalb dankbar an und unterbrach endlich das nervöse Spiel ihrer Finger.

»Aufgrund des Fotodesasters hat meine Exfrau ihren neuen Job verloren. Sie war noch in der Probezeit. Entsprechend unschön lief unser letztes Zusammentreffen ab.«

Steffen klang ruhig, nahezu gleichgültig, aber Thomas sah an der Art, wie er die Finger in den Gürtelschlaufen seiner Jeans verhakte, wie nahe ihm die Angelegenheit ging. Auch die Freunde waren sensibel genug, seine Anspannung zu erkennen.

Lars sprach aus, was viele von ihnen dachten:

»Du hast sie immer noch sehr gern, nicht?«

»Ich kann es nicht ändern«, gab Steffen leise zu und offenbarte damit seine verletzliche Seite.

»Auf Lara, so war doch ihr Name, nicht?«, fragte Kurti.

Steffen nickte und senkte den Blick.

»Auf Lara, die hoffentlich bald wieder einen guten und zu ihr passenden Job findet.«

Mehr sagte er nicht, wohl wissend, dass er Steffens weitere Wünsche besser unausgesprochen ließ. Im Leben ging nicht immer alles glatt vonstatten, nicht jede Begebenheit wendete sich zum Guten. Zumal die Frage blieb, was von dem, was die Menschen für gut erachteten, wirklich auch das Beste für sie war.

Steffen räusperte sich und fuhr fort:

»Leider hat sich irgendein hohes Tier vom Innenministerium eingeschaltet und will dem internen Ermittler die Sache aus der Hand nehmen. Er fordert neue Anhörungen und Untersuchungen, droht damit, den Fall zur Anklage vor die Staatsanwaltschaft wegen fahrlässiger Tötung in Ausübung des Berufs zu bringen. Ich hege die Befürchtung, dieser Jemand will die Sache jetzt zur politischen Schlammschlacht erheben.«

»Und auf deinen Schultern und der trauernden Familie ausgetragen?«

»Bauernopfer«, knurrte eine Männerstimme, doch Janica konnte nicht bestimmen, wer es gewesen war.

»Das Positive an der Sache ist: Die Kiste ist erst mal aus der Presse raus«, fuhr Steffen fort. »Nach der Presseverlautbarung, in der erklärt wurde, dass der für die Schüsse verantwortliche SEK-Beamte seine Kündigung eingereicht habe, flaute das Interesse sofort ab. Vermutlich sind all diejenigen, die meinen Kopf gefordert hatten, damit zufrieden, dass er gerollt ist. Ich bin erleichtert. Das SEK ist aus der Schusslinie und damit enden hoffentlich auch weitere Diskussionen über den Sinn oder Unsinn der Vermummung und der Anonymität. Ich hoffe, Lara und Marie sowie die betroffene Familie haben fortan ihre Ruhe. Ich habe eine Bewerbung beim Landeskriminalamt laufen, wenn alles glattläuft – und hier nicht derselbe Typ vom Innenministerium sein Veto einlegt –, könnte ich einen interessanten Job ergattern.«

»Auf die getroffenen Entscheidungen und Veränderungen und darauf, dass endlich Ruhe im Leben so vieler Menschen einkehren kann!«

Kurtis Worte klangen zuversichtlicher, als sein unsteter Blick in Thomas' Richtung ausfiel. Er schien zu ahnen, wie heftig es vor allem in Steffen noch schwelte, zumal sie nun alle wussten, dass er nie aufgehört hatte, seine Exfrau zu lieben.

Janica übersprang Julia, da sie offenbar nichts Neues zu erzählen hatte, und sagte einfach:

»Ich schaffe keinen Tag mehr ohne Morphium.«

»Auf dieses Schmerzmittel!«, meinte Bärbel ebenso knapp.

»Dafür kann ich weiterhin einige Stunden in der Woche im Hospiz verbringen. Besonders schön ist auch: Ich habe nach wie vor keinen Befall des zentralen Nervensystems, bekomme also immer noch mit, wann ihr mich aufzieht und wann nicht!«, verkündete sie heiter und es war ihr anzumerken, wie dankbar sie für diesen Umstand war.

Gelächter füllte den behaglich eingerichteten Party- und Sportkeller.

»Auf Janicas Dickschädel!«, sagte Angelo und die Gläser stießen dieses Mal so fest aneinander, dass Thomas befürchtete, ein paar von ihnen könnten zu Bruch gehen.

»Ach, und noch etwas!« Die Stimmen verebbten, als Janica erneut sprach. »Ich darf noch einen Frühling erleben! Die Bäume blühen wie noch nie zuvor, die Narzissen und Tulpen überbieten sich in ihrer Leuchtkraft und die Hügel und Bäume tragen wieder sattes Frühlingsgrün. Der Birnenbaum in unserem Garten zeigt sich als ein einziges rosa gesprenkeltes weißes Meer!«

Die Runde wurde fortgesetzt und schließlich drehten sich die Gespräche sprunghaft, meist auch in kleineren Grüppchen geführt, um das Gehörte. Irgendwann nahm Thomas wahr, wie Janica sagte:

»Nein, Finn wird nicht die Blumen zu meiner Beerdigung aussuchen. Er übertreibt da gern ein bisschen. Julia, das übertrage ich dir. Jenni hat mir versprochen, für die Musik zuständig zu sein, Lars hat bereits meinen Wunschpredigttext bekommen.«

Thomas schluckte schwer. An diesem Vormittag hatte Janica darauf bestanden, mit ihm gemeinsam einen der städtischen Friedhöfe aufzusuchen. Sie hatte ihn aufgefordert, sie in ihrem roten Rollstuhl zwischen den Gräbern hindurch zu schieben und ihm schließlich mitgeteilt, dass sie ein Urnengrab wünsche, am liebsten in der Ecke des Friedhofs, der von gewaltigen alten Kastanien beschattet war. Janica hatte angesichts ihrer empfindlichen Haut ein Leben lang der Sonne ausweichen müssen und liebte den natürlichen Schatten, den ihr weit ausladende Baumkronen boten. Ihr gefielen die Blütenkerzen der Kastanien in

Weiß und Rot. Ihre großen, im Wind laut brausenden Blätter, die Veränderungen von der Blüte über die grünen stacheligen Früchte bis zur Kastanie und das sanfte Fallen der im Herbst gelben und braunen Blätter faszinierten sie.

Nun, da er hörte, wie sie erneut ihre eigene Beerdigung plante, schnürte es ihm förmlich die Luft ab. Das, was sie da tat, bewies die Endgültigkeit ihrer Diagnose. Es rückte ihren Tod in greifbare Nähe. Und obwohl er es sich überhaupt nicht erklären konnte, förderte ihr selbstsicherer Umgang damit seine Liebe zu ihr. Seine Reaktion auf ihr Tun war kein neues verzweifeltes Aufbäumen, kein Verdrängen, auch kein versteckter Ausdruck des Festhaltens mehr, sondern tief gegründete und bewundernde Liebe für seine Frau. Dies war sogar für ihn unerklärlich, für viele Mitmenschen womöglich unbegreiflich. Aber jede anders geartete Resonanz würde ihm doch nur noch mehr Schmerz einbringen! Er begriff die ihm gegebene Akzeptanz als ein Geschenk, denn ihm und Janica fehlten all die Jahre, in denen ein Ehepaar zusammenwuchs. Das Schicksal betrog sie um die Zeit, in der aus Verliebtheit eine reife Liebe erwachsen durfte, die aus zwei unterschiedlichen Menschen, die sich zusammengefunden hatten, eine Symbiose formte. Thomas gewann den Eindruck, dass sie dieses tiefe und innige Gefühl, all diese Schritte an diesem Vormittag auf dem Friedhof durchlaufen hatten. Andere Ehepaare benötigten dafür womöglich Jahre, vielleicht auch Zeiten mit herben Rückschlägen und dunklen Tälern, um an diesen Punkt zu gelangen.

Es war, als habe er mit Janica an seiner Seite innerhalb weniger Monate ein ganzes Leben ausgekostet.

KAPITEL 40

30. APRIL

Janica schlug die Augen auf. Sonnenstrahlen beschienen ihr Gesicht und ließen sie genießerisch aufseufzen. Zwar offenbarten sie, dass die Fenster dringend einmal wieder geputzt gehörten, doch diesen Gedanken schob Janica weit von sich. Dafür war immer noch Zeit. Irgendwann! Ihr war unter der Decke viel zu warm, das erste Mal seit Wochen. Sie neigte sonst dazu, extrem zu frieren. Aber an diesem Tag war etwas anders. Sie fühlte sich frisch, nahezu tatenhungrig, und als sie sich leise aus ihrem Bett schälte, um Thomas nicht zu wecken, bemerkte sie, dass die Schmerzen in ihren Gelenken erstaunlich erträglich waren, obwohl ihre letzte Morphiumgabe viele Stunden her war.

Balou schoss herbei, begrüßte sie mit heftigem Schwanzwedeln und liebevollem Anstupsen, während sie ihm das Fell durchwalkte, bis er sich hinlegte und alle viere von sich streckte. Irgendwann schickte sie ihn fort, da sie unmöglich über das große Tier hinübersteigen konnte.

Langsam ging sie ins Bad und strahlte ihr Spiegelbild an, da sie diesen Weg ohne einen Schwindelanfall, ohne größere Schmerzen, und ohne eine Pause einlegen zu müssen, bewältigt hatte.

Die noch kurzen roten Locken standen wild von ihrem Kopf ab. Ein badhair-Day. Doch wen sollte das stören? Immerhin hatte sie wieder Haare!

Sie wusch sich, zog sich an und tapste zur Verandatür. Es gelang ihr nur unter Mühen, sie zu öffnen, da die gewaltige Glastür sich schwer in der Boden- und Deckenschiene wegschieben ließ. Ihre Bemühung wurde reichlich entlohnt. Frühlingshaft warme Luft hüllte sie ein, geschwängert durch den betörenden Duft des weißen Flieders, der neben der kleinen Terrasse wuchs und als Sichtschutz diente. Eine Vielzahl von Vogelstimmen begrüßten Janica in scheinbar nie zuvor gehörter Lautstärke, als gelte es, die Sonne, die bunten Blüten und damit die zu neuem Leben erwachte Natur für ihren Überschwang zu belohnen.

Balou zwängte sich schwanzwedelnd an ihr vorbei und lief erst einmal einige Runden um das Haus, als müsse er sich vergewissern, ob auch wirklich jeder Strauch, jede Mülltonne, die Regentonne und das Dreirad des Nachbarkindes noch dort waren, wo sie hingehörten.

Janica schrak zusammen, als sich zwei starke Arme von hinten um sie legten, dann lehnte sie sich an Thomas, der ihr einen Morgengruß und eine Liebeserklärung ins Ohr flüsterte.

»Du bist heute schon sehr unternehmungslustig«, sagte er anschließend.

»Mir geht es richtig gut.«

»Ich denke, wir sollten den heutigen Tag ausnutzen!«

»Ich habe einen Termin im Krankenhaus, der Port muss gespült werden, und du hast Unterricht, Herr Lehrer.«

»Du verschiebst deinen Termin auf morgen, ich melde mich in der Schule ab.«

»Du willst ...?«

Thomas drehte sie zu sich um. Er trug lediglich eine Pyjamahose und seine Haare standen auf einer Seite seines Kopfes hoch. Janica strich durch die widerborstigen Strähnen und ließ ihre Hände dann über seine unrasierte Wange und seinen Hals bis vor seine Brust wandern, in der sein Herz spürbar kräftig schlug.

»Bis jetzt habe ich noch nicht einmal meinen ›Ich-bin-mit-einer-todkranken-Frau-verheiratet-Bonus‹ ausgenutzt. Heute werde ich das tun!«, beschloss Thomas, küsste sie auf die Nasenspitze und verschwand im Haus, um zu telefonieren.

Janica trat an die Schiebetür, lehnte sich an sie und hörte zu, wie Thomas seinem Chef unverblümt mitteilte, dass er einen wirklich guten Tag seiner Ehefrau gern mit ihr verbringen wollte. Offenbar bekam er die Erlaubnis, denn er legte zügig auf und drehte sich grinsend zu ihr um.

»Er sagt, ich solle einen unvergesslichen Tag mit dir erleben. Ich springe schnell unter die Dusche und du überlegst dir in dieser Zeit, wo wir frühstücken und was wir anschließend unternehmen.«

Balou brachte sich mit einem tiefen Bellen in Erinnerung, als wolle er nicht zulassen, dass man ihn vergaß.

Eine halbe Stunde später saßen sie, in leichte Decken gehüllt, auf der Terrasse eines Cafés und frühstückten, während Balou unter dem Tisch lag und interessiert die neugierigen Spatzen im Auge behielt, die zwischen den Sitzgelegenheiten umherhüpften und auf kleine Essensreste hofften. Passanten eilten vorbei, Kinder mit ihren Schultaschen stürmten von einer Bushaltestelle in Richtung Schule und ihr fröhliches Lachen hallte inmitten der Häuser wider. Zwei ältere Damen setzten sich ebenfalls auf die Terrasse und bestellten Kaffee, beachteten das Paar jedoch nicht weiter.

Thomas freute sich sichtlich, als Janica neben einem Glas Milch ein halbes Brötchen und ein Frühstücksei zu sich nahm, ohne dass sie sich dazu zwingen musste. Sie hingegen lächelte über die Kleinigkeiten, die Thomas mittlerweile ein Glücksgefühl vermittelten, erinnerte sie sich doch zu genau daran, wie ernst und freudlos ihr sein Leben zur Zeit ihres Kennenlernens erschienen war. Zufrieden verschränkte er die Hände im Nacken und streckte seine Beine unter den Tisch, was Balou von seinem Beobachtungsposten vertrieb.

»So, was hast du dir für heute ausgedacht?«

Janica lehnte sich ebenfalls zurück und betrachtete ihre Finger mit den kurz geschnittenen Nägeln. Sie drehte ihren Ehering im Kreis und hob dann den Blick.

»Mir ist so vieles durch den Kopf gegangen. Es gibt einige Orte, besonders jetzt im Frühling, die wunderschöne Erinnerungen bergen. Aber das alles ist nicht so wichtig. Ich darf diesen Tag mit dir verbringen, das allein zählt.«

Thomas beugte sich vor, ergriff ihre Hand und sah ihr tief in die Augen, schwieg jedoch. Es lag so viel Zuneigung, Dank und zugleich auch Traurigkeit in seinem Blick, dass es keiner Worte bedurfte, ja, diese vermutlich nicht einmal ausgereicht hätten, um das zu umschreiben, was er in diesem Augenblick empfand.

Die Ankunft des Kellners zerstörte diesen außergewöhnlichen Moment. Thomas wirkte verwirrt, während er das Frühstück bezahlte, als brauche er lange Zeit, um aus dem starken Gefühl, in das er weit hinabgeglitten war, wieder aufzutauchen und die Realität um sich her wahrzunehmen.

Wortlos ergriff er Janica an der Hand und gemeinsam schlenderten sie zu seinem Wagen. Sie fuhren gut eine Stunde und hielten schließlich auf einem leeren Wanderparkplatz inmitten eines Waldstückes.

Janica stieg aus und atmete genussvoll den würzigen Geruch feuchter Erde und harziger Stämme ein, die in den smaragdblauen, nahezu wolkenlosen Himmel hinaufragten. Auf dem frisch begrünten Boden wuchsen Millionen von winzigen weißen Blüten, als habe es in der vergangenen Nacht Sterne über diesem Wald geregnet. Prompt flüsterte Janica:

»Sternenlichtweiß!«

Thomas führte sie abseits der beiden gut beschilderten breiten Waldwanderwege zu einem von Wurzeln aufgeworfenen und mit dem braunen Laub des letzten Herbstes bedeckten schmalen Pfad. So gelangten sie in den von mildem grünem Licht beherrschten Mischwald hinein. Janica betrat ihn mit einem euphorischen Lächeln, denn auf diesem wäre die Mitnahme des Rollstuhls völlig irrsinnig. Sie würde also auf dem weichen federnden Humusboden laufen, so weit ihre Beine sie zu tragen vermochten.

Thomas hatte Balou an die Leine genommen und folgte ihr in einigem Abstand. Er ließ ihr die Zeit, das Gefühl der Selbstständigkeit und Freiheit, samt der annähernden Schmerzlosigkeit auszukosten. Sie durfte sich in Ruhe an der Farbenvielfalt sattsehen, den typischen Geräuschen des Waldes lauschen und die verschiedenen Duftnuancen tief in sich einatmen.

Nach etwa einem halben Kilometer öffnete sich vor ihnen eine winzige Lichtung. Hier wuchsen violette Blüten mit den weißen Sternen um die Wette und wurden bald von gelben Sumpfdotterblumen abgelöst, die am Rande eines tiefgrünen, kleinen Sees ihre Köpfe den warmen Strahlen der Sonne entgegen reckten. Ein leicht abfallender Wiesenstreifen, auf dem das junge Grün nahezu blendete, so gesund und kräftig wuchs es, führte bis an den schwarzmorastigen Ufersaum. Janica lief die wenigen Schritte dorthin, wirbelte herum, streckte die Arme vorsichtig, aber wie jubelnd hoch und rief:

»Weshalb hast du mir diesen traumhaften Flecken Erde bis heute vorenthalten?«

Thomas band Balou oberhalb der Lichtung an einen Baum und trat zu ihr, bevor er ihre Frage beantwortete.

»Dieses Waldstück gehört zu Steffens Erbe. Ich habe meinen Anteil vor Jahren verkauft, um mir die Haushälfte leisten zu können. Es war sein und Laras geheimes Plätzchen. Jetzt nutzt es niemand mehr.«

»Du meinst, hier kommt nie jemand vorbei?«

»Steffen vermutlich ab und zu, der Förster sicher auch und viele Tiere.«

»Schön!«, seufzte sie, kam zu ihm und schlang die Arme um seinen Nacken.

Sie stellte sich auf Zehenspitzen und presste sich an ihn, als Thomas sie fest mit seinen Armen umschloss.

Sie küsste ihn, bis er ihr etwas ungestüm die Strickjacke und anschließend die Bluse vom Körper streifte und sie in die Wiese bettete.

»Was machst du mit mir?«, raunte er heiser, nachdem er sich seinen Pullover über den Kopf gezogen hatte und sie seinen Kopf wieder zu sich herunterzog.

»Das, was dein Chef uns empfohlen hat«, lachte sie und strich mit allen zehn Fingerspitzen über seine Rückenmuskulatur bis hinab zum Hosenbund.

Das war das Letzte, was sie für geraume Zeit sagte.

*

Janica drehte sich unter den ersten Bäumen diesseits der Lichtung noch einmal um. Ihr Blick glitt über die von der Abendsonne spiegelnde Wasseroberfläche zu den in den Himmel ragenden Baumkronen und schließlich zurück auf die Wiesenfläche, auf der sie sich erst geliebt und dann lange in den Armen gehalten hatten. Schweigend, versunken in einen Glückstaumel der Zweisamkeit, hatten sie die ihnen geschenkte Zeit genossen, um sich daraufhin in mehrere, durch Pausen unterbrochene Unterhaltungen zu vertiefen. Doch nun hieß es, Abschied zu nehmen von diesem besonderen Ort. Einer Oase, die kaum bezaubernder sein konnte, zumal Janica tief in sich drin wusste, dass sie diesen Platz niemals wiedersehen würde.

Balou, der unter den Bäumen verweilt hatte, begrüßte Thomas mit wilder Begeisterung, die dieser zurückgab und nach einem fragenden Blick zu Janica mit dem Tier den Weg im Laufschritt zurücklegte.

So schlenderte sie gemächlich, einzig umgeben vom Pfeifen der Vögel, dem knarrenden Geräusch aneinander reibender Äste und dem Rascheln der Blätter im Wind, untermalt vom gelegentlichen Knacken eines Kiefernzapfens unter ihrem Schuh durch die grüne Laube mit den weißen Blütensternen. Bei jedem Schritt, den sie sich von dem dunklen See mit seinem verwilderten Ufer entfernte, spürte sie, wie die Energie aus ihr hinausfloss, als dränge sie zurück zum Wasser. Ihre Knie begannen zu schmerzen, ihre Hüftgelenke gaben bei jedem, immer mühsamer ausgeführten Schritt ein unheilvolles Knacksen von sich und die Pein in ihrer Schulter schien plötzlich in alle Richtungen auszustrahlen. In ihren Nacken und den Kopf, in ihre Brust bis in ihren Unterleib. Janica keuchte und hielt sich an einem jungen weißen Birkenstamm fest, als ein Schwindelgefühl, das sie von einer Sekunde auf die andere übermannte, sie niederzuwerfen drohte. Sie wollte nach Thomas rufen, doch ihre Stimmbänder gaben nicht mehr als ein heiseres Krächzen von sich. Sie sank auf die Knie. Tränen schossen ihr in die Augen. Markierte dieser Tag ihren Schwanengesang? Ein letztes Aufbäumen vor dem schnell dahinschreitenden völligen Zerfall?

Sie hörte Balou weit entfernt bellen. Er klang aufgeregt, nahezu wütend. Ob ein Hase seinen Weg gekreuzt hatte? In diesem Moment spürte sie, wie sie einnässte. Unkontrolliert, ohne jede Vorwarnung ihrer Blase entleerte sich diese.

Janica zitterte, die eisige Kälte hatte wieder in ihrem Körper Einzug gehalten. Die schlanken Äste der Birke bewegten sich über ihr, muteten ihr plötzlich bedrohlich an, als versuchten sie, nach ihr zu schlagen.

Das Bellen kam näher. Balou tauchte in ihrem leicht verschwommenen Blickfeld auf. Er hatte sich losgerissen und schleifte die Leine hinter sich her. Wenig später warf sich Thomas vor sie auf die Knie.

»Janica!«, stieß er keuchend hervor, zog sie zu sich und bettete sie so, dass sie ihren Kopf auf seinen Schoß legen konnte.

»Ich habe Schmerzen«, jammerte sie leise.

Ihre Augen flehten ihn um Hilfe an.

»Balou ist plötzlich völlig durchgedreht.«

»Er kam auch zu mir ans Bett, kurz bevor ich das erste Mal Nasenbluten bekam ...«, stammelte sie und legte dem um sie herumstreichenden Hund die Hand auf den rauhaarigen Kopf.

Thomas nahm ihre Worte einfach hin. Er streichelte ihr beruhigend über den Rücken und strich ihr mehrmals die widerspenstigen Locken aus dem Gesicht.

»Ich trage dich jetzt huckepack zum Auto und bringe dich ins Krankenhaus.«

»Ich habe eingenässt«, gestand sie.

»Na und?«, knurrte er, zog sie auf ihre zitternden Beine, was einen heftigen Schmerz durch ihre Gelenke jagte, und nahm sie auf den Rücken.

Die Feuchtigkeit ihrer Hose war ihr unangenehm, doch es gab keine andere Möglichkeit. Sie würde sich daran gewöhnen müssen, nach und nach wichtige Körperfunktionen einzubüßen. Vielleicht musste sie sich nicht einmal daran gewöhnen ..., sagte sie sich, klammerte sich, so gut ihre Schultern es zuließen, an Thomas und schloss die Augen, bis er sie sanft absetzte und auf den Beifahrersitz schob.

Er setzte sich hinter das Steuer, ließ das Auto an und durchfuhr die Kurven der Landstraße durch die bewaldeten Hügel so behutsam wie wohl niemals zuvor in seinem Leben. Janica dankte es ihm mit einem Lächeln.

KAPITEL 41

01. MAI

Nur widerwillig ließ Thomas Janica im Krankenhaus allein, doch die Krankenschwester hatte ihm irgendwann unmissverständlich klargemacht, dass er die Frauen beim Schlafen störe. Noch vor der Klinik lief Thomas eine ausgedehnte Runde mit Balou, hauptsächlich deshalb, weil trotz der späten Stunde Steffen anrief.

Sein Bruder hatte Marie bei den Großeltern besucht und einen Streit mit Lara vom Zaun gebrochen. Auslöser für Laras aggressives Verhalten war, so erzählte Steffen, weniger sein unangemeldetes Auftauchen, ihre eingesperrte Situation und der Verlust ihrer Arbeitsstelle, sondern vielmehr die Tatsache, dass ihre Eltern ihn mit ausgesuchter Herzlichkeit begrüßten und in ihrer Gegenwart einmal mehr betonten, wie leid es ihnen tue, dass ihre Tochter ihn vor die Tür gesetzt hatte. Steffen war zutiefst aufgewühlt, da er befürchten musste, dass ihre Auseinandersetzung wohl die Tür zugeschlagen habe, von der er in den vergangenen Wochen den Eindruck gewonnen hatte, sie öffne sich für ihn und Lara. Thomas war froh, dass Steffen den neuerlich über ihn hereinbrechenden Kummer nicht in sich hineinfraß, sondern ihn bei ihm ablud, selbst wenn er nicht mehr für ihn tun konnte, als ihm zuzuhören.

Nachdem sie ihr Gespräch beendet hatten, fuhr er durch die nächtlichen Straßen, ohne ein Ziel vor Augen. Schließlich bog er in Richtung des Vororts ab, in dem Lars arbeitete und wohnte, und parkte eine knappe halbe Stunde nach Mitternacht vor dem für einen Single viel zu großen Pfarrhaus.

Er beugte sich über das Lenkrad und warf einen Blick auf das Gebäude. Erleichtert stellte er fest, dass bei Lars noch Licht brannte, also stieg er aus, schloss Balou erneut ein, schritt über den Kiesweg zum Eingang und läutete. Es dauerte nur einige Augenblicke, bis Lars, in legerer Jogginghose und einem viel zu engen T-Shirt, die Tür öffnete. Er hielt sein Smartphone ans Ohr gedrückt und sagte zu seinem Gesprächspartner, nachdem er seinen nächtlichen Besucher erkannt hatte:

»Jenni, ich ruf dich morgen wieder an.«

Ehe Lars das Gespräch wegdrücken konnte, nahm Thomas ihm das Gerät aus der Hand.

»Jenni, ich bin's, Thomas.«

»Was ist passiert?«, fragte sie in höchst alarmiertem Tonfall.

Offenbar war ihr angesichts der späten Stunde und Lars' schnellem Abwürgen ihres Telefonats klar, dass bei ihrer Schwester etwas vorgefallen sein musste.

»Janica ist im Krankenhaus.«

»Ich komme morgen, muss nur einen Interviewtermin absagen.«

»Das wird sie ...«

»Ist mir egal. Sie ist meine Schwester!«

Jenni legte auf.

Inzwischen hatte Lars die Tür ins Schloss gezogen und schob Thomas an seinem Büro vorbei in das spärlich und nüchtern eingerichtete Wohnzimmer.

»Kaffee? Wasser? Bier?«, fragte er knapp.

Thomas schüttelte lediglich den Kopf und ließ sich auf die überdimensional breite Ledercouch fallen. Lars nahm ihm das Mobiltelefon ab, warf es auf einen Sessel und setzte sich in die andere Ecke der Couch.

»Janni?«, hakte er nach und Thomas erzählte von ihrem Tag, ohne etwas auszulassen, auch wenn er bei den Worten, dass sie sich auf der Waldlichtung geliebt hatten, den Blick auf seine Hände senken musste, die er, um sie stillzuhalten, gefaltet hielt.

»Es ist meine Schuld!«, brach es plötzlich aus ihm heraus. Er löste die Finger und ballte die Hände zu Fäusten. Seine Muskeln spannten sich an. Am liebsten hätte er die Flucht ergriffen. Doch es gab keinen Ort, an dem er sich vor den Tatsachen verstecken konnte. »Ich habe sie maßlos überfordert. Dieser ausgedehnte Spaziergang, die vielen Eindrücke, die lange Zeit an der Luft ... und dann konnte ich mich nicht einmal beherrschen und musste ... Es ist meine Schuld!«, wiederholte er.

»Was ist deine Schuld?«

»Na, alles!«, fauchte Thomas, sprang auf und begann, zwischen der Eingangstür und dem mit Büchern vollgestopften Regal auf und ab zu gehen.

»Janicas Wohlfühlmoment? Ihr Appetit? Ihre Kraft und Energie an diesem Tag? Diese romantische Lichtung? Der ...«

»Hör auf!«, schrie Thomas ihn an, hob aber sofort entschuldigend die Hand. »Das natürlich nicht. Das war ein Geschenk!«

»Ein Geschenk, also.«

»Ja. Und ich hatte nichts Besseres zu tun, als das auszunutzen, um ..., um ...«

»Ein weiteres Geschenk anzunehmen, das Gott für zwei sich liebende Menschen bestimmt hat?«

Thomas stieß einen Knurrlaut aus. Er ging noch immer auf und ab, allerdings wurden seine Schritte langsamer und kleiner.

»Der Tag wäre so perfekt verlaufen, hätte ich mich zurückhalten können. Was denkst du, was dieses Problem mit ihrer Blase ausgelöst hat. Ich weiß genug über die weibliche Anatomie ..., bin nicht völlig blöde ...«

»Das musste irgendwann geschehen. Janica hat sicher damit gerechnet, heute aber vielleicht gern die Warnsignale verdrängt ...«

»Ach, hör doch auf!«

Thomas wandte sich ruckartig um und stürmte in den Flur und zur Tür. Dort hielt er inne, presste die Handflächen an das kalte Glas und schließlich auch seine Stirn. Er hatte die Entscheidung getroffen, anstatt in sein leeres, einsames Haus zu fahren, hierher zu Lars zu kommen. Zuhause hätte ihn niemand herausgefordert, da wäre er in Ruhe gelassen worden. Aber er hatte bewusst den Weg zu einem Gesprächspartner gewählt – weil er jemanden, der ihm einen Spiegel vorhielt, bitter nötig hatte, ebenso wie eine vernünftige Stimme, die ihm helfen konnte, das Chaos in seinem Inneren aufzuräumen.

Er stieß sich ab und kehrte ins Wohnzimmer zurück, wo Lars noch immer auf der Couch saß und wartete. Sein Blick war aufmerksam und mitfühlend, jedoch keineswegs vorwurfsvoll oder gar mitleidig. Thomas ließ sich wieder auf das Sitzmöbel fallen und drückte sich eines der großen Kissen in den Rücken.

»Ich fühle mich schuldig.«

»Das mag sein. Doch bist du es auch?«

»Ich weiß, dass Janicas Körper mehr und mehr versagen wird. Aber heute war es fast wie vor ihrer Erkrankung. Ich wollte einfach nur ...«

Thomas bohrte die Ellenbogen in seine Oberschenkel und vergrub das Gesicht hinter seinen Händen.

»Diesen Moment festhalten? Euch ist ein wunderbarer Tag geschenkt worden. Und Janica hat dir erlaubt, was du dir vermutlich gewünscht hast?«

»In letzter Zeit hatte sie zu starke Schmerzen ... Sie hat mich mehrmals abgewiesen, obwohl ihr das sehr wehtat.«

»Hätte sie das heute nicht auch tun können?«

»Sie hätte es tun müssen!«

»Oder sie hat getan, was sie sich wünschte und was sie dir schenken wollte?«

Thomas schloss die Augen und versetzte sich gedanklich zurück in die Lichtung. Die Initiative war von Janica ausgegangen. Sie hatte ihn geküsst und sich an ihn gepresst, ihn nicht mehr losgelassen und ihn zu jedem weiteren Schritt ermutigt. War es wirklich so gewesen oder verschob sich da seine Erinnerung, weil er sich dann weniger schuldig fühlen musste? Er spürte wieder ihre Lippen auf den seinen, ihre Arme in seinem Nacken, als sie ihn stürmisch wieder an sich zog ... Langsam hob er den Kopf. Sie hatte sich das erste Mal seit scheinbar unendlich vielen Tagen so wohlgefühlt, dass sie sich ihm geschenkt hatte. Wie könnte er das verachten oder schlechtmachen, indem er es ungeschehen machen wollte und sich in Selbstzerfleischung strafte?

»Sie ist unglaublich«, flüsterte er und beobachtete, wie Lars' besorgtes Gesicht sich entspannte und ein liebevolles Lächeln seinen Mund umspielte.

Beinahe so, als sei er Janicas großer Bruder, der nicht zulassen wollte, dass etwas ihr Glück trübte.

Völlig unvorbereitet schossen Tränen in Thomas' Augen. Ein Schmerz wallte in seinem Inneren auf und drohte ihn zu zerreißen.

»Sie stirbt, Lars. Sie stirbt«, entfuhr es ihm.

»Ja, sie stirbt«, bestätigte Lars mit ruhiger Stimme.

Es fiel kein Wort darüber, dass Thomas das doch längst wissen müsse, dass diese Tatsache doch seit Monaten fester Bestandteil seines Daseins war. Thomas war unendlich dankbar für dieses Schweigen. Tränenperlen fluteten seine Wangen. Lautlose, aber peinigende Schluchzer schüttelten seinen Körper und er vergrub das Gesicht erneut in seinen Händen. Sein Schmerz, seine Ängste und die in ihm nagende Unsicherheit übermannten ihn, ließen ihn hemmungslos weinen. Er spürte eine Hand auf seiner Schulter. Eine einfache Berührung, die ihm vermittelte, dass das, was er soeben tat, richtig und gut war. Und dass er dabei nicht allein war.

Eine Stunde später saßen Thomas und Lars bei einer kleinen Mahlzeit und Thomas hörte seinem Gastgeber fasziniert zu, was er über Janica erzählte; Erlebnisse aus der Zeit, bevor er in ihr Leben getreten war. Es waren gute Geschichten. Sie spiegelten Janicas fröhliche Ausstrahlung, ihre positive Art, das Dasein zu meistern, wider. Je mehr Lars preisgab, umso mehr breitete sich in Thomas eine innere Dankbarkeit darüber aus, dass er Janica kennenlernen durfte. Er spürte, wie sehr Lars diese Frau liebte, wenngleich in anderer Weise als er. Sie würde eine große Lücke hinterlassen. Nicht nur bei ihm und ihrer Familie, sondern auch bei Lars, Bärbel, Julia und all den anderen. Janica hatte auf viele Menschenherzen Einfluss genommen und das würde für immer Bestand haben. Diese Erkenntnis empfand er als so tröstlich, wie die ersten goldgelben und wärmenden Sonnenstrahlen nach mehrtägigem Sturm, Regen und Dämmerlicht.

JANICA

Ich fühlte mich wie Glas, das in einem Rahmen steckte, der sich zu verziehen begann und zu viel Druck auf sein wertvolles Inneres ausübte. Das Glas versuchte auszuweichen, sich zu verformen, allerdings gelang das ab einem gewissen Zeitpunkt nicht mehr und es entstand ein erster winziger Sprung. Er war unscheinbar, kaum zu sehen. Aber der Druck erhöhte sich und der Riss weitete sich aus. Wie Spinnenbeine durchzog er eine immer größere Fläche, bis das Glas mit unauffälligem leisem Klirren zersplitterte. Ich fühlte mich zersplittert.

Mein Körper gab auf, ließ geschehen, was unvermeidbar war. Wilde Träume suchten mich heim. Von Raupen, die sich schwer damit taten, sich zu Schmetterlingen zu verwandeln, obwohl dies doch ihre Bestimmung war. Offenbar verstanden sie nicht, dass sich ihnen als bunte Falter ein viel vollkommeneres Leben eröffnen würde. Eine weiße Ratte flüsterte es ihnen zu. Manche hörten auf sie, andere nicht. Ein anderes Mal rasten Züge durch meine Träume. Sie fuhren stets in einen engen dunklen Tunnel ein. Die Dunkelheit bedrängte mich, bis Sven mich anlächelte und auf das helle Tunnelende deutete. Oder ich sah eine riesige Stadt, erbaut aus funkelnden Edelsteinen und Perlen, fand aber keinen Einlass. Ein Mädchen mit langem schwarzem Haar hüpfte im Wechselschritt in meine Richtung und drehte sich um, als es sich meiner

Aufmerksamkeit sicher war. Das Kind legte mir eine Spur aus Perlen im weichen Gras, bis zu einer großen Hand, die sich mir einladend entgegenstreckte.

Die Träume kamen und gingen, waren weder Albtraum noch Fantasien, an die man sich gern erinnern mochte. Sie waren einfach in meinem Kopf lebende Bilder. Ähnlich Erinnerungen, die ich für lange Zeit vergessen hatte. Oder einem tief in mir verborgenen Wissen, das erst durch die Träume wieder an die Oberfläche gelangte. Ein einziges Mal träumte ich von einem kleinen rothaarigen Mädchen in einem pinkfarbenen Prinzessinnenkleid. Es tanzte, bis die vielen Lagen Röcke aufwirbelten, als gäbe es nichts Schöneres, Befreienderes, Wichtigeres. Das Mädchen war wunderschön anzusehen, anmutig, voller Bewegungsfreude und Leben. Ich hatte sein Gesicht nicht gesehen, wusste aber, dass ich von mir selbst geträumt hatte.

Nach diesem Traum erwachte ich mit unerträglichen Schmerzen. Sie ließen mich schreien, bis eine Schwester kam und mir über den Port ein hoch dosiertes Schmerzmittel verabreichte. Danach driftete ich in einen Dämmerschlaf, einfach nur in Schwärze hinein. In Nichts. In Leere. Ich wandelte seltsam gelassen durch den Traum hindurch, obwohl irgendetwas in mir sagte, dass ich mich vor diesem Nichts, vor dieser Leere fürchten sollte. Aber ich tat es nicht. Warum? Ich weiß es nicht. Vielleicht, weil mir selbst in diesem dunklen Traum meine vorherigen Träume im Gedächtnis hafteten? Sie waren mein Trost, sie waren das, was mir die Angst nahm und mir den Mut gab, weiterzugehen. Ich fühlte mich beschützt, gehalten.

Thomas küsste mich wach. Wie ein Prinz seine Prinzessin. Und er beschenkte mich mit einem Märchenschloss. Wie auch immer er, meine Familie und meine Freunde das hinbekommen hatten – ich musste nicht im Krankenhaus bleiben. Ich kam an einen Ort, der wie eine Heimat war, obgleich ich dort eigentlich gar nicht sein durfte ...

Mein Leben mag im Vergleich zu dem anderer Menschen kurz sein, aber es war angefüllt mit Geschenken, die ich da sah, wo andere nur die Augen verschlossen oder den Kopf schüttelten, verzagten und aufgaben. Es war mein *Leben. Und es war ein gutes Leben, obwohl es zersplitterte wie Glas!*

Kapitel 42

11. Mai

»Ich *gehe* da hinein!«, beschloss Janica und warf dem besorgten Thomas und einem breit grinsenden Werner einen herausfordernden Blick zu.

Eigensinnig stemmte sie sich aus dem ›Abi-Strauß-Ranunkel-roten‹ Rollstuhl, drückte den elektrischen Öffner und wartete, bis die Tür aufschwang, bevor sie das Rondell betrat. In einem goldenen Band fielen Sonnenstrahlen durch das spitz zulaufende Oberlicht, brachen sich in den verwinkelten Gläsern und zauberten Lichtreflexe in allen Regenbogenfarben auf die weiße Wand.

Die Gespräche der wenigen Anwesenden verstummten. Flavio winkte ihr zu, seine bronzefarbene Haut wirkte grau, doch die braunen Augen funkelten. Er hatte selbst nach einem erneuten Chemo-Zyklus noch immer diesen frechen Haarschnitt. Liana, mit der Janica sich zuletzt häufig unterhalten hatte, stand auf und kam ihr langsam entgegen. Sie, ihre Mutter und die zwei Schwestern würden in einigen Tagen nach Hause gehen. Am hintersten Tisch drehte sich eine groß gewachsene Jugendliche nach den Neuankömmlingen um. Jessika war ebenfalls wieder da. Sie wirkte deutlich ausgezehrter als die beiden anderen. Bei ihr saß ein rundlich gebautes Mädchen, das den Kontrast zu der abgemagerten Jessika überdeutlich hervorhob. Als auch sie sich umwandte, bemerkte Janica ihre unvorteilhaften dicken Brillengläser und die unreine Haut, mit der das Mädchen zu kämpfen hatte.

Janica lächelte dem fremden Mädchen zu und packte all ihre Bewunderung und Dankbarkeit in dieses Lächeln. Sie war als Zehnjährige von allen Schulkameraden verlassen worden, weil diese mit ihrer plötzlichen Erkrankung nicht klarkamen. Der Tod gehörte nicht in eine pulsierende Klassengemeinschaft, nicht in diese Gesellschaft. Aber diese unscheinbare Jugendliche hatte den Mumm, sich dem laut brüllenden Gegner zu stellen, der ihre Freundin bedrohte. Jessika durfte sich glücklich schätzen.

Janica gelangte bis in die Mitte des Innenraumes, direkt unter die Licht spendenden Glasscheiben, ehe die Kräfte sie verließen. Thomas hielt sie fest, bis Werner mit dem Rollstuhl bei ihr war und ihr half, sich in diesen zu setzen.

»Stures Mädchen«, raunte Werner ihr zu.

»Warum? Ich habe es immerhin bis hierher geschafft!«

»Kompliment«, lachte Werner und brachte sie durch die abgehende Tür in den Bereich mit den Zimmern.

Für Janica war das große Eckzimmer und damit ein Raum mit drei statt nur einem Fenster und einer Tür zu einer winzigen Terrasse bereitgestellt worden. Zwei Trolleys warteten vor dem breiten Bett. Sie enthielten all das, was sie in den nächsten Wochen benötigte. Oder Tagen? Nun, einfach die Dinge, die sie für den Rest ihres Lebens begleiten würden.

Lächelnd sah sie sich um. Thomas hatte das Schmetterlingsschwarm-Bild an die Badtür geklebt, die Schnappschüsse ihrer Familie und ihrer Freunde standen akkurat aufgereiht entlang des Simses der Doppelfenster, ganz außen, so nahe wie möglich an ihrem Bett, befand sich eines ihrer Hochzeitsfotos.

Auf der Kommode thronte eine Vase mit langstieligen Rosen, deren Blütenköpfe eine Größe aufwiesen, die Janica in Staunen versetzte.

»Lachsfarben mit einem Hauch Sonnenaufgangsorange«, stellte sie fest und fügte hinzu: »Die hat bestimmt Finn verbrochen?«

»Stimmt«, bestätigte Werner.

Er verbannte gerade den Infusionsständer in die Ecke hinter dem Bett.

»Möchtest du gleich auspacken oder ...«

»Bring mich bitte zurück in den Aufenthaltsraum. Ich will unbedingt Jessikas Freundin kennenlernen.«

»Ich muss zur Schule.«

Thomas beugte sich über Janica, küsste sie auf den Mund und schlug Werner zum Abschied auf die Schulter.

»Pass bitte auf, dass sie keine Dummheiten macht.«

»Wir sind ein Kinderhospiz und es deshalb gewohnt, einen Sack Flöhe zu hüten!«

»Diese Begründung hat uns bei der Krankenkasse und dem MDK noch gefehlt. Dann wäre unsere Bitte womöglich reibungsloser durchgegangen.«

»Frau Dr. Kraus und Helga haben sich da mächtig ins Zeug gelegt. Sie haben zudem ihre Kollegen aus dem Krankenhaus mobilisiert, alle Eltern, die jemals hier mit Janica zu tun hatten, und alle meine Kolleginnen. Sie alle müssen die Kasse mit ihren Briefen zugeschüttet haben. Und du ...«

Thomas legte Werner erneut die Hand auf die Schulter und hinderte ihn dadurch am Weitersprechen. Janica nahm es wahr, fragte jedoch nicht nach. Sie ahnte diverse Planungen und Kämpfe, die ihr in den letzten Monaten verborgen geblieben waren. Wie die Organisation ihrer Trauung oder ihre Unterbringung im Kinderhospiz, in dem sie über viele Jahre ehrenamtlich mitgearbeitet hatte. Vermutlich gärte da im Hintergrund noch viel mehr, aber das brauchte sie nicht zu wissen. Sie liebte Überraschungen und nahm an, dass sie noch einige erleben durfte.

Jessika lächelte Janica an und dieses Lächeln schmerzte die junge Frau. Als habe sie einen Pflaumenstein verschluckt, rutschte etwas Hartes, Kantiges und viel zu Großes ihren Hals hinab und legte sich drückend und unangenehm unnachgiebig irgendwo in ihre Magengegend und verblieb dort. Jessika hatte aufgegeben. Der Kampf war ihr zu schwer, der Weg zu lang und mit zu vielen Hindernissen, Schmerzen und Tränen gesäumt. Die interessanten silbergrauen Augen des Mädchens lagen tief in blau umschatteten Höhlen, zeugten von den durch ihren Körper wütenden Geschossen, von den massiven Artillerieangriffen, die die Ärzte gegen den Tumor gestartet hatten, aber auch von deren widerborstiger Stärke, von der Kraft und Beweglichkeit dieser Guerillatruppe von entarteten Zellen. Wo blieb der Trotz ihres Geistes, die Widerstandskraft des noch jungen Körpers? Der Krieg tobte in Jessika, allerdings war sie nicht mehr bereit, den Schauplatz dafür zu stellen. Ihr Sehnen nach Frieden war übermächtig.

Janica betrachtete das ebenholzschwarze Piratentuch auf Jessikas Kopf und runzelte die Stirn, jedoch fiel ihr nicht ein, welche Haarfarbe die Heranwachsende eigentlich hatte. Sie war eine derjenigen, der die Therapie jeglichen Haarwuchs raubte. Der ausgemergelte Körper mit der trockenen, schuppigen Haut tat sicher sein Übriges, einem jungen Mädchen, das hübsch aussehen wollte, die Energie zu rauben.

Janica wandte sich an die pummelige Freundin. Sie suchte zwar Jessikas Nähe, spielte aber befangen mit ihren Fingern und es gelang ihr nicht, die Unterhaltung in Gang zu halten.

»Ich bin Janica. Es freut mich sehr, eine Freundin von Jessika kennenlernen zu dürfen!«

»Ich heiße Michaela. Bist du ..., sind Sie ..., ich meine, hier sind sonst nur Kinder und Jugendliche?«

»Du darfst gern Du zu mir sagen, Michaela.«

Obwohl es ihr Schmerzen bereitete, legte Janica kurz eine Hand auf die eiskalten des Mädchens. Aus dem Augenwinkel sah sie, wie Jessika sich zurücklehnte. Offenbar war sie erleichtert, dass sich jemand ihrer Freundin annahm. Dennoch blieb ihr Gesicht unbeweglich, als habe sie sich eine Maske aufgesetzt. Ihre wunderschönen, sehr speziellen Augen gewannen weder an Glanz noch schienen sie etwas anders wahrzunehmen als das Toben im Inneren des Körpers. Sie signalisierten deutlich die Gefangenschaft, in der sie sich befanden.

»Ich habe lange ehrenamtlich im Hospiz gearbeitet. Mit den Kindern und Jugendlichen gespielt, Feste gefeiert, kleine Ausflüge unternommen und vieles mehr. Jetzt haben gute Freunde und das Personal für meinen Aufenthalt hier gekämpft.«

»Das ist ... gut«, meinte Michaela verunsichert und blinzelte mehrmals nervös. Schließlich zog sie die Schultern hoch. »Alles, was ich sage, kann falsch verstanden werden. Natürlich ist es nicht gut, dass du hier sein musst und krank bist ...«

»Keine Angst, obwohl du mit dem, was du sagst, recht hast. Das, was Jessika oder ich heute gelassen aufnehmen, könnte uns morgen schon verletzen. Das, was Jessika womöglich lustig findet, tut mir weh. Unser Gefühlsleben befindet sich auf Achterbahnfahrt. Mal oben, dann wieder unten, mal langsam, plötzlich schnell, mal ängstlich, dann wieder euphorisch, aber niemals steht es still. Was wir jetzt gutheißen oder zu brauchen meinen, können wir in einer Stunde in der Luft zerfetzen.«

Michaela blickte zu ihrer Freundin. Jessika hielt die Augen geschlossen und hatte die beiden Gesprächspartnerinnen völlig aus ihrer Welt ausgeschlossen. Michaelas Blick wanderte zu Janica zurück. Selten einmal hatte sie so viel Hilflosigkeit in einem Paar brauner Augen gesehen, die mit winzigen hübschen schwarzen Flecken gespickt waren. *Die Umkehrung der Fellmusterung des schwarzen Leoparden im Zoo,* ging es ihr durch den Kopf.

»Ihr kennt euch aus der Schule?«, fragte Janica innerlich seufzend nach.

»Nein, wir sind Nachbarinnen.« Michaela zögerte kurz, warf erneut einen Blick auf die teilnahmslose Freundin und zuckte dann mit den Schultern. Sie richtete sich auf und schob die Brille höher auf den Nasenrücken. »Ich bin von den Nachbarskindern immer geärgert worden, weil ich so dick und unbeweglich war. Jessika hat das nicht gemacht. Also habe ich sie gefragt, ob sie mir helfen will. Weißt du, Jessika betreibt Leichtathletik und ist darin enorm gut.«

Janica sah, wie Jessika das Gesicht verzog und die Arme vor der mageren Brust verschränkte. In diesem ausgemergelten Körper musste einmal enorm viel Power und Muskelkraft, eine gute Lunge und einiges an Ausdauer gesteckt haben. Auffordernd nickte Janica Michaela zu, bat sie, weiter zu erzählen.

»Sie hat Kreisturniere und zuletzt auch Landesturniere gewonnen. Du solltest sie mal laufen sehen! Schnell wie der Wind, und das über diese Langstrecken! Sie nimmt Hindernisse, über die ich kaum hinwegsehen kann!« Unverkennbare Bewunderung schwang in Michaelas Stimme mit, zumal sie sich jetzt in eine wahre Euphorie geredet hatte. »Sie hat sehr hart trainiert, und jedes Mal, wenn sie im Wald joggen war oder auf einen dieser Trimmpfade ging, da, wo man mich nicht sehen konnte, hat sie mich mitgenommen. Anfangs hat sie die Runden fast dreimal absolviert, ehe ich einmal durch war, aber ich wurde besser. Und ich habe wirklich abgenommen.« Michaela seufzte. Leiser und an Jessika gewandt, fügte sie hinzu: »Du fehlst mir. Ich wünsche mir, dass du bald wieder mit mir laufen kannst.«

Jessika beugte sich vor, bettete ihre Arme auf den Oberschenkeln und vergrub ihr Gesicht in diesen. Unter dem dünnen Shirt hoben sich die einzelnen Wirbel wie eine Miniaturberglandschaft ab, verdeutlichten die Zerbrechlichkeit des menschlichen Körpers.

Michaela riss Mund und Augen weit auf, verflocht ihre Finger ineinander und lief rot an, was die Unreinheiten ihrer Haut noch deutlicher hervorhob. Panik brannte wie ein verzehrendes Feuer in ihren Augen.

Janica ignorierte ihre Beschwerden in Schulter- und Ellenbogengelenken und legte erneut ihre Hand beruhigend auf die des Mädchens. Sie wünschte sich, mehr Kraft zu besitzen und dass ihre Gedanken nicht immer davonflogen wie aufgescheuchte Krähen. Wie gern würde sie Jessika, aber auch der liebevollen, jedoch verängstigten Michaela helfen. Leider trieben der Schmerz und ihre eigene Schwäche ihr Unwesen in ihrem Körper. Fast so, als schüttle ein böser Dämon sie durch, weil er sie daran hindern wollte, Trost und Hoffnung zu spenden.

»Ich wusste gar nicht, dass Jessika so ein Sportass ist. Langstrecken und Hürdenlauf? Da braucht man doch enorm viel Kondition«, nahm Janica schließlich den Faden des Gesprächs wieder auf.

»Das und gehörig viel Biss, um den inneren Schweinehund zu bezwingen«, pflichtete Michaela bei und fügte nach einem tiefen Durchatmen hinzu: »Glaub mir, ich weiß, wovon ich spreche, obwohl ich natürlich Lichtjahre von Jessikas Leistungen entfernt bin.«

»Ich bewundere so jemanden sehr«, erwiderte Janica und hatte dabei all die jungen Menschen vor Augen, die sie in diesem Haus kennenlernen durfte, die sich tagein, tagaus diesen unendlich langen Strecken und den darin enthaltenen Hindernissen gestellt hatten.

»Irgendwann brennt fürchterlich die Lunge und wollen die Beine nicht mehr mitmachen, oder?«, fuhr Janica fort. »Aber das Ziel ist noch so weit entfernt. Und dann diese Einflüsse von außen: den Gegner anfeuernde Zuschauer, weshalb man die Stimmen, die für einen selbst rufen, dazwischen gar nicht heraushört?! Womöglich brutzelt eine brütend heiße Sonne auf

einen herunter oder man wird von eklig kaltem Regen durch-
nässt. Dazu die Kontrahenten. Die rempeln einen gelegentlich
an oder versperren die Wege?! Und diese Hindernisse, die, je
länger man schon gelaufen ist, irgendwie immer höher aussehen, nicht wahr?«

Michaela schaute Jessika an, als erwarte sie von ihr eine
Antwort, doch diese vergrub ihren Kopf nur noch mehr zwischen den dünnen Ärmchen, als erahne sie die Blicke auf sich.

»Jessika bleibt trotzdem total cool. Ich habe noch nie gesehen, dass irgendetwas sie fertiggemacht hat. Sie hat nie aufgegeben!«

Janica lächelte. Sie wusste nicht, ob Michaela inzwischen
ahnte, auf was sie hinauswollte, allerdings deutete das feuchte
Glitzern in ihren Augen zumindest darauf hin.

»Das heißt, du hast immer das Ziel erreicht, Jessika?«
Janica legte all ihre Bewunderung in ihre Stimme.

Das Mädchen nickte schwach, jedoch nicht bereit, ihre
gebeugte Haltung aufzugeben. Ein Zittern durchlief ihren Körper, bewegte sogar die Berglandschaft, die ihre Wirbelsäule markierte.

»Natürlich nicht immer als Erste«, berichtete Michaela voll
Stolz auf ihre Freundin weiter, »aber meist in der ersten Gruppe.
Und sie hat so viele Urkunden, Medaillen und Pokale zuhause!
Weil sie eben oft als Erste durchs Ziel kam.«

Janica schwieg. Sie musste nicht betonen, dass Jessika mit
den allerbesten Voraussetzungen ausgestattet war – und diese
bereits oft genug erfolgreich eingesetzt hatte –, um auch den
härtesten Lauf ihres Lebens gewinnen zu können. Entweder,
um zu kämpfen und eines Tages wieder über lange Strecken und
Hindernisse förmlich hinwegzufliegen, oder aber, um in Würde
und als Siegerin das Ziel ihres Lebens zu erreichen. Es brauchte
keine zusätzlichen Worte, denn dieses Mädchen war intelligent
und durch das, was sie gerade durchlebte, sensibilisiert für die

Zwischentöne eines scheinbar oberflächlichen Gesprächs. Am liebsten hätte Janica Jessikas Nachbarskind einmal fest in die Arme geschlossen. Mochte Michaela für andere Jugendliche auch langweilig und unattraktiv erscheinen. Für Jessika war sie womöglich der Rettungsring in einem aufgewühlten Ozean, der seine dunklen bedrohlichen Wellen auf sie niedergehen ließ und sie unter die Wasseroberfläche zu drücken versuchte, um das, was in ihr steckte, zu vernichten: Ehrgeiz, Kampfeswillen, unermessliche Energie, den Glauben und das Leben selbst.

Wie zur Bestätigung hob Jessika den Kopf. Ihr innerer Kampf gegen die trüben, sie niederdrückenden Gedanken zeichnete sich im Zucken ihrer Gesichtsmuskulatur und der verkrampften Haltung ab, ehe sie an Michaela gewandt fragte:

»Wie war denn deine Geschichtsarbeit neulich? Du hattest doch so Schiss davor ...?«

Janica lehnte sich in ihrem Rollstuhl zurück und hörte, wie hinter ihr die zwölfjährige Liana sowohl ihre Mutter, die jüngeren Schwestern als auch eine der Pflegerinnen anraunzte, dass sie endlich in Ruhe gelassen werden wolle. Frustration steigerte sich zu Wut und traf genau die Menschen, die sich in besonderer Weise um Liana bemühten. Nichts Fremdes in dieser Welt.

Kapitel 43

16. Mai

Annabelle war zurück. Nicht hüpfend oder tanzend, sondern an einen Rollstuhl gefesselt, glatzköpfig, behängt mit unzähligen Perlenketten und -armreifen, mit fahler Haut und leicht gelblich verfärbten Augen. Diese blitzten allerdings weiterhin fröhlich und ihnen entging kaum etwas. Nach wie vor strahlte sie Lebensfreude aus, die tief in ihrem Inneren geboren war, sich an dem festhielt, was sie über die Stadt aus Perlen und Edelsteinen erzählt bekommen hatte.

Niemand, der sie beobachtete, ihr zuhörte oder in ihr schmales Gesicht blickte, erahnte, dass sie wusste, weshalb sie hier war: zum Sterben. Ihrer Mutter sah man es jedoch umso deutlicher an. Der Schmerz des Verlustes nagte bereits jetzt an ihr, schob schwarze Wolken vor die Sonne, jagte im selben Rhythmus und in derselben Intensität pochende Wellen durch ihren Körper, wie Geier auf einen Kadaver einhackten.

Annabelle besuchte Janica, wann immer es ihr gestattet war, so oft sie selbst die Kraft dafür aufbrachte. Die junge Frau lag seit dem Tag von Annabelles Ankunft im Bett. Es war Janica nicht mehr möglich, ihren Rollstuhl zu benutzen, jede Bewegung bereitete ihr Qualen, trotz des mittlerweile recht hoch dosierten Schmerzmittels. Sogar das Sprechen fiel ihr schwer und so redete Annabelle auf sie ein. Janica genoss die plappernde, wenn auch inzwischen deutlich farblosere Stimme. Diese berichtete ihr von den Begebenheiten im Rondell, von der jetzt wieder kämpfenden Jessika, von Liana, die immerzu tobte und bissige Bemerkungen um sich warf, und von Flavio. Der versuchte, die neue Schwesternschülerin zu beeindrucken, obwohl diese rund acht Jahre älter war als er. Annabelle verriet das Kommen und Gehen neuer Gäste, aber auch das derjenigen, die nicht das erste Mal Ruhe und Geborgenheit an diesem Ort suchten. Am meisten jedoch freute sich Janica auf die Zeiten, in denen Annabelle ihr von dem Perlenschloss erzählte, in das sie beide bald ziehen durften. Nun tauschte das ungleiche Paar die Rollen, als sei dies das Selbstverständlichste auf der Welt. Aber was war schon selbstverständlich in ihrer Welt? In der Fantasie des Kindes wurde das Haus mit den Türen aus Edelsteinen immer prächtiger und bunter. Tief in ihrem Herzen wusste Janica, dass selbst diese ausufernde Erzählung eines begeisterten Mädchens nicht ausreichte, um die Herrlichkeit ihrer zukünftigen Wohnstatt zu beschreiben. Sie wusste es einfach, klammerte sich daran fest, richtete sich daran auf, wenn die Stimmen des Selbstmitleides und des Unverständnisses und die tausenderlei unbeantworteten Fragen sie mit Vehemenz überfielen und die Funken der Akzeptanz, Zufriedenheit und Hoffnung zu ersticken drohten.

Wieder einmal plapperte Annabelle zwar munter, jedoch mit leiser Stimme und ungewohnt stillsitzend auf Janica ein. Die junge Frau hielt die Augen geschlossen und empfand den Wortschwall so angenehm wie den frischen Lufthauch und den feuchten Sprühnebel eines in Kaskaden über moosige Felskanten hinabdonnernden Wasserfalls an einem heißen Sommertag. Ein Klopfen an der Tür brachte das Mädchen zum Verstummen. Sie war es, die die neuen Gäste hereinbat. Janica öffnete wie unter einer schweren Anstrengung die Augen, war ihr doch, als lägen Gewichte auf ihren Lidern. Julia huschte mit gewohnt flinken Bewegungen in den Raum und winkte ihr zu, während Kurti Annabelle ansprach und ihren Rollstuhl mit viel Schwung umdrehte und sie hinüber ins Rondell schob.

Janica lächelte in sich hinein und fühlte eine angenehme Wärme ihr Herz fluten. Womöglich wussten es noch nicht einmal Julia und Kurti selbst, aber aus diesen beiden würde ein Paar werden. Es war auffällig, wie oft sie gemeinsam bei Janica eintrafen. Oder taten sie genau das, um Janica als Erste in ihrer Clique zu verraten, welch kleiner Same der Liebe aus einer bereits seit Jahren andauernden Freundschaft erwachsen war?

»Hallo, beste Freundin.«

Julia beugte sich über sie und hauchte ihr einen Kuss auf die Stirn.

»Hallo, Freundin mit rosarot glitzernden Schmetterlingen im Bauch.«

Julia kicherte und zwinkerte ihr verschwörerisch zu. Sie rückte zwei Stühle neben das Bett, setzte sich auf den einen, wobei sie ihre Fersen ebenfalls auf die Sitzfläche stützte, und musterte Janica mit leicht geneigtem Kopf. Schweigend sahen die beiden Frauen sich an, vereint in einer Mischung aus Freude und süßem Schmerz, ohne Worte gebrauchen zu müssen.

Kurti kam über die offenstehende Terrassentür wieder, zu Janicas Begeisterung in Begleitung von Balou. Der riesige Wolfshund wedelte nicht nur mit dem Schwanz, sondern mit dem ganzen Körper, drehte sich mehrmals im Kreis und leckte Janicas Hand mit einer Hingabe, als klebe an ihren Fingern Leberwurst.

»Er hat draußen offiziell einen primitiven Zwinger, inoffiziell …«

Kurti ließ mit dem ihm eigenen Humor den Rest des Satzes offen, aber Janica verstand auch so. Dies war eines der vielen kleinen Geschenke, die ihre Freunde und die Mitarbeiter dieser Einrichtung ihr mit liebenden Händen entgegenstreckten.

»Nur sollten die Kinder das nicht mitbekommen«, schränkte Kurti schließlich in breitem bayrischen Dialekt ein. »Werner sagte etwas von ›Flöhe hüten‹ und einem ›Streichelzoo‹.«

Kurti lachte fröhlich, fiel neben Julia auf den Stuhl und berührte dabei wie rein zufällig ihre Schulter.

In diesem Moment klopfte es erneut. Susi streckte den Kopf herein. Als sie die Freunde erblickte, stieß sie die Tür auf und schob einen dreirädrigen Kinderwagen in den Raum, Angelo folgte ihr und schloss die Tür wieder.

Mühsam schob Janica sich weiter im Bett hinauf und betätigte den Knopf, um das Kopfteil zumindest ein kleines bisschen höher zu stellen. Zu viel wagte sie nicht, fürchtete sie doch inzwischen den reißenden Schmerz einer unbedachten Bewegung in ihrer Hüfte.

»Janica, hier kommt Janica!«, verkündete Angelo mit einer überschäumenden Begeisterung. Behutsam nahm er ein winziges Baby aus der Schale, betrachtete es hingebungsvoll und verliebt, bevor er es Janica auf den Bauch legte, aber vorsichtshalber eine Hand unter dem Köpfchen behielt.

Mit der anderen schlug er Kurti auf die Schulter. Die Freunde begrüßten sich lautstark, Susi und Julia umarmten sich.

Janica konzentrierte sich auf das Bündel Mensch auf ihrem Schoß. Sie blendete den hin- und herfliegenden Wortwechsel der Anwesenden vollständig aus, ebenso das Unwohlsein und die Schmerzen, als sie eine Hand auf die sich zügig hebende Brust des zarten Mädchens mit dem schwarzen Flaum auf dem groß wirkenden Kopf legte. Sie spürte den Atem in den Körper fließen und wie dieser ihn wieder verließ, ertastete das schnell schlagende kräftige Herz und fühlte im gleichen Rhythmus Impulse des Glücks durch ihren Körper strömen.

Feine Äderchen zeigten sich auf den pummeligen Handrücken, die weißen winzigen Finger zuckten leicht im Schlaf, verdeutlichten die Perfektion dieses Wunders.

»Ich hoffe, du weißt dein Glück zu schätzen«, flüsterte sie dem Kind zu und schmunzelte, als es einen Mundwinkel nach oben zog.

Die Bewegung glich einem angedeuteten Lächeln des Verstehens, ein Versprechen an die große Janica, Susi und Angelo tiefe Dankbarkeit und Verbundenheit entgegenzubringen.

Balou, der inzwischen alle mit überschwänglicher Begeisterung willkommen geheißen hatte, stupste die im naturfarbenen Strampler steckenden Babyfüße mit der feuchten Schnauze an. Mit einem stehenden und einem hängenden Ohr und schief gelegtem Kopf betrachtete er interessiert das kleine Wesen. Da von diesem keine Reaktion kam, versuchte er es mit einem zweiten Anstupsen, dieses Mal etwas kräftiger. Das schlafende Baby zog beide Beinchen an und gab einen leisen, eigentümlich begeistert klingenden Laut von sich, den der Hund mit einem kurzen Winseln beantwortete. Aber dann wandte er sich dem über die Terrassentür hereinstürmenden Thomas zu.

Die Lautstärke im Zimmer nahm zu, Janica allerdings ließ das Kind nicht aus den Augen und war mit dem Betrachten des winzigen Wesens vollauf zufrieden. Irgendwann forderte Kurti ihre Aufmerksamkeit ein. Er kniete sich vor das Bett und stützte vorsichtig, wegen des Babys und der empfindsamen, von Schmerzen geplagten Frau, seine Unterarme auf die Matratze.

»Janica?«

Die Angesprochene löste den Blick von dem Mädchen und sah in das kantige Männergesicht mit dem Paar freundlicher, brauner Augen. Nur mühsam kämpfte sie sich aus ihrer, mit der kleinen Janica verbundenen Welt einfachsten Seins in die Realität zurück.

Kurti zeigte ein ungewohnt wehmütiges Lächeln und offenbarte einige, nicht exakt gerade sitzende Zähne. Janicas Aufmerksamkeit galt jedoch dem feuchten Schimmer in Kurtis Augen und seinem nahezu verzweifelten Blinzeln, welches die

Tränen zurückhalten sollte, die ihm aber trotzig über die von Bartstoppeln überzogene Wange zu kullern drohten. Sie ließ es zu, dass Julia ihr das Kind wegnahm. Es war zu schwierig für sie, sich auf mehr als eine Person zu konzentrieren, zumal Kurtis leidender Gesichtsausdruck alles von ihr abverlangte.

»Meinem Chef tut es leid, doch mein Kollege ist krank geworden. Ich muss für ihn nach Genua reisen.«

»Wann?«, hauchte Janica.

Die in ihr aufsteigende Ahnung, was dieses Gespräch bedeuten könnte, verstärkte das beengende Gefühl in ihrer Brust. Sie bekam nur schwer Luft. Ihre Zehen und Finger kribbelten, sie sah kleine weiße Sternchen auf Kurtis Gesicht, bis sie sich zwang, ganz bewusst auszuatmen und wieder Luft zu holen. Sie war noch nicht bereit! Sie wollte keinen ersten Abschied! Nicht von Kurti. Nicht von ihren Freunden. Nicht von ihrer Familie. Nicht von Thomas ... Janica schluckte mehrmals, bemühte sich darum, die Panik in die Tiefe ihres geschundenen Körpers zu verbannen. Es gab fortlaufend Abschiede für sie. Von ihrer Wohnung, vom Hof ihrer Eltern, von den Pferden, von den bunten Farben des Frühlings außerhalb ihres Blickwinkels vom Bett aus, vom Sonnenauf- und Sonnenuntergang. Vom Anblick eines großen vollen Mondes ...

Es stimmte nicht. Sie *wollte* diese Abschiede! Sie brauchte sie – bewusst und mit all den damit verbundenen Empfindungen. Denn nur diese zeigten ihr, dass sie noch fühlte und lebte. Nur diese halfen den anderen, sie loszulassen.

»Ich fliege morgen. Und ich bin zwei Wochen weg.« Kurti holte tief Luft und fügte schnell hinzu: »Ich weiß, zwei Wochen sind nicht lange ...«

»Sie können ein ganzes Leben bedeuten«, erwiderte Janica schwach und hoffte, Kurti könne sie trotz des Geräuschpegels verstehen, den ihre Freunde und das jetzt greinende Baby verursachten.

Langsam, darum bemüht, sich den durch die Bewegung ausgelösten Schmerz nicht ansehen zu lassen, hob Janica die Hand und legte ihre Rechte an Kurtis linke Wange. Eine zarte Geste der Zuneigung, der Verbundenheit und des Dankes. Kurti presste die Lippen zusammen. Seine Tränen rollten gleich fahler Perlen über ihre Finger hinweg, landeten als kreisrunde Zeugen seiner inneren Qual auf dem sonnengelben Leintuch und sprachen von dem sensiblen Herz eines fröhlichen jungen Mannes.

»Wir sehen uns an einem anderen besseren Ort wieder«, flüsterte er mit versagender Stimme.

»Ich freue mich darauf!«

Kurti drehte den Kopf, küsste Janicas Handfläche und verließ wenig später in Begleitung von Julia den Raum.

KAPITEL 44

Unbehaglich rutschte Steffen auf dem durchgescheuerten, braunen Polster des Metallstuhls hin und her. Die hohe Decke des Flurs – an der die Lichter trotz des Tageslichts brannten – und die kahlen grauen Wände taten ihr übriges, dass er sich unwohl fühlte. Wie hypnotisiert hielt er den Blick auf eine flackernde Lampe gerichtet. Er gewann den Eindruck, als zwinkere diese ihm zu ...

An diesem Tag entschied sich, ob das gegen ihn eingeleitete Disziplinarverfahren vor Gericht ging. Hinter der mit Holzkassetten verzierten wuchtigen Tür beriet man zu dieser Stunde, was aus ihm, seiner beruflichen Karriere und zwangsläufig auch aus seiner Familie und seinem zukünftigen Leben werden würde. All dies hing von der Bewertung einiger Männer und Frauen ab. Sie hatten diese unübersichtliche Nacht und die darin getroffenen Entscheidungen vor rund einem Jahr ein ums andere Mal durchgekaut, geprüft, analysiert und besprochen. Mit ihm, mit ihm und seinem Rechtsbeistand, ohne ihn. Letztendlich wusste er nichts. Sein Schicksal lag in ihrer Hand.

Steffen streckte die Beine in den mit sanft schimmernden Steinfliesen ausgelegten Flur. Er sollte nicht in diesem kalten, unpersönlichen Gebäude sein, sondern bei Lara. Sie grämte sich um den Verlust ihres Arbeitsplatzes und lebte noch immer in den unangenehm beengten Wohnverhältnissen bei ihren Eltern. Viel lieber wäre er jetzt bei Marie, die aus ihrem gewohnten Umfeld gerissen worden war, bei Janica, die im Sterben lag, und bei seinem Bruder, der dieser Tage mehr denn je seinen Trost und Beistand brauchte.

Steffen versuchte, tief und gleichmäßig zu atmen, seine Pulsfrequenz zu beruhigen, sich nicht durcheinanderbringen zu lassen, so wie er es in der Ausbildung beigebracht bekommen und trainiert hatte.

Sich nähernde Schritte einiger schweigender Personen ließen ihn den Blick von der blinzelnden Lampe in den lang gezogenen Flur wenden. Er erkannte den Vater des verstorbenen Kindes sofort. Der Mann bewegte sich leicht vornüber gebeugt, wie vom erlittenen Leid niedergedrückt, und hing in seinem Anzug, als habe er ihn zwei Nummern zu groß gekauft. Sein Gesicht glich einer kalten Maske aus Pein und Wut. Unwillkürlich sprang Steffen auf. Sein Mitleid für diesen Mann wandelte sich beim Anblick der starren Augen, die ihn bewusst ignorierten, bei den geballten Fäusten und dem verkniffenen Mund in eiskalte Panik.

Was ging hier vor sich? Warum wurde der Vater des Jungen noch einmal gehört? Gab es neue Ergebnisse irgendwelcher Untersuchungen, von denen er, Steffen, keine Kenntnis hatte? Sein Rechtsbeistand hatte doch Akteneinsicht? Irgendetwas lief gerade völlig aus dem Ruder!

Die Dreiergruppe erreichte noch immer schweigend die Tür. Einer der beiden Anwälte, nichts anderes konnten sie sein, öffnete sie und ließ zuerst seinen Mandanten ein, ehe er ihm folgte. Der zweite Begleiter, ein drahtiger Endfünfziger mit einer viel zu großen Brille und in sichtbar edlem Zwirn gekleidet, wandte sich um und warf Steffen einen undefinierbaren Blick zu, bevor er energisch die Tür hinter sich schloss.

Steffen taumelte rückwärts und fiel zurück auf seinen Stuhl. Hitze- und Kältewellen jagten sich wie Hund und Katze durch seinen Körper. Er spürte die altvertraute Panik in sich aufsteigen, wurde von einem heftigen Zittern ergriffen und krümmte sich wie unter Schmerzen. Seine Muskulatur spannte sich an, drohte zu zerreißen, sein Atem ging keuchend. Bilder jener verhängnisvollen Nacht drängten ungefragt vor sein inneres Auge. Er sah den verzweifelten Vater gegen zwei seiner Kollegen ankämpfen, vernahm die Stimmen durch den Knopf in seinem Ohr, sah die Lichtblitze hinter den dunklen Fenstern, den stummen Schrei des Familienoberhauptes, der, als habe man ihn niedergeschlagen, auf die Knie fiel. Wieder war da diese männliche Silhouette. Sie bot sich förmlich an, dem ganzen Spuk ein Ende zu bereiten …

Die Tür vor ihm sprang auf. Steffen hörte wie durch einen undurchdringlichen Nebel hindurch jemanden seinen Namen nennen. Er erhob sich, ohne dass er diese Bewegung bewusst gesteuert hatte, versuchte verzweifelt, die Erinnerungen, die ihn schüttelnde Angst zu vertreiben. Er musste ruhig bleiben. Abwarten …

*

Steffen taumelte über den Flur und fand sich völlig unvorbereitet dem Vater des toten Jungen und seinen zwei Anwälten gegenüber. Letztere zogen sich einige Schritte zurück. Der Vater sah ihn mit gerunzelter Stirn und einem eigenartig besorgt anmutenden Blitzen in den Augen an, bevor er die Tür hinter sich schloss. Steffen betrachtete sekundenlang die ihm entgegengestreckte Hand, ehe er begriff. Er streckte seine zitternde Rechte aus und ergriff die des Mannes.

»Peter Neumeyer«, stellte der sich mit angenehm tiefer, doch heiserer Stimme vor, als habe er in dem Raum, vor dem sie so unvermutet aufeinandertrafen, heftig und lautstark diskutiert.

»Ich weiß«, stotterte Steffen und zwang sich dann, seinen Namen zu nennen.

Sein Gegenüber nickte, ohne preiszugeben, ob Steffens Rechtsbeistand ihm damals nur die Telefonnummer gegeben oder ihm auch seinen Namen verraten hatte. Sie waren sich nie begegnet. Steffen hatte den Mann an diesem furchtbaren Tag nur aus der Entfernung gesehen, er selbst war vermummt gewesen. Aber vermutlich hatte der Mann sein Foto in der Presse gesehen …

»Ich habe auf dieses Treffen bestanden«, informierte ihn Neumeyer und unterbrach Steffen, der sofort eine Frage stellen wollte, durch eine knappe Geste. »Dieser Spuk muss endlich ein Ende finden. Für Sie und für mich und meine Familie.«

»Sie? Ich …«

»Was auch immer in dieser Nacht geschehen ist: Es ist nicht Ihre Schuld. Dieser Irre hatte meine Familie in seiner Gewalt und seine Waffe abgefeuert. Sie und Ihre Kollegen waren angerückt, um zu helfen und um diejenigen zu beschützen, die mir alles bedeuten. Was wäre passiert, wenn Sie den Mann nicht ausgeschaltet hätten? Hätte ich dann nicht nur Philipp, sondern auch meine Frau und meine anderen Kinder verloren? Verstehen Sie mich nicht falsch: Ich bin Ihnen nicht dankbar. Mit Ihnen zu sprechen, fällt mir unendlich schwer. Aber Sie haben diese Hatz durch die Medien und diese Anschuldigungen nicht verdient. Ebenso wenig wie wir. Wir wünschen uns endlich Ruhe! Wir wollen unser Kind betrauern und Frieden finden!« Neumeyer atmete tief durch, fuhr jedoch unverzüglich fort, nicht gewillt, sich unterbrechen zu lassen: »Sie hatten damals den Auftrag und den Wunsch zu helfen, und das haben Sie getan. *Dafür* möchte ich dankbar sein. Das habe ich da drin noch einmal deutlich und hoffentlich jetzt für alle verständlich gesagt!«

Steffen fühlte sich schwindelig, was nicht nur daher rührte, dass er noch immer die Folgen seiner Panikattacke in sich spürte. Wieder brachte eine Handbewegung ihn zum Schweigen. Ob Neumeyer ihn damit – bewusst oder unbewusst – vor einer unbedachten Aussage bewahrte, die ihn in Schwierigkeiten manövrieren könnte?

»Ich vermute, man hat Ihnen geraten, sich mit keinem Wort bei mir und meiner Familie zu entschuldigen, weil dies als Schuldeingeständnis ausgelegt werden kann?«

Steffen wagte ein angedeutetes Nicken. Daraufhin streckte Neumeyer ihm ein zweites Mal seine Hand entgegen. Steffen betrachtete sie einen Moment, sah dem Mann dann in die Augen und ergriff die dargebotene Hand. In stummem Einvernehmen zweier sich fremder Männer, die völlig unterschiedliche Kämpfe zu einem identischen Ereignis austrugen, drückten sie sich die Hände, verständigten sich schweigend und verstanden sich.

Neumeyer drehte sich um und ging, gebeugt und mit kraftlosem Schritt, in dem all seine Trauer und Verzweiflung lag, in Begleitung der Anwälte den Flur entlang.

Steffen sah ihm nach. Betroffen, aufgewühlt und erstaunt. Es dauerte Minuten, in denen er dicht vor der Tür stand, hinter der vielleicht noch immer über ihn diskutiert wurde, ehe ein Ruck durch seinen Körper ging. Die drei Männer waren längst verschwunden, zwei Frauen in modischen Anzügen, Akten in den Händen, waren von ihm unbeachtet vorbeigeeilt, die blinkende Lampe hatte mittlerweile ihren Dienst eingestellt. Erleichterung überkam ihn, umschloss gleich heilsamen Balsams sein schmerzendes, wie in Ketten gelegtes Herz. Die nicht ausgesprochene, aber ihm zuteilgewordene Vergebung sprengte die Kettenglieder, befreite ihn von einer ihn einengenden schweren Last.

Steffen straffte die Schultern, atmete tief durch und hob dabei den Kopf. Seine Augen waren fest auf die Tür vor ihm gerichtet. Er wartete darauf, dass man ihn hineinrief. Gleichgültig, welche Entscheidung heute fiel, er hatte soeben ein gutes Urteil erhalten.

KAPITEL 45

»Und ich dachte immer, den kernigen Bergbauern Kurti haut so schnell nichts um.«

Thomas zwinkerte Janica zu, schob die leichte Decke beiseite und setzte sich vorsichtig auf die Matratze.

»Dich wird gleich etwas ganz anderes umhauen«, konterte Janica mit einem Hauch von Schalk und Selbstironie, weshalb Thomas' Herz vor Freude einen Hüpfer vollführte.

Aber er roch sofort, was sie meinte.

»Der Duft der großen, weiten Welt«, kommentierte er ihre Probleme mit dem Darmschließmuskel.

»Ich läute, vielleicht magst du mit Balou noch eine kleine Runde raus?«

»Ich erledige das.«

»Thomas ...!«

Er schüttelte den Kopf, beugte sich vor und drückte ihr einen Kuss auf die eingefallene bleiche Wange. Schmerzlich vermisste er die leuchtenden Sommersprossen auf dieser. Doch der drohende Tod stahl immer mehr von dem, was er von ganzem Herzen liebte.

»Heute hat der neue Pfleger Nachtdienst.«

Thomas beobachtete, wie Janica eine Grimasse zog, und öffnete den niedrigen Wandschrank mit den Pflegeutensilien.

Sie hatte sich nie abfällig über den seit Kurzem im Hospiz arbeitenden Pfleger geäußert, dennoch war Thomas nicht entgangen, dass Janica dessen oberflächliche und nahezu geschwätzige Art nicht behagte, er sie grober als die anderen Pflegekräfte anfasste und es ihr unangenehm war, von diesem Mann unbekleidet und in so manch misslicher Lage gesehen zu werden.

»Du brauchst das nicht ...«

»Ich möchte es aber«, unterband Thomas energisch jeden weiteren Versuch, ihn von der unerquicklichen Aufgabe abzuhalten.

Er stellte alles, was er benötigte, bereit und schlug dann die federleichte Bettdecke zurück, die dennoch manches Mal viel zu schwer auf Janicas dürren Leib drückte.

Er löste die Klebeverschlüsse der Inkontinenzhose und wartete, bis sie sich langsam, mühsam und keuchend, da sie so ihre Schmerzen zu verbergen versuchte, auf die Seite gedreht hatte.

Er erledigte, was getan werden musste, cremte Janica von oben bis unten und mit sanften massierenden Bewegungen ein, ehe sie sich vorsichtig zurück auf den Rücken rollte. Thomas entsorgte den Müll und zog sich seine Laufschuhe an.

»Ich jogge mit Balou, bin aber nicht lange weg.«

Eine von der Prozedur völlig erschöpfte Janica nickte andeutungsweise. Sie hielt ihre bläulichen Lider geschlossen. Ihre wieder schön geschwungenen Wimpern schmückten diese wie goldener Flaum und konnten doch nicht verhehlen, wie leblos diese einstmals vor Energie, Lebensfreude und Tatendurst nur so strotzende, menschliche Hülle war. Während Balou bereits nach draußen lief und dort auffordernd bellte, ruhte Thomas' Blick noch für geraume Zeit auf der verschwindend flachen Erhebung eines einst zwar schlanken, aber durchtrainierten Körpers unter der Bettdecke. Er beobachtete ihre angestrengte oberflächliche Atmung, Janicas schwer erkämpftes

374

Lebenselixier, freute sich über die kleinen roten Locken um den skelettähnlichen Kopf.

»Ich liebe dich!«, sagte er, ohne zu wissen, ob sie ihn überhaupt hörte.

Behutsam schloss er die Fliegengittertür, nahm den Hund an die lange Lederleine und joggte aus der kleinen Parkanlage auf einen angrenzenden Feldweg. Dort legte er ein wesentlich höheres Tempo vor als üblich, doch er wollte sich seinen Frust aus dem Leib laufen. Jeder andere Schmerz, der dieses zerstörerische Wüten in seiner Seele überdeckte, war ihm höchst willkommen.

Janica hatte ihm die Möglichkeit gegeben, dem zu entkommen. Sie hatte sich rechtzeitig von ihm gelöst, ihn auf Abstand gehalten, ihm ersparen wollen, was er nun erleiden musste. War er ein närrischer Idiot? Hätte er dieses Angebot annehmen sollen – damals, als er noch die Wahl gehabt hatte, zu bleiben oder sie einfach zu vergessen? Weshalb hatte er sich mit einer Frau belastet, deren Leben wie Sand in seinen Händen zerrann, die sich immer weiter von ihm entfernte, bis sie nur noch ein winziger, leicht zu übersehender, wenn auch heller Punkt war, wie diese Sterne über ihm am nächtlichen Himmel?

Sein Atem ging stoßartig. Seine Beine arbeiteten im richtigen Rhythmus, aber sein Herz vollführte verquere Sprünge. Balou sah mehrmals zu ihm auf, als sorge er sich um ihn. Thomas ignorierte den Hund, suchte Antworten auf Fragen, für die es eigentlich zu spät war, um sie überhaupt zu stellen.

Er stieß einen lauten Schrei aus. Wild, wütend, gepeinigt. Balou wich zur Seite und bellte dann, unterlegt mit einem drohenden Knurren.

Thomas hatte Janica damals nicht vergessen wollen und wollte das in der Gegenwart und auch in Zukunft nicht. Sie hatte ihm so viel geschenkt, jetzt war er an der Reihe, mit beiden Händen, liebendem Herzen und großmütig zu verteilen.

In seiner Erinnerung durfte sie weiterleben. Ihr Leben zerrann ihm vielleicht wie Sand zwischen den Fingern, aber er hatte dieses Kunstwerk in den Händen halten dürfen. Das war ein Geschenk! Sie mochte irgendwann nur noch wie ein glimmender, weit entfernter Stern am nachtschwarzen Firmament sein, doch es würde sein Stern sein, den er kannte, wie sonst niemand auf dieser Erde. Ihre fröhlichen, farbenfrohen und guten Seiten, ebenso wie die traurigen, schweren und bedrückenden Aspekte ihres Lebens. Nein, er wollte keinen Tag, keine einzige Stunde, nicht einen winzigen Augenblick von dem missen, was er momentan erlebte, denn dies war das Leben! Dies war die Zeit des Schmerzes und der Trauer. Ihnen würden auch wieder leichtere und fröhlichere Zeiten folgen. Er glaubte daran, dass er diese dann intensiver, dankbarer und freudiger erleben durfte als zuvor, ohne diese Extremerfahrung, die er jetzt durchleiden musste.

Unvermittelt flüsterte eine innere Stimme ihm zu, dass dies Blödsinn sei, dass er sich etwas einrede, dass er laufen solle, ohne jemals zurückzukehren. Diese lockende, süßlich wie Honig schmeckende Stimme wurde eindringlicher, lauter, als wolle sie die andere überschreien und verdrängen. Sie rief ihm zu, dass er doch den unkomplizierten Weg einschlagen und in die Sonne hinein gehen könne. Weshalb sollte er umkehren und den Weg in den kalten Schatten und in die Nähe eines Menschen suchen, nach dem der Tod längst seine Hand ausgestreckt hatte? Warum wollte er noch mehr Leid und Schmerz auf sich laden? War es denn nicht schon genug, was er hatte aushalten müssen? Was hielt ihn davon ab, das alles abzukürzen, schneller und einfacher hinter sich zu bringen, um dann auch früher wieder am wahren Leben teilzuhaben? Lachen und lieben, feiern und tanzen, Alltag im Wechsel zwischen Arbeit und Freizeit; ein normales Leben, so, wie Tausende um ihn her es anstrebten und genossen.

Thomas blieb ruckartig stehen. Seine Beine zitterten, seine Lunge brannte, als lodere ein Feuer in ihr. Der Puls raste und das T-Shirt klebte nass geschwitzt an seinem Rücken und vor der sich heftig hebenden und senkenden Brust. Keuchend beugte er sich nach vorn und stützte die Hände knapp oberhalb der Knie auf seine Oberschenkel, deren Muskeln verräterisch zuckten. Er schickte ein Gebet zum Himmel, dass er nicht dieser lockenden Stimme verfiel, die ihm zwar ein leichteres, aber auch ein deutlich oberflächlicheres Leben zusicherte. Deren Versprechen mochten hier auf der Erde wahr werden, gingen jedoch nicht darüber hinaus. Und ihm stand unmissverständlich vor Augen, dass dieses Leben nun einmal endlich war!

Ein leise winselnder Balou, dem die Zunge weit aus dem Maul hing, gesellte sich an seine Seite und schien ihn zutiefst verwirrt anzuschauen.

»Es ist unsinnig, vor der Liebe davonzulaufen, nicht wahr, mein Freund?«, keuchte Thomas.

Balou legte den Kopf schief und stieß einen kurzen Laut hervor. Dieser hörte sich eigentümlich schmerzvoll und verstehend zugleich an.

Etwas mühsam richtete Thomas sich auf. Er blickte den vom Sternenzelt und einem halben Mond nur spärlich beleuchteten Feldweg entlang, zurück zu den orangefarbenen Lichtpunkten erleuchteter Fenster und so manch bläulichem Flackern eines eingeschalteten Fernsehgeräts. Alltag. Selbst das Sterben eines geliebten Menschen gehörte dazu – egal, wie weit und in welche Richtung er lief. Es hatte seine Eltern getroffen, eine Arbeitskollegin von ihm, Ratte und Derja, nun war Janica an der Reihe. Noch mehr Menschen in seinem winzigen Kosmos würden folgen – früher oder später. Und irgendwann war auch er an der Reihe. Es nutzte nichts, dieses Detail des menschlichen Daseins auszuklammern, es in die Krankenhäuser und Pflegeheime zu verbannen. Den Tod totzuschweigen, machte ihn nicht hinfällig. Vermutlich war es sehr viel vernünftiger, ihn einzuplanen, seine Gegenwart zuzulassen und ihm damit ein Stück weit die Macht, den Schrecken, die Endgültigkeit zu rauben?! Es galt, das Leben als das anzunehmen, was es war: leere Geschenkkörbe, die unterschiedlich viel Platz, aber allerlei Möglichkeiten boten und die man sinnvoll füllen musste.

»Komm, gehen wir zurück zu Janica.«

Balou bellte einmal und stürmte los. Thomas verfiel in einen eher gemächlichen Trott, hauptsächlich deshalb, weil sich seine Beine noch immer schwer anfühlten. Sein Herz hingegen war ein kleines bisschen leichter geworden.

*

Janica war wach, als Thomas aus der Dusche kam. Nach seiner Rückkehr hatte er noch zweimal ihre Inkontinenzhilfe wechseln und sie waschen müssen, danach hatte er sie gezwungen, etwas von der ungeliebten kalorienreichen Flüssignahrung zu trinken. Das Essen fester Nahrung fiel ihr zunehmend schwerer, zudem verspürte sie ohnehin kaum mehr Appetit.

Balou lag auf dem Schuhabstreifer vor der gekippten Terrassentür und klopfte träge mit dem Schwanz auf den Boden, als Thomas durch das Zimmer ging und das Fenster schloss, damit der Raum nicht auskühlte. Vorsichtig ließ der junge Mann sich auf der Bettkante nieder und wartete, ob Janica ihm signalisierte, dass er sich ein bisschen zu ihr legen durfte. Lediglich ein paar kostbare Minuten lang, ehe seine Nähe ihr unangenehm wurde, da die durch seinen Körper veränderte Gewichtsverlagerung auf der Matratze es ihr unmöglich machte, sich so zu betten, dass sie halbwegs schmerzfrei liegen konnte.

»Du hast Balou ziemlich fertiggemacht.«

»Nicht nur ihn«, erwiderte Thomas und reagierte auf ihre gestreckten Finger in seine Richtung.

So behutsam wie möglich legte er sich neben sie und sie drückte ihr Gesicht in seine Halsbeuge. Wohlige Wärme breitete sich in ihm aus, bedeutete ihre Nähe ihm doch so viel. Dennoch versuchte er, sich besser nicht zu bewegen und schloss die Augen, um das Nachtlicht, den Anblick des Infusionsständers und die beleuchteten Anschlüsse für allerlei medizinische Hilfsmittel aus seinem Blick zu verbannen. Er atmete ihren Duft ein, spürte die Wärme ihres Körpers und wie ihr Atem an seinem Hals kitzelte. Kleinigkeiten, die ihm Glück bescherten, die er tief in seinem Herzen einschloss, damit er noch lange von ihnen zehren und sie als Erinnerung mit sich tragen konnte.

»Du bist wie ein Engel für mich«, flüsterte Janica ihm träge zu.

Erstaunen überkam ihn, ließ ihn die Stirn runzeln und sogar leise auflachen. Verwirrt rief er sich ihre erste Begegnung ins Gedächtnis, als dieses rothaarige Energiebündel ihm Steffen gebracht hatte und er erfahren musste, dass sie seinen Bruder davon abgehalten hatte, von einer Brücke zu springen. Ihre quirlige ansteckende Lebhaftigkeit, die Intensität, mit der sie in den Alltag der Brüder stürmte, die eigenartige Unauffindbarkeit des Hofes, der wie eine Oase, wie das Paradies anmutete ... Wie oft hatte er überlegt, ob Janica nicht ein himmlisches Wesen sei, gekommen, um den Brüdern Hejduk die bunten Farben des Lebens zu zeigen und dann irgendwann wieder zu verschwinden. Aber tat sie das nicht gerade? War ihre Aufgabe auf dieser Erde erfüllt? Durfte sie zurück in den Himmel – jedoch nicht, bevor die Menschen, in deren Leben sie getreten war, noch einige Lektionen von ihr lernten?

Thomas vertrieb diesen, ihn verwirrenden Gedankengang energisch.

»Ich wäre ein ziemlich brummiger und lausiger Engel.«

»Wer hat dir denn diesen Mist eingeredet?«, fauchte sie. »Was glaubst du, weshalb ich dich nach meiner erneuten Krebsdiagnose aus meinem Leben werfen wollte?«

»Um mich zu schützen?«

Ein zaghaftes Lachen erschütterte Janicas Körper, dem sofort ein gequältes Stöhnen folgte, das auch ihm durch Mark und Bein ging. Selbst diese winzige Emotion zu zeigen, war für Janica ein quälender Kraftakt. Dennoch sagte sie:

»Ist dir nie der Gedanke gekommen, dass ich *mich* schützen wollte? Davor, dass du mich in einem Moment wie diesem im Stich lässt? Weil du irgendwann an den Punkt kommen könntest, an dem du nicht länger zusehen willst, wie ich verfalle – ohne dass du etwas dagegen tun kannst? Es ist nichts Tolles daran, einem Menschen den Hintern zu putzen, ein beflecktes Bett frisch zu beziehen, wenn die Person darin dich dabei vor Schmerz anfaucht und dir das Gefühl vermittelt, nichts richtig zu machen? Es ist nervig, mich zu jedem noch so winzigen Schluck Trinken zu überreden, es dauert Stunden, bis ich eine halbe Flasche von diesem ekligen klebrigen Zeugs runtergewürgt habe. So viel Geduld hat nicht jeder. Doch du hast sie! Du tust all diese Sachen für mich, bei denen ein anderer längst das Weite gesucht hätte. Du sagst mir wunderschöne Dinge über meine roten Locken, über meine Wimpern, meine Augen und vermittelst mir das Gefühl, dass du sogar die spitzen Knochen liebst, die ich dir im Moment unbarmherzig in die Seite drücke.«

»Ich liebe jede einzelne deiner Gräten. Aber ich werde ab sofort den Kampf gegen diese magersüchtigen Modelagenturen aufnehmen und den hungernden Mädchen sagen, wie sehr Männer Rundungen schätzen!«

»Tu das, mein starkes wunderbares Engelswesen!«, kicherte Janica und drückte ihm, was eine gewaltige Kraftanstrengung für sie bedeutete, einen Kuss auf die Unterseite seines Kinns.

Kapitel 46

18. Mai

Janica empfand in einer verwirrenden Eigentümlichkeit die Tage als wesentlich länger, und das, obwohl sie immer wieder einmal einnickte. Womöglich lag es am Verlust des Tag-Nacht-Rhythmus, an der Bewegungslosigkeit, die sie in ihrem Körper einsperrte, an den Schmerzen, die in jede Zelle ihrer menschlichen Hülle geschlüpft waren und kontinuierlich und an fortwährend anderen Stellen anschwollen und nachließen, als wollten sie ihren Spaß mit Janica treiben. Sie untersagte sich zusätzliche Dosen Schmerz- und Betäubungsmittel, plante sie, diese letzten Tage doch halbwegs bei Bewusstsein zu erleben.

Thomas hatte sich vom Schuldienst befreien lassen, weil er rund um die Uhr bei ihr sein wollte. Finn kam jeden Abend sehr spät nach Dienstschluss für einige Minuten vorbei, zweimal begleitete ihn Kathrin. Aber die junge Frau brach jedes Mal in Tränen aus, sobald sie Janica sah, und ging dann lieber mit Balou hinaus. Ihre sensible Seele empfand Janica als großartige Gabe, allerdings ahnte sie auch die Kämpfe und eine unterschwellige Furcht um das Thema Tod und Sterben im Herzen von Finns Freundin. Lars' Anwesenheitszeiten waren für Janica eine Wohltat. Der Zweimetermann nahm kein Blatt vor den Mund, riss ernste Themen ebenso an wie lockere, mit denen er Janica zum Schmunzeln verleitete – vor allem deshalb, weil sie Thomas lachen hören durfte. Lars ging nie, ohne zuvor mit ihr und Thomas ein Gebet gesprochen zu haben, das ihr schmerzlich liebendes Herz, ihre angeschlagene Seele und ihre wirren Gedanken zur Ruhe brachte. Julia und Bärbel wechselten sich mit ihren Besuchen ab. Sie kamen jeweils um die Mittagszeit und hatten sich ganz offensichtlich abgesprochen. Sie verbaten sich jede Widerworte von Thomas und scheuchten ihn davon, damit dieser eine Stunde für sich hatte, reichten Janica die Mittagsmahlzeit – oder versuchten es zumindest – und plauderten über all das, was junge Frauen interessierte. Kaum dass Thomas zurückkam, verabschiedeten sie sich von ihrer Freundin, als sei es ihr letztes Gespräch gewesen, und freuten sich zwei Tage später sichtlich, Janica erneut besuchen zu dürfen.

Angelo und Susi riefen einmal am Tag an. Die kleine Janica beschäftigte sie mehr, als sie gedacht hatten. Das Kind, im Mutterleib sträflich vernachlässigt und von äußeren Einflüssen wohl auch geschädigt, schlief wenig und forderte nahezu unermüdlich ihre Aufmerksamkeit ein. Janicas Eltern verbrachten einen ganzen Tag mit ihrer Tochter und gemeinsam skypten sie mit Jenni. Diese hielt sich momentan zu Plattenaufnahmen in New York auf und konnte von Janica nur schwer davon abgehalten werden, das seit Langem geplante Projekt abzubrechen. Helga schaute mehrmals am Tag vorbei und Werner überschlug sich beinahe mit seiner Fürsorge.

Aber am liebsten mochte sie die kurzen Besuche von Annabelle und Jessika. Mit Jessika sprach sie über deren sportliche Karriere und freute sich an dem hoffnungsfrohen Leuchten in den silbergrauen Augen, wenn sie gemeinsam von zukünftigen Wettkämpfen und Siegen träumten. Einmal kam Lars zu einem dieser Gespräche dazu, und Jessika war fasziniert davon, dass selbst in der Bibel die Bilder eines Wettlaufes und das Erreichen der Siegerkrone vorkamen. Lars musste ihr die entsprechende

Stelle aufschreiben und sie trug diesen aus einem Notizbuch flüchtig herausgetrennten Zettel fortan wie ihren größten Schatz mit sich herum.

Janica lächelte, als sie an das Gespräch dachte, und versuchte vorsichtig, ihr Gewicht zu verlagern. Thomas saß in dem inzwischen überfüllten Zimmer am Tisch, streckte ihr den Rücken zu und las irgendetwas im Internet. Das Notebook summte dezent vor sich hin, Balou schnarchte weit weniger leise, und durch die geöffnete Terrassentür drang das Rascheln der Blätter, durch die der Wind tanzte, und das mehrstimmige Konzert der Vögel auf Partner- und Nistplatzsuche.

An diesem Tag kostete jeder Atemzug ein wenig mehr Kraft. Janica spürte das zunehmende Rasseln in ihren Atemwegen mehr, als dass sie es hörte. Mit dem Gefühl, weder genug Sauerstoff zu bekommen noch die Luft wieder aus ihren Lungen hinauspressen zu können, kämpfte sie mehrmals eine Panik nieder. Das, was für jeden gesunden Menschen das Normalste der Welt war und was er ohne nachzudenken tat, gestaltete sich in diesen Stunden zu Schwerstarbeit für Janica. Vorsichtig hob sie die Hand und tastete nach der gletschereisblauen Perlenkette mit der einen weißen Perle in der Mitte, die zu tragen sie heute eingefordert hatte. Ihr Blick blieb auf dem leicht gebeugten Rücken ihres Mannes haften. Tränen schlichen sich in ihre müden, etwas trüben Augen. Man hatte ihr versprochen, dass sie nicht ersticken müsse, also läutete ihre zunehmende Atemnot ein letztes Abschiednehmen ein.

Mühsam presste sie die Luft aus ihren überblähten, wenigen noch intakten Lungenbläschen.

»Thomas?«

»Gleich.«

Er hob die Hand, signalisierte ihr damit, dass sie sich einen Moment gedulden sollte. Hatte sie diesen noch? Wie viele dieser kostbaren Augenblicke blieben ihr?

Plötzlich stand Balou an ihrem Bett. Er tat, was er nicht durfte und bis jetzt auch nie probiert hatte: Er legte die Vorderpfoten auf die Matratze und kam mit seinem Kopf ihrem Gesicht ganz nahe. Winselnd stupste er ihr an die Wange, schien zu spüren, dass Janicas letzter Kampf begonnen hatte, obwohl sie nicht mehr kämpfen wollte. Durch Balous Verhalten aufmerksam geworden, wandte Thomas sich nach ihnen um. Janica sah, wie er erbleichte, seine Hände zu zittern begannen und seine Schultern nach vorn sanken. Verzweifelt bemühte sie sich darum, ihm ein aufmunterndes Lächeln zu schenken, ohne zu wissen, ob ihr das gelang.

Innerhalb eines Wimpernschlages war er bei ihr. Während er sich neben Balou setzte, ergriff er mit einer Hand die ihre, mit der anderen zog er sein Smartphone aus der über der Stuhllehne hängenden Jacke. Vor Janicas Augen drehte sich alles. Werner stand plötzlich im Zimmer und erhöhte trotz Janicas Schmerzen leicht das Kopfteil. Er bewegte sich ruhig und scheinbar gelassen, das knallgelbe Shirt mit den Unterschriften der Kinder leuchtete wie ein Rapsfeld inmitten dunkler Tannen vor Janicas Augen. Er spritzte ihr etwas über den Port in die Vene.

Thomas rief Janicas Eltern und Jenni an, dann beugte er sich über sie und küsste sie, so zumindest kam es ihr vor, minutenlang auf die Stirn. Seine Hand strich sanft, nahezu wie ein Windhauch über ihre kurzen Locken, die ihr ins Ohr geraunten Sätze waren Worte des Dankes und seiner unermesslichen Zuneigung zu ihr – Liebeserklärungen, die tief aus seinem Herzen wie Wasser aus einer Quelle sprudelten und jedem Dichter zur Ehre gereichen würden. Der Druck auf ihrer Brust nahm leicht ab, als habe jemand ein viel zu schweres Daunenkissen von ihr genommen, das Rasseln ließ etwas nach. Janica atmete ruhiger und dankte Werner mit einem intensiven Blick. Er nickte. Ungewohnt ernst, aber routiniert.

Ob sie kurz oder lang oder überhaupt geschlafen hatte, wusste Janica nicht, doch plötzlich stand Petra vor ihrem Bett. Sie hatte Annabelle auf eine fahrbare Liege gelegt und in das ohnehin volle Zimmer geschoben. Auf Werners fragenden Blick schloss Janica zustimmend die Augen und er genehmigte den Besucherinnen einige wenige Minuten. Annabelles Mutter weinte ungehemmt. Sie beugte sich über Janica und küsste sie links und rechts auf die eingefallene kühle Wange, als gehöre Janica zur Familie, als wären sie seit Kindesbeinen an befreundet.

»Ich danke dir für alles«, brachte sie mühsam hervor, ehe sie den Raum verließ.

Annabelle, die jetzt Seite an Seite mit ihr lag, betrachtete sie mit großen Augen. Ob sie erfassen wollte, wie sich das anfühlte, wie das aussah, was mit ihr in den nächsten Tagen ebenfalls geschehen würde?

»Du gehst noch vor mir?«, fragte sie ein wenig ungläubig mit rauer Stimme, die nichts Kindliches mehr an sich hatte.

»Ja.«

»Dann gehst du vor mir durch ein Tor aus Edelsteinen?«

»Ja.«

»Gut. Dann machen wir es einfach anders herum«, beschloss Annabelle.

»Ja.«

»Du holst mich ab und zeigst mir alles. Du bringst mich zu meinem Zimmer neben deinem. Aber vergiss nicht, es für mich zu reservieren.«

»Der Hausherr hält längst ein Zimmer für dich und mich bereit.«

»Ich freue mich darauf.«

»Ich mich auch.«

»Und es stimmt, nicht wahr? Keine Schmerzen mehr? Keine Tränen mehr? Wieder tanzen und springen, spielen und Perlenketten aufziehen?«

»Ja.«

»Das ist gut«, seufzte Annabelle.

Ihre Stimme hörte sich hohl an und schien wie von sehr weit herzukommen, als weile sie in Gedanken schon in dieser besseren fehlerlosen Welt.

Janica konzentrierte sich auf ihre Atmung, spürte dem brennenden Schmerz nach, der ihre Gelenke zu zerreißen drohte, und fragte sich, wie lange das noch so sein würde. Wie lange musste sie dieses quälende Elend noch aushalten?

Als sie wieder zu sich kam, war es dunkel. Ein gedämpftes Licht auf dem Fenstersims beleuchtete schemenhaft den Raum. Annabelle war fort. Dort, wo zuvor ihre Liege gestanden hatte, saßen Heidi und Peter. Sie hielten sich im Arm, weinten und sprachen sich gegenseitig leise Trost zu. Schwerfällig drehte Janica den Kopf und entdeckte Thomas. Er starrte auf das Licht, als hoffe er, es dringe in seine gequälte Seele ein, vertreibe daraus die aufziehende Dunkelheit. Seine linke Hand lag auf Balous Kopf, der, als spüre er Janicas Blick auf sich, diesen hob und in ihre Richtung blickte.

»Jenni?«, brachte Janica zwischen mühsamem Atemholen hervor.

Ihre Eltern und Thomas fuhren zusammen.

Heidi ergriff ihre Hand und drückte sie viel zu fest, doch Janica schwieg dazu. Gab es einen wohltuenden Schmerz? Nur deshalb, weil er die Nähe eines geliebten Menschen verdeutlichte?

»Sie sitzt schon im Flugzeug. Aber ein paar Stunden wird es noch dauern, bis sie eintrifft.«

Janicas nächster Atemzug war ein in die Länge gezogenes Seufzen. Mehrere Stunden? Wichtige gute Stunden. Quälende schwere Stunden.

Thomas beugte sich weit vor und bettete seinen Kopf neben Janicas.

386

»Verlass mich nicht. Bitte verlass mich nicht«, hörte sie ihn flüstern.

Seine Verzweiflung hing greifbar in der Luft, die nach irgendwelchen Medikamenten oder nach ätherischen Ölen roch. So genau konnte Janica den Duft nicht einordnen. Aber das war gleichgültig. Nichts dergleichen zählte mehr.

»Lass mich gehen«, flüsterte sie zurück, wusste gleich darauf jedoch nicht mehr, ob sie die Worte wirklich ausgesprochen hatte oder es nur tun wollte.

Ihre Empfindungen waren nicht mehr wichtig. Sie war auf der Reise in eine andere Welt, doch ihre Familie und ihre Freunde mussten in der diesseitigen bleiben, in der sie Leid und Trauer zu ertragen hatten.

»Dr. Kraus ist im Dienstzimmer«, informierte ihr Vater sie und strich ihr mit seiner rauen Hand fürsorglich über den dünnen Arm, der lediglich aus Haut und Knochen, Sehnen und pergamentartiger Haut bestand.

Aber auch das war nur eine unwichtige Nebensächlichkeit.

»Warten«, keuchte Janica. »Auf Jenni.«

»Sie wird nicht wollen, dass du dich unnötig quälst«, widersprach Peter sanft.

»Warten«, wiederholte Janica.

Dieses eine Wort wäre wohl ein schmerzhafter Schrei gewesen, hätte sie die Kraft und ihre Lungen noch das nötige Volumen dafür besessen.

»Gut. Warten wir, meine kleine Heldin«, raunte Peter mit brechender Stimme.

Er fügte noch etwas hinzu, doch das hörte Janica nicht mehr, da sie erneut in einen gnädigen Schlaf abdriften durfte.

»*Amazing Grace* ...«, leise gesungen, aber mit einer vollen, wunderschönen und angenehm vertrauten Stimme, lockten die Zeilen Janica aus einem traumlosen Schlaf in die Gegenwart der sie liebenden Menschen zurück.

» Through many dangers, toils and snares
I have already come
'Tis grace that brought me safe thus far
And grace will lead me home. «

Jenni sang für sie Lieder des Trostes und der Hoffnung, gegen die Angst und das Versagen, so wie sie es früher getan hatte, als sie noch Kinder gewesen waren. Vor Janicas erster Krebserkrankung, während dieser und nach ihr. Janica hielt die Augen geschlossen, die ohnehin kaum noch Farben und scharfe Konturen wahrnahmen, und gab sich dem Farbenkarusell ihrer Gefühle und ihrer Erinnerungen hin, die fest in ihrem Gedächtnis verankert waren.

»And when this flesh
and heart shall fail
and mortal life shall cease
I shall possess
within the vale
a life of joy and peace. «

Jenni beendete das Lied mit einem leisen Schluchzen.

»Sing ... bitte ... weiter«, keuchte Janica und verriet somit, dass sie wach war, zugleich auch, dass das Atmen ihr noch schwerer fiel als zuvor und die Panik des drohenden Erstickungstodes kurz bevorstand.

»Ich hole Dr. Kraus«, beschloss Peter und erhob sich.

Wie eine Schattengestalt verließ er den abgedunkelten Raum. Er holte Hilfe für sie, aber gleichzeitig den letzten Abschied. Für einen Moment wünschte sich Janica, sie würde inmitten einer bunt blühenden Blumenwiese liegen. Sie sehnte sich nach dem satten Grün der Blätter in ihren unterschiedlichsten Nuancen. Nach dem grellen Gelb von Raps, dem sonnengleichen der Sonnenblume, dem sanften Rot des Mohns, gemischt mit dem kräftigen Violett der Kornblumen. Sie wollte so gern die leicht gewölbten gelben Kreise, umgeben von einem

Stern aus reinem Weiß der Margeriten sehen, die Hummeln und Bienen in ihrem gestreiften Kleid, die von diesem köstlichen Nektar tranken und an ihren Beinen den lebensspendenden Pollensamen mit sich forttrugen. Sie dürstete nach dem tiefen Blau des Himmels ...! Gleichzeitig verspürte sie Dankbarkeit, hier in der ihr bekannten Umgebung sein zu dürfen, ihre Lieben um sich zu haben, nicht allein zu sein.

Die Ärztin brachte einen zusätzlichen Hocker mit, auf den sie sich setzte und Janica ein liebevolles Lächeln schenkte.

»Du hast oft genug gehört, was ich dir anbieten kann, was die Medikamente bewirken.«

Janica wagte nicht zu sprechen, gab ihre Zustimmung jedoch mit einem aktiven Schließen ihrer Augen.

»Bist du bereit?«

Diesmal entrang sie sich eines klaren und deutlichen Jas.

»Ich komme in einigen Minuten zurück. Es ist Zeit, sich zu verabschieden«, fügte sie an Heidi, Peter, Jenni und Thomas gewandt hinzu.

Erneut schloss Janica die Augen. Als sie wieder die Kraft besaß, die Lider zu heben, wanderte ihr Blick zu Thomas. Die Liebe ihres Lebens ...

Janica

*Nun hieß es Abschiednehmen. Ich war traurig darüber, ja. Immer-
hin ist es tief im Wesen eines Menschen verankert, sich an das ihm
anvertraute Leben zu klammern. Dennoch war ich nicht unglücklich. Mein Leben war gemessen an dem anderer Menschen sehr
kurz. Denke ich aber an die Lebensreise meiner Kinder, war es ein
langes Erdendasein. Es gibt unzählig viele verschiedene Perspekti-
ven, anhand derer wir ein Leben betrachten und bewerten sollten,
nicht nur aus der einen, die wir als Einzelperson zur Verfügung
haben.*

*Vielleicht haltet ihr mich für verschroben oder für maßlos
altmodisch, doch ich bin froh, dass ich mich bereits zu Lebzeiten
an eine Hoffnung auf ein Leben nach dem Tod klammern – und
irgendwann darauf freuen durfte. Was wäre ich ohne sie? Wer wäre
ich ohne sie? Ein Etwas, das aus dem Nichts kam und im Nichts
wieder verschwindet? Ich war nicht nur ein flüchtiger Gedanke,
ein Staubkorn im riesigen Universum; kein Zufallsprodukt, keine
Laune der Natur. Nein, ich bin geliebt!*

*Und mit diesem tiefen, warmen und mich durchdringenden
Gefühl und Wissen zugleich nahm ich hin, was unvermeidlich war.
Dieses bedrohlich anmutende, dieses unerforschte und unbekannte,
dieses endgültige Sterben öffnet ein Tor. Ich war bereit hindurchzugehen.*

Ihr dürft euch gern vorstellen, wie ich in einem luftigen Kleid — meinetwegen auch in Rosa — durch eine, vor Farben nur so explodierende Blumenwiese tanze. Ich strecke die Arme weit zur Seite und recke mein mit Sommersprossen geschmücktes lachendes Gesicht der warmen Sonne entgegen. Meine roten Locken wirbeln um meine Schultern. Ich verspüre keinen Schmerz mehr, bin wie ein Schmetterling aus seinem Kokon meinem zerfallenden Körper entkommen. Vielleicht seht ihr mich mit Ratte vom Wind getragen über diese Wiese, über silberglitzernde Flüsse und blau schattierte Berge flattern? Stellt euch vor, wie ich mit Annabelle staunend diese ewige Stadt, verziert mit Perlen und Edelsteinen, erkunde und wir beide wieder mit flinken Fingern eine glitzernde Perle nach der anderen auf unendlich lange Kettenschnüre fädeln. Eine Perle für jedes Lachen, eine für jeden Glücksmoment, eine für jeden Menschen, den wir lieben ...

Stellt euch mich vor, wie ich an diesem besseren Ort bin, so, wie es euch am besten gefällt, wie ihr mich gern sehen möchtet. Doch vergesst dabei niemals das glückliche befreite Lachen auf meinem Gesicht. Denn ich hörte in dieser Nacht nicht mehr das »Ich liebe dich« von Thomas oder das meiner Eltern und meiner Schwester. Aber ich vernahm genau diese Worte von einer dröhnenden und dennoch sanften, von einer allumfassenden und immer geltenden, durch und durch gnädigen Stimme. Ich fühlte mich frei, noch bevor das erste Wort vollständig ausgesprochen war.

KAPITEL 47

29. MAI

Mit den Augen verfolgte Thomas die trotz ihrer jungen Jahre gebeugt gehende Petra und ihren Mann Pierre. Sie verließen die schattige Grabstelle unter der mächtigen Kastanie, um zur Urnenbeisetzung ihrer Tochter Annabelle zu gehen. Das Mädchen war Janica nur wenige Stunden nach deren Tod gefolgt.

Trauergäste schüttelten ihm die Hände, viele von ihnen kannte er nicht, vermutete in ihnen jedoch Angehörige der Kinder und Jugendlichen, denen Janica in ihrem kurzen Leben so viel bedeutet hatte. Unter ihnen befanden sich auch Rattes Vater und Bruder, die verschleierte Mutter von Derja, aber auch Flavios, Lianas und Svens Familienangehörige. Sven umarmte ihn wortlos. Dem Jungen liefen die Tränen ungehindert über das wieder rundliche, gesund wirkende Gesicht.

Bärbel nahm ihn flüchtig in den Arm, was sie ihm zuflüsterte, verstand er nicht, schien er doch von einer Glasglocke umgeben zu sein, die seine Gefühle drinnen, jedes gut gemeinte Wort draußen ließ. Sie drückte ihm ein Buch in die Hand, und als er den Blick senkte, erkannte er, dass es das von ihr verfasste Jugendbuch war. Ein leuchtend grüner Post-it-Zettel fesselte seine Aufmerksamkeit, sodass er die ersten Seiten umblätterte und auf eine Widmung stieß.

Für Janica, die in ihrem Herzen immer ein vertrauendes fröhliches Kind geblieben ist, unsere Herzen angerührt hat und in ihnen immer weiterleben wird.

Mit den Augen suchte er Bärbel, doch sie war bereits auf dem Weg zum Friedhofsausgang. Er würde später mit ihr sprechen, sie anrufen oder an einem der nächsten Treffen der Clique teilnehmen.

Ein gemeinsames Kaffeetrinken hatte es nach dem Trauergottesdienst vor rund einer Woche gegeben. Thomas hatte Peter und Heidi gebeten, ihn und Balou für einige Tage bei sich auf dem Hof aufzunehmen, und sie hatten ihm diese Bitte gern gewährt. Jenni, die drei Lieder während des kurzen Gedenkgottesdienstes und eines am Grab beigetragen hatte, umarmte ihn fest.

»Ich bin noch zwei Tage auf dem Hof«, flüsterte sie ihm zu und er lächelte, wusste er doch, dass sie ihm noch viele Geschichten aus den Kinder- und Jugendjahren von Janica erzählen konnte.

Er würde sie aufsaugen wie ein Schwamm einen Regenschauer, sie tief in sich einschließen und von ihnen zehren, bis die verzweifelte Qual seines Herzens einem erträglichen Schmerz und schließlich einer wunderbaren Erinnerung gewichen war. So zumindest hoffte er.

»Wir warten beim Auto«, raunte Peter ihm zu.

Abwesend gab er mit einem Nicken seine Zustimmung und kniete sich auf die trockene Erde vor der mit leuchtenden Margeriten vor blauem Hintergrund bemalten Urne. Unzählige Buketts und Blumen lagen dort in einer Farbenpracht, die Janica verzückt hätte. Ein Gesteck mit wuchtigen weinroten, nahezu schwarz schimmernden Rosenköpfen ordnete er Finn zu. Ein kleiner hübscher Strauß aus zartorangefarbenen Ranunkeln, in den mehrere kunterbunte Perlenketten geflochten waren, hatten sicher Petra und Pierre hinterlassen.

Abseits der Kastanien wartete ein Friedhofsangestellter, vermutlich wollte er die Urne in die Erde versenken. Aber Thomas ließ sich nicht hetzen. Er hatte über mehrere Wochen Zeit gehabt, sich an einen Abschied von Janica zu gewöhnen, doch als der Tod sie ihm tatsächlich genommen hatte, hatten ihn die Realität und die Endgültigkeit wie ein heftig geführter Keulenschlag getroffen.

Jetzt verstand er, was diejenigen fühlten, die davon sprachen, dass ihr Herz gebrochen sei. Es war nicht einfach nur eine Floskel, um Trauer und Verlust auszudrücken. Er spürte, dass der Teil seines Herzens, aus dem heraus er seine Ehefrau geliebt hatte, entzweigebrochen war wie ein filigranes Gebilde aus Kristall. Dieser wertvolle Kristall war noch da, aber die zuerst feinen Haarrisse hatten sich vertieft, bis sie dem Druck des Schmerzes nichts mehr entgegensetzen konnten. Er war zerstört und seine Splitter stachen ihn scharfkantig und spitz, jagten Wellen der Verzweiflung, der Einsamkeit und des Verlorenseins durch sein Gemüt, seinen Körper, sein Denken.

Thomas wusste nicht, ob es unsinnig war, Worte an Janica zu richten. Dennoch verschwendete er keinen zweiten Gedanken an eine derartige Überlegung. Sie hatte ihn gelehrt, den Augenblick zu leben, sich keine Gedanken darüber zu machen, was andere von einem dachten, sondern das, was in ihn gelegt war, zu nutzen.

»Du hast mir die Farben dieser Welt gezeigt. Ich verspreche dir, ich werde sie in meinem Herzen bewahren.«

*

Steffen warf einen Blick auf den im Schatten der Kastanie knienden Thomas. Womöglich sollte er bei ihm bleiben, ihm schweigend die Hand auf die Schulter legen, um ihm zu signalisieren, dass er nicht allein war, dass er seinen Schmerz zumindest in

Ansätzen verstand. Aber er konnte nicht. Zu seinem grenzenlosen Erstaunen hatte er unter den vielen Trauergästen bei der Urnenbeisetzung seine Frau und seine Tochter entdeckt gehabt. Nun sah er, wie sie zwischen Buchsbaumhecken und steinernen Grabmalen davonschlenderten. Was taten sie hier? Woher kannten sie Janica, eine Frau, die nicht zu ihrem gemeinsamen Bekanntenkreis gehört hatte, die vor und nach ihrer Scheidung kein einziges Mal erwähnt worden war. Weder von ihm noch von Lara.

Zögernd wanderte sein Blick zu Thomas zurück. Seine Lippen bewegten sich; vielleicht betete er. Die Schultern seines Bruders hingen nicht länger so beängstigend nach unten, wie in den vorangegangenen Tagen, auch wirkte seine Gesichtsfarbe weit weniger grau. Offenbar war er bereit, nach diesem letzten Schritt, dem Urnengang, nach vorn zu sehen.

Entschlossen drehte Steffen sich um und folgte Lara und Marie. Thomas war längst nicht mehr der Junge von damals, als ihre Eltern verunglückt waren. Er musste ihn nicht beschützen, vielmehr hatten sie in den vergangenen Monaten die Rollen getauscht.

Steffen verfiel in einen leichten Laufschritt und kam den beiden weiblichen Wesen, die ihm auf dieser Welt am meisten bedeuteten, schnell näher. War ihm jemals bewusst gewesen, wie sehr er Lara liebte und brauchte, bevor sie ihn vor die Tür gesetzt hatte? Wusste er, was Liebe war? Vielleicht jetzt, nachdem er miterlebt hatte, was sein verletzlicher und ruhiger Bruder getan hatte. Er war sogar das Wagnis eingegangen, seine Liebe einer Frau zu schenken, die ihn innerhalb weniger Wochen wieder verließ. Natürlich könnte man nun spekulieren, wie lange diese Liebe, die gegenseitige Bewunderung und ihr von Respekt geprägter Umgang überlebt hätte, wären sie erst einmal fünf, zehn oder fünfzehn Jahre verheiratet. Allerdings war das bei der gelebten Hingabe und Treue von Thomas in diesen traumatischen letzten Wochen durchaus zu erwarten. Sah so Liebe aus? Sich selbst zurückzunehmen, den anderen ohne Vorbehalte zu unterstützen, schwere Zeiten Seite an Seite zu durchleiden, an sich zu arbeiten, die Gemeinsamkeiten zu feiern und dem Partner die Freiheit für die Eigenheiten zu lassen? Er jedenfalls hatte zu schnell aufgegeben, sich zu sehr auf das fokussiert, was *ihm* wichtig erschien. Thomas und Janica war es nicht vergönnt gewesen, aus dem dunklen Tal heraus wieder auf sonnige Höhen zu gelangen, um dort nach durchlebter Not gestärkt und mit dem freien Blick auf das, was vor ihnen lag, dankbar und froh ihren Weg fortzusetzen. Anderen Paaren wurde diese Möglichkeit durchaus angeboten. Ihm war sie angeboten worden ...

»Lara? Marie?«

Die beiden hörten ihn nicht, wohl, weil sie inzwischen nahe an der viel befahrenen Hauptstraße angelangt waren. Er lief noch ein bisschen schneller, obwohl er in seinem schwarzen Anzug und unter der gleißenden Maisonne ins Schwitzen geriet.

»Larissa!«, rief er lauter und ihren vollen Namen und tatsächlich drehten sie und seine Tochter sich um, blieben stehen und warteten, bis er sie erreichte.

Marie strahlte ihn an und ließ sich auf den Arm nehmen, während Lara ihn unter gerunzelten Augenbrauen fragend musterte.

»Ich habe euch bei Janicas Urnenbeisetzung gesehen ...«, begann er und schüttelte über sich selbst den Kopf. Natürlich hatte er das, deshalb waren sie ja alle hier. »Ich wusste gar nicht, dass du die Frau von Thomas kennst.«

»Aber Papa, ich habe dir doch von ihr erzählt«, rügte Marie und tippte ihm mit ihrem kleinen Zeigefinger auf die von einem dunklen Bartschatten gezeichnete Wange.

»Hast du?«, fragte er verwirrt und ohne den Blick von dem runden hübschen Gesicht Laras zu nehmen.

»Klar doch. Du hast mich auch ständig nach der neuen Freundin von Mama ausgefragt.«

»*Sie* war diese neue Freundin?«

Jetzt hatte seine Tochter seine ungeteilte Aufmerksamkeit erlangt. Nur zu gut erinnerte er sich an die Wellen aus Eifersucht und die des Unverständnisses, da er das Gefühl gehabt hatte, Lara habe ihn gegen eine Frau ausgetauscht. Dieser Verdacht hatte sich zwar nie bestätigt, zumal diese ominöse neue Freundin irgendwann wieder aus dem Leben von Lara und Marie verschwunden war. Nun wusste Steffen, weshalb. Janica hatte nicht mehr die Kraft aufgebracht, diese Freundschaft zu pflegen und auf Marie aufzupassen, die sie wohl, wie seine Frau, vielmehr *Anne* genannt hatte.

Steffen grinste schief. Er hatte damals darauf bestanden, dass sie ihre Tochter auf den Namen seiner Mutter Marianne taufen ließen, doch da sowohl ihm als auch Lara nicht nach einem so langen Namen zumute war, hatten sie sich einen Spaß daraus gemacht, dass er ihre Tochter Marie und Lara sie Anne nannte. Diese eigentlich aus einer albernen Laune entstandene Eigenheit waren sie niemals wieder losgeworden. Als sich die ersten schweren Krisen in ihrer Ehe abgezeichnet hatten, hatten sie die verschiedenen Namen wie eine Besitzansprüche ausdrückende Waffe eingesetzt. Vermutlich auf Maries Kosten!? Was für eine Idiotie. Wie viel Schmerz hatten er und Lara ausgelöst? Nun, da sich ihm diese Episode erklärte, erinnerte sich Steffen daran, dass Janica einmal den Namen Larissa erwähnt hatte, auch wenn das bereits viele Wochen her war. Er hatte sich nichts dabei gedacht, für ihn war Larissa immer Lara gewesen.

Während über ihnen die Blätter einer Linde sanft im Wind rauschten, Vögel sangen und die Stille des Friedhofs als eklatanter Gegensatz zu der verkehrsreichen Straße jenseits der mit Moos und Efeu bewachsenen Mauer stand, wandte Lara sich ihm zu. Sie lächelte, wie sie es schon lange nicht mehr getan hatte: offen, freundlich und ihm zugetan, ohne diese Spur von Vorwurf und Misstrauen.

»Janica kam bei einer ihrer Hunderunden an unserem Haus vorbei und Moppel hat sich aufgeführt wie ein Verrückter, als plötzlich dieser Riese von Wolfshund an unserem Gartentor auftauchte. Wir sind ins Gespräch gekommen. Als sie das zweite Mal bei uns vorbeikam, ist Janica – eigentlich etwas dreist – einfach in den Garten getreten und hat mit Anne gespielt und sich mit mir unterhalten. So entwickelte sich das. Anne und ich mochten sie sehr. Lange Zeit wusste ich nicht, dass sie im Grunde meine Schwägerin ..., ich meine ...« Lara brach ab und senkte betrübt den Kopf. »Es tut mir so leid für Thomas ... und für dich.«

»Und mir tut es leid für dich und ... Anne. Janica war ein ganz besonderer Mensch.«

»Ja!«, flüsterte seine Tochter, als könne sie die Tiefe ihrer kurzen einfachen Antwort tatsächlich bereits ausschöpfen.

Sie wand sich aus seinem Arm und er stellte sie behutsam auf den, mit roten Steinen geschotterten Weg. Sie ging dazu über, sich hingebungsvoll die Grabsteine in der näheren Umgebung anzusehen.

»Darf ich dich und Mar... Anne nach Hause begleiten?«

Lara betrachtete ihre Tochter, ehe ihr Blick zu den rauschenden Blättern und den winzigen gelbgrünen Blüten der Linde hinaufwanderte, an denen sich unzählig viele, leise surrende Bienen erfreuten.

»Warum nicht?«, erwiderte sie nach einer langen Zeit des Schweigens.

Steffen fragte sich, ob er einem Wunschdenken aufsaß oder ob sie in diese Antwort tatsächlich mehr hineingelegt hatte, als eine in eine Frage verpackte Entgegnung auf eine oberflächlich gesehen lapidare Bitte.

Steffen rief nach Anne und ergriff fest ihre zarte Hand. Der Wunsch, sie niemals wieder loszulassen, das Mädchen jeden Tag aufwachsen zu sehen und nicht nur Bruchstücke ihres Lebens mitzubekommen, wuchs zu einem nahezu brennenden Sehnen in ihm heran. Seine Gedanken wanderten für einen kurzen Augenblick zu den Kindern in Janicas Hospiz, um das er wohl weiterhin einen großen Bogen machen würde. Er hatte nicht nur Lara wehgetan und Anne tief verletzt, sondern auch sich selbst. Wie hatte er nur so blind sein können?

Hand in Hand folgten Vater und Tochter Lara zu dem schmiedeeisernen, verschnörkelten und oben abgerundeten Tor. Sie traten auf den Gehweg hinaus und ließen die Bushaltestelle links liegen, an der Lara und das Mädchen gut eine Stunde zuvor ausgestiegen waren.

»Du weißt schon, dass ... dein Haus zu weit von Janicas ehemaliger Wohnung entfernt liegt, als dass sie dort normalerweise mit dem Hund laufen oder mit dem Rad gewesen sein könnte.«

»Sie war aber da«, stellte Anne unbekümmert eine Tatsache richtig.

Von Lara kam nur ein verstehendes Lächeln, verbunden mit einem verräterischen Glänzen in ihren aussagekräftigen grauen Augen, in denen Steffen schon wieder zu versinken drohte.

KAPITEL 48

14. JUNI

Mit viel Schwung warf Thomas seine Schultasche auf das Sofa und erwehrte sich Balous stürmischer Begrüßung. Hingebungsvoll klopfte er dem Hund das zottige graue Fell und griff, nachdem er etwas Wasser getrunken und seine Halbschuhe in bequeme Freizeitschuhe getauscht hatte, nach der Hundeleine.

Seine Schultern hoben sich weit, als er tief einatmete. Die Couch, das Tier, das ihn inzwischen enthusiastisch liebte, die lederne Leine, der riesige Esstisch und noch unzählig viele große und kleine Erinnerungen atmeten das Leben, das dahingewelkt war wie eine Rose ohne Wasser.

Unwillkürlich wanderte sein Blick auf die gerahmte sechzig Mal vierzig große Fotografie über der niedrigen Kommode im Flur, dort, wo er sie immer betrachten konnte, wenn er von einem Zimmer in ein anderes wechselte. Es war ein einmalig geniales und irres Bild zugleich, symbolisierte es doch die Symbiose von überquellender Lebensfreude und dem drohenden Tod. Es zeigte Janica in ihrem Hochzeitskleid und ihn im Anzug inmitten ihrer glatzköpfigen Freunde. Niemand schaute so in die Kamera, wie man das eigentlich bei einem gestellten Foto einer Hochzeitsgesellschaft erwarten würde, denn alle hatten zu dem Zeitpunkt, als der Fotograf den Auslöser gedrückt hatte, herzerfrischend ausgelassen über einen Scherz von Peter gelacht.

Thomas zuckte zusammen, als es an der Tür läutete. Balou bellte kurz und die Aussicht auf Besuch ließ seinen Körper förmlich erbeben. Wie ein Kurzstreckenläufer in den Startlöchern schien er darauf zu warten, dass sich die Tür öffnete und er auf den Gast losstürmen konnte.

Thomas tat ihm den Gefallen und das Tier stürzte sich auf Kurti. Der stand breitbeinig da und war demnach auf den Bär vorbereitet.

»Grüß dich, Thomas!«

»Hallo!«, erwiderte der Angesprochene und realisierte eine Traube von Menschen hinter dem Mann.

Sie alle drängten herein, schüttelten Thomas die Hand und fünf der Freunde deuteten auf die Fotografie und erklärten, dass genau dasselbe Bild bei ihnen in der Wohnung hinge, die restlichen verkündeten, dass sie gleich am Montag losziehen wollten, um es für sich ebenfalls vergrößern zu lassen.

»Wochenende?«, fragte Finn und zog Kathrin hinter sich her in das Wohnzimmer.

Thomas wurde einer Antwort enthoben, denn Werner forderte ihn auf:

»Pack eine Reisetasche. Wir grillen heute Abend am See und zelten dort bis Sonntagmorgen.«

Mit gerunzelter Stirn sah Thomas von einem zum anderen. Er öffnete den Mund zum Protest, schloss ihn jedoch wieder, ohne etwas gesagt zu haben. Er wusste, dass dieser Überfall auf ihn genau zum richtigen Zeitpunkt kam, einem Scheidepunkt in seinem Leben nach Janica. Entweder verfiel er zurück in sein altes eigenbrötlerisches Leben, das er bestritten hatte, bevor der rothaarige Wirbelwind es aufgemischt hatte, oder er wagte erste Schritte allein in die Welt hinaus, die Janica ihm eröffnet hatte.

»Zehn Minuten«, sagte er und erntete johlenden Jubel, verschrecktes Kindergeschrei und begeistertes Bellen.

Julia und Kurti fielen sich sogar vor Freude über seine Zusage um den Hals.

Er packte, ohne groß darüber nachzudenken, was er wirklich benötigte und was nicht, und trat über die Terrassentür des Schlafzimmers ins Freie. Dort griff er nach der kleinen grünen Gießkanne und wandte sich dem Blumenkasten zu, in dem die Erdbeerpflanzen wuchsen, die er Janica zum Geburtstag geschenkt hatte. Verwundert betrachtete er eine tiefrote walnussgroße Frucht zwischen dem wuchernden kräftigen Grün. Wo kam diese Erdbeere plötzlich her? Hatten gestern nicht alle noch unscheinbar und grün ausgesehen, waren einige der kommenden Früchte nicht nur zierliche weiße Blüten gewesen?

Liebevoll betastete er das erstaunlich satte Rot. Aber wie konnte es anders sein, als dass Janicas Erdbeeren eine überaus faszinierende Farbe annahmen, selbst wenn das vermutlich eher am Lichteinfall durch die gläserne Überdachung lag.

»Janicas erste Erdbeere«, flüsterte er und schrak zusammen, als Lars sagte:

»Genieße sie. Das Mädchen hätte sich gewünscht, dass du die erste Frucht bekommst.«

»Sie verdeutlicht das Leben, nicht wahr?«

»An dir ist ein Pfarrer verloren gegangen«, spottete Lars prompt.

»Wenn du nicht unverzüglich diese lärmende und randalierende Herde eigenartiger Spezies aus meinem Haus vertreibst, halte ich dir einen Vortrag über die Biochemie der Erdbeerpflanzen.«

Lars schaute mit großen Augen auf ihn herunter, zeigte durch ein zweimaliges, schnell aufeinander folgendes Blinzeln seine Verwirrung an und stapfte wortlos davon. Zurück ließ er einen breit schmunzelnden Thomas mit einem zerbrochenen Kristall in seinem Inneren, dessen Splitter sich nun weniger spitz anfühlten und der den Ansatz eines vielfarbigen Funkelns offenbarte.

DANKSAGUNG

Bedanken möchte ich mich herzlich bei Susanne Bronner, Karen Hauck und ihrer Tochter Elisabeth, Carola Bauser und Beate Lange-Alber für das Vorablesen und alle kritischen wie auch begeisterten Rückmeldungen. Mein ganz besonderer Dank geht an die zukünftige Frau Dr. med. Sarah Winter für die hilfreichen Tipps rund um die im Buch genannten Erkrankungen und alles, was damit im Zusammenhang steht. Danke auch an alle nicht namentlich genannten Pfleger, Schwestern und Ärzte, die du in meinem Auftrag »gelöchert« hast.

Für etwaige Ungenauigkeiten, Abweichungen oder gar Fehler bin ich verantwortlich; manches ist dabei einfach dem Verlauf der erzählten Geschichte angepasst worden. Hier bitte ich um Verständnis.

Zeitfracht Medien GmbH
Ferdinand-Jühlke-Straße 7
99095 Erfurt, Deutschland
produktsicherheit@kolibri360.de

Druck:
CPI Druckdienstleistungen GmbH
im Auftrag der
Zeitfracht Medien GmbH
Ein Unternehmen der Zeitfracht - Gruppe
Ferdinand-Jühlke-Str. 7
99095 Erfurt